DROEMER

VEIT
ETZOLD

FINAL CONTROL

THRILLER

DROEMER

Besuchen Sie uns im Internet:
www.droemer.de

Aus Verantwortung für die Umwelt hat sich die Verlagsgruppe Droemer Knaur zu einer nachhaltigen Buchproduktion verpflichtet. Der bewusste Umgang mit unseren Ressourcen, der Schutz unseres Klimas und der Natur gehören zu unseren obersten Unternehmenszielen. Gemeinsam mit unseren Partnern und Lieferanten setzen wir uns für eine klimaneutrale Buchproduktion ein, die den Erwerb von Klimazertifikaten zur Kompensation des CO_2-Ausstoßes einschließt. Weitere Informationen finden Sie unter: www.klimaneutralerverlag.de

FSC
www.fsc.org
MIX
Papier aus verantwortungsvollen Quellen
FSC® C083411

Originalausgabe Oktober 2020
Droemer Taschenbuch
Ein Imprint der Verlagsgruppe
Droemer Knaur GmbH & Co. KG, München

Ein Projekt der AVA International Autoren- und Verlagsagentur
www.ava-international.de
Redaktion: Antje Steinhäuser
Covergestaltung: ZERO Werbeagentur, München
Coverabbildung: spainter_vfx, ildogesto,
Aleksandar Mijatovic / shutterstock.com
Satz: Adobe InDesign im Verlag
Druck und Bindung: CPI books GmbH, Leck
ISBN 978-3-426-30709-0

2 4 5 3 1

Für Saskia

Es ist besser, zu weit zu gehen
als nicht weit genug.

Josef Stalin

PROLOG

Der Mann betrat den langen Korridor, von dem die einzelnen Zimmer abgingen und der, wie alle Krankenhausflure, nach einer Mischung aus Desinfektionsmittel und Kernseife roch. Er ging vorbei an den beiden einander gegenüberliegenden Intensivkrankenzimmern, die, ausgestattet nach dem neuesten Stand der Medizintechnik, auf ihre Patienten warteten. Die zwei Zimmer waren identisch, nur der Ausblick war unterschiedlich. Auf der einen Seite hatte man einen Blick auf die Berge, auf der anderen einen Blick auf das Meer. Der Mann hatte beide Zimmer einrichten lassen, weil er nicht wusste, welchen Anblick er eines Tages, wenn er diese Zimmer bewohnen musste, bevorzugen würde. Außerdem würde der Patient etwas Abwechslung gebrauchen können, wenn irgendwann der Ausblick auf die Berge oder die See das Einzige sein würden, das seinem Körper noch Abwechslung bieten konnte. Irgendwann, dann, in der Endphase seiner Krankheit, wenn sein Körper das Grab seines Verstandes sein würde. Irgendwann in der Zukunft würde das sein, das wusste der Mann. Hoffentlich in der fernen Zukunft.

Er betrat den Aufenthaltsraum. Die Ärzte saßen bei einem exquisiten Essen zusammen, das sein Koch eigens für sie vorbereitet hatte. Sie schraken auf, als er den Raum betrat. Er nickte nur in die Runde, so, als wollte er alle beruhigen. Dabei war er es, der beruhigt werden musste. Die Männer und Frauen waren die Besten ihres Fachs, Topmediziner, die er mithilfe einer speziellen Agentur zusammengesucht hatte für den Tag, an dem er dafür nicht mehr die Kraft haben würde. *Der Wandel begünstigt den vorbereiteten Geist*, hatte mal jemand gesagt.

»Bleiben Sie sitzen«, sagte er. Und dachte: *Der Tag, an dem ich euch dringender brauche als alles andere, wird früh genug kommen.*

Astrophysiker hatten von dem Pfeil der Zeit gesprochen. Wir Menschen sahen den Pfeil der Zeit in drei Dimensionen.

Dadurch, dass das Chaos im Universum zunahm. Der zweite Hauptsatz der Thermodynamik erklärte, dass die Unordnung im Universum mit jedem Tag größer wurde.

Dadurch, dass die Menschen fühlten, dass die Zeit verging, und zwar nur in eine Richtung. In die Zukunft.

Und dann war da der kosmische Pfeil der Zeit. Der Pfeil, der dafür sorgte, dass das Universum expandierte, sich immer mehr ausbreitete.

Er schaute auf das Team von Ärzten, das er sich ausgesucht hatte. Auf die Geräte, die Maschinen, die Schläuche und die Computer.

Kosmologen hatten das sich ausdehnende Universum mit der Erdkugel verglichen: Von den Polkappen aus breitete es sich aus, wurde immer größer und weiter, bis zum Äquator, und dann schrumpfte es wieder, bis am Südpol das Universum vor dem Ende stand.

Und seither hegte er einen Gedanken, oder war es vielmehr eine kühne Hoffnung: Vielleicht wäre es bei ihm ähnlich? Vielleicht würde er irgendwann, in der fernen Zukunft, wieder da sein, wo er jetzt war, genau hier, an diesem Ort, würde wieder lebendig sein und gesund.

Denn irgendwann, dachte der Mann, wird die Zeit wieder rückwärtslaufen. Dann würde er nach und nach gesund werden. Lange nach seinem Tod würde die Zeit sich irgendwann in die entgegengesetzte Richtung bewegen, und er würde wieder hier stehen. Seit Jahrmillionen oder gar Milliarden tot, aber dann wieder lebendig.

In Jahrmilliarden würde es genauso wie früher sein.

BUCH 1

★

Wir haben schon von übereilter Hast im Kriege gehört,
aber noch niemals ist große Weisheit mit großer
Verzögerung in Verbindung gebracht worden.

Sun Tzu, Die Kunst des Krieges

KAPITEL 1

SHANGHAI/PUDONG, VOLKSREPUBLIK CHINA

Wie lange muss ich Karate üben, bis ich es kann?, hatte Si seinen Lehrer gefragt.

Bis zu deinem Tode, hatte sein Lehrer, Otake Sensei, geantwortet. Der Buddha, hatte Otake gesagt, hatte neun Jahre in einer Höhle vor einer Wand meditiert, um den Insekten zuzuhören. *Du musst dich selbst besiegen, Si, bevor du andere besiegen kannst,* hatte Otake gesagt. *Du musst dich selbst töten, bevor du andere töten kannst.*

Si hieß der massige Chinese, der mit ausgestreckten Fingern in das Fass schlug. Si wurde Se gesprochen, mit kurzem e. Die meisten wussten nicht, was Si auf Chinesisch bedeutete, und das war gut so. Die meisten wussten nur, dass sie vor Si Angst hatten, sobald sie ihn sahen. Ihn oder den riesigen Schatten, den er warf. Er war riesig groß. Und er war schnell. Und das war für die meisten eine ungewöhnliche und in vielen Fällen auch tödliche Mischung. Manche sagten, Si sei eine Mischung aus Oddjob in James Bonds *Goldfinger* und Gregor Clegane in *Game of Thrones.* Si aber wusste, dass er noch viel mehr war.

Er holte aus und schlug mit ausgestreckten Fingern mit der Nukite-Technik von oben in das Fass. Bei Nukite schlug man mit den ausgestreckten, aneinandergelegten Fingern einer Hand zu. Wer diese Technik richtig beherrschte, konnte mit seinen Fingern wie mit einem Messer zustechen. Die riesige Skyline von Shanghai hinter dem Fenster in dreihundert Metern Höhe bemerkte er nicht. Die Sonne hinter den getönten

Scheiben bemerkte er nicht. Die Millionen von Menschen unten auf der Straße bemerkte er nicht. Er bemerkte nur die Konzentration, den kristallklaren Fokus auf den einen Schlag.

Seine Finger schlugen auf den Boden des Fasses. Dies war der dritte Schlag. Der wichtigste.

Er hatte das Fass für den ersten Schlag mit Erbsen gefüllt und dann bis zum Boden des Fasses geschlagen. Dann hatte er das Fass für den zweiten Schlag gefüllt, diesmal mit Sand. Und wieder hatte er bis zum Boden geschlagen. Und jetzt, beim dritten Mal und beim dritten Schlag, hatte er das Fass mit Bleikugeln gefüllt. Und seine Hand schlug wieder bis zum Boden des Fasses.

Im Ernstfall aber schlug man mit Nukite nicht in irgendein Gefäß mit Bleikugeln, sondern in den Körper des Gegners. Nicht in den Bauch, nicht in die Rippen, sondern hindurch. Das Ziel war immer dasselbe. Das Ziel war nicht, den Gegner zu besiegen. Das Ziel war, ihn zu töten. Doch es gab noch ein größeres Ziel. Das große Ziel war, sich selbst zu töten. Wie der Buddha, der neun Jahre auf die Höhlenwand geblickt hatte. Den Gegner töten und sich selbst.

Von den Ninja wusste Si, dass sie sich eher selbst töteten, als dass ihnen unter Folter Geheimnisse entlockt werden konnten. Manche renkten sich selbst den Unterkiefer aus, um nicht reden zu können.

Si zog die Hand aus dem Fass mit den Bleikugeln heraus. Seine Finger und Zehennägel waren wie Klauen. Er konnte damit die Rinde von einem Baum ziehen, oder einem Menschen die Haut in Streifen abschneiden.

Unser Körper ist eine Waffe, die uns niemand wegnehmen kann, hatte sein Lehrer Otake Sensei gesagt, *denn Leben heißt Kämpfen, und Leben heißt Sterben.* Abhärtung war das Wichtigste. Si schlug jeden Morgen eine Stunde mit den Handflächen auf einen Stein, dann noch einmal eine Stunde auf das Makiwara, einen mit Reisstroh umwickelten Holzpfahl. Das Üben am Makiwara ist die Seele des Karate, hatte sein Lehrer gesagt. Dann kamen Kämpfe und Kata. Die Kata war am schwierigsten. Da war niemand. Nur Si und der Raum. Si war schon immer groß gewesen, aber früher war er schwach. Er hatte mit Karate begonnen, eben weil er schwach war.

Karate war in Okinawa erfunden worden, doch die Ursprünge des Karate waren jahrtausendealt. Die Bewohner von Okinawa, das zu einem eigenständigen Königreich gehörte, durften während der japanischen Besatzung der Insel in der zweiten Hälfte des 19. Jahrhunderts keine Waffen tragen. Also erfanden sie Karate. Den Kampf ohne Waffen, denn Karate hieß *die leere Hand.* Die Bewohner hatten ihre Kriegskunst als Tänze getarnt, sodass niemand von den japanischen Besatzern wusste, dass die Bewohner von Okinawa ihre tödlichen Waffen, ihre Hände und Füße, immer dabeihatten.

Alle Kriegsführung basiert auf Täuschung, hatte Sun Tzu gesagt. Si war durch das jahrelange Training groß, stark und gefährlich geworden. Genauso wie China. Genauso wie die Skyline von Shanghai.

Si bewegte seine Finger. *Du musst üben bis zu deinem Tod.* Der Weg war das Ziel. *So muss im Krieg gemieden werden, was stark ist, und geschlagen werden, was schwach ist,* hatte Sun Tzu schon 500 Jahre vor Christi geschrieben. Wenn man nur stark genug war, dachte Si, war alles andere automatisch schwach. Selbst die Bleikugeln in dem Fass. Selbst ein Eichenbrett, selbst eine Steinplatte, selbst ein Gegner, der unbesiegbar schien.

Sis Boss betrat den Raum. Si sah seine Silhouette vor der Skyline von Shanghai, dem Oriental Pearl Tower, dem Shanghai Tower, der mit über sechshundert Metern das höchste Gebäude Chinas war. Der Stadtbezirk Pudong war das neue Shanghai. *Pu* hieß Fluss, *dong* hieß Osten. Das neue Shanghai war Pudong, das Shanghai des Ostens. Und es war nahe am Meer. Denn das hieß Shanghai: *aufs Meer hinaus,* von *Shang, sich erheben* und *Hai, Meer.*

»Hast du es geschafft?«, fragte sein Boss. Si nickte nur. »Wenn man durch alle Bleikugeln schlägt«, sagte Si und zog seine verhornte Hand endgültig aus dem Fass, »kann man anderen Menschen die Rippen durchschlagen und das Herz herausreißen.«

Er hatte es schon einmal getan, mit Nukite in den Brustkorb eines Mannes geschlagen, die Rippen umfasst und sie herausgerissen. Die Rippen und das Herz. Bei einem Mann, der seinen Boss töten wollte. Der Mann hatte noch seine blutigen Rippen in Sis Hand gesehen und war dann zu Boden gefallen, als hätte man einen Stecker aus ihm herausgezogen.

»Das Herz herausreißen«, sagte Arakis und nickte. »Genau das wird mit allen passieren, die unserer Idee im Weg stehen.«

KAPITEL 2

WORLD ECONOMIC FORUM, DAVOS, SCHWEIZ

Es war Januar. Tiefster Schnee lag in den Schweizer Bergen. Es war die Zeit, in der das World Economic Forum in Davos stattfand und die gesamte Wirtschaftselite nach Davos flog, um dort den Gurus zu lauschen, zu den neuen Themen, *Blockchain*, VUCA, *Purpose, Diversity,* und die richtigen Menschen kennenzulernen, Geschäfte zu machen und die Welt zu beherrschen. In Thomas Manns *Zauberberg* blieben die Patienten jahrelang in dem Sanatorium in Davos, doch hier war die Veranstaltung nicht einmal eine Woche lang, und die Tage waren vollgestopft. Viele der Teilnehmer hatten ihren ersten Termin um sechs Uhr morgens und den letzten um Mitternacht oder noch später. Wer nicht mindestens zehn Termine pro Tag hatte, war unwichtig. Die Einzigen, die weniger als zehn Termine pro Tag hatten und trotzdem wichtig waren, waren die, die jenseits von allem waren. Die es geschafft hatten und die niemandem mehr hinterherlaufen mussten. Nein, die anderen liefen *ihnen* hinterher. Sie waren die, die immer auf den Podien saßen und niemals davor. Die Menschen, die in diesem Raum saßen, gehörten dazu. Der Mensch, der vor ihnen stand, ebenso. Es waren die Menschen in dem Raum mit der großen Fensterfront und dem Blick auf die im Mondschein blau schimmernden Berge, die Dairon Arakis misstrauisch musterten. Sie suchten nach neuen Investmentmöglichkeiten für ihr Geld. Das nächste große Ding, das nächste Facebook, das nächste Google, die nächsten Wetten auf Erfolg oder auf Katastrophen. Auf Möglichkeiten, die nicht im Wirtschaftsteil der Zeitungen standen.

Start-ups waren ein Thema, Technologie und Künstliche Intelligenz ein anderes, doch der Grund, warum sie hier hergekommen waren, war Geopolitik. *Dinge werden sich ändern,* hatte Arakis ihnen vorher gesagt, *und nicht nur zum Guten. Die Rothschilds haben gekauft, wenn die Kanonen donnerten. Wann immer etwas schiefgeht, geht es Millionen von Leuten schlecht, aber einige, wenige profitieren, profitieren auch von der Not der anderen. Zu welcher Seite wollen Sie gehören?*

Die Menschen, die hier saßen, waren fast ausschließlich Männer, und ganz bestimmt wollten sie profitieren und zu den Gewinnern gehören. Sie gehörten zum Bilderberger Investment Club, der sich nicht nur zu den alljährlichen Bilderberg-Konferenzen, sondern auch im Rahmen des World Economic Forums im schweizerischen Davos traf, allesamt, wie für die Jahreszeit üblich, in Maßanzügen und Winterstiefeln. Drinnen tiefe Ledersessel, Cognacs, Zigarren, draußen Schnee und auf dem Dach Scharfschützen. Alles sogenannte »UHNWIS«, Ultra High Net Worth Individuals, was so viel wie »Ultrareiche Individuen« hieß, Menschen, nach denen sich die Private-Banking- und Wealth-Management-Abteilungen der Banken wie Credit Suisse und UBS die Finger leckten, aber auch Hedgefonds- und Private-Equity-Investoren. Jeder von ihnen war mehrere Hundert Millionen bis mehrere Milliarden schwer. Um in den Club zu kommen, brauchte man eine Menge von Empfehlungen. Solange man aber nicht mindestens einen zweistelligen Millionenbetrag an liquiden Mitteln und Wertpapieren hatte, brauchte man gar nicht erst zu fragen. Und *zweistellig* hieß eher achtzig Millionen als zehn Millionen. Sie saßen vor Arakis in den Ledersesseln mit dem gleichen Gesichtsausdruck wie die Patrizier im Kolosseum oder im Circus Maximus. Im Sommer waren sie im Bellagio, im Winter in Davos. Die ersten Bilderberg-Konferenzen, das wusste Arakis, hatten in Holland stattgefunden, im sogenannten »Hotel Bilderberg«, doch jetzt war die Konferenz genauso global wie ihre Mitglieder. Und genauso reich.

Der Codename, um dieser kleinen Konferenz beizuwohnen, lautete *Caracalla* – der Spitzname eines römischen Kaisers, der seinen Bruder und all seine Gegner umbringen ließ und gemeinsam mit Nero und Caligula zu den schlimmsten römischen Imperatoren zählte. Immerhin hatte er die großen Thermen von Caracalla in Rom gebaut. *Caracalla* hieß auf Lateinisch *Kapuzenmann,* und genau so unsichtbar waren diese reichen Mitglieder des Bilderberger Investment Clubs, die sich fragten, ob die halbe Stunde im Konferenzraum gut investiert war und sie mehr bekamen als Kaminfeuer, teure Cognacs und Zigarren und einen grandiosen Blick auf die Schweizer Berge.

Arakis musterte die Zuschauer. *Waren es die Richtigen?,* fragte er sich. *Oder waren sie zu satt, zu zufrieden, hatten schon alles gesehen oder glaubten das jedenfalls und wollten nichts Neues mehr erleben?* Der Westen war satt und dekadent, ähnlich dem Schicksal von Rom, weshalb Arakis den Namen Caracalla als Codewort ausgewählt hatte. Die Chinesen aber waren hungrig. Sie steuerten mit der Kommunistischen Partei das komplexeste Gebilde der Menschheit, aber trotzdem waren sie schnell und wendig. Sie waren wie die Germanen, die das Römische Reich in die Knie gezwungen hatten. Genauso willensstark, aber sehr viel besser organisiert. Waren die Bilderberg-Konferenz und ihr Investment Club die Spitze westlicher Dominanz oder das erste Anzeichen seines Niedergangs, so wie die riesigen Caracalla-Thermen in Rom, die von den Ostgoten zerstört worden waren? Er wusste es nicht, aber er würde es noch heute Abend erfahren.

KAPITEL 3

KOCHSTRASSE, BERLIN, DEUTSCHLAND

Tom Bayne ging mit eiligen Schritten die Kochstraße entlang und sah das für Berliner Verhältnisse recht große Hochhaus vor sich in den Himmel ragen. Das Hochhaus an der Ecke Kochstraße und Charlottenstraße erhob sich dort, wo die Kochstraße zur Rudi-Dutschke-Straße wurde. Dahinter kam das Axel-Springer-Gebäude. Der Springer-Konzern hatte sich extrem geärgert, dass die Straße ausgerechnet nach dem Mann umbenannt wurde, der bei den 68er-Demonstrationen einer der größten Feinde der verhassten und angeblich systemtreuen »Springer-Presse« war. Immerhin hieß die Querstraße dahinter »Axel-Springer-Straße«. Tom kannte London, Hamburg und viele andere Großstädte, aber Berlin kam ihm nach wie vor komisch vor. Es war zwar eine Stadt voller Geschichte, aber komplett ohne Tradition, eine Stadt, in der fast alle viel zu viel Zeit hatten und damit überhaupt nichts anzufangen wussten. In den Zwanzigerjahren war Berlin eine Trendstadt der Welt gewesen. Jetzt, sagte man, ging die Stadt vom *anything goes* dieser Zeit zum *nichts geht mehr.* Viele sagten, Berlin sei pulsierend, aber der eigentliche Puls war der zwischen Berauschung und Ausnüchterung. Es wurde ständig gefeiert, obwohl es dazu eigentlich gar keinen Grund gab. Berlin-Schönefeld galt als schlechtester Flughafen der Welt, und Berlin war mehr als jede Stadt Abbild eines Deutschlands, das immer sprunghafter und moralisierender wurde, aber eigentlich nichts mehr zustande brachte. Manche Städte assoziierte man sofort mit einem bestimmten Beruf. Bei Hamburg war es der Kaufmann, bei Stuttgart der Ingenieur, bei San Francisco der Programmierer und bei New York der Banker oder Werber. In Berlin war es der Flaschensammler.

Gegenüber dem Gebäude befand sich das Arbeitsamt, der Ort, an dem viele Berliner in ihrem Leben am meisten Zeit verbrachten, doch für die Mitarbeiter der Firma in dem Hochhaus galt das nicht. Zum Arbeitsamt musste niemand, der für das Unternehmen in diesem Hochhaus arbeitete.

Am Ohr hatte Tom sein Smartphone und telefonierte mit seinem Vater in Hamburg, während er ständig Horden von Touristen auswich, die alle auf dem Weg zum legendären Checkpoint Charlie waren, wo es außer einem Wachhäuschen, falschen US- und UdSSR-Soldaten und betrügerischen Hütchenspielern gar nichts zu sehen gab. Aber für die Millionen von Touristen, die jährlich nach Berlin strömten, schien das ausreichend zu sein, solange es genug Alkohol und keine Regeln gab. Und beides gab es in Berlin reichlich: keine Regeln und Alkohol und Drogen im Überfluss.

Tom war halb Deutscher und halb Engländer. Seine Mutter war Krankenschwester in England gewesen und hatte seinen Vater in Hamburg kennengelernt, der Stadt, in der auch die Beatles ihre ersten Erfolge gefeiert hatten. Da in den späten Siebzigerjahren englische Namen als cool galten, hatte Toms Vater Walter den Namen seiner Frau angenommen, obwohl das damals komplett unüblich war. Mary Bayne war gestorben, als Tom zehn Jahre alt gewesen war. Sie hatte ihn früh für englische Literatur begeistert, für Frankenstein von Mary Shelley. Das war eigentlich zu früh für einen Zehnjährigen, aber vielleicht mochte sie sie auch deswegen so gern, weil beide den gleichen Vornamen hatten. Shelley hatte die *Frankenstein*-Geschichte auf einer Reise nach Genf geschrieben, die sie zusammen mit ihrem Mann Percy Bysshe Shelley und

Lord Byron unternommen hatte. Da während der Reise die ganze Zeit schlechtes Wetter herrschte, hatten die drei sich vorgenommen, einen Geschichtenwettbewerb untereinander auszurichten. Dabei war unter anderem *Frankenstein* herausgekommen.

Besonders fasziniert hatte Toms Mutter Mary und später auch Tom die enge Verbindung zwischen Geburt und Tod, denn Mary Shelley hatte mehrere Kinder verloren. Es war nicht nur der Hinweis auf die Gefahr, die immer lauerte, wenn der Mensch Gott spielte, um die es in *Frankenstein* ging, sondern es ging auch um die Zerbrechlichkeit des Lebens, was vielleicht dazu geführt hatte, dass Tom zunächst Arzt geworden war.

Tom war nach dem Tod der Mutter bei seinem Vater in Hamburg aufgewachsen, der dort seit einigen Jahren einen sehr erfolgreichen Handwerksbetrieb unterhielt. Als die Firma, bei der sein Vater als Klempner gearbeitet hatte, pleite gegangen war, war er das Wagnis eingegangen, sich selbstständig zu machen. Die Firmenadresse war damals noch das kleine Reihenhaus gewesen, in dem sie wohnten und in dem Toms Mutter immer zu Mitarbeitertreffen am heimischen Abendbrottisch eingeladen hatte. Am Ende war diese Entscheidung von Walter Bayne genau richtig gewesen, denn seine Firma *Baynes Bad und Wasser* lief sehr gut und hatte sich auf einige Nischenmärkte spezialisiert, die den großen Installationsfirmen für Wasser und Gas in Hamburg nicht glamourös genug waren.

Obwohl Toms Vater in seinen Anfangsjahren wenig Geld gehabt hatte, hatte er dafür gesorgt, dass Tom sich seinen größten Wunsch erfüllen konnte: am UKE Hamburg, dem Universitätsklinikum Eppendorf, Medizin zu studieren. Tom hatte dort im Lauf der Jahre jede Menge Erfahrungen gemacht. Hatte einen Einblick in die Gesellschaft gewonnen.

Wenn er nur an all die einsamen Alten, die todkranken Kinder oder die schrägen Vögel dachte, die nachts aus St. Pauli und von der Davidwache gekommen waren. Manche waren dermaßen besoffen gewesen, dass man ihre Wunden ohne Betäubungsspritze hatte nähen können. Aber nichts hatte ihn auf den Befund vorbereitet, der jetzt vor ihm lag. Die Sachlage war ebenso klar wie erschütternd. Der Patient war sein Vater. Und es war amtlich.

»Haben die schon mit dir gesprochen?«, fragte er.

»Ja, haben sie. Es ist Bauchspeicheldrüsenkrebs«, sagte Walter Bayne leise. »Es stimmt leider.«

Der Verdacht hatte schon länger bestanden. Walter Bayne ging es seit geraumer Zeit nicht gut. Wegen seiner Krankheit konnte er kaum arbeiten und hatte bereits einen stellvertretenden Firmenchef, Joost, eingesetzt. Tom hatte in seinem Studium viele Abteilungen des Universitätsklinikums kennengelernt, und er kannte auch den Chefarzt, der den Befund unterzeichnet und ihm aufs Handy geschickt hatte.

Tom wusste, wie tödlich Bauchspeicheldrüsenkrebs war. Dass sogar Steve Jobs von Apple daran gestorben war, der sicher sämtliche medizinischen Möglichkeiten gehabt hatte, stimmte ihn nicht gerade optimistischer bei der Einschätzung dieser Krankheit.

»Pass auf«, sagte Tom. »Ich kläre das mit meinen Kollegen. Schick mir unbedingt auch alle anderen Befunde, die du bekommen hast, als PDF.«

»Als PDF?«

»Sonst fax sie in deine Firma oder mach Fotos davon.«

»Okay, mache ich. Aber kommst du nicht nach Hamburg?«

»Doch, sogar heute Abend schon. Ich würde sie mir gern aber vorher im Zug anschauen und schon ein paar Telefonate tätigen.«

»Okay.«

Tom hatte nach seiner Zeit als Arzt im Praktikum zunächst bei ECC – East Coast Consulting, einer globalen Unternehmensberatung gearbeitet, bei der er festgestellt hatte, dass man mit Medizinprodukten mehr verdienen konnte als in den Kliniken oder Praxen, wobei die Zahnärzte die Geldoptimierung schon gut beherrschten. Den Zahnärzten sagten die *echten* Mediziner immer, dass sie keine *echten* Mediziner seien. Dem entgegneten die Zahnärzte, dass die *echten* Mediziner zwar viel von Medizin verstünden, aber zu blöd zum Geldverdienen seien.

Tom hatte dann angefangen, in Medizin-Start-ups zu arbeiten, in Deutschland, London und seit Kurzem in Shenzhen, der Digitalhauptstadt Chinas. Shenzhen war die Stadt, aus der fast alle Digital- und Überwachungstechnologien des Riesenreiches kamen. Als Amazon den eigenen Aktionären von den Plänen erzählt hatte, demnächst Gesichterkennungs-Software einzusetzen, war das selbst den Amazon-Aktionären zu viel. In China war Gesichtserkennung erst der Anfang. CUMO hieß Toms Firma. Für *Cure-Mobile.* Eine Kooperation eines invasiven Chips mit der App war bereits im Gange. Allerdings nicht in China, sondern in seiner alten Heimat. In Hamburg am UKE. Vielleicht würde er es schaffen, dorthin morgen einen kurzen Abstecher zu machen, aber das Projekt war noch in der Startphase, von daher dürfte es nicht viel Neues geben.

Bauspeicheldrüsenkrebs, dachte Tom. Laut Bericht nicht mehr reparabel. Die alternativen Behandlungen waren teuer und wurden nicht von allen Krankenkassen bezahlt.

Tom ärgerte sich, dass er das Geld, das er einmal bei einem vorteilhaften Kryptowährungsdeal gemacht hatte, sofort in die Entwicklung seines eigenen Start-ups gesteckt hatte. Jetzt hätte er es für seinen Vater gut gebrauchen können. Aber wie immer kam die Diagnose zu spät. Es war die Grundmisere des Menschen, die er auch in seinem Medizinstudium immer und immer wieder festgestellt hatte: Es war immer alles zu wenig und es war immer zu spät.

Er war bei dem Hochhaus angekommen. *Rocket Internet* stand auf einem Schild. So hieß die Firma, die einen großen Teil des Gebäudes gemietet hatte.

»Papa, ich muss Schluss machen«, sagte er. »Wir sprechen nachher.« Er schluckte kurz, schaute noch einmal in seine Präsentation und drückte auf den Summer an der Tür. Vielleicht würde Rocket Internet bei seinem Projekt anbeißen. Doch die Nachricht von der Krankheit seines Vaters hatte seine Moral nicht gerade beflügelt. Die Tür öffnete sich, und Tom betrat das Atrium.

Bauchspeicheldrüsenkrebs, dachte er. Ein Motivationstrainer hatte ihm einmal erzählt, dass man in Verkaufsgespräche möglichst optimistisch gehen sollte, jedenfalls dann, wenn man etwas verkaufen wollte.

Das war schon einmal gründlich misslungen.

KAPITEL 4

WORLD ECONOMIC FORUM, DAVOS, SCHWEIZ

Dairon Arakis atmete durch, bevor er seine Präsentation startete.

Er hatte all das im Silicon Valley gelernt. Vor langer, langer Zeit. Wie man Leute beeindruckt, für sich gewinnt, Dinge verkauft. Bei einem sogenannten Pitch hieß es, großspurig aufzutreten. Es half ihm, sich mit einer großen Gestalt der Geschichte zu vergleichen. Er war Michelangelo, und die Investoren, die ihm seine Idee abkaufen sollten, waren die Medici in Florenz. Oder Papst Julius II. Und das, was er verkaufen wollte, war, im übertragenden Sinne, nichts Geringeres als die Sixtinische Kapelle. Narzisstisch zu sein half auch, wenn man etwas verkaufen wollte, ebenso ein gesunder Mangel an Hemmungen, Empathie und ein Zuviel an Größenwahn. All das waren Charaktermerkmale, die man normalerweise Psychopathen zuschrieb. Sich nie mit einem Nein zufriedengeben, und wenn es dann doch kam, einfach weiterzumachen. Mit den Gedanken begann alles, den richtigen, den positiven Gedanken, das hatte schon Napoleon Hill gesagt, und der hatte es von dem Stahlbaron Andrew Carnegie gelernt. Die Gedanken wurden zur Sprache, die Sprache zur Handlung und die Handlung zum Schicksal. Es blieb allerdings dennoch eine Herausforderung: Sich einfach nur etwas vorzunehmen oder das, was man sich vorgenommen hatte, auch tatsächlich umzusetzen. Dabei war derjenige, der etwas von einem anderen wollte, immer schlechter aufgestellt als der, von dem jemand etwas wollte. Der eine war Arakis, der andere war sein Publikum in

Davos. Verkaufen oder eben nicht verkaufen, das war der einzige Unterschied.

Man konnte es auch einfacher beschreiben.

In der Finanzwelt fasste man die Unterschiede zwischen dem Verkäufer und dem Käufer relativ simpel zusammen: Wenn ein Deal nicht zustande kam, knallte der Verkäufer das Telefon auf die Gabel und sagte »Fuck«. Der Käufer hingegen sagte »Fuck« und knallte dann erst das Telefon auf die Gabel.

Dennoch: Wenn der Verkäufer an seine Story glaubte, stieg auch die Wahrscheinlichkeit, dass der Käufer an die Story glaubte. Wollte er, Arakis, die Welt zu einem besseren Ort machen? Ja, jedenfalls würde er das gleich sagen. Musste er beweisen, dass er wirklich daran glaubte? Nein, das musste er nicht. Es war lediglich wichtig, dass die anderen daran glaubten. Er musste die anderen, die vielen ultrareichen Männer und die wenigen ultrareichen Frauen im Publikum, glauben machen, dass er daran glaubte. Und es war wichtig, dass sie *glaubten*, dass er daran *glaubte*. Der Spruch von Sun Tzu war in seinem Kopf: *Alle Kriegsführung basiert auf Täuschung.*

KAPITEL 5

*UNIVERSITÄTSKLINIKUM EPPENDORF,
HAMBURG, DEUTSCHLAND*

Tara Helbig kam gerade von ihrer Mittagspause zurück und bewegte sich mit schnellen Schritten auf den Eingang des UKE in der Martinistraße zu. Sie nahm die Steinfassade und den modernen Glasüberbau über dem Eingang kaum noch wahr. Das gesamte Krankenhaus war 2006 generalüberholt worden, doch es bestand noch immer aus vielen kleinen Teilen und Instituten, die noch aus der Zeit kamen, als die Klinik viele verschiedene Pavillons erbaut hatte, um dort die Patienten voneinander abzugrenzen und die Ansteckungsgefahr innerhalb der Klinik einzudämmen.

Sie schüttelte den Kopf, obwohl sie keiner sehen konnte. Sie hatte die Ergebnisse eben per PDF auf ihr Handy bekommen. Was datenschutzrechtlich eigentlich nicht erlaubt, aber technisch nicht anders möglich war. Sie blinzelte und schaute auf die Messergebnisse, runzelte die Stirn und versuchte gleichzeitig, weder etwas von ihrem Take-away-Kaffee zu verschütten noch gegen irgendetwas zu laufen, während sie die Nachricht las. In Asien, hatte sie gehört, waren bereits Spurlinien auf die Bürgersteige gemalt, damit die Einwohner, die auch im Laufen ständig auf ihre Smartphones starrten, nicht ständig auf Kollisionskurs waren.

Die Konzentration von radioaktivem Jod war in fast allen zweihundert Probanden deutlich höher, als sie sein sollte. Wie war das möglich? Die Probanden waren alle junge, gesunde Menschen, keiner von ihnen hatte jemals Schilddrüsenkrebs und eine Radiojodtherapie gehabt. Ihres Wissens nach arbeitete auch keiner von ihnen in einem Strahlenbunker, wie es sie auch im UKE gab. Und selbst wenn bei einem oder zwei der Probanden eine sogenannte Kontamination vorlag, erklärte das nicht die Höhe der Werte und vor allem nicht die Tatsache, dass es fast alle Probanden erwischt hatte. Hatte es wieder irgendeinen Unfall in einem Kernkraftwerk gegeben? Aber davon war ihr überhaupt nichts zu Ohren gekommen. Oder gab es einen Fehler in der Software? Sie glich die übrigen Werte mit den Kontrollblutwerten ab, so gut das auf dem Smartphone ging. Nein, die stimmten alle, es konnte kein Fehler sein. Von derart hohen Jodwerten hatte sie bisher aber nur zweimal gehört: bei dem Reaktorunglück in Tschernobyl und bei der Explosion im Kernkraftwerk Fukushima Daiichi in Japan. Das wäre die einzige logische Erklärung. Aber das konnte nicht sein.

Sie nahm das Handy und rief ihre Kollegin Miriam an.

Miriam meldete sich nach dem zweiten Klingeln.

»Hi, Tara.«

»Hallo, Miriam. Was ist denn da los? Warum die hohe Konzentration?«

»Das wundert mich auch«, sagte Miriam. »Habe die Daten eben gezogen und dachte, ich schicke sie dir sofort. Das sind ähnliche Werte, wie wir sie damals bei Tschernobyl hatten. Oder auch in Japan bei Fukushima.«

»Hat es denn irgendwas in der Richtung gegeben?«

»Ja, dachte ich auch erst. Ich habe mal eben bei Google geschaut, aber nichts gefunden.«

Tara arbeitete am UKE im Fachbereich Innere Medizin und Immunologie. Ihr Chef, Dr. Imir Khan, ein in Hamburg geborener Pakistani, hatte in Hamburg Medizin und in Stanford Informatik studiert und dann die Idee gehabt, dass man die datengetriebene Medizintechnik nicht nur den Amerikanern und dem Google Spinoff Calico überlassen dürfte. Darum hatte er diverse Initiativen mit Medizin-Start-ups gestartet, wobei eine davon diejenige war, an der Miriam arbeitete. Etwa zweihundert Probanden, die zu einem großen Teil deutsche und internationale Studenten der Uni Hamburg waren, und noch einigen älteren Männern und Frauen, war ein kleiner Chip eingepflanzt worden, der per WLAN oder 5G einen Großteil der medizinischen Daten des Körpers in alle Welt funken konnte. Eine Art Apple Watch XXL.

Das Ziel war, dass in der Medizinwelt der Zukunft Dinge wie Blut abnehmen, Urinproben, Blutzuckerspiegel messen und andere invasive und bei den Patienten oft unbeliebte Messungen künftig nicht mehr nötig waren. Ein junger Mann, der ebenfalls vor einiger Zeit am UKE Medizin studiert hatte, hatte Tara und Imir das Projekt vor etwas vier Monaten vorgestellt, und ihr Chef war sofort überzeugt gewesen. CUMO hieß die Firma. Für Cure-Mobile. Ihr Gründer Tom Bayne hat von einer neuen Welt der Medizin geschwärmt, den möglichen Kosten, die Kliniken damit sparen könnten, und der perfekten Diagnose durch *Big Data*. Denn ein Computer, der sich durch Hundertausende von akademischen Papern durchpflügen konnte und diese Erkenntnisse dann mit den Symptomen einer Krankheit abglich, wusste am Ende mehr als jeder noch so erfahrene Arzt. Dass hier auch Big Brother herzlich grüßte, war Tara und allen Probanden klar. Bisher hatte das Tool aber sehr gut und eindrucksvoll funktioniert. Nur was sollten jetzt diese seltsamen Messwerte mit dem Jod, als hätte es einen Reaktorunfall gegeben, fragte sich Miriam. Entweder hatte das Gerät einen Fehler, oder hier stimmte etwas ganz anderes nicht.

Tara eilte die Treppen hinauf und im Laufschritt in den zweiten Stock.

KAPITEL 6

WORLD ECONOMIC FORUM, DAVOS, SCHWEIZ

Arakis schaute noch einmal auf die Folien. Dann begann er zu sprechen. Sparte sich Floskeln wie *ich bin ... ich habe ... ich freue mich, dass Sie hier sind ...*

»Meine Vision für Europa, für den Kontinent, auf dem wir hier leben«, begann er, »ist auf diesen Seiten zusammengefasst.« Er machte eine kurze Pause. Die Gesichter der Anwesenden waren genauso gelangweilt wie zu Beginn. »Was ist Europa? Ein militärischer Zwerg, der bald auseinanderbrechen wird, ein Kontinent ohne Vision, ohne Technologie und ohne Militär. Und erst recht ohne Ziel und Strategie. Und in ihrem Zentrum die größte Volkswirtschaft, die der Inbegriff der Stagnation ist.« Er wechselte zur nächsten Folie. »Im Westen, jenseits eines riesigen Ozeans, liegt Amerika. Amerika hat einen Vorteil. Oder anders, es hat jetzt noch einen Vorteil mehr. Spätestens seit dem Anfang des Jahrtausends hat Amerika die GAFA, und Sie wissen, was das ist.« Die meisten nickten. Arakis sprach weiter. »Google, Apple, Facebook, Amazon. Europa«, er zeigte nach draußen auf die Berge, »hat nichts dergleichen.« Es kam eine neue Folie. »Schauen wir nach Osten. Asien. Irgendwann trat China wieder auf die Bühne, und mit China kam die BAT. BAT heißt auf Englisch so viel wie »Fledermaus«, aber hier heißt es etwas ganz anderes: Es sind die Namen der chinesischen Techkonzerne. Baidu, Alibaba und Tencent. Davon haben schon einige gehört. Sie sowieso, aber auch die normalen Leute da draußen. Was viele nicht wissen, ist, dass Baidu, das chinesische Google, den Suchalgorithmus mit den berühmten Backlinks, der Google berühmt machte, schon vor Google entwickelt hatte. Ebenso die Möglichkeit, Suchergebnisse mit Werbung zu verbinden. Man kann sich also streiten, ob China die USA kopiert hatte oder schon vorher einiges an digitalen Innovationen aufgebaut hat. Fakt ist aber: Die USA hat GAFA, China hat BAT, und Europa hat noch immer nichts. Im Gegenteil! Es bemüht sich sogar, die paar Industrien, in denen es noch führend ist, selbst zu demontieren, wie zum Beispiel Deutschlands Autoindustrie.«

Arakis sah ein Gähnen in den Gesichtern von einigen Teilnehmern.

Arakis versuchte, sich davon nicht beirren zu lassen. »Der Facebook-Investor Peter Thiel, den ich gut kenne, hat es schon gesagt: Es gibt kaum mehr Innovation, und in Europa gibt es sie erst recht nicht mehr. *Wir wollten fliegende Autos*, sagte Thiel, *und bekamen 140 Zeichen bei Twitter*. Und auch das Silicon Valley wandelt sich von der Weisheit der vielen zur Dummheit der Vielen. Thiel hat einiges vorhergesehen. 2005 hielt Thiel einen Vortrag an der Stanford-Universität in Kalifornien und sagte, das nächste Google würde in acht Kilometern Entfernung entstehen. Es waren nicht einmal acht Kilometer. Denn das nächste Google entstand sogar in drei Kilometern Entfernung und nannte sich Facebook.«

Einige der Teilnehmer atmeten geräuschvoll aus und sahen auf die Uhr. Manche pafften mürrisch an ihren Zigarren und bestellten neuen Whiskey.

»In Europa«, fuhr Arakis fort, »gibt es keine Kraft der Innovation. Die einzige Kraft, die Europa durchströmt, ist die Angst. Wir können sie spüren, wir können sie sehen, aber ganz besonders können wir sie riechen. Die Angst vor der Zukunft, deshalb flüchteten sich alle in die Vergangenheit. Was ist leichter oder schwerer? Erinnerung oder Imagination?« Er hielt ein paar Sekunden inne und sprach dann weiter. »Erinnerung ist einfach, denn Erinnerung bezieht sich immer auf das, was war. Das Bekannte. Imagination ist schwer, denn es bezieht sich auf etwas, das es noch nicht gibt. Das Unbekannte. Aber es ist die Imagination, die zum Erfolg führt. Erst die Gedanken, dann die Taten, dann das Schicksal.«

Auf der nächsten Folie prangte eine Zeichnung eines chinesischen Strategen. »Sun Tzu«, sagte Arakis, »hatte es gewusst: Die größte Leistung ist es, den Widerstand des Feindes ohne Kampf zu brechen. Das ist die beste Leistung des Feldherrn. Die schlechteste Idee aber ist es, große Städte zu belagern. Die Chinesen wussten das und wissen das weiterhin. Sie haben ihre Online-Giganten, die BAT, Baidu, Alibaba und Tencent, vor dem westlichen Markt geschützt und westlichen Konzernen im chinesischen Internet den Zugriff verboten, damit die kleinen Baidus, Alibabas und Tencents groß werden konnten und eben nicht gegen befestigte Städte kämpfen mussten. Denn dabei kann man als kleiner Angreifer niemals gewinnen. Doch jetzt«, er hob die Stimme, »jetzt sind die ehemals kleinen chinesischen Angreifer selbst befestigte Städte.« Er blickte in die Augen der Zuhörer und sah nichts darin. Denn diese reichen und selbstzufriedenen Menschen, die vor ihm saßen, waren auch so etwas wie eine befestigte Stadt, bei der er nicht wusste, ob sie ihn und seine Idee einlassen oder überhaupt nur zur Kenntnis nehmen würden. »Irgendwann«, fuhr Arakis fort, denn das wollte er diesen selbstzufriedenen, ultrareichen Typen mit ihren dauerzufriedenen Gesichtern einhämmern, »wird der Wohlstand massiv fallen, und Aufstände, Anarchie und Bürgerkrieg in Europa werden die Konsequenz sein.«

»Und was ist die Lösung?« Eine einzige Frage, von Vincent de Groot, einem schweren, rothaarigen Kerl im Anzug, dem Chef des Bilderberger Investment Clubs.

»Danke für die Frage«, sagte Arakis. »Die einzige Lösung gegen den Aufstieg Chinas ist … China.«

»China?«, fragte de Groot. »Feuer mit Feuer bekämpfen?«

»Exakt! China und die Datenmacht des Riesenreiches. *Algorithmic Authoritarianism* nennt man diese Strategie Chinas, eine durch und durch digital überwachte Gesellschaft zu schaffen. Eine Gesellschaft, die alles bisher Dagewesene in puncto Totalitarismus und Überwachung übertrifft.

Eine Gesellschaft, die eigentlich keiner wollen kann.

Eine Gesellschaft, die jedoch in einer chaotischen Welt mit bald zehn Milliarden Menschen die einzige Lösung ist.

Eine Gesellschaft, die Europa retten konnte.

Eine Gesellschaft, die ich euch liefern werde. Wenn ihr wollt.« Er kam zum letzten Satz. »Eine Gesellschaft, die euch reich machen wird, wenn ihr von Anfang an dabei seid!«

KAPITEL 7

WORLD ECONOMIC FORUM, DAVOS, SCHWEIZ

Si war im Nebenraum. Er sah die Menschen. Und er sah seinen Boss. Er wartete. Warten konnte er gut.

Er schaute auf sein Handy. Sah die Textnachricht von Min, seiner Mutter.

Seine Mutter liebte ihn. Sein Vater hatte ihn nicht geliebt. Und darum hatte er ihn Si genannt. Er sah das Zeichen immer vor seinen Augen, wie ein Gesetz. Es wurde 姒 geschrieben. Der Name Si war in der Xia-Dynastie üblich gewesen, wurde aber heute eher gefürchtet. Denn Si hieß auf Chinesisch nicht nur vier, sondern auch »Tod«. Sis Vater Xiang hatte seinen Sohn verflucht, weil er wegen der chinesischen Einkindpolitik viel Geld bezahlen musste, um mehr als ein Kind zu bekommen. Seine Frau hatte zunächst aber nur drei Töchter auf die Welt gebracht, und sein begehrter Sohn, den er immer haben wollte, kam erst als viertes Kind – und damit viel zu spät.

Sis Mutter lebte noch in einem der Hutongs in Peking, in der Yandaixie-Straße. Sie konnte nicht mehr gut sehen. Si besuchte sie, so oft er konnte. Dann las er ihr aus ihren Lieblingsbüchern vor.

San Guó Yânyì, Die drei Reiche. Oder *Der Traum der roten Kammer.* Sie hörte zu und trank grünen Tee. Sie hatte ihm als Kind die Geschichte von dem Tee erzählt, damals, als bei Si das Zahnen begann und er vor Schmerzen nachts nicht aufhören konnte zu weinen. Der Tee war entdeckt worden, als Shen Nong, der Urvater der chinesischen Kräutermedizin, unter einem Baum Wasser kochte. Dabei fielen einige Blätter in den Kessel. Nachdem Shen Nong davon getrunken hatte, war er erfrischt. Gleichzeitig war damit *cha*, der Tee erfunden.

Si war oft unterwegs. Sis Vater war tot, und vielleicht war Si ein wenig der Ersatz seines eigenen Vaters; der Vater, der ihn nie gewollt hatte oder ihn viel früher hätte haben wollen. Seine Mutter hatte ihm das schöne Gedicht von Li Zhiyi aus dem 11. Jahrhundert geschickt, das zeigte, dass, was immer passieren würde, sie doch immer verbunden sein würden.

Ich wohne am Kopf des Langen Flusses,
Du wohnst am Ende des Langen Flusses,
Täglich wünsche ich dich herbei, ohne dich zu sehen,
Beide trinken wir Wasser aus dem Langen Fluss.

Wo ist das China, das ich kannte?, fragte seine alte Mutter oft. Fast alle der alten Hutongs waren abgerissen worden, nur einige standen noch, vielleicht als Touristenattraktionen. Wie lange würden die in der Yandaixie noch stehen, fragte Min immer und sah ihren Sohn an. Wenn alles schiefging, würde er seine Mutter einfach mitnehmen. Doch sie würde nicht fortwollen. Sie war eine *lao Beijing ren*, eine alte Pekingerin. Sie würde eher sterben, als ihre Heimat zu verlassen.

Viele der alten Pekinger waren in den Untergrund gezogen. In Peking sprach man von der Rattenarmee, Millionen von Menschen, die unterirdisch lebten, in Kellern und verlassenen Bunkeranlagen, Menschen, von deren Tätigkeit niemand etwas wissen sollte, wie Prostituierte. Man sagte, sie strömten wie Ratten aus unterirdischen Löchern. Zu viel Konkurrenz war schlecht, wer im Verborgenen arbeitete, hatte weniger Wettbewerb.

Si hingegen war niemals unter der Erde. Si flog immer mit

seinem Boss im Privatjet, aber Min hatte noch niemals ein Flugzeug betreten. Sie hatte Peking noch niemals verlassen. Und sie wollte nichts anderes kennen als das alte Peking mit seinen Hutongs, das alte Peking, das es fast nicht mehr gab.

Peking hat seine Seele verloren, sagte seine Mutter, *in all den Straßenschluchten aus Glas und Stahl.*

Si konnte nicht bestreiten, dass sie recht hatte.

KAPITEL 8

WORLD ECONOMIC FORUM, DAVOS, SCHWEIZ

Dairon Arakis sah den Rauch, der aus einer zurückgelassenen Zigarre Richtung Decke zog. Die Kenner drückten ihre Zigarre nicht aus. Und sie nahmen auch keine tiefen Züge oder rauchten sie bis zum letzten Zentimeter. Keine der Zigarren hier kostete weniger als fünfzig Euro.

Arakis schaute auf den leeren Raum, in dem die Rauchschwaden durch die Abzugsanlage nach draußen zogen. Auf die Sessel, die Glastische, die halb leeren Cognacgläser und die Aschenbecher, in denen halb aufgerauchte Cohibas und Montechristo-Zigarren lagen. Er kam sich vor wie ein Sänger bei einem Konzert, bei dem niemand zugehört hatte. Dabei hatte er alles gegeben. Er hatte ihnen seine Vision präsentiert. Hatte ihnen gesagt, was passieren würde, was er dagegen tun würde und wie sie alle damit Geld verdienen konnten. Viel Geld. Die Aufforderungen waren immer die gleichen: Das Gegenüber musste etwas tun, es musste etwas mit ihm, Arakis, tun und es musste es jetzt tun. Wenn nicht genau das passierte, kam der Deal nicht zustande. Die bahnbrechende Vision, um Europa wieder zukunftsfest zu machen. Und die Möglichkeit, damit richtig reich zu werden, wenn alle *jetzt* einsteigen würden, und nicht erst in drei Jahren, wenn das, was jetzt noch revolutionär war, allgemeines Denken wurde, Grundwissen, das die Spatzen von den Dächern pfiffen. Denn so war es doch immer: Man musste früh dabei sein, wenn man viel Geld verdienen wollte, viel früher als alle anderen. Das hatte schon Sun Tzu in *Die Kunst des Krieges* erkannt: *Den Sieg dann zu sehen, wenn ihn alle anderen auch sehen, ist kein Verdienst großer Klugheit.*

Doch es war ganz anders gekommen. Die meisten hatten gar nichts gesagt. Ein paar hatten sogar gelacht, hatten die Köpfe geschüttelt und hatten den Raum verlassen. Als würden sie ihn nicht für voll nehmen, als wäre all das eine unterhaltsame Einlage vor oder nach dem Abendessen gewesen.

Arakis kannte dieses Trauma. Darum verletzte ihn das Lachen doppelt. Das Trauma, das er überwunden glaubte, war wieder aufgebrochen. Schon einmal hatten sie ihn ausgelacht. Damals, in Stanford, waren es die US-Investoren gewesen, die Private-Equity-Manager, Venture-Capital-Leute und Business-Angels. Jetzt waren es die Bilderberger. Vielleicht waren diese ganzen selbstzufriedenen, reichen Trottel aus dem Westen einfach Menschen, mit denen er nicht gewinnen konnte, egal, was er tat, und die in seinen Vorträgen immer nur die Vorstellungen eines Clowns sahen und nichts anderes? Er hatte sich damals an China gewandt, weil er in den USA gescheitert war. Jetzt war er auch in Europa gescheitert.

Das war sein zweiter Versuch. Und sein zweites Scheitern. Ein drittes Mal würde es nicht geben. Er ballte die Fäuste und presste die Zähne zusammen.

Im Gegenteil: Jetzt war es an der Zeit, sich zu rächen. Heute hatte er den Bilderbergern eine Freakshow geboten, war deren Hofnarr gewesen. Das würde er aber nicht bleiben, bei Gott nicht. Er wusste, dass er nicht für immer dafür Zeit hatte, dass in ihm eine unbarmherzige Uhr tickte. Dennoch konnte er nicht sofort reagieren. Er kannte das Motto in Quentin Tarantinos Film *Kill Bill*. Ein Spruch, der auch von Sun Tzu kommen könnte. Ein Spruch, der fast asiatisch klang. *Rache ist ein Gericht, das am besten kalt serviert wird.*

KAPITEL 9

ROCKET INTERNET, KOCHSTRASSE, BERLIN, DEUTSCHLAND

»Warte kurz hier«, hatte Laura gesagt, die das Vorzimmer von Philipp Wacker, dem Head of New Ventures bei Rocket Internet, bewachte. »Philipp ist gleich so weit.« Dann hatte sich Laura wieder an ihren Platz gesetzt, die Ohrstöpsel eingelegt und mit mechanischer Präzision auf ihrer ergonomischen Tastatur herumgehackt.

Tom wartete und wartete und wartete. Er hatte den Ausdruck seiner Präsentation, die er dreimal dabeihatte, bestimmt schon zehnmal durchgelesen, doch noch ein paar Fehler gefunden, sich darüber geärgert und die Präsentation dann genervt zugeklappt.

Er erinnerte sich an das Lied, das er einmal auf einer Hochzeit gehört hatte. Er wusste nicht mehr genau, welche Band das war.

Die Wüste wartet auf den Regen
und die Schiffe warten auf die Flut
die Nacht wartet auf den Morgen
warten kann ich auch ganz gut.

Tom trommelte mit den Fingern auf der Lederlehne des Sessels. Es gehörte zum guten Ton von Leuten, die wichtig waren oder sich für wichtig hielten, andere Leute lange warten zu lassen, besonders die, die etwas von ihnen wollten, aber nicht wichtig genug waren, um sofort empfangen zu werden, oder von denen sie den Eindruck hatten, dass sie etwas von ihnen wollten. Philipp von Rocket Internet war da keine Ausnahme und Tom als Leidtragender ebenso wenig. Das GSW-Hochhaus, in dem die größte Start-up-Schmiede des Kontinents residierte, die ihre Anfänge in einem kleinen Kreuzberger Hinterhof hatte, wurde erst seit Kurzem »Rocket Tower« genannt und bildete mit zweiundzwanzigtausend Quadratmetern Europas größten Start-up-Campus.

An der Wand hingen Bilder von der Geschichte von Rocket Internet. Jeder in der Start-up-Szene kannte die Anfänge der Firma in Berlin, als die Samwer-Brüder gemeinsam für eBay eine E-Commerce-Plattform für Deutschland programmieren wollten. eBay hatte abgewunken mit der Begründung, dass der deutsche Markt zu klein sei. Dann hatten die Samwers einfach einen eBay-Klon Namens *Alando* für Deutschland nachgebaut und diesen dann für mehrere Hundert Millionen Euro an eBay verkauft. Damit begann der Siegeszug von Rocket Internet.

Toms eigener Siegeszug ließ allerdings noch auf sich warten. Er saß auf einem der Ledersessel und blätterte durch die Zeitschriften und Bücher über disruptive Innovation, die auf den Glastischen lagen und auf einem Regal an der Stirnseite des Raumes aufgereiht waren. Die üblichen Verdächtigen wie Shapiro, Innovators Dilemma von Clayton Christensen, Business Model Canvas und Bücher über *Design Thinking* und *Artificial Intelligence*. Tom kannte die Diskussionen. Manche glaubten, dass Künstliche Intelligenz oder kurz KI bald alles bestimmen würde. Gesichtserkennung war dabei fast schon ein alter Hut. Es gab bereits Algorithmen, die entscheiden konnten, wer im Unternehmen befördert oder gefeuert werden würde. Andere Algorithmen konnten aus Bewegungsmustern von Menschen am Flughafen ablesen, wer wohl ein

Terrorist war. Dann gab es die, die sagten, dass alles komplett übertrieben und KI längst nicht so stark sei, wie man immer behauptete. So gab es zwar bereits halbwegs funktionierende, intelligente Staubsauger und Rasenmäher, aber es gab noch immer keinen Roboter, der richtig putzen oder Wäsche zusammenlegen konnte. Und eine Maschine, die Wartezeit reduzierte, dachte Tom, gab es leider auch noch nicht.

Die Tür öffnete sich.

»Philipp ist so weit«, sagte Laura.

Tom fühlte sich ein wenig wie beim Zahnarzt.

KAPITEL 10

UNIVERSITÄTSKLINIKUM EPPENDORF, HAMBURG, DEUTSCHLAND

»Da bin ich«, rief Tara, ein wenig außer Atem, und stellte ihren Kaffeebecher auf ihren Schreibtisch. »Zeig mal her!«

»Hier!« Miriam holte einen Laptop und stellte ihn auf Taras Schreibtisch. »Extrem hohe Konzentration. Radionuklid Jod-131. Das Zeug ist gefährlich.«

»Hundertachtundneunzig von zweihundert«, murmelte Tara, »also in fast allen Probanden.«

»Richtig, nur zwei nicht. Oder anders ausgedrückt: Ein Prozent ist nicht betroffen. Das kann also kein genereller Messfehler sein.«

»Aber das Ganze muss doch ein Messfehler sein! Wo soll denn das radioaktive Jod sonst herkommen?«

»Ja, das habe ich mich auch gefragt, ich habe schon einige Messwerte mit der Kontrollblutprobe von gestern abgeglichen. Die sind alle korrekt, die Chips funktionieren also einwandfrei.«

»Ist das radioaktive Jod auch im Labor gemessen worden?«, fragte Tara.

»Nein, das haben wir nicht bestimmen lassen.«

»Dann müssen wir das dringend nachholen«, sagte Tara und setzte sich auf den Schreibtisch, »hast du eine Idee, wo das radioaktive Jod herkommt?«

Miriam nickte. »Habe gerade noch mal nachgeschaut. Jod-131 ist ja sehr flüchtig und kann sich sehr schnell sehr großflächig verbreiten, so ähnlich wie eine Epidemie. Es lagert sich in Pflanzen ab, Milch, Fleisch, Fisch und in der ganzen Nahrungskette.«

»Und durch die Nahrung nehmen wir es auf, und es reichert sich dann in der Schilddrüse an.«

»Genau. Und wenn es radioaktiv ist, was dieses hier ist, dann kann es zu Autoimmunerkrankungen kommen. Oder gleich Krebs. Darum werden ja bei Reaktorkatastrophen Jodpräparate an die Bevölkerung verteilt. Die Schilddrüse ist dann vollgepumpt mit ungefährlichem Job und nimmt kein verstrahltes Jod-131 mehr auf.«

Tara sank von der Schreibtischkante auf ihren Stuhl, wobei sie beinahe den Kaffeebecher umgeworfen hätte. »Mist«, fluchte sie und faltete die Hände unter dem Kinn, während sie den Blick nicht von Miriams Laptop ließ.

»Wir haben hundertachtundneunzig Probanden mit erhöhten Werten von Jod-131. Die müssten wir eigentlich informieren.«

»Das müssten wir.«

»Das kann aber ziemlichen Trubel auslösen, und das würde ich vorher gern mit Imir klären.«

Tara nickte. »Würde ich auch so machen.« Imir war ein Oberarzt, der kein Problem damit hatte, Leute an der langen Leine zu führen und sie ihr Ding machen zu lassen; was bei ihm auch gar nicht anders ging, da er oft unterwegs war, zudem an der Uni lehrte und ständig von einer Konferenz zur nächsten flog. Er konnte aber sehr unangenehm werden, wenn irgendetwas aus dem Ruder lief und er darüber nicht rechtzeitig informiert wurde.

Tara kniff die Augen zusammen. »Zweihundert Probanden. Bei hundertachtundneunzig erhöhtes Jod-131.« Sie hob den Kopf. »Die sind doch alle in Hamburg, oder?«

»Einige der jüngeren Studenten kommen aus aller Welt,

aber da jetzt gerade das Semester losgeht, müssten die alle hier sein. Die älteren Probanden sowieso, die studieren ja nicht und leben eh in Hamburg.«

»Wir müssen schauen, ob das ein Messfehler ist oder ob wir tatsächlich irgendein Strahlenproblem haben.«

»Meinst du, die Regierung verschweigt uns etwas?«

»Wäre ja nicht das erste Mal. Pass auf, Miriam, kannst du das Team mobilisieren? Wir müssen die zweihundert Probanden einbestellen und ihnen Blut abnehmen. Dann wissen wir genau, ob hier ein Messfehler vorliegt oder die wirklich alle dieses Jodproblem haben.«

»Kann unser Labor das? So viele, so schnell?«, fragte Miriam.

Tara war keineswegs sicher. »Versuchen müssen wir es.«

»Wird sportlich«, sagte Miriam, »dann kann ich natürlich nichts an dem Paper machen. Da ist nächste Woche Deadline.«

»Vergiss das Paper. Das mach ich zur Not am Wochenende fertig.«

Miriam blickte aus dem Fenster und murmelte etwas vor sich hin.

»Also, ihr schafft das?«, fragte Tara.

»Wie war das bei *Dinner for One? I do my very best.*«

»Ihr *seid* die Besten! Dann schlage ich vor, wir klemmen uns ans Telefon!«

KAPITEL 11

WORLD ECONOMIC FORUM, DAVOS, SCHWEIZ

Arakis wusste, was er war. Ein Outcast. Jemand, der nicht dazugehörte. Er sah die Berge in der Entfernung, blau-weiß im Mondlicht. Groß, unerreichbar, fast so unerreichbar wie der Mond, der über ihnen leuchtete. Er kam sich vor wie Gandalf in *Der Herr der Ringe,* der gemeinsam mit Pippin auf die Berge von Mordor blickte. Oder kam er sich eher vor wie Pippin und vermisste Gandalf?

Er hatte den Kreis wie ein geprügelter Hund verlassen. Es war wie damals, als er in Stanford abgewiesen worden war.

Er sah die Berge vor sich, wie Festungsmauern. Die Berge waren oben, und er war unten.

Ein riesiger Schatten kam auf Arakis zu und sprach ein paar Worte auf Chinesisch. Es war sein Leibwächter Si. Si war auch ein verstoßenes Kind. Genauso wie Arakis. Si schaute ihn an. Arakis gab ihm kurz zu verstehen, dass es nichts gab, was er tun konnte. Si neigte den Kopf und verließ ihn wieder. Aber er würde wiederkommen. Er würde nicht über ihn sprechen, nicht über ihn lachen. Sondern notfalls nur die Berge mit ihm anschauen. So wie Gandalf es tat. Er würde immer da sein, niemals weggehen und niemals lachen.

Arakis stand noch lange in dem Raum und trank allein einen Whiskey. Dabei schaute er auf die Schweizer Berge. Die Schweiz ist so gut, weil sie nur Leute, Berge und Schnee hat, hatte mal ein Regierungsvertreter aus Singapur gesagt. Da musste man kreativ sein und Höchstleistungen bieten. Singapur hatte nicht einmal Berge und Schnee, dafür aber einen riesigen Hafen und eine exzellente geostrategische Position. Er schaute auf die Schweizer Berge. Aus den Bergen kamen in *Der Herr der Ringe* die Armeen Mordors. Auch aus diesen Bergen würde etwas kommen. Die Berge, das wusste er, würden ihm helfen, auch diese selbstgefälligen, arroganten Schnösel einzufangen und zu überzeugen. Seine Zeit war noch nicht gekommen. Aber sie würde kommen. Sie würde kommen, hart und gefährlich.

Im wahrsten Sinne des Wortes wie ein … Erdbeben.

KAPITEL 12

ROCKET INTERNET, KOCHSTRASSE,
BERLIN, DEUTSCHLAND

»Du hast schon mal einen guten Exit gemacht?«, fragte Philipp, als sich beide begrüßt hatten. »Habe ich bei LinkedIn gesehen.«

Der Exit war nicht gut genug, dachte Tom, *sonst würde ich nicht hier sitzen. Exit. Sagt man so schön, wenn jemand ein Unternehmen vorteilhaft verkauft hat.*

»Ja«, sagte er stattdessen. »Ich war an einem Blockchain und Kryptowährungsprojekt in London beteiligt, das dann unvorhergesehen durch die Decke ging. Der chinesische Staat ist in das Projekt eingestiegen, um die Technik zu nutzen und die Währung und den Zentralbankmechanismus der chinesischen Zentralbank nach und nach auf Kryptowährungen umzustellen. Ganz besonders deswegen, um in Zukunft noch weniger vom Dollar abhängig zu sein.«

»Cool.« Philipp schien tatsächlich beeindruckt zu sein. »Kam dadurch auch der Kontakt zu China zustande?«

»Genauso war es.« Er schob Philipp die Präsentation über den Tisch und lieferte einen sechzigsekündigen *Elevator Pitch* ab.

»Ein Medical Start-up«, sagte Philipp dann und blinzelte Richtung Fenster, wo die Sonne durch die Jalousien knallte. In einiger Entfernung sah man den Bahn-Tower und die mittelgroßen Wolkenkratzer vom Potsdamer Platz. Der Head of New Ventures blätterte durch den Prospekt. »Invasiv, selbstlernend, online, mit Implantaten.« Er blickte auf. »Wie lernt das Ding? Über Regression, Algorithmen?«

»Unter anderem«, sagte Tom. »Aber das ist ja kalter Kaffee. Wir sind schon einen Schritt weiter.«

»*Machine Learning* ist kalter Kaffee?«

»Na ja«, Tom versuchte, ein wenig auf die Pauke zu hauen, und hoffte, dass der Schuss nicht nach hinten losging, »schließlich ist der Computer schon 1942 erfunden worden, in Deutschland wohlgemerkt, und die meisten Begriffe zur Künstlichen Intelligenz wie *Machine Learning* und *Predictive Analysis* sind doch bereits auf der berühmten Dartmouth-Konferenz im Jahr 1956 definiert worden.« Er holte kurz Luft. »Aber das können unsere Techies noch viel besser erklären. Die stehen natürlich auch gern für ein Gespräch zur Verfügung.«

Philipp nickte. »Eigentlich spannend.«

»Das freut mich«, sagte Tom. Fragte sich aber, was das *eigentlich* heißen sollte. Auch wenn Tom das schon häufiger bei Pitches gehört hatte.

»Ihr zieht das in China hoch?«, fragte Philipp.

Tom nickte. »Shenzhen.«

Philipp nickte mit Kennermiene. »Krass, was da abgeht. Alles mit Hochgeschwindigkeit, während die Deutschen im Schneckentempo hinterherhinken.« Er sprach Richtung Fenster, dann blickte er Tom an. »Merkel war da vor Kurzem in Shenzhen vor einem Gerät, das Rückenprobleme mit *Big Data* heilt. Der Entwickler wollte, dass sie sich vor dem Gerät bückt, damit das Ding ihren Rücken vermessen kann.«

»Hat sie das gemacht?«

»Natürlich nicht. Wie sieht das aus? Die Kanzlerin verbeugt sich vor einem chinesischen Hightechprodukt. Dafür hat die Merkel ein Gespür. Dass so etwas bloß nicht falsch ankommt. Auch wenn ihr sonst ja nicht mehr viel gelingt. Auch als Macron Xi Jinping in Paris empfangen hat. Zusammen mit Merkel und Juncker. So als wollte man unbedingt Einigkeit demonstrieren, weil es eigentlich keine Einigkeit gibt. So einer wie Xi merkt das sofort.«

»Egal, ob sich Merkel verbeugt.«

»Völlig egal. Genau das wird passieren. Europa wird sich verbeugen müssen. Die Chinesen ziehen das alles mit einer Kompromisslosigkeit durch, die selbst in den USA keiner hat. In Europa erst recht nicht.« Er blickte wieder aus dem Fenster. »Datenschutz gibt es nicht, Millionen von Smartphones, fast anderthalb Milliarden Menschen. Mit dieser Datenmenge werden die wirklich die führende KI-Macht bis 2030. Die USA sind zwar noch recht weit vorn …«

»Aber China hat schon halb so viele Patente wie die USA«, ergänzte Tom, »Tendenz steigend. Deutschland hingegen hat davon nur zehn Prozent.«

Philipp nickte. »Das ist unser Problem. Das Geld ist zwar da in Deutschland, aber das stecken die Politiker lieber in die Rente statt in KI. Vergangenheit statt Zukunft. Da hilft es auch nicht, wenn DigiDoro seit Kurzem Twitter entdeckt hat und eine Apple Watch trägt. China ist *the place to be.*«

Tom musste lächeln. DigiDoro, die Staatsministerin für Digitales, Dorothee Bär, die außer Ankündigungen und Worthülsen in Richtung Digitalisierung und einem eigenen Twitter-Account noch nichts hingekriegt hatte. Ebenso wenig wie der Rest der Bundesregierung. Man konnte sagen, die Anzahl der Digitalisierungsbeauftragten stand im positiven Bezug zur Anzahl der Funklöcher in Zügen, Aufzügen und Autobahnen.

China is the place to be, hatte Philipp gesagt. Tom nahm den Ball auf. »Darum sind wir auch da«, sagte Tom, »und ihr hättet bei einem Einstieg Zugang zum chinesischen Markt. Fast anderthalb Milliarden Menschen. Du hast es selbst gesagt.«

»Eigentlich ja«, sagte Philipp. »Da ist nur ein Problem. Euer Produkt ist interessant, das stimmt. Aber eben auch für andere.«

»Nämlich?«

»Die *other shareholders*, die da in deinem Pitch stehen. Glaubst du, ich weiß nicht, wer das ist, der da noch einsteigen könnte und wo schon Non-Disclosure-Agreements unterschrieben worden sind?«

Die *other shareholders*, dachte Tom. Das waren die möglichen anderen Aktionäre. Und alle fürchteten, dass er mit denen schon Verschwiegenheitserklärungen, die Non-Disclosure-Agreements, unterschrieben hatte. Vielleicht auch Teile der Zentralregierung Chinas. Man wusste nie, wo nun wirklich die Partei dahinter war oder sich nur hinter Strohmännern versteckte. Wahrscheinlich wollte Philipp genau darauf hinaus.

»Wer soll das denn deiner Meinung nach sein?«

»Die Partei. Xi Jinping und Konsorten, der seit dem Parteitagsbeschluss nicht mehr auf zwei Amtszeiten beschränkt ist, sondern lebenslang regieren kann, wenn er will. Der ist also schon mal ewiger Shareholder.« Er schob die Präsentation ein Stück von sich. »Wenn ihr das im Venture Capital Programm HAX für Risikoinvestitionen in Shenzhen aufgezogen habt, dann ist ja automatisch der Staat mit drin.«

Bingo, dachte Tom, *jetzt haben wir die Diskussion genau da, wo ich sie nicht haben will.*

»Das ist ja gar nicht gesagt.«

»Dass er Shareholder bei euch ist oder lebenslang regiert?«, fragte Philipp.

Tom sagte nichts.

»Ist aber auch egal«, sagte Philipp. »Wir wissen schon, wie der Hase läuft. Als DeepMind von Google den Go-Meister besiegt hat, war das der Sputnik-Moment Chinas.« Tom hob die Augenbrauen. Die Geschichte kannte nicht jeder, aber Philipp kannte sie. DeepMind war eine Londoner Firma, die Google für vierhundert Millionen gekauft hatte. Nachdem künstliche Intelligenz im Schach jeden Großmeister besiegt hatte, dieser Ansatz jedoch im chinesischen Spiel Go noch nie funktioniert hatte, war DeepMind gegen den Go-Weltmeister Lee Sedol angetreten. Lee Sedol hatte eine Vorhersage getroffen: Er würde 5 : 0 gewinnen. Allenfalls traue er dem Computer ein 1 : 4 zu. Mit dem Resultat sollte er recht behalten, aber nicht damit, dass *er* gewann. Denn tatsächlich schlug der Computer ihn mit 4 : 1. Eine Schmach.

Philipp sprach weiter. »Die Chinesen wollten unbedingt in KI aufholen. Und bei allem, was nach Kontrolle aussieht, steckt die Partei ihre Nase rein. Passt auf, dass die euch nicht komplett rauskaufen.«

»Dafür müssten sie mehr zahlen.«

Philipp zuckte die Schultern. »Exit-Szenario mit Maulkorb. Haben einige Start-ups in Shenzhen gemacht. Sobald du etwas mit Überwachung, KI, *Big Data* oder Kontrolle machst, was für den Überwachungsstaat hilfreich sein kann, kommt einer von der Partei und steigt ein. Es wird dann erwartet, dass du noch eine Weile als Chairman an Bord bleibst, auf Konferenzen und für die Staatspresse nett lächelst und ein paar Worte auf Chinesisch kannst. *Hen hao, xiexie ni, hen gaozing renshi ni …*«

»Wusste gar nicht, dass du Chinesisch kannst.«

»Das war's auch schon, aber wird ja wohl die neue Weltsprache, da sollte man ein paar Worte können. Mehr sollst du selbst sicher auch nicht sagen und sonst deinen Mund halten. Und dann, wenn die Partei-Investoren das ganze Know-how haben, nimmst du einen goldenen Handschlag und eine hohe

Auszahlung mit und hältst ab dann zu diesem Thema die Schnauze.«

»Was man in China hinsichtlich der Partei eh tun sollte«, sagte Tom. »Xinjiang, Tibet und Taiwan sind auch noch solche Themen, die nicht gerade smalltalktauglich sind.«

»Wem sage ich das«, sagte Philipp, »du bist der Profi.«

»Aber um wieder zum Thema zu kommen«, sagte Tom, »euch stört die Partei, die vielleicht mal einsteigt?«

»Die, wenn das alles so ist, wie es da steht, ganz sicher einsteigt. Oder schon eingestiegen ist …«

»Geld brauchen wir trotzdem noch.«

Philipp lehnte sich zurück und überlegte. Dann weiteten sich seine Augen. Er tippte etwas auf seinem Smartphone ein. Ein Foto erschien.

»Frag doch mal den hier«, sagte Philipp. »Reich, skrupellos, immer auf der Suche nach neuen Ideen. Der kennt sich mit Medizin gut aus und ist auch in China sehr gut vernetzt.«

»Klingt ja so wie Gordon Gekko aus *Wall Street.*«

»So einer ist der auch. Quasi die China-Version von Gekko. Ist aber kein Chinese.«

»Aber wie Gekko?«

»Nein. Schlimmer.«

KAPITEL 13

LIDO DI OSTIA, NAHE ROM, ITALIEN

Sofia blickte auf das Meer. Das Meer, eine blaue Unendlichkeit, noch unendlicher als das Weiß des Strandes, und in seiner Unendlichkeit nur noch von dem riesigen Zelt des Himmels übertroffen. Große Wellen rollten scheinbar zögerlich heran, um dann krachend auf den Strand zu treffen, und brachten mit dem Wind den Geruch von Salz, Tang und dem Herzen des Meeres mit.

Mauro durchschritt mit seiner Frau Sofia die Räume, die einmal ein Restaurant waren.

»Ich weiß nicht«, sagte Sofia, »wir haben dieses schöne Restaurant in Rom. Warum das hier noch?«

»Weil es zu meiner Familie gehört. Papa wäre stolz, wenn wir es wiederaufbauen. Es gehört zu uns. Ich habe auch schon einen Namen.«

»Und welchen?«, fragte Sofia.

»Il Colosseo!«

»Du weißt schon, dass im Kolosseum früher die Gladiatorenkämpfe waren?«

»Wer weiß das nicht. Es soll aber nicht an die Kämpfe erinnern, sondern an die Empfindung, die man hat, wenn man das Restaurant betritt. Kolossal!«

Mauro blickte auf den staubigen Boden, die abgeblätterte Farbe an der Wand, die Tische und Stühle. Einige der Glasscheiben waren gesprungen, sagte Mauro, ohne das Chaos zu sehen.

»Papa wäre stolz auf mich. Und die anderen auch.«

»Mauro, du musst dir und uns nicht immer etwas beweisen. Du hast genug erreicht.«

»Wenn ich das Colosseo aufbaue, dann ja. Vorher nicht.«

Sofia verdrehte die Augen. Sie kannte die Themen ihres Mannes. Mauros Vater Davide kam aus einer altehrwürdigen römischen Familie. Ein großer Teil der Familie hatte für den Vatikan gearbeitet und tat es zum Teil noch heute. Dann hatte sich Davide verliebt, in Alberta. Alberta gehörte zu einem Sinti-Clan, war aus dem Clan verstoßen worden, weil sie nicht den Mann geheiratet hatte, den ihr Vater, der Clan-Chef, für sie vorgesehen hatte. Und Davide wurde seit der Hochzeit, die beide nur mit einem Priester in einer Unterkapelle des Petersdoms und ohne großen Pomp gefeiert hatten, von Freunden und Geschäftspartnern schief angeschaut.

»Du bist ein *Zige*«, sagten sie ihm. »Du bist jetzt auch ein Zigeuner, einer von denen, nicht mehr einer von uns. Hast du nichts Besseres finden können?« Und Mauro hatten sie das Gleiche gesagt. Hatten ihn gehänselt. Und hatten wieder einmal gezeigt, dass die sogenannte offene und vorurteilsfreie Gesellschaft eher in Sonntagsreden als in der Realität vorkam.

Sofia und Mauro gingen nach draußen. Ein frischer Wind wehte vom Meer her. Wenige Menschen liefen am Strand entlang.

»Hast du mal überlegt, was der Umbau kostet?«, fragte Sofia.

»Ich rechne das gerade mit Sandro durch.« Sandro war der Steuerberater der Familie. »Aber ganz billig dürfte es nicht werden.«

»Und wie willst du das finanzieren? Kredit der Bank?«

»Ja, bei der Unicredit oder Paschi di Siena. Oder Banco di Casa. Da gibt es ja einige.« Er schaute Sofia auffordernd an, als erwarte er Beifall von ihr. Aber den bekam er nicht.

»Ich fürchte, Mauro, du willst allen etwas beweisen und verhebst dich dabei. Der Tag hat nur vierundzwanzig Stunden. Und jeder Kredit muss zurückgezahlt werden.«

Mauro biss die Zähne zusammen. Das Argument schien ihm nicht zu gefallen. »Glaub mir, Sofia, das wird eine Goldgrube hier. Den Kredit zahlen wir *pronto* zurück. Und so viel wird das nicht kosten. Ein paar Tausend Euro. Mehr nicht. Ich kenne viele, die mir helfen können.«

KAPITEL 14

PEKING, VOLKSREPUBLIK CHINA

Si stand mit seiner Mutter Min vor den Fenstern ihres kleinen Hutongs in der Yandaixie-Straße. Es war der erste Oktober, der Geburtstag der Volksrepublik Chinas.

»Du musst wieder weg?«, fragte Min.

»Ja«, sagte Si knapp. »Mein Boss will mit mir nach Südamerika.«

»Ist er ein guter Mensch?«

Si war sich nicht sicher, ob sein Boss unbedingt *gut* war. Er war jedenfalls ein Mann, der Dinge bewegen konnte.

»Er ist ein großer Mann«, sagte Si. »Ein *Da Ren.*«

»So wie Deng?«, fragte Min.

»Ja, so wie Deng.«

Deng, dachte Si. Jeder kannte ihn.

Eine Institution, so sagte man, war der Schatten eines Mannes. Und zu dieser Zeit, am Ende der Siebzigerjahre, trat ein Mann aus dem Schatten von Mao Tse-tung, um den Vorsitz der Kommunistischen Partei zu übernehmen.

Dieser Mann, Deng, hatte die beiden widerstreitenden Systeme studiert. Den blitzenden Kapitalismus angelsächsischer Prägung als ein Extrem und das verkalkte Sowjetsystem als ein anderes. Er hatte gesehen, dass der Kapitalismus auf Anreizen basierte und die Menschen zu wahren Höchstleistungen motivierte. Dafür war alles der Eigeninitiative des Unternehmers überlassen, ohne zentrale Planung. Der Mann hatte auch gesehen, dass das Sowjetsystem zwar alles plante, aber keine Eigeninitiative belohnte. Die einzige Möglichkeit für einen Arbeiter in einem russischen Staatsbetrieb, seinen Stundenlohn zu erhöhen, war, seine Arbeitszeit zu reduzieren und früher nach Hause zu gehen.

Was wäre, dachte Deng damals, wenn wir das Beste aus beiden Welten miteinander verbinden? Wenn wir weiterhin planen, aber dennoch den Eigennutz der Menschen für uns nutzten? Und während der Kapitalismus Anreize setzte ohne Planung und der sowjetische Kommunismus plante, ohne Anreize zu setzen, erfand dieser Mann ein neues System.

Dieser Mann hieß Deng, und er wurde, wenig schmeichelhaft, die *kleine Flasche* genannt. *Deng* war sein Name, *Xiao* (小) hieß *klein* und *ping* (平) hieß *Flasche. Eine Flasche Bier* hieß in China daher *yi ping píjiû* (一平酒).

Auf der Weltbühne erhob sich Deng Xiao Ping. Und mit ihm begann das größte Wunder der Wirtschaftsgeschichte. Im Westen nannte man dieses Wunder abwechselnd *Kapitalismus chinesischer Prägung, Kommunismus chinesischer Prägung* oder einfach nur *Staatskapitalismus*. Das dachte Si. Doch seine Mutter war nicht dieser Meinung.

»Deng hat die Hutongs zerstört«, sagte Min.

»Nicht nur Deng«, antwortete Si. »Das haben andere auch. Aber er hat ein Wunder vollbracht.«

»Ein Wunder?«

»Ein Wunder, das fünfhundert Millionen Menschen aus der bittersten Armut befreite und etwas zustande brachte, das kein anderes Großreich jemals geschafft hatte.« Sein Boss hatte ihm diese Geschichte erzählt. Das mazedonische Reich von Alexander dem Großen war vergangen, das ägyptische und persische Großreich ebenso, und auch das römische Großreich war nur noch ein Schatten seiner selbst und hatte seine globale Präsenz bestenfalls in den Vatikan hinübergerettet.

»Jetzt, Mama«, sagte Si, denn das Wort für *Mama* war in

allen Sprachen fast gleich, »jetzt wird etwas geschehen, was kein anderes antikes Großreich geschafft hatte: Das fünftausendjährige China, das bereits in der Antike ein Imperium war, würde im einundzwanzigsten Jahrhundert zur stärksten Wirtschaftsmacht der Welt aufsteigen.« Er nahm seine Mutter in den Arm. »Darauf können wir stolz sein.«

Seine Mutter, die kaum halb so groß war wie er, nickte schwach. »Chinas Arm wird stärker«, sagte sie, »aber seine Seele stirbt.«

KAPITEL 15

ROCKET INTERNET, KOCHSTRASSE,
BERLIN, DEUTSCHLAND

Tom blickte auf das Foto auf Philipps Smartphone.

»Sieht südländisch aus«, sagte Tom.

Philipp nickte. »Ein Teil Grieche, ein Teil Ami, und ich glaube, ein Teil der Familie kommt sogar aus Deutschland. Er hat seine Finger überall im Spiel. Ist aber nicht ganz ohne. Es geht das Gerücht, dass er mal in Deutschland gesessen hat.«

Im Knast, dachte Tom. »Das ist ja ein toller Partner«, sagte er dann.

»Aber der hat Rums«, sagte Philipp. »Glaub's mir.«

»Hat er auch einen Namen?«

»Arakis«, sagte Philipp. »Dairon Arakis.«

»Schon mal gehört.«

»Ganz große Nummer«, sagte Philipp, »aber sehr umstritten.«

»Kennst du den?«

»Nein.« Philipp schüttelte den Kopf und drückte auf eine Taste auf dem Keyboard. Der Drucker surrte. »Ich druck dir mal ein paar Infos aus.« Er zog das Papier aus dem Drucker. »Aber Vorsicht.« Er blickte Tom fest an. »Arakis ist niemand, mit dem man spaßen sollte. Er weiß genau, was er will, und das kriegt er auch meist. Man nennt ihn auch den *Bluthund.* Und wenn ihm dabei jemand im Weg steht …«

»Dann ist er tot?«, fragte Tom.

»Das nicht gerade. Aber er wird schnell kaltgestellt. Arakis ist sehr intelligent und skrupelloser als die meisten anderen

Haie. Die meisten überschätzen sich und unterschätzen ihn. Und das geht vielleicht kurzfristig gut, aber langfristig schief.«

»So wie der Subprime Markt in den USA bis zum Jahr 2007? *The Big Short?*«

Philipp grinste. »So ein bisschen. Es gibt in China und im Silicon Valley ein schönes Sprichwort. Gar nicht mal nur ein Sprichwort, sondern ein Algorithmus.«

»Ein Algorithmus?«

»Ja. Mit dem man seine eigene Intelligenz feststellen kann, indem man die von Arakis analysiert.«

»Ein eigener Intelligenztest? Und wie lautet der?«

»Je schneller du merkst, dass Arakis schlauer ist als du …«, Philipp hielt kurz inne, »desto schlauer bist du.«

KAPITEL 16

UNIDADE DE POLÍCIA PACIFICADORA,
RIO DE JANEIRO, BRASILIEN

Die Unidade de Polícia Pacificadora, UPP, von Rio de Janeiro, was so viel wie »befriedende Polizeieinheit« hieß, existierte seit 2008 und war Teil der Militärpolizei. Zur Weltmeisterschaft 2014 war sie noch einmal aufgestockt worden.

Der Blick aus dem Fenster zeigte die Küste der Copacabana und den Zuckerhut. Menschen, die sich sonnten und im Meer badeten, Wolkenkratzer, Autos und wenige Wolken vor dem strahlend blauen Himmel. Draußen sah es aus wie im schönsten Urlaub. Das Video aber war grauenhaft. Menschen, denen die Haut abgezogen, die Finger abgeschnitten oder die in Stahltonnen gekocht wurden. Enthauptungs- und Foltervideos. Nicht vom islamischen Staat, sondern aus Mexiko.

Ignacio Vazquez wollte am liebsten wegschauen, aber er musste hinschauen. Das hier war sein Problem, das er lösen wollte. Vazquez, glatt rasiert, fünfundvierzig, etwas untersetzt, aber mit der Statur eines Menschen, der jeden Tag Sport treibt und dem auch Kampfsport nicht fremd war, war seit Kurzem Staatssekretär von Brasiliens neuem rechtskonservativem Law-and-Order-Präsidenten Bolsonaro, den die Presse sehr schnell *Tropen-Trump* genannt hatte. Vazquez wusste nicht, ob er das als Kompliment sehen sollte. Immerhin gelang es Trump, eine Menge Dinge durchzusetzen, was man von Bolsonaro bisher nicht in allen Bereichen behaupten konnte. Der Mann, der neben ihm saß und die Videos mitgebracht hatte, war Diego Alvarez, der Polizeichef von Rio de Janeiro.

Er war ähnlich gedrungen wie Vazquez, nur fiel sofort die riesige Narbe an seinem linken Arm auf. Dort hatte ihn tatsächlich einmal ein Hai gebissen. Angeschossen worden war Alvarez in seinen zwanzig Dienstjahren noch nie, dafür hatte es ihn im Wasser erwischt. *Der mit den Haien kämpft,* wurde Alvarez auf Portugiesisch genannt.

»Wenn wir nicht aufpassen«, sagte Alvarez, »dann sieht es bei uns auch bald so aus. 2006 hat Mexiko den Drogenkartellen den Krieg erklärt. Und nun? Mehr als zehn Jahre später sind zweihunderttausend Tote das Resultat.«

»Immerhin ist Guzmán im Knast«, sagte Vazquez.

»Ja, Guzmán, El Chapo, war als einer der Ersten ins globale Geschäft mit Drogen eingestiegen. Der hat sein Drogenkartell von Anfang an wie einen internationalen Konzern geführt. Hinzu kommt noch, dass El Chapo Sohn von lokalen Bauern war, darum sahen viele in Mexiko in ihm einen Robin Hood, der sich mit *denen da oben* anlegte – und lange Zeit auch gewonnen hatte.«

Vazquez verzog das Gesicht. »Dass El Chapo mit einem Milliardenvermögen auch einer von *denen da oben* geworden war, viel reicher als fast alle anderen *da oben,* interessierte niemanden.«

»Ja, es ist ähnlich wie bei den Managern und den Rockstars: Wenn der Manager zehn Millionen verdient, gehen alle auf die Barrikaden. Wenn der Rockstar oder Fußballer hundert Millionen verdient, interessiert das niemanden.«

Vazquez ließ die Worte sacken. Er wusste: Was viele Kartelle und mafiöse Strukturen auf der ganzen Welt mit Hochachtung und Bewunderung zur Kenntnis nahmen, war die Anpassungsfähigkeit des Kartells von El Chapo. Es war das, was man im Unternehmensjargon auch *adaptive strategy* nannte. Ein derartiges Kartell gab es in Brasilien zum Glück noch nicht. »Guzmán war einer der Ersten gewesen, der synthetische Drogen lieferte und auf innovative Logistik- und Vertriebsstrategien setzte«, sagte Alvarez. »Entweder flogen Kleinflugzeuge über die Grenze der USA, oder auch Unterseeboote umgingen irgendwelche Zollschiffe, ansonsten ließ er Tunnel buddeln, um die Ware in die USA zu schmuggeln, wo in Miami, New York, Washington, Chicago oder auch in Kalifornien die Hauptabnehmer saßen.« Er zählte die Kunden an seinen Fingern ab. »In den Bankentürmen, den Werbeagenturen oder auch den milliardenschweren Start-ups. Und auch in der Politik.«

»Er ist doch zweimal geflohen, richtig?«

»Ja, in Mexiko. Zweimal aus einem sogenannten Hochsicherheitsgefängnis. Für seine zweite Flucht ließ er extra Ingenieure in Deutschland und der Schweiz ausbilden, die sich mit Tunnelbau auskannten. Den Gefängnisdirektor hatte er natürlich höchstpersönlich bestochen. Dann war die Glückssträhne allerdings gründlich beendet. Nach seiner zweiten Flucht 2016 wurde El Chapo in die USA ausgeliefert. Bei Uncle Sam sitzt er jetzt dreiundzwanzig Stunden pro Tag in Einzelhaft, ohne Sonnenlicht und mit ständig laufender Klimaanlage, in einem Hochsicherheitsgefängnis einige Kilometer von Manhattan entfernt. El Chapo droht lebenslang. Und bei den Gringos heißt das auch wirklich lebenslang.«

»Das FBI versteht weniger Spaß als wir.«

»Und genau da müssen wir auch hin!«

Vazquez nickte. »Mexiko«, sagte er, »ist ein *failed state,* ein gescheiterter Staat, komplett in der Hand der Drogenmafia. Bisher sind fast eine Viertel Million Menschen im Drogenkrieg gestorben, und ein Ende ist nicht abzusehen.« Er blickte Alvarez an. »So weit darf es hier in Brasilien niemals kommen.«

»Wir sind aber auf dem Weg dahin«, sagte Alvarez. »Wir bei der Polizei sehen immer die ersten schwachen Signale, die auftauchen, bevor etwas kippt.«

»Und das wäre?«

»Es gibt immer mehr private Panzerwagen, genau wie in Mexiko. Die halten selbst Schüsse von einer AK 47 ab. Die Scheiben aus Diamond Glass. Zwar noch nicht der Type IV Armour, der das Auto dreißig Prozent schwerer macht, aber die Reichen kaufen sich Sicherheit. Die Armen gehen leer aus.«

Das war hier in Brasilien eigentlich schon immer so, dachte Vazquez, sagte es aber nicht. Als Staatssekretär hatte er es sich vorgenommen, Brasilien nach der überteuren WM 2014 und der grassierenden Kriminalität endlich nach vorne zu bringen. »Haben Sie eine Idee?«, fragte er. Eines seiner Ziele war es, sich ständig mit den Sicherheitsbehörden auszutauschen und genau hinzuhören, wo der Schuh drückte. Die Polizei bekam in der Tat die anfänglichen schwachen Signale von neuen – und meist unerfreulichen – Trends fast immer als Erste mit. Genauso wie die Notaufnahmen und die Rechtsmediziner.

Alvarez nickte und schaute ebenfalls nach draußen auf den Zuckerhut. »Ich habe da eine Idee.«

KAPITEL 17

*EHEMALIGES WOHNHAUS VON HELMUT SCHMIDT,
HAMBURG, DEUTSCHLAND*

Tom und sein Vater Walter standen im ehemaligen Wohnhaus von Helmut Schmidt in Hamburg, das heute ein Museum war. Sie standen vor dem Flügel, auf dem der frühere Bundeskanzler oft gespielt hatte. An der Türklingel stand noch immer *Helmut Schmidt*. Als der Altkanzler hier noch lebte, hatte man bereits, bevor man die Klingel sah, einen Anbau mit einem kleinen Polizeihäuschen passiert.

»Der hat sogar eine eigene Schallplatte produziert«, sagte Toms Vater, »Mozart, Konzerte für zwei und drei Klaviere. Aufgenommen 1982.« Er seufzte. »Das würde heute kein Politiker mehr hinkriegen.«

Tom nickte. Er musterte seinen Vater. Die Kleidung schien zu groß zu sein für seinen ausgemergelten Körper. Genauso war es auch bei Steve Jobs gewesen. Er musste an das Zitat von Bilbo Beutlin in *Der Herr der Ringe* denken: *Zu wenig Butter über zu viel Brot gestrichen.* Tom war nach dem Gespräch mit Philipp in seine Wohnung in Berlin gefahren, die eher ein WG-Zimmer am Rosenthaler Platz war, und hatte dann ein Taxi zum Hauptbahnhof genommen. Im Zug nach Hamburg, der einigermaßen pünktlich abfuhr und in etwa so lange für die Reise brauchte, wie es auch im Bahn-Navigator stand, hatte er lange über das Gespräch mit Philipp und über diesen Arakis nachgedacht. Die Rocket-Leute wollten keine Chinesen dabeihaben und hatten ihm deshalb, anstatt bei ihm zu investieren, einen Mann empfohlen, der keine allzu weiße

Weste hatte, den man *den Bluthund* nannte und der offenbar gleichzeitig unberechenbar und gefährlich war. Und hochintelligent dazu. Tom musste an den Spruch von Philipp denken: *Je schneller du merkst, dass er schlauer ist als du, desto schlauer bist du.* Aber wenn dieser Arakis so gut in China vernetzt war und auch Richtung Westen, konnte das Toms Firma vielleicht wirklich helfen. China war überall, wenn auch wenig auffällig. Die Suchmaschine Baidu war bereits seit 2011 im Silicon Valley, SAP betrieb sein S/4HANA-Programm über die Alibaba Cloud. Vielleicht wäre sogar SAP der nächste deutsche Konzern, den die Chinesen kaufen würden? Wenn sie nicht gleich Volkswagen kaufen würden. Da passt sogar der chinesische Name. *Da Zhong*, der chinesische Name von Volkswagen, hieß so viel wie *Großes Volk*.

»Die Hausbar hier kann man nicht besichtigen«, sagte sein Vater und riss Tom aus seinen Gedanken, »aber ich war mal mit der Handwerkerinnung auf einer Sonderbesichtigung drin. Da steht eine Louis-Armstrong-Figur, die auf Knopfdruck *Hello Dolly* schmettert.«

»Und überall riecht es nach Zigaretten«, sagte Tom. Er ärgerte sich, dass er seinem Vater nicht die Aufmerksamkeit schenkte, die er verdient hätte.

Sein Vater nickte. »Den Geruch kriegt man auch nie mehr raus. Er hat ja nicht nur diese Menthol-Zigaretten geraucht, sondern auch mal Zigarren und Pfeife.« Sie waren im Arbeitszimmer angekommen. Auf dem Schreibtisch einige Papiere und Bücher, ebenso wie in den Regalen, die sich bis zur Decke erhoben. Auf dem Schreibtisch standen gleich zwei Aschenbecher. Viele weitere Aschenbecher waren im ganzen Haus verteilt.

Auf einem Regal stand ein kleines Schachspiel, das Schmidt selbst geschnitzt hatte, um sich damit die Zeit zu vertreiben, als er Kriegsgefangener der Briten im Zweiten Weltkrieg gewesen war.

»Morgen geht es nach China?«, fragte Toms Vater.

»Ja. Aber vorher machen wir uns hier noch eine schöne Zeit.« Er klopfte seinem Vater auf die Schulter.

»Was hielt denn der olle Schmidt von China?«, fragte Walter Bayne.

»Einiges«, sagte Tom. »Ich hab früher ein paar Bücher von Schmidt über China gelesen. Schmidt hatte immer gesagt, dass die Chinesen nun einmal anders wären als die westlichen Demokratien und dass man ihnen da nicht ständig reinreden sollte. Er wusste, dass China schon immer oder wenigstens seit fünftausend Jahren zentralistisch gewesen war und dass Europa daran bestimmt nichts ändern wird.«

»Allzu überzeugend benimmt sich Europa ja im Moment auch nicht«, sagte Walter.

»Stimmt. Guck dir den neuen Flughafen in Peking an. Viermal so groß wie diese Bruchbude in Berlin und in vier Jahren fertig. Wenn der mit voller Kapazität läuft, ist das der größte Flughafen der Welt.« Er schaute sich um. »Na ja, und dass China das nächste große Ding sein würde, hatte Schmidt auch schon deutlich früher als die meisten anderen Politiker gewusst. Die meisten im Bundestag haben es bis heute nicht begriffen.«

»War er oft in China?«

»Ja. In China, und dann war er auch mit Lee Kuan Yew, dem Staatsgründer Singapurs, gut befreundet. Lee hat Singapur von einem Dritte-Welt-Land in fünfzig Jahren zu einem der reichsten Länder der Erde gemacht. Er war wohl so eine Art Seelenverwandter des Altkanzlers.«

Man sollte den Chinesen nicht reinreden, dachte Tom. Mittlerweile konnte das auch keiner mehr. Die Frage war, ob er den

Chinesen noch reinreden konnte, falls die sein Start-up übernehmen würden.

»Wie geht es dir denn nun?«, fragte Tom. Denn abgesehen von der Hiobsbotschaft vom Bauchspeicheldrüsenkrebs hatte sein Vater noch nichts über seinen Zustand gesagt. Von selbst redete Walter Bayne über solche Dinge ohnehin nicht.

Sein Vater zuckte die Schultern. Es war immer das Gleiche. Er verschwieg immer etwas. Tat immer stärker, als er wirklich war. Schon damals, als er die Firma gegründet hatte und es zu Beginn gar nicht gut gelaufen war, war das so gewesen. Er hatte sich eher zu Wucherzinsen Geld geliehen, anstatt zuzugeben, dass er Hilfe brauchte.

»Ach, min Jung«, sagte er auf Hamburgisch, »muss ja. Komm, wir gehen weiter.«

Sein Vater sah schlecht aus. Blass und irgendwie so, als ob zu wenig Haut über sein Gesicht gespannt war. *Bauchspeicheldrüsenkrebs*. Auch Steve Jobs war am Ende immer dünner geworden. Und irgendwann war er tot. Irgendwann war zu wenig Körper für die Haut übrig gewesen. Wenn das passierte, dann hatte Tom gar keine Eltern mehr. Er musste an Helmut Schmidt denken, der Loki Schmidt, seine geliebte Frau, verloren hatte.

Sie kamen ins Esszimmer. Hier hatte Loki Schmidt nicht nur Politiker verköstigt, sondern hier hatte auch immer die legendäre Freitagsgesellschaft getagt, zu der Siegfried Lenz, Volker Rühe und Michael Otto gehörten.

»Essen«, sagte Toms Vater, »das schmeckt nicht mehr so richtig.«

Tom kannte die Tücke bei Bauchspeicheldrüsenkrebs. Theoretisch konnte man Bauchspeicheldrüsen verpflanzen, das wurde bei Diabetikern versucht. Doch oft wurden die Organe abgestoßen, und niemandem war geholfen. Die Feinde des Körpers waren tückisch, das wusste Tom.

Er hatte vor Kurzem auf einer Medizinerkonferenz in Shanghai vom Glioblastom gehört. Ein Hirntumor, der das Gehirn angriff und dabei selbst wie das Gehirn vorging. Denn normalerweise agierten Krebszellen als Einzelkämpfer, doch die im Glioblastom schienen koordiniert zu arbeiten, ja sogar zu kommunizieren. Eine Art *Brain in the brain* hatte einer der Vortragenden gesagt. »Was ist künstliche Intelligenz?«, hatte der Vortragende gefragt. »Chemische und elektrische Prozesse, mit denen sich einzelne Zellen austauschen. Das ist doch das, was wir als *Denken* bezeichnen.« *Primitive Intelligenz, aber dennoch Intelligenz,* dachte Tom, *ein Tumor, der intelligent war.* Krankheiten konnten furchtbar sein. Toms Handy klingelte. Eine unbekannte Nummer.

»Warte mal kurz«, sagte Tom. »Bin gleich wieder da.«

»Bayne«, meldete er sich.

»Helbig«, sagte die Stimme am anderen Ende.

Tom dachte einen Augenblick nach. »Tara! Wie geht's?«

»Ganz gut. Bist du in Hamburg?«

Tom überlegte einen Moment. »Bin ich sogar, aber ich muss mich heute um meinen Vater kümmern. Er ist krank. Und morgen geht es wieder nach China. Ehrlich gesagt, passt es gerade nicht so gut.«

»Okay, dann will ich da mal nicht stören. Das Ganze ist eh noch nicht final.«

»Was gibt's denn überhaupt? Geht's um unsere Kooperation?«

»Exakt. Da scheint irgendein Messfehler zu sein.«

»Ach ja?« Solche Informationen über Messfehler, die man in der Start-up-Welt gemeinhin als »Showstopper« bezeichnete, hatten ihm gerade noch gefehlt.

»Ja. Wir haben ja zweihundert Probanden. Bei hundertachtundneunzig von denen wurde Jod-131 im Blut nachgewiesen.«

»Wie bitte?«

»Du hast schon richtig gehört.«

»Ich kann es aber nicht glauben. Das Zeug ist doch radioaktiv! Wo soll das herkommen?«

»Keine Ahnung, das fragen wir uns auch.«

»Der Chip misst nur, was im Körper ist. Habt ihr schon andere Blutwerte geprüft? Und habt ihr das im Labor gegengecheckt?«

»Sind wir dabei, aber das dauert seine Zeit.«

»Okay. Sagst du mir dann, was dabei herauskommt?« Tom blickte nach unten und sah seinen Vater, der etwas verloren am unteren Ende der Treppe stand und ab und zu nach oben schaute.

»Darauf kannst du Gift nehmen.«

»Solange es kein Jod-131 ist …«

»Sehr witzig«, sagte Tara, »ich dachte eigentlich, du könntest mir dazu etwas sagen. Denn Imir interessiert das natürlich auch.«

»Imir?«

»Mein Chef. Imir Khan. Der Pakistani, der auch bei deinem Pitch dabei war und von Calico geschwärmt hat.«

»Ach der, ja!« Tom schaute nach unten und nickte seinem Vater zu. »War ein cooler Typ. Von denen gibt's in Shenzhen auch einige.« Er räusperte sich. »Dann checkt das doch mal gegen, und ich rufe bei meiner Firma an. Vielleicht hat der Computer irgendwelche Stammdaten verwechselt und macht aus Vitamin B Jod-131.«

»Wollen wir mal hoffen«, sagte Tara. »Wir hören uns?«

»Definitiv. Alles Gute!«

»Mist«, zischte Tom und steckte das Handy in die Tasche. Das fehlte ihm gerade noch. Irgendwelche Messfehler, gerade jetzt, wo sie in die nächste Finanzierungsrunde wollten.

»Alles in Ordnung?«, fragte Walter.

»Ja, der Job«, sagte Tom, »der lässt einen nie los. Kennst du ja auch.«

»Aber wie, min Jung, aber wie. Wollen wir noch den Rest anschauen?«

»Machen wir!«

»Danach können wir ja was essen gehen. Helmut Schmidts Freitagsgesellschaft kann ich zwar nicht bieten. Es gibt da aber ein schönes Restaurant bei Övelgönne. Das Restaurant Süßwasser. Da können wir oben an der Elbchaussee parken und dann noch ein bisschen runterspazieren.«

»Gern«, sagte Tom und versuchte, den seltsamen Anruf von seiner früheren Kollegin zu vergessen, »vorher gehen wir aber noch zu dir nach Hause. Ich will die Unterlagen sehen. Und zwar alle, nicht nur die paar, die du mir als Fotos geschickt hast.«

Sein Vater zuckte die Schultern. »Wenn es sein muss …«

KAPITEL 18

HOTEL FOUR SEASONS,
RIO DE JANEIRO, BRASILIEN

Vazquez und Alvarez hatten ihr Treffen in einer Suite des Four Seasons in Rio de Janeiro fortgesetzt.

Ich habe da jemanden, den Sie kennenlernen müssen«, hatte Alvarez erklärt. »Ein Mann, der das Problem lösen kann.«

»Und wie?« Vazquez hatte schon zu viele Vorschläge gehört, die allesamt nicht funktioniert hatten.

»Durch Überwachung.«

»Überwachung?«

»Wir sind schließlich im Krieg.«

»Unser Präsident weiß, dass Brasilien im Krieg ist«, sagte Vazquez.

Alvarez nickte. Er wusste: Nicht nur Bolsonaro regierte das Land mit eiserner Faust, sondern auch seine drei Söhne Flávio, Carlos und Eduardo. Carlos hatte die Social-Media-Wahlkampfkampagne seines Vaters organisiert und trug den Namen *Pitbull*. Vor Kurzem hatte der Präsident eine Werbung der Banco do Brasil gestoppt, in der zu viele weiße und schwarze Brasilianer gleichzeitig zu sehen waren. Bolsonaro wollte ein einheitliches und kein *buntes* Brasilien. *Bunt* war für ihn alles, was chaotisch war und nicht funktionierte.

»Schön«, sagte Vazquez, »wo ist nun Ihre Wunderwaffe?«

»Direkt vor der Tür. Soll ich ihn hereinrufen?«

Vazquez zuckte die Schultern. »Von mir aus.«

Der Mann, der den Raum betrat, war von mittelgroßer und etwas gedrungener Gestalt. Mit seiner gebräunten Haut und den schwarzen Haaren hätte er auch als Brasilianer durchgehen können. Er fixierte den gesamten Raum in einer einzigen Sekunde, sein Blick gleichzeitig bohrend und unstet, als sei er immer in der Sorge, irgendetwas zu verpassen.

»Arakis«, sagte der Mann und hielt Vazquez die Hand hin. »Ich löse Probleme.«

»Das trifft sich gut«, antwortete Vazquez. »Wir haben nämlich eins. Oder eigentlich mehrere.«

Arakis ließ sich auf einen der Ledersessel sinken. »Das Problem ist, dass Ihre Sanktionsmöglichkeiten gegenüber den Kriminellen begrenzt sind«, sagte er. »Mittlerweile bezahlen Drogengangs andere Jugendliche, damit die für die Gangs Straftaten begehen. Ohne in den Knast zu kommen, da dann das Jugendstrafrecht gilt.«

»Ja, das ist übel«, sagte Vazquez.

»Ist es.« Arakis nickte. »Aber eigentlich wollen wir doch genau dasselbe. Wir wollen klare Priorität für den Schutz der Opfer, nicht der Täter. Das Einzige, was wirklich getötet werden muss, ist die Kriminalität.«

»Ist leider nicht so einfach«, sagte Alvarez, »der Strafvollzug kommt auch an seine Grenzen. Die Aufstände in den Gefängnissen haben sich seit 2000 vervierfacht. Erst vor Kurzem gab es mal wieder einen Aufstand, bei dem die Häftlinge sich gegenseitig erwürgt und enthauptet haben.« Er verzog das Gesicht. »So ähnlich wie in dem Video von Slayer. Aber nicht gestellt, sondern real.«

Ein kurzes Lächeln zog über Arakis Gesicht. Vielleicht kannte er Slayer oder das Video von dem Song *Repentless,* vielleicht fand er den Vergleich auch einfach nur passend.

»Und wenn Sie jetzt Ihre Lösung in einem Satz präsentieren sollten«, begann Vazquez, doch Arakis unterbrach ihn freundlich.

»Ich schaffe es sogar in einem Wort.«

»Und das lautet?«

»Überwachung.«

»Überwachung?«, fragte Vazquez und schaute Alvarez an. Das Gleiche hatte Alvarez ihm vorhin auch schon gesagt. »Wie genau? Wie im Dritten Reich? Oder in der DDR? Oder in Rumänien? Oder in …«

»So wie in China«, sagte Arakis.

»Mehr China brauchen wir hier eigentlich nicht.« Vazquez zog die Augenbrauen zusammen.

Arakis hingegen hob die Augenbrauen. »Es ist leider so, dass bei Überbevölkerung, Urbanisierung, Klimawandel und zunehmender Ungleichheit das alte Modell des Liberalismus nicht mehr funktioniert.«

»Die Frage ist, ob es je funktioniert hat.« Das war Alvarez.

»Ich bin mir nicht sicher, ob wir damit nicht über das Ziel hinausschießen«, meinte Vazquez.

Alvarez wiegte den Kopf hin und her. »*Extreme conditions demand extreme responses* – extreme Bedingungen bedürfen extremer Reaktionen.« Er wandte sich an Arakis. »Was sagen die Chinesen noch in Bezug auf ihr …«

»*… Social Credit System?*«, nahm Arakis den Ball auf. »*Die Vertrauenswürdigen sollen frei unter dem Himmel umherschweifen können, den Vertrauensbrechern aber soll kein einziger Schritt mehr möglich sein.* Sie sagen, dass Märkte ineffizient sind und Kontrolle das Beste ist. Ich kann glauben, oder ich kann wissen. Wissen ist aber in jedem Fall besser als glauben. Die feste Aussicht auf Strafe bei Fehlern ist besser als nur die Möglichkeit der Strafe.«

»Und derjenige, der ein schlechtes Rating hat«, fragte Vazquez, »in China, meine ich?«

»Der kann nicht mehr komfortabel reisen, kann keine Flugzeuge nutzen und keine Schnellzüge. Bei Vertrauensbrechern wird sogar der Klingelton des Handys umgestellt. Ohne dass sie es merken natürlich.«

»Das heißt, wenn einer anruft, der etwas auf dem Kerbholz hat ...?«

»Dann erklingt ein schriller, unschöner Ton. So wie ein Martinshorn vom Notarztwagen.«

»Und die Chinesen haben die ganze Infrastruktur dafür?«, fragte Vazquez.

»Klar. Dem Staat beziehungsweise der Partei, was eigentlich das Gleiche ist, gehören ja alle großen Unternehmen. Wer zu viel Online-Spiele auf Tencent daddelt, kriegt eine schlechte Bewertung. Wer seine Eltern nicht genug besucht, auch. Wer sich aber Babymilch aus Europa schicken lässt, steht besser da. Je mehr Punkte man hat, desto leichter kriegt man einen Kredit, einen Mietwagen ohne Kaution oder VIP-Eintritt in den Flughäfen. Es gibt von Alibaba sogar für besonders vertrauenswürdige Kunden vereinfachte Visa ins europäische Schengengebiet.«

»Technisch alles beeindruckend«, sagte Vazquez, »auch wenn es nicht heißen muss, dass es mir gefällt, aber wir haben hier nicht das Problem, dass die Leute ihre Eltern zu wenig besuchen oder zu viel Online-Games daddeln. Wobei wir die Probleme auch haben, aber ...«

»Sie wollen sagen: Bei Ihnen brennt es richtig. Und Sie wollen verhindern, dass es dermaßen brennt wie in Mexiko.«

»Kann man so sagen.«

»Deswegen ist das *Social Credit System* auch erst die zweite Stufe. Die erste ist einfacher. Und wirkungsvoller.«

»Nämlich?«

»Totalüberwachung. Kameras, Gesichtserkennung und *predictive profiling*. Daten extrapolieren. Klassifizierung, lineare, polynomiale Regression. Das ganze Zeug. Sie wissen als Polizei, wo die nächsten Verbrechen stattfinden.« Er blickte Alvarez an, der zustimmend nickte. »Heatmaps von Demonstrationen. Bevor sich zu viele Menschen ansammeln, können Sie schon die Wagen mit dem Tränengas hinschicken.«

»Das geht leicht?«

»Klar. Geht alles über die Smartphones. Und die hat ja auch hier jeder, oder?«

»Allerdings.« Vazquez musste an seine Tochter denken, die eigentlich vierundzwanzig Stunden am Tag auf ihr Smartphone und Instagram starrte.

»Loslegen können wir sofort«, sagte Arakis, »oder fast sofort.«

»Ich muss zugeben«, sagte Vazquez, »dass das zwar nicht sonderlich demokratisch, aber irgendwie doch verlockend klingt.«

»Wir haben die Chance und wir haben jetzt die eine Möglichkeit«, sagte Alvarez, »entweder wir ordnen unsere Dinge mit fremder Hilfe, oder wir werden ein zweites Mexiko. Dem Präsidenten würde es gefallen. Denn allein sind wir, fürchte ich, nicht schnell genug, um all die Brände zu löschen.«

Vazquez schloss die Augen. »Ich werde nachdenken.«

»Denken Sie gut nach«, sagte Alvarez, »aber nicht zu lange. Das Verbrechen schläft nicht.«

Vazquez erhob sich. Für ihn war das Gespräch erst einmal beendet.

»Eine Sache noch«, sagte Arakis. »Wissen Sie eigentlich, wie die Drogen nach Mexiko kamen?«

»Durch die Kartelle.«

»Richtig. Aber die Drogen waren vorher da.«

»Nun sagen Sie schon.«

»Tja«, sagte Arakis, »der heftigste Brennpunkt dort ist das sogenannte *triángulo critico*, das kritische Dreieck, wo das Sinaloa-Kartell, das Chihuahua-Kartell und das Durango-Kartell aktiv sind. Das Gebiet war im neunzehnten Jahrhundert ein Bergland, in das die Chinesen gekommen sind, die nicht in die USA durften und sich dort ab 1882 angesiedelt haben.«

»Die Chinesen also? Und was haben sie dort gemacht?«

»Ja, mal wieder die Chinesen. Die haben Schlafmohnfelder angebaut. Die Vorläufer der heutigen Drogen.«

Alvarez schüttelte den Kopf. »Dann hilft uns jetzt chinesische Technologie, um ein Problem zu lösen …«

Arakis nickte. »… das die Chinesen mit verursacht haben. Aber Sie kennen ja den alten chinesischen Spruch: *Um etwas zu fangen, muss man es erst einmal entkommen lassen.*«

KAPITEL 19

VIA FREGENE, RE DI ROMA, ROM, ITALIEN

Sandro Adamos schob Mauro das Angebot über den Tisch. Sie saßen in einem Besprechungsraum in Sandros Steuerberaterkanzlei in der Via Fregene, nahe der U-Bahn-Station Re di Roma. An den Wänden zwei gerahmte Fotos. Eines von Marlon Brando als Pate Don Corleone mit der Katze auf dem Schoss, ein anderes von Adriano Celentano als Busfahrer in dem Film *Gib dem Affen Zucker.*

»Fünfhunderttausend?«, fragte Mauro. Das hatte er nicht erwartet. Wenn er die Bilder betrachtete, fragte er sich, wer hier der Pate und wer der Affe war. *Zucker* waren die fünfhunderttausend jedenfalls nicht. Es war eher ein Schlag ins Gesicht. So viel hätte er sich nicht vorgestellt.

»Das sagen die Gutachter. Du vertraust doch Caesare.«

»Ich kenne ihn seit Jahren«, sagte Mauro. Er spürte dennoch einen bitteren Geschmack in seinem Mund, wie immer, wenn er irgendetwas erlebte, was ihm Angst machte. »Aber warum, verdammt noch mal, ist das so teuer?«

»Bei der Größe kannst du nicht alles schwarz machen lassen. Und da ist eine Menge zu tun. Schau dir das doch an.«

In dem Gutachten waren viele Fotos vom künftigen Colosseo, wobei im Moment nur der Renovierungsbedarf kolossal war. *Wände, Tapeten, Putz, Estrich, Wasserleitungen, Möbel, Kücheneinrichtung.*

»Mauro, den ganzen alten Mist, der da seit Jahren vermodert, kannst du wohl kaum den Gästen zumuten. Es sei denn, du legst keinen Wert auf Gäste. Oder ihr macht alles ganz billig, aber dann gibt es auch keine Einnahmen.« Er verschränkte die Arme.

»Natürlich tue ich das. Aber fünfhunderttausend?«

»Wir könnten eventuell das Ganze runterdrücken. Vielleicht auf vierhundertzwanzigtausend. Aber ich würde das nicht auf Kante nähen.« Sandro stand auf, öffnete das Fenster und zündete sich eine Zigarette an, deren Rauch er in die Abendluft paffte. »Auch eine?«, fragte er.

Mauro schüttelte den Kopf. Aus dem Hinterhof waren das Bellen eines Hundes und das Quengeln von Kindern zu hören.

»Das ist fast eine halbe Million«, sagte Mauro.

»Da hast du recht. Du kannst die Sache auch abblasen.« Er zog an seiner Zigarette. »Dann zahlst du die tausendfünfhundert für das Gutachten, und dann ist der Traum halt beendet. Das wird dir viele schlaflose Nächte ersparen.«

Mauro sagte nichts. Er dachte nach. *Schlaflose Nächte habe ich, wenn ich mir diesen Traum nicht erfülle.*

KAPITEL 20

EMIRATES-FLUG, DUBAI–SHENZHEN

Die Flugbegleitung war übertrieben freundlich, sprach ihn mit Namen an und erkundigte sich mehrfach, wie es ihm ging und ob alles zu seiner Zufriedenheit sei. Hätte Tom es nicht schon gewusst, wäre es ihm jetzt klar geworden: Er saß im Emirates-Flug von Dubai nach Shenzhen. Er war von Hamburg-Fuhlsbüttel nach Dubai geflogen und hatte von Dubai aus sogar noch ein Upgrade auf die Businessclass bekommen. Hier wurde man besser behandelt als in den meisten anderen Fluglinien in der First Class. Das Flugzeug war eines der berühmten Emirates A380 von Airbus, eines von denen mit einer Bar im hinteren Teil, in denen die Businessclass so groß war wie bei anderen Flugzeugen die First Class. Selbst Schubladen gab es hier. Sich komplett hinlegen und ausstrecken konnte man hier sowieso.

Shenzhen, dachte Tom, die jüngste Stadt Chinas. Vor einigen Jahrzehnten war es noch ein kleines Fischerörtchen in einem Sumpfgebiet gewesen mit zwanzigtausend Einwohnern, inzwischen war es eine Stadt mit gut zwölf Millionen Einwohnern. Die Bevölkerung war in fünf Jahrzehnten um mehr als den Faktor 500 gestiegen.

Deng Xiao Ping hatte vor vierzig Jahren erkannt, dass der reine Sozialismus nicht funktionierte, und hatte deswegen den Kapitalismus nach China gelassen. China musste zunächst einmal reich werden, um kontrollierbar zu bleiben. Und dafür mussten die Menschen nicht nur reich werden, sondern auch reich bleiben. *Vertrauen ist gut, Kontrolle ist besser*, hatte Lenin gesagt. Aber Menschen ließen sich lieber und besser kontrollieren, wenn sie ansonsten wenig an ihrem Leben auszusetzen hatten. Und dazu gehörten nun einmal ein volles Portemonnaie, ein voller Kühlschrank und die Aussicht, dass alles eher besser werden würde als schlechter. Dafür hatte Deng, fern von kommunistischem Denken, sogenannte Sonderwirtschaftszonen erschaffen, eine davon war Shanghai, eine andere Guangzhou, und eine weitere war Shenzhen. Das Sumpfgebiet war längst den Fundamenten von Wolkenkratzern gewichen. Heute war Shenzhen Chinas Digitalhauptstadt mit den besten Firmen für das Internet der Dinge und die *Industry 4.0* obendrein. Zudem gab es hier das Hauptquartier von Tencent, dem chinesischen WhatsApp.

Robin Wu aus Shenzhen war mit vierunddreißig Jahren der erste Chinese gewesen, der ein iPad von Apple kopieren konnte. Die erste komplette Kopie eines Apple-Shops in China, der nicht zu Apple gehörte, war ebenfalls in Shenzhen entstanden, und es hatte lange gedauert, bis Apple überhaupt davon erfahren hatte.

In seinem Businessclass-Sitz las Tom mit hochgelegten Füßen die Informationen, die er von Philipp von Rocket Internet zu diesem Dairon Arakis bekommen hatte. Arakis war ein Mann griechisch-amerikanischer Abstammung, der in Stanford Medizin studiert und in diversen Kliniken und Instituten für Virologie gearbeitet hatte. Einen deutschen Pass schien er auch zu haben, weil man mit dem in die meisten Länder reisen konnte. *Interessant*, dachte Tom, *er scheint ebenfalls ein Mediziner zu sein. Dann passt das wirklich, genauso wie Philipp es gesagt hatte*. Laut dem Memo, das Tom von Philipp bekommen hatte, ging das Gerücht um, dass Arakis über Google-Glass-Kontaktlinsen verfügen würde, die ihm ständig per Gesichtserkennung anzeigten, mit wem er es gerade zu tun hatte und die automatisch Informationen aus Plattformen wie LinkedIn, Xing und anderen sozialen Netzwerken ziehen konnten. Das Ganze funktionierte sogar, ohne dass er eine spezielle Brille tragen musste und irgendjemand etwas merken könnte. *Wow,* dachte Tom, *das absolute Networking Tool. Man kennt jeden, und keiner weiß, warum.*

Arakis, so stand es in dem Memo von Philipp von Rocket Internet, hatte eines seiner Büros im Ping An International Finance Center in Shenzhen. Das Gebäude war mit fünfhundertneunundneunzig Metern das zweithöchste Gebäude Chinas nach dem Shanghai Tower. Auch von Hongkong war der fast sechshundert Meter hohe Turm, der ein wenig an einen überdimensionalen Bleistift erinnerte, gut zu sehen. Dieses Gebäude würde auch Tom sehen, wenn sie nachher in Shenzhen landen würden.

Und dann las er noch einen Satz in dem Memo: *Arakis ist ein Mann, der keine Gefangenen macht …*

KAPITEL 21

UNIVERSITÄTSKLINIKUM EPPENDORF, HAMBURG, DEUTSCHLAND

Das Büro von Taras Chef Imir Khan sah nur bedingt wie das eines Oberarztes aus. Neben medizinischen Büchern stapelten sich auch Bücher über *Big Data, Machine Learning* und *Augmented Reality* auf den Regalen und Tischen. Imir Khan trug eine Brille mit schwarzem Rand, der die gleiche Farbe hatte wie seine nach hinten gegelten Haare. An einer Ecke am Fenster stand ein Skelett, dem eine Zigarette in den Kiefer geklemmt war. Imir Khan hatte sich mit großer Willenskraft vor einem Jahr das Rauchen abgewöhnt, hatte noch eine Schachtel bis auf die letzte Zigarette geraucht und diese letzte Zigarette als Erinnerung an sein »Nicht-mehr-rauchen«-Gelübde dem Skelett gegönnt. An der Wand hing ein Poster von Mr. Spock, und auf dem Tisch stand eine Darth-Vader-Figur. Imir Khan war in gewissen Teilen das, was man einen Nerd nannte.

Er hatte die Ergebnisse des Bluttests auf seinem Laptop und blickte verwirrt auf die Zahlenreihen und Charts.

»Das gibt's doch nicht«, sagte er. »Ihr habt das alles gecheckt?«

»Doppelt und dreifach. Alle zweihundert Probanden haben wir leider nicht so schnell hierherkriegen können, aber immerhin waren es hundertdreißig, die wir schnell untersuchen konnten.«

»Und bei den Blutmessungen im Labor gab es gar kein radioaktives Jod?«

»Jedenfalls nicht mehr als normal. Siehst du ja.«

Er lehnte sich zurück. »Das kann zweierlei bedeuten«, sagte er dann. »Entweder alle Messungen in der CUMO-App sind falsch. Dann müssen wir dem Team um, wie hieß der noch …?«

»Tom Bayne.«

»… dann müssen wir diesem Tom Bayne und seinen Leuten mal die Ohren lang ziehen.«

»Ich habe ihn schon angerufen. Er müsste jetzt unterwegs nach China sein.«

»Dann sollen die das da gleich mal checken.«

»Bin ich dran.«

»Dann kann es …« Er klickte durch einige Seiten im Internet und verharrte plötzlich mit offenem Mund. »Das kann doch nicht sein …«

»Was ist denn?«

Er gab Tara mit einer Geste zu verstehen, vor den Monitor zu kommen.

»Hier«, sagte er. »Lies mal.«

Reaktorzwischenfall in russischem Kernkraftwerk, stand dort. Beide überflogen den Text. Imir las den Artikel leise vor. *»… hat es im russischen Kernkraftwerk Smolensk 2 vorgestern laut unbestätigten Quellen einen Zwischenfall gegeben. Geringe Mengen von Radioaktivität sind ausgetreten …«*

»Wo steht das überhaupt?«

»*Global News*«, sagte Imir. »Eigentlich ganz seriös.«

»Es war in den Bluttests wirklich kein radioaktives Jod messbar?«, fragte Imir noch einmal.

»Nein, auch wenn das jetzt echt seltsam klingt. Wir haben einen Reaktorunfall, der aber nicht ganz bestätigt ist, und wir haben diese Jodwerte, jedenfalls in der CUMO-App. So als ob …«

Imir beendete den Satz. »So als ob das miteinander zusammenhängen sollte?«

»Du meinst«, sagte Tara, »derjenige, der diese Meldung schreibt, hat auch die Werte verändert? Das war gar kein Versehen?«

Imir blickte Tara an und sagte nichts. Er nahm die Darth-Vader-Figur in beide Hände und bewegte die Arme der Figur. Einige Sekunden sagte er gar nichts. »Tara«, sagte er dann, »wir haben doch noch Zugang auf den Server von CUMO, oder?«

»Ja, hatten die uns gegeben, falls mal schnell etwas gemacht werden soll.«

»Und die haben doch auch mit anderen Kliniken Kooperationen?«

»Ja, London und Paris, soweit ich weiß.«

»Okay.« Er legte die Darth-Vader-Figur beiseite, nahm einen Zettel und schrieb eine Mail und eine Telefonnummer auf den Zettel.

»Was ich jetzt sage, habe ich nie gesagt, klar?«

»Klar, aber um was geht es denn?«

»Darum, dass wir Klarheit brauchen.« Er nahm den Zettel in die Hand und stand auf. »Du spielst jetzt die Daten der zweihundert Probanden auf einen USB-Stick. Dann nimmst du die Zugangsdaten auf dem CUMO-Server ebenfalls mit. Und dann gehst du heute Abend zu dem.« Er reichte Tara den Zettel.

»Und wer ist das?«

»Er nennt sich Morpheus, so kannst du ihn auch ansprechen. Er will gar nicht anders genannt werden. Ist halt ein bisschen nerdig. Aber so sind die ja alle.«

»Klingt wie bei Matrix.«

»Ist auch so ähnlich. Ich kenne ihn von einem *Big-Data*-Projekt, und er schuldet mir noch einen Gefallen, weil ich damals rausgefunden hab, dass seine Fußschmerzen nicht von einer Verstauchung kommen, sondern der Beginn einer Beinvenenthrombose waren, die ihn via Lungenembolie ins Grab befördert hätte, wenn wir oder besser ich nichts gemacht hätten.«

»Okay, das lehrt einen Menschen Dankbarkeit. Und was macht er sonst so?«

»Er ist eigentlich so eine Art White-Hat-Hacker. Hauptsächlich arbeitet er aber bei einem großen Versandhaus hier in der Stadt und programmiert selbstdenkende Algorithmen. Die sorgen dafür, dass Dinge auf Lager sind, die der Kunde noch gar nicht bestellt hat, aber eventuell bald bestellen wird.«

»Das geht?«

»Besser als man denkt. Amazon zum Beispiel weiß anhand des Kaufverhaltens von weiblichen Kunden, dass sie schwanger sind, lange bevor die es selbst wissen.«

»Wow. Aber auch irgendwie gruselig.«

»Ist es auch. Das hier mit dem radioaktiven Jod-131 ist aber genauso gruselig. Eigentlich noch gruseliger. Der Morpheus soll die Werte aus London und Paris mal gegeneinanderlegen und checken, ob dort auch diese Jodkonzentrationen gemessen wurden und …«

»… ob es dort auch solche Zeitungsmeldungen gab?«

»Ganz genau. Der schafft das mit Python und irgendwelchen Verknüpfungen in ein paar Minuten, während wir hier ewig dransitzen. Und es hat natürlich noch einen anderen Grund.«

»Wir wollen die Krankenhaus-IT aus der Sache raushalten.«

»Genau. Denn wenn an dieser CUMO-Sache irgendwas krumm ist, und das scheint mir immer mehr der Fall zu sein, wollen wir erst einmal Zeit haben zu überlegen, bevor es die ganze Klinik weiß.«

»Ich rufe ihn an«, sagte Tara, »und versuche, so schnell wie möglich hinzugehen.«

»Wenn du da warst, sag Bescheid oder komm vorbei. *Anytime.*«

KAPITEL 22

HOTEL FOUR SEASONS, RIO DE JANEIRO, BRASILIEN

Si hatte hundertmal gegen das Makiwara geschlagen und hundertmal mit der flachen Hand auf den Stein. Das Knöcheltraining war für heute abgeschlossen. Er sah durchs Fenster die Silhouette von Rio de Janeiro. Um sich herum waren seine Trainingsmaterialien angeordnet. Auch die Fässer mit den Erbsen, dem Sand und den Bleikugeln. Da sein Chef und er im Privatjet reisten, hatte er seine Utensilien immer dabei. Unten in dem Konferenzraum im Four Seasons würden sie noch mit seinem Chef verhandeln. Sie würden Bedenken gegenüber den Chinesen äußern, wieder die alte Kamelle hervorkramen, dass ja ein Chinese in Nicaragua einen Kanal bauen wollte und damit bald das ganze Land beherrschte. Aber all das würde nichts nutzen. Sie würden zustimmen, weil sie zustimmen mussten.

Er schlug zum Abschluss gegen das Brett, das in dem Stativ eingespannt war. Dick wie ein Vierhundert-Gramm-Steak. Er stellte sich vor, dass er nicht gegen das Brett schlagen würde, sondern durch das Brett hindurch.

Er schlug zu mit Jun Zuki, dem geraden Faustschlag.

Ein trockenes Knacken.

Die Splitter flogen in alle Richtungen.

KAPITEL 23

EISENHOWER EXECUTIVE OFFICE BUILDING, WASHINGTON D. C., USA

Der Indian Treaty Room, in dem das Treffen standfand, hatte hohe Decken und war reich verziert. Melanie Browns Blick wechselte von Henry Wilson, dem Nationalen Sicherheitsberater des US-Präsidenten, zu einigen Anzugträgern, deren Namen sie immer wieder vergaß, bis zu ihrem Chef Samuel Miller, ein massiger, schwarzer Ex-General, der zu der Sorte Mann gehörte, dem man besser nicht mit dummen Faxen kommt. Neben Wilson saß George Galloway, ein Stratege aus dem Pentagon, der bisher noch nichts gesagt hatte. Sie wusste, wie wichtig es war, sich Namen zu merken. Menschen, die Erfolg hatten, konnten das, oder sie nutzten Eselsbrücken, um all die Namen irgendwie zu behalten. Bill Clinton war jemand, der das sehr gut konnte. Ansonsten hatte aber Clinton wenig Interesse an den Geheimdiensten gehabt. Beim jetzigen Präsidenten war das Interesse etwas höher, da Trump ganz besonders zwei Sorten Menschen bewunderte: die, die viel Geld gemacht hatten, und Männer vom Militär.

Der Präsident hatte heute, wie fast immer, keine Zeit, also war Melanie mit ihrem Chef persönlich zum Nationalen Sicherheitsberater gekommen, um ihn über aktuelle Trends zu informieren. MI *Briefing* nannte man das. Etwas abseits vom Tisch saßen zwei Männer in Uniformen voller militärischer Ehrungen. Militärisch war in dieser, inoffiziellen, Besprechung das meiste, denn Melanie arbeitete für die MI, die Military Intelligence, was man auch als Geheimdienst bezeichnete. Sie selbst war bei der NSA, der riesigen Datenkrake National Security Agency, die spätestens seit der Snowden-Affäre in aller Munde war. Snowden hatte als selbstständiger Berater bei der Beratung Booz Allen Hamilton gearbeitet, einer Beratung von öffentlichen Institutionen, die auch für das Pentagon tätig gewesen war. Das Projekt, PRISM, das später zu unrühmlicher Bekanntheit gelangte, war gemeinsam mit der Firma Palantir aufgesetzt worden, deren Software schon dabei geholfen hatte, Bin Laden aufspüren. Palantir war ein Baby des Facebook-Investors und PayPal-Gründers Peter Thiel. Ursprünglich war es für PayPal entwickelt worden, um Betrug aufzudecken, das, was man im Techbereich gemeinhin *Fraud Protection* nannte. Melanie hatte Thiel einmal auf einer Konferenz getroffen. Ein sehr heller Kopf, Milliardär und Unterstützer der ersten Stunde von Donald Trump. Manche sagten, dass Palantir für die Thiel-Unterstützung im Wahlkampf von Trump einen Auftrag des US-Waffenherstellers Raytheon erhalten habe. Ob das stimmte, wusste selbst Melanie nicht. Dass der Geheimdienst aber oft bei hoffnungsvollen Tech-Start-ups als Investor einstieg, war kein Geheimnis.

Melanie kannte all die Gerüchte und Mutmaßungen, die es über Geheimdienste gab. Besonders der Name von Ian Flemmings James Bond fiel eigentlich sofort, wenn von Geheimdiensten die Rede war. Dabei gab es weder bei der Central Intelligence Agency noch bei der National Security Agency James-Bond-ähnliche Typen. Die Menschen, die dort arbeiteten, mussten Teamplayer sein. Jemand mit einem ausgeprägten Ego-Problem wie James Bond wäre dort sofort gefeuert worden. *Wie wird man eigentlich Agent bei der* NSA *oder* CIA, wurde Melanie oft gefragt. Wobei sich intern niemand *Agent* nannte, sondern meist *Case Officer*. »Über Stellenanzeigen«, antwortete Melanie dann häufig, und es stimmte.

Erst vor Kurzem hatte die CIA im Economist ausgeschrieben. Sie suchten *performing, patriotic professionals for the nations first line of defence. Leistungsbereite, patriotische Profis für die erste Verteidigungslinie des Landes* stand dort. *Performing* hatte sich bei Melanie durch das ganze Leben gezogen. Immer einen Schritt weiter, immer etwas schneller als die anderen. In Atlanta, wo ihre Familie herkam, der Stadt mit dem größten Flughafen der Welt und dem Hauptquartier von Coca-Cola, sah man die Unterschiede jeden Tag. Die Schwarzen und die Weißen. Ein Schwarzer hatte sie einmal als *priviledged white girl* bezeichnet, als privilegiertes weißes Mädchen. War sie das? Ihr Chef war ein Schwarzer, aber der hatte sich wahrscheinlich noch heftiger durchbeißen müssen. In Atlanta unterschied man zwischen den Privilegierten, die Auto fuhren oder das Flugzeug nutzten, und den Schwarzen, die Bus fahren mussten. Das Bussystem von Atlanta, das sich *Metropolitan Atlanta Rapid Transit* nannte, wurde im Volksmund scherzhaft *Moving Africans Rapidly Through Atlanta* genannt.

War sie privilegiert oder war sie Performer? Sie erinnerte sich an ihre Bewerbung damals bei der NSA und die unzähligen Interviewrunden. Erfahrung in bestimmten Feldern wurde erwartet und natürlich die US-Staatsbürgerschaft. Beim Geheimdienst anzufangen war ein bisschen wie an einer Business School zu studieren. Obwohl sie an der Kennedy School der Harvard University studiert hatte, wo es auf ihre spätere Karriere schon einen Vorgeschmack gegeben hatte. Keiner arbeitete allein, sondern man lernte die Teams kennen, mit denen zusammen man die Aufgaben bearbeiten würde. Dabei kam es oft zu Reibereien. *Forming, storming, norming, performing* nannte man diesen Vierklang. Man kam zusammen, formte sich, ging aufeinander los, definierte Regeln der Zusammenarbeit, und dann leistete man zusammen Großes. Einen IT-Crash-Kurs und einen Einblick in *Big Data, Machine Learning* und Programmiersprachen wie C++, Java, SQL, R und Python gab es noch obendrauf. Früher war es wichtig, Menschen zusammenbringen. Heute waren es eher verschiedene Datenpunkte.

Melanie selbst war in Amerika geboren, doch deutscher Abstammung. Genau genommen stammte sie in direkter Linie vom V2-Erfinder Wernher von Braun ab, dem Entwickler von Hitlers Vernichtungswaffe, die von Braun aber eigentlich nur gebaut hatte, um damit den Weltraum zu erobern. Den Nazis hatte er lediglich die Story als Vernichtungswaffe aufgetischt, um ein Budget für die Entwicklung der ersten Weltraumrakete zu bekommen. Melanie war vor einiger Zeit in Deutschland gewesen, in der Heeresversuchsanstalt in Peenemünde, wo ihr Urgroßvater Wernher von Braun an der V2 gearbeitet hatte. Eine Waffe, die erst als »Aggregat 4« bezeichnet wurde und die Propagandaminister Goebbels dann in »Vergeltungswaffe« oder »V2« umtaufte. Eine Waffe, die der Vernichtung der Feinde des NS-Regimes dienen sollte, die aber ironischerweise bei ihrer Herstellung mehr Menschenleben an Zwangsarbeitern gefordert hatte als bei ihrem Kriegseinsatz in London. Wernher von Braun war von den Alliierten in die USA mitgenommen worden und dort Direktor der NASA geworden und hatte dort auch das Raumfahrtprogramm begleitet. Die Saturn-Rakete, mit der die Amerikaner vor fünfzig Jahren zum Mond geflogen waren, hatte eine verblüffende Ähnlichkeit mit der früheren *Vernichtungswaffe* V2. Die Nazis waren in einigen Bereichen *first mover* gewesen, hatte Melanie festgestellt. Das BND-Gelände in Pullach bei München hatten die Nazis bereits entdeckt und zu einem Geheimdienst umgebaut, lange bevor es, geleitet von Reinhard Gehlen, zu einer der ersten Außenstellen des US-Geheimdienstes CIA wurde und dann Bundesnachrichtendienst hieß. Der erste Geheimdienst der Welt hingegen sollte im 16. Jahrhundert in England entstanden sein, als es darum ging, das protestantische Königshaus vor katholischer Einflussnahme zu sichern, und auch heute noch gehörte der britische Auslandsgeheimdienst MI6 zu den besten der Welt.

Die Abstammung von von Braun war für Melanie, die fließend Deutsch sprach, zeitweilig vorteilhaft. Von Braun galt als Vater der Raumfahrt und damit als treibende Kraft, die die USA dazu gebracht hatten, gegen die Sowjets aufzuholen und zum Mond zu fliegen, nachdem die Sowjetunion 1957 den Sputnik ins All geschossen und 1961 den ersten Menschen ins All gebracht hatte. »Ich möchte einen Mann auf den Mond bringen und sicher wieder zurückbefördern«, hatte Kennedy damals gesagt. Den Russen wurde dann gern in den Mund gelegt, sie hätten gesagt: »Wir möchten einen Mann auf den Mond bringen.« Ob er je zurückkommen würde, wäre wohl nicht so wichtig, Hauptsache, man habe einen Menschen auf dem Mond. Schließlich seien ja Milliarden Menschen auf der Erde, auf dem Mond aber niemand.

Damit Melanie aber nicht ständig auf ihre Herkunft angesprochen wurde, hat sie ihren Namen schließlich umgewandelt. Von »von Braun« in »Brown«. Es war ein bisschen wie ein Neustart. Und der Geheimdienst war nach wie vor eine von Männern dominierte Veranstaltung, genauso wie das Militär oder auch die Banken, mit denen Melanie wegen Terrorfinanzierung oft in Kontakt stand. »Bitte drücken Sie eine Taste, wenn Sie eine Frage stellen wollen« lauteten oft die einzigen weiblichen Worte bei Analystenkonferenzen – in diesem Fall von einer weiblichen Computerstimme.

Der Nationale Sicherheitsberater Henry Wilson, genannt Hank, sah Melanies Chef Samuel Miller an. »Ihr Thema ist mal wieder China?«, fragte er.

Miller nickte und verzog das Gesicht angesichts der Frage, die klar erkennen ließ, dass das Gegenüber genervt war.

»Das Thema wird China bleiben«, sagte Miller. »Der Sowjetkommunismus ist unter seiner Bürokratie zusammengebrochen, doch China ist extrem agil und schnell. Und das, obwohl im Zentralkomitee der Kommunistischen Partei nur chinesische Männer über fünfzig sind. Das spricht jedem *Diversity*-Gedanken Hohn.« Er räusperte sich. »Ich würde sogar sagen, es gab in der Geschichte der Menschheit noch niemals etwas, was gleichzeitig so groß und gleichzeitig so schnell war wie China. Das haben wir alle unterschätzt. Aber komplett!«

Hank schaute in den Bericht. »Digitale Diktatur«, sagte er.

»Ein schöner Titel.« Miller beugte sich vor.

»Wissen Sie, was Mao 1960 gesagt hat? Ein Nuklearkrieg wäre in Ordnung, da mehr Imperialisten als Sozialisten sterben würden. Das hat Nikita Chruschtschow abgeschreckt, und es kam zu keinem Krieg zwischen Russland und China.«

»Verzeihung, aber wo ist der Zusammenhang?«

»Heute gewinnt nicht der, der die meisten Menschen umbringt. Es gewinnt der, der die meisten Daten hat. Und das haben die Chinesen. Anderthalb Milliarden. Wer die künstliche Intelligenz beherrscht, beherrscht die Welt.« Er blickte sich um. »Europa ist in der Hinsicht tot, der Rest der Welt auch. Es gibt nur noch uns. Und China.«

»Und?«, fragte Wilson.

Miller fletschte die Zähne. »China holt mächtig auf.«

KAPITEL 24

EPPENDORF, HAMBURG, DEUTSCHLAND

Nach einer halben Ewigkeit Irrweg durch das Treppenhaus des sechsstöckigen Altbaus in Eppendorf hatte Tara endlich die richtige Tür gefunden.

»Du bist Morpheus?«, fragte sie. Der Mann war etwas untersetzt und hatte einen struppigen, schwarzen Bart.

»Bin ich. Imir schickt dich?«

»Richtig.« Tara kam sich vor wie bei einem Drogendeal.

»Dann komm mal rein!« Morpheus, der längere schwarze Haare hatte und nicht so aussah, als hielte er sich allzu oft an der Sonne auf, öffnete die Tür, und sie durchquerten einen langen Flur. Vorbei an einer Garderobe, die vollgehängt war mit Jacken und Mänteln. Daneben ein Podest mit einem Telefon und mehreren WLAN-Routern und darunter ein großer Stapel von ungeöffneten Briefen und alten Zeitschriften. Die Bewohner dieser Wohnung hielten sich wohl eher in der digitalen als in der analogen Welt auf.

Er zeigte ins Nebenzimmer. »Das hier ist Kalle, aber der ist nicht ansprechbar.« Er zeigte auf ein Zimmer, wo die Tür einen Spaltbreit geöffnet war. Martialische Musik und Schüsse hallten aus dem Zimmer. Tara sah einen weiteren dunkelhaarigen Typen mit Brille vor einer Xbox und einem großen Monitor sitzen.

»*Dawn of War*«, erklärte Morpheus.

»Aha.« Der Titel sagte Tara gar nichts.

»Ein Bier?«, fragte Morpheus. »Habe gutes Astra da.«

»Klar, danke.«

Sie gingen mit den Bieren in Morpheus' Zimmer. An den Wänden fanden sich diverse Regale mit DVDs und Büchern, Poster von irgendwelchen Fantasyfilmen, die Tara nie gesehen hatte, eine Pinnwand mit Teilnehmerkarten von Hackerevents und Conventions des Chaos Computer Club und natürlich diverse Computer. Auf der Fensterbank stand eine Pflanze, die ganz nach Cannabis aussah.

»Sie sind oder waren mal ein richtiger Hacker?«, fragte Tara.

»Kannst ruhig Du sagen.« Morpheus kratzte sich an der Nase. »Ja und Nein. Ich bin ein White-Hat, also ein korrekter Hacker. Die bösen Hacker, das sind die Black-Hats. So einer bin ich aber nicht. Schwarzer Hut gleich böse, weißer Hut gleich gut.« Er setzte sich an den Rechner. »Du hast den Stick dabei?«

»Klar, hier.«

»Dann mal los.«

KAPITEL 25

SHENZHEN BAO'AN INTERNATIONAL AIRPORT,
SHENZHEN, VOLKSREPUBLIK CHINA

Mei you mafan, mei you mifan. Hast du keinen Stress, hast du keinen Reis. Der alte chinesische Spruch, den Tom mal irgendwo aufgeschnappt hatte, kam ihm in den Sinn, als die Emirates-A380-Maschine mit drei Hüpfern und drei blauen Qualmwolken auf dem Shenzhen Bao'an International Airport aufsetzte.

Shen hieß auf Chinesisch so viel wie *tief*, *zhen* hieß so viel wie Graben. Der Name kam noch aus der Zeit, als durch die Reisfelder Bewässerungsgräben gezogen wurden. Doch tiefe Gräben gab es hier so gut wie keine mehr. Genauso wie im Silicon Valley sprach hier jeder mit jedem, und neue und alte Industrie arbeiteten Hand in Hand zusammen. Shenzhen lag in der Provinz Guangdong, die in Europa oftmals »Kanton« genannt wurde. Ein China-Restaurant Kanton hatte wahrscheinlich jeder Deutsche schon einmal gesehen, auch wenn die Küche der deutschen China-Restaurants alles andere als original chinesisch war.

Tom hatte sich das Gebiet gezielt ausgesucht, er war seit zwei Jahren hier. »Made in China« war bekannt für Massen- und vor allem Billigproduktion. Die US-Supermarkt-Kette Walmart, der größte Konzern der Welt mit 2,5 Millionen Mitarbeitern, der pro Tag einen Umsatz von mehr als 1,5 Milliarden Dollar machte, bekam fast alle seine Waren von hier. Das Ballungsgebiet in Guangdong, in dem sich zwischen siebzig und hundert Millionen Menschen tummelten, wurde international als *Factory of the World*, als »Fabrik der Welt«, bezeichnet. Es war auch heute noch, im Jahr 2019, das größte Industriegebiet der Welt, gegen das das deutsche Ruhrgebiet ein beschaulicher Kunsthandwerkermarkt war.

Das Gebiet war damals von Deng Xiao Ping als Sonderwirtschaftszone gestaltet worden, um den Kommunismus oder auch Kapitalismus chinesischer Prägung auszuprobieren. Wie es bisher aussah, mit großem Erfolg. Tom bewunderte den Pragmatismus der Chinesen. Wichtig war immer das Ziel. Wie dieses erreicht wurde, war zweitrangig. *Egal, ob eine Katze weiß oder schwarz ist,* hatte Deng gesagt, *Hauptsache, sie fängt Mäuse*. Shenzhen war ein Versuchsgelände. Jetzt war es Chinas Tech-Hauptstadt Nummer eins. In Amerika kam es ab und zu vor, dass der Geheimdienst in Start-ups investierte, in Shenzhen war es die Regel. Es war genau so, wie es ihm Philipp gesagt hatte. Alles, was der Kontrolle diente, wurde weiterentwickelt. WeChat und Tencent meldeten der Regierung Heatmaps, Bilder, die anzeigten, wo sich viele Menschen auf einer Stelle bewegten und wo vielleicht Demonstrationen drohen könnten, Baidu erfand eine eigene Lautsprecherversion von Amazons Alexa, bei der es kein Versehen war, wenn die Regierung mithörte, sondern von vornherein beabsichtigt. *Nicht glauben, sondern wissen* war hier das Motto.

Tom hatte auch eine Weile in San Francisco gelebt, der Stadt, die mittlerweile förmlich Angst vor neuen Millionären hatte, da nach jedem Börsengang eines Tech-Start-ups wie verrückt Häuser gekauft wurden, die Mieten der verbleibenden Wohnungen durch die Decke gingen, noch mehr Leute ihre Wohnung verloren und noch mehr Obdachlose auf der Straße lebten. Es gab bereits Taktiken, dass Hausbesitzer mit dem Hausverkauf warteten, bis die Aktienhaltefristen nach Börsengängen vorbei waren und massenhaft Menschen mit viel Geld auf den Immobilienmarkt drängten. Doch auch in den Großstädten Chinas war der Wohnungsmarkt die Hölle. In Shanghai musste man sich bei Wohnungsbesichtigungen mit Maklern extrem leise verhalten, da die Wände in den meisten Häusern sehr dünn waren. Tom hatte einmal einen Freund in Puxi, im alten Shanghai westlich des Flusses, besucht. Es war dort, wo die alten Kolonialbauten standen, unter anderem das frühere Hauptquartier der Hongkong and Shanghai Banking Corporation. Man hatte vom Bund-Ufer aus einen schönen Blick über den Fluss auf den Shanghai Tower, das größte Gebäude Chinas. Doch in der winzigen Wohnung, in der der Freund lebte, fühlte man sich an den Beginn des 20. Jahrhunderts erinnert.

Das Flugzeug war an das Gate herangefahren, die Tür öffnete sich zischend.

Tom war wieder in seiner zweiten Heimat.

KAPITEL 26

BANCA DELLA CASA, RE DI ROMA, ROM, ITALIEN

Mauro fühlte sich unwohl in der Bankfiliale. Er hatte einmal in einer Studie gelesen, dass die Millennials, die junge Generation, mit Bankfilialen überhaupt nichts mehr anfangen konnte und lieber zum Zahnarzt als in die Bankfiliale ging. Darum hatte er auch seinen Steuerberater Sandro mitgenommen.

Der Kreditberater, Signor Castillo, hatte ihn zu seinen persönlichen Finanzen abgefragt, sich den Business-Plan zeigen lassen, das Risiko abgeschätzt und dann auch noch die privaten Ersparnisse der Familie Pagani unter die Lupe genommen.

»Vierhunderttausend können wir Ihnen geben«, sagte Castillo.

Mauro merkte, wie sich sein Herz zusammenzog. Er hätte wenigstens vierhundertdreißigtausend erwartet.

»Mehr nicht?«

»Mehr nicht.«

»Aber wir haben doch das Colosseo.«

Castillo nickte. »Das Colosseo dient als Sicherheit für den Kredit. Reicht aber nicht.«

»Was soll ich denn noch als Sicherheit bieten? Ich habe die Ersparnisse, die Versicherung, die ich noch abschließe und …«

»… Ihre Wohnung«, unterbrach Castillo.

»Meine? Das ist unsere Wohnung. Sie gehört Sofia und mir. Mein Vater hat sie uns gekauft.«

»Die Hälfte gehört laut Grundbuch Ihnen.«

»Das … das ist wahr.«

»Dann können Sie doch Ihren Teil verpfänden.«

»Wir können doch eine Wohnung nicht durch zwei teilen?«

»Auf dem Papier schon.«

»Und später?«

»Das sehen wir dann.«

Mauro verdrängte den Gedanken, blickte Sandro an und starrte zur Decke. Er sah diese schäbige Bankfiliale, den schmierigen Berater und seinen Freund Sandro, der ihm auch nicht so half, wie er es erwartet hatte. Und dann sah er das Colosseo. Fertig umgebaut, voller zufriedener Gäste, und er sah sich und seine Frau Sofia, die von draußen durch die Scheibe in ihr Restaurant schauten, die Gäste und die Kellner im warmen Licht sahen, und sie beide würden denken: *Das haben wir geschafft. Dann wird mich und uns niemand mehr »Zige« nennen!*

»Hören Sie«, sagte Castillo, »vielleicht wollen Sie sich das Ganze noch einmal überlegen.«

»Ich habe mir alles überlegt.«

»Dann müssen Sie das Restaurant und Ihren Anteil an der Wohnung als Hypothek hinterlegen.«

Mauro schaute Sandro an.

Der zuckte die Schultern und nickte ein wenig.

»Verdammt noch mal«, sagte Mauro, »dann machen wir das!«

KAPITEL 27

EISENHOWER EXECUTIVE OFFICE BUILDING,
WASHINGTON D. C., USA

»China ist schon immer zentralistisch gewesen«, sagte George Galloway, ein über achtzig Jahre alter Mann, der trotz seines hohen Alters die Abteilung Office of Net Assessment (ONA) leitete, ein unabhängiger Thinktank innerhalb des Pentagons.

»Wenn eine Dynastie endete und ein Kaiser abgesetzt oder gleich getötet wurde, dann meist, weil es vorher eine Dürreperiode gab oder die Ernte schlecht war«, sagte er. »Der Deal der Kommunistischen Partei mit dem chinesischen Volk ist immer noch der gleiche: *Ihr haltet den Mund, und wir machen euch reich.*« Melanie kannte Galloway schon länger. Er hatte sich damals mit ihr unterhalten, als sie noch in Harvard ihren MPA, den Master of Public Administration, gemacht hatte. Dort hatte er immer eine Pfeife dabeigehabt, die er dann auf dem Harvard Yard entzündet und so lange geraucht hatte, bis sie den Harvard Book Store erreicht hatten, wo er dann ausgiebig stöberte. *Bücher,* hatte er immer gesagt, *sind ein geschützter Raum. Sie sind nicht online, sie verführen einen nicht dazu, auf WhatsApp oder in die Mails zu schauen. Sie bieten nur das, was man gerade braucht, und verarschen einen nicht. Offline,* hatte er gesagt, *ist das neue Privileg.*

Melanie schätzte Galloway als klugen Taktiker, der in den Achtzigerjahren bereits Reagan bei seiner Strategic-Defense-Initiative beraten hat, um die Russen totzurüsten. Die Strategie dazu hatte er im Rahmen eines Forschungsprojekts der RAND Corporation aus der Business-Strategie entnommen:

Wenn man Marktteilnehmer loswerden wollte, musste man einen Preiskampf anzetteln, bis der Wettbewerber pleite ist. So hatte es schon John D. Rockefeller mit Standard Oil und seinen Wettbewerbern gemacht, und so war Reagan auch die »Totrüstung« der Sowjetunion mit dem SDI-Programm gelungen.

So nah am Puls Galloway ansonsten war, so altmodisch war er in anderen Dingen. Er hatte nach eigener Aussage noch niemals einen Computer bedient – in seinem Besitz hatte er schon gar keinen –, und E-Mails ließ er sich grundsätzlich ausdrucken oder gleich vorlesen, und dann auch nur die wichtigsten, der Rest wurde erbarmungslos gelöscht. Das bedeutete allerdings nicht, dass seine Ohren und Augen nicht weit offen standen, was Entwicklungen im Hightechbereich anging.

Als Microsoft gemeinsam mit dem chinesischen Militär, und besonders der Militärkommission, die direkt dem Parteichef der Kommunistischen Partei unterstand, Projekte zur Künstlichen Intelligenz durchgeführt hatte, war Galloway der Erste gewesen, der davon Wind bekommen hatte. Ebenso hatte er vor Kurzem Javier de la Venga hochgenommen, einen sogenannten *Folter-Lobbyisten*, der in den Achtziger- und Neunzigerjahren Lobbying für die Diktatoren Afrikas in Washington betrieben hatte. Für Somalias Siad Barre, Zaires Mobutu und für Marcos von den Philippinen, damit diese zwielichtigen Männer mit weißer Weste bei IWF und Weltbank auftauchen konnten und billige Kredite bekamen. De la Venga selbst hatte dabei hohe zweistellige Millionenbeträge verdient. Galloway war zwar alt und kauzig, aber er hatte immer noch Biss. Das Bild vom Kauz passte daher gut zu ihm. Beide Augen blickten nach vorn, und der Schnabel war noch immer scharf.

»Sie wollen Chinas Internet-trategie mit *Der Kunst des Krieges* von Sun Tzu vergleichen?«, fragte Wilson. Melanies Chef beugte sich ebenfalls über den Tisch. »Immer wieder der alte Sun Tzu?«

»Ich will nicht, ich muss einfach. Das muss einem doch auffallen.«

»Zum Beispiel?«, knurrte Wilson.

Galloway holte kurz Luft. »So sagt Sun Tzu, dass es immer schwierig ist, große, befestigte Städte anzugreifen. Das hat China genauso gemacht. Es hat nicht die befestigten Internetstädte, also die Googles und Amazons der Amerikaner angegriffen. Um gar nicht den Wettbewerb mit den Internetriesen führen zu müssen, hat China seinen Internetmarkt einfach abgeschirmt mit seiner großen Firewall, bis die lokalen Konzerne Baidu, Alibaba und Tencent groß genug waren, um auch global wachsen zu können.«

Manche Weisheiten kursierten nun einmal unter allen Finanzprofis auf der Welt.

»Jetzt sind die chinesischen Kolosse auch groß, und die Mauer ist noch immer da«, sagte Wilson.

»Sie wird auch bleiben«, sagte Galloway.

»Und das bedeutet?« Miller beugte sich noch weiter nach vorne.

»Irgendwann Krieg«, sagte Galloway. »Man nennt das Thukydides-Falle.«

»Kenne ich«, knurrte Miller, »Thukydides hat damit den Konflikt zwischen Athen und Sparta in der Antike erklärt. Die Theorie besagt, dass es nahezu unweigerlich zum Krieg kommt, wenn eine etablierte Großmacht sich vor einer aufstrebenden zu fürchten beginnt.«

»China würde derzeit keinen Krieg gegen uns gewinnen«, sagte Wilson. Melanie fiel hier ein großer Unterschied zwischen Amerikanern und Deutschen auf. Die Deutschen würden sagen: *Die deutsche Armee ist nicht stark genug* oder *ist stark genug.* Die Amerikaner aber sagten, genauso wie die Engländern: *Wir sind stark genug.* Melanie hatte schon von vielen Cross-Cultural-Forschern gehört, dass sich Amerikaner und Deutsche eigentlich so fremd waren wie Chinesen und Deutsche. Nur bei den Chinesen wussten es die Deutschen, bei den Amerikanern nicht.

»Sie haben doch selbst Forschungen dazu betrieben«, sagte Galloway, »so ist doch von der NSA bereits beobachtet worden, dass China nicht nur dabei ist, Afrika und Teile Asiens zu beherrschen, sondern ebenfalls Südamerika.«

»Ja, durch billige Kredite«, knurrte Miller.

»Durch billige Kredite«, sagte Galloway und nickte, »die China vergibt und die die betroffenen Länder meist nicht zurückzahlen können und damit in der Schuld Chinas stehen.«

»*Debt trap diplomacy*«, sagte Melanie, um auch einmal etwas sagen zu können. Sie wusste, dass Frauen immer ewig lange überlegten, bevor sie etwas sagten, in der Furcht, dass es etwas sein könnte, was nicht neu oder zu banal war, wobei Männer da deutlich weniger Hemmungen hatten. Und sie hasste sich dafür. Galloway aber sah sie aufmunternd an. »Schuldenfallen-Diplomatie, ganz genau. Das hat ja zum Beispiel im afrikanischen Kongo schon wunderbar funktioniert.«

»Und es funktioniert auch woanders«, sagte Melanie, »Osteuropa zum Beispiel. Die Chinesen versuchen, Länder, die mit der EU unzufrieden sind, aus der Staatengemeinschaft herauszulösen und zu Vasallen von China zu machen. Da haben wir wieder einen Spruch von Sun Tzu: *So muss im Krieg gemieden werden, was stark ist, und geschlagen werden, was schwach ist.*«

Galloway nickte anerkennend. Der neue Spruch von Sun Tzu schien ihm zu gefallen.

»Dennoch«, sagte Wilson, »wir hängen zu stark zusammen. Zu Zeiten des Kalten Krieges in den Achtzigerjahren betrug das Handelsvolumen zwischen der Sowjetunion, unserem damaligen, wie nannten Sie es so schön, *Thukydides-Partner*, zwei Milliarden Dollar pro Jahr. Mit China sind es auch zwei Milliarden Dollar. Aber pro Tag!« Er lehnte sich zurück. »General Motors verkauft mehr Autos in China als in Amerika. Und Volkswagen, der derzeit größte Automobilkonzern der Welt, macht sechzig Prozent seines Umsatzes in China.« Er sah sich um. »Die Chinesen haben uns an den Eiern.«

Melanie sagte nichts. Sie musste nur zugeben, dass die Beziehungen der beiden Länder schon einmal besser gewesen waren.

Hank Paulson, der Ende der Neunzigerjahre Chef von Goldman Sachs war, hatte China mehr als siebzigmal bereist und den Chinesen beim Börsengang von China Telecom geholfen. Er war 2006 unter George W. Bush Finanzminister geworden. Der heutige Finanzminister war kein China-Kenner mehr. Das Versagen der Entscheidungseliten hatte in den USA zu Trump geführt, das wusste Melanie, zu Bolsonaro in Brasilien und zu Orbán in Ungarn. Wer in Amerika im *Rust Belt* lebte und arbeitslos war, der brauchte nur noch ein Interview mit Barack Obama zu hören, in dem der sich über Genderfragen ausführlich äußerte und nichts zu den Problemen des normalen Menschen sagte, um ganz sicher zu wissen: *Aus der Bande wähle ich niemanden mehr.* Der Ausspruch von Hilary Clinton, die einige der pessimistischen Wähler als *deplorables* bezeichnete, also bemitleidenswerte oder auch jämmerliche Kreaturen, hatte sicher auch nicht geholfen. Eine ältere Frau hatte Melanie einmal in der New Yorker U-Bahn gesagt, dass sie Trump wählen würde, weil *Trump der Elite mal in die Fresse hauen würde.* Was denn Trump für die Frau tun würde, hatte Melanie gefragt. Die Frau hatte Melanie verständnislos angeschaut. »Für mich?«, hatte sie gefragt. »Warum sollte irgendein Politiker irgendetwas *für mich* tun? Für mich tut niemand was. Es reicht doch, dass er gegen Hilary Clinton ist.« Offenbar reichte das dieser alten Dame. Oft reichte es nur, wenn jemand das Gefühl hatte, er würde den Schmerz des anderen verstehen. Lösen musste er das Problem, das dem Schmerz zugrunde lag, nicht.

»Keine Kapitulationserklärungen«, sagte Wilson, »wir sind nicht machtlos.«

»Das Ganze ist schon ironisch«, sagte Galloway, »der Einzige, der China mit seiner digitalen Überwachung, seinen Umerziehungslagern und seinem Weltmachtstreben Paroli bietet, ist …«

Umerziehungslager, dachte Melanie. Dort wurde die Minderheit der Uiguren in Westchina interniert, um einen radikalen Islam in China gar nicht erst entstehen zu lassen.

»Ist wer …?«, fragte Winston.

»Ist der, den Sie kennen«, sagte Galloway, »den Sie sehr gut kennen. Donald Trump. Viele Liberale, die ihn eigentlich hassen müssen, lieben ihn für seine harte Linie gegen China.«

»Tja, wir haben die Wahl«, sagte Miller, »China könnte wieder das Reich der Mitte werden, also Zhonghua, das die Welt regiert. Amerika hingegen ist eine Insel zwischen zwei riesigen Ozeanen. Wir könnten uns komplett raushalten.«

»Machen wir aber nicht«, sagte Wilson.

»Nein, machen wir nicht«, sagte Galloway, »stattdessen passiert aber etwas anderes: Die Chinesen werden nicht liberal, werden nicht demokratisch, werden nicht westlich, so wie das immer gehofft und erträumt wurde. Aber wir, Amerika und der Westen, wir zweifeln immer mehr an dem, was uns eigentlich ausmacht. Es ist eine Entwicklung, die in die entgegengesetzte Richtung geht als die, die einmal geplant war.«

»Nämlich?«, fragte Miller.

»Anstatt dass China, wie lange gehofft, westlicher wird, wird Amerika immer chinesischer.«

KAPITEL 28

SHENZHEN, VOLKSREPUBLIK CHINA

Dairon Arakis, dachte Tom, schien ein Mann ohne Gesicht, ohne Foto und ohne Informationen zu sein. Denn weder in Google hatte er etwas gefunden noch im chinesischen Google namens Baidu. Es schien, als würde dieser Mann darauf Wert legen, dass es im Netz so gut wie keine Informationen zu ihm gab. Somit schien Arakis wie ein protestantischer Gott des Internets zu sein, von dem man sich kein Bild machen konnte, weil es so gut wie kein Bild von ihm gab. Einen einzigen Eintrag gab es über Arakis, den Tom endlich nach langem Suchen fand. Und der war auch schon fast zehn Jahre alt.

Tom las den Text:

Blog Post, TECHCONSPIRACY,
by Neo888, June 18, 2011

Schlaf ist essenziell für Dairon Arakis. Nur wer wach ist, ist stark. Und wach ist nur, wer geschlafen hat. Darum wird das Zimmer komplett verdunkelt. Abendessen gibt es um 16 Uhr, ab 18 Uhr wird gar nichts mehr gegessen. Ein voller Magen stört den Schlaf. Auch getrunken wird ab 18 Uhr überhaupt nichts mehr, Alkohol schon gar nicht, damit er durchschlafen kann, ohne auf die Toilette zu müssen. Die Temperatur des dunklen Schlafraumes muss genau 19,4 Grad betragen. Um 20:45 wird meditiert. Zen oder Transzendentale Meditation. Bei Zen zählt er seine Atemzüge. Er zählt wie die Ninja, die Zen betreiben, bis neun, denn Neun ist die Zahl des Ninjutsu. Was die Transzendentale Meditation angeht, wissen wir das Mantra von Arakis nicht. Die Meditation dauert zehn Minuten. Dann kommt ein Deep Wave Sound, der die Gehirnwellen in den Schlafmodus bringt. Danach schläft Dairon Arakis genau acht Stunden.

Tom zog die Augenbrauen hoch. Wer es schaffte, wirklich jede Nacht acht Stunden am Stück zu schlafen, ohne aufzuwachen, der musste in der Tat extrem fit sein. *Sie empfingen die Gabe des Schlafes,* hatte Tom einmal irgendwo bei Homer gelesen. Oder sein Vater hat es ihm erzählt, der sich mit antiken Sagen sehr gut auskannte und einmal im Urlaub fast den gesamten *Ilias* von Homer gelesen hatte; natürlich in deutscher Übersetzung. Gesunder Schlaf war ein Geschenk. Den Schlaf zu optimieren, dachte Tom, war daher auch ein Riesenthema, nicht nur im Silicon Valley, sondern auch in China. Spätestens nachdem Amazon-Chef Jeff Bezos zugegeben hatte, dass er acht Stunden Schlaf brauchte, und damit den Mythos des ohne Schlaf auskommenden Managers zum Einsturz brachte, war Schlaf die letzte Bastion der Selbstoptimierung, die erobert werden musste.

Das war nun alles, was Tom zu Arakis fand. Und dass man ihn Bluthund nannte und jemanden, der keine Gefangenen machte.

Ansonsten fand Tom auch im chinesischen Internet nichts über Dairon Arakis.

KAPITEL 29

CENTRAL BUSINESS DISTRICT,
PEKING, VOLKSREPUBLIK CHINA

Zu Hause in Peking hatte Si einen riesigen Tisch. Ein Schlachtfeld, auf dem Samurai und Krieger standen.

Gerade malte er einen Hauptmann auf einem Pferd an. Ein sehr feiner Pinsel in seiner riesigen Hand. Es waren die Truppen aus dem Film *Ran* von Akira Kurosawa. Kurosawa hatte in dem Film die Geschichte von Shakespeares König Lear nachgespielt. »Ran« hieß so viel wie Chaos und Zerstörung, und genau das zeigte der Film auch. Eine der schrecklichsten Schlachten der Filmgeschichte.

Wenn Si seine Samurai-Figuren für die große Schlacht anmalte, dann vergass er alles um sich herum. Bald würde die Schlacht fertig sein. Die Burg des Kriegsherrn, die Angreifer, die Verteidigungslinien, die Mauern, die Pferde und die Artillerie.

Si hatte einmal einen Artikel über *Ran* in einer Zeitung gelesen. Dass man den Film mit den größten Todesvisionen verglichen hätte: Mit dem *Triumph des Todes* von Breughel, dem *Jüngsten Gericht* von Michelangelo, dem *Höllensturz der Verdammten* von Rubens. All das waren westliche Künstler. Der Künstler, der dies hier erschuf, würde ein anderer sein. Sein Diorama mit Samurai, Landschaft und Burg würde die Todesinszenierung von *Ran* von einem Künstler des Ostens sein.

Von Si selbst.

KAPITEL 30

SHENZHEN, VOLKSREPUBLIK CHINA

Wenn man in Shenzhen auf der Autobahn Richtung Nordwesten fuhr, sah man grüne Hinweisschilder, auf denen nicht nur die Straßen, sondern auch die Firmennamen standen. Rechts ging es zu Huawei, links zu Foxconn, dem wichtigsten Apple-Zulieferer, ohne den kein iPhone produziert werden würde. Huawei hingegen hatte auf seinem Campus historische Gebäude aus Europa nachgebaut: das Heidelberger Schloss, die Pariser Sorbonne und die Universität von Oxford.

Tom saß im DiDi-Taxi, dem chinesischen Uber, das man sich ebenfalls per App bestellen konnte. Normal ein Taxi am Straßenrand heranzuwinken ging in Chinas Großstädten fast nicht mehr. Der Fahrer kauerte auf seinem Sitz, neben sich die obligatorische Plastikflasche mit kaltem, grünem Tee, in dem noch Teeblätter schwammen, und telefonierte ununterbrochen. Tom hatte ein WeChat-Konto und ein Konto bei der Bank of China, sodass er in Shenzhen auch mit seinem Smartphone zahlen konnte. Wenn man das nicht konnte, hatte man dort zunehmend ein Problem, denn Kredit- und Plastikkarten waren immer mehr verpönt, und nicht jeder nahm Bargeld an.

Geradeaus in die Innenstadt ging es zu HAX. Dem Accelerator, in dem Tom sein Start-up großzog. Nachdem die ersten CUMO-Prototypen mehr oder weniger erfolgreich gewesen waren, waren Tom und seine Co-Geschäftsführerin Lucy und die anderen Teammitglieder auf der Suche nach Investoren. Richtig fremd fühlte er sich in China nie.

Dafür gab es ein anderes Problem, und das lag in Deutschland. In den Unterlagen, die er bei seinem Vater eingescannt hatte, stand recht deutlich, dass die Ärzte die herkömmlichen Therapien nicht mehr anwenden konnten. Es braucht also alternative Therapien, und die kosteten viel Geld. Tom wusste, wie tückisch Bauchspeicheldrüsenkrebs war, da man ihn meist erst dann entdeckte, wenn es schon zu spät war. Oft halfen dann nur radikale Operationen wie eine Whipple-OP, bei der die Bauchspeicheldrüse, die Gallenblase, Teile des Dünndarms und Teile des Magens entfernt wurden, was das ganze Leben aber auch nur um ein bis anderthalb Jahre verlängerte. Bei seinem Vater war es allerdings selbst dafür zu spät, weil der Tumor dafür schon zu groß war.

Er stieg aus einem DiDi-Taxi und sah kurz einen Bettler neben einer Garküche, der ein Handy hochhielt und dem man über einen QR-Code Geld geben konnte. Hier konnte man alles digital machen. Kaffee bezahlen, Taxis bezahlen und selbst Bettler. In den meisten Restaurants in Shenzhen musste man nicht einmal einen Code eingeben, sondern das Ganze funktionierte mit Gesichtserkennung. Er überlegte noch, ob er dem Bettler etwas geben sollte, aber da war er schon an dem Mann vorbeigelaufen und fühlte sich schlecht dabei.

Der HAX Accelerator war einer der größten Hardware-Entwickler Chinas, bei dem es nicht um Software ging, sondern besonders neue Hardware-Start-up-Ideen mit Software verbunden wurden, um die *Factory of the World* mit selbstlernenden Maschinen zu verbinden. *Artificial Intelligence, Internet of Things, Industry 4.0* und *Machine Learning* waren hier die Schlagworte.

Der HAX Accelerator war 2011 von Cyril Ebersweiler und Sean O'Sullivan gegründet worden, wobei seine Wurzeln in einem anderen chinesischen Accelerator-Programm, nämlich dem CHINA AXLR8R lag, das im chinesischen Dalian seinen

Anfang genommen hatte. Zufällig hatte es in diesem Start-up-Programm zwei vielversprechende Hardware-Start-ups gegeben, was die Gründer auf die Idee gebracht hatte, gleich einen Accelerator nur für Hardware zu gründen – idealerweise dort, wo die Zukunft der *Industry 4.0* erschaffen wurde. Im chinesischen Kanton und dort in der Digitalstadt Chinas – Shenzhen.

HAX saß in der ersten Etage des Gebäudes, das sich wie ein rechteckiger Klotz in den Himmel erhob. Tom durchquerte im Erdgeschoss den riesigen Supermarkt, in dem ausschließlich Elektronikteile verkauft wurden. Chips, Speicherplatten, Platinen, Kabel und alle Materialien, aus denen man problemlos jedes technische Gerät nachbauen konnte. Die komplette Verkaufsfläche bestand aus Dutzenden von Mini-Shops, in denen immer ein Mann oder eine Frau saßen, die gleichzeitig Berater, Verkäufer und Kassenkraft waren und nebenbei Elektronik zusammenlöteten.

Es war die Mittagszeit, als Tom die Gänge des HAX Accelerators erreichte. Es war in China durchaus üblich, dass die Mitarbeiter nach dem Mittagessen einen Mittagsschlaf hielten. Es herrschte Einigkeit darüber, dass man danach fitter und leistungsfähiger war und die scheinbar verlorene Zeit locker wieder aufholte. Lächeln musste er dennoch, wenn er sah, dass manche der Chinesen nicht nur mit dem Kopf auf dem Tisch schliefen, sondern einige sogar Klappbetten aufstellten, komplett mit Kissen und Decken, um sich für eine gute halbe Stunde langzumachen. So leistungsfähig die Chinesen beim Umsetzen von Projekten waren, so entspannt waren sie hinsichtlich des Themas *Schlaf im Büro*. Davon konnte sich das verkrampfte Deutschland, dachte Tom, in dem jeder, der schlief, automatisch als faul galt, und kurz oder gar nicht schlafen als heldenhaft galt, eine Riesenscheibe abschneiden.

Tom hatte sich einige Firmensitze angeschaut. Die Zeit, in der man in Chinas Topunternehmen in langweiligen Büros saß, war lange vorbei. Alibaba, eine Mischung aus eBay und Amazon, hatte sein Hauptquartier vor den Toren von Hangzhou, und es war eine kleine Stadt für sich. Baidu, das chinesische Google, hatte seine Zentrale im Nordwesten Pekings im Haidian-Bezirk, wo fast fünfzigtausend Menschen arbeiteten.

In Shenzhen selbst saß Tencent, das chinesische WhatsApp, mit dem man aber nicht nur kommunizieren, sondern auch bezahlen und alles Mögliche andere tun konnte, so wie es Tom eben im DiDi-Taxi getan hatte, und mit dem sogar Bettler Spenden entgegennehmen konnten. Es war der beliebteste Arbeitgeber Chinas. Das Hauptquartier bestand aus zwei um die zweihundert Meter hohen Glastürmen, die von drei Brücken verbunden wurden. Diese Brücken hatten Namen: Gesundheit, Kultur und Wissen.

Jede der Brücken bot etwas, das zu ihrem Namen passte. Die Gesundheitsbrücke eine Saftbar und ein Fitnesscenter komplett mit Basketballfeld, dreihundert Metern Laufbahn, Fitnessgeräten und Supermärkten.

Dann gab es Reinigungen, Cafés und Arztpraxen. Man brauchte, wie bei Google, das Gebäude eigentlich nicht mehr zu verlassen und hatte trotzdem alles, was man zum Leben brauchte. Dennoch regte sich auch in China allmählich Kritik an der ständigen Verfügbarkeit bei der Arbeit. Die *Anti-996*-Bewegung richtete sich gegen die ständige Verfügbarkeit, bei der alle von neun Uhr morgens bis neun Uhr abends arbeiten mussten, und das an sechs Tagen in der Woche.

Im HAX waren die Arbeitszeiten genauso. Dennoch hatten all diese innovativen Orte wenig mit der steifen und altmodischen Atmosphäre in Peking zu tun, wo die Kommunistische Partei über allem herrschte. Auch hier galt der alte Spruch der Kaiserzeit: *Die Berge sind hoch, und der Kaiser ist weit weg.*

Tom betrat die Räume von CUMO. Das Team war, wie immer, eifrig mit Arbeit beschäftigt. Einige am Computer, einige mit weißen Kitteln und Gesichtsschutz über irgendwelche Maschinen und Petrischalen gebeugt. Es war eine Mischung aus Co-Working Space, Hobbyraum und Arztpraxis. Er sah die junge Dame mit den schwarzen Haaren, die Haare zu einem Zopf zusammengebunden, bekleidet mit einem schwarzen T-Shirt und Jeans. Darüber einen weißen Kittel und an den Händen Plastikhandschuhe.

»Kommst du auch mal wieder?«, fragte Lucy, mit der er in seinem Team am engsten zusammenarbeitete.

KAPITEL 31

EISENHOWER EXECUTIVE OFFICE BUILDING, WASHINGTON D. C., USA

»China baut Afrika«, sagte Galloway. »Züge, Flughäfen, Autobahnen und zur Not auch Diktatorenpaläste. Kein afrikanischer Diktator wird wegen Menschenrechtsfragen gemaßregelt. Dafür gibt es Infrastruktur, und im Gegenzug bekommt China Rohstoffe.« Er blickte in die Runde. »Der Westen muss sich von Afrika schon fragen lassen, was er eigentlich in all den Jahren Entwicklungshilfe gemacht hat, außer ein paar Brunnen zu bauen, während China in wenigen Jahren ganze Häfen baut.«

»Das Ganze läuft aber komplett ohne die Afrikaner«, sagte Miller, dessen Urgroßvater aus dem Kongo kam. Melanie betrachtete die goldene Omega-Uhr an seinem Handgelenk, die bei ihrem Chef schick und nicht protzig aussah. *Die Zeit wiederholt sich nicht,* sagte Miller immer, *daher keine Fehler.* Es gab eine Menge Geschichten und auch Gerüchte über China in Afrika. Die Zuglinie zwischen Nairobi und Mombasa hatten die Chinesen in Rekordzeit gebaut, ebenso den Hafen von Mombasa. Gerüchte, dass die Chinesen den Hafen übernehmen könnten, wenn Mombasa seine Kredite nicht bezahlt, wurden natürlich von China zurückgewiesen. Ebenso wie Geschichten, dass China vom Sturz von Diktator Mugabe in Zimbabwe profitiert hätte.

Galloway nickte. »Stimmt. Die Bevölkerung Afrikas wird bei den Bauarbeiten nicht gebraucht, China bringt seine eigenen Arbeitskräfte in Wohncontainern mit.«

»Ist das nicht eher ein Problem von Europa?«, fragte Melanie.

»Und ob.« Wilson nickte. »Afrika liegt direkt vor der Tür Europas, doch der wichtigste Handels- und Infrastrukturpartner ist China. Es scheint derzeit folgenden Deal zu geben: China investiert Geld für Infrastruktur und bekommt im Gegenzug Rohstoffe; Europa und besonders Deutschland investieren Geld für Entwicklungshilfe und bekommen im Gegenzug Flüchtlinge.«

Wilson lehnte sich zurück. Vor ihm auf dem Tisch lag das Buch des Sicherheitsberaters *Death by China*, »Tod durch China«.

»Fakt ist«, sagte Galloway, »dass China nicht nur versucht, ganz Afrika unter seine Kontrolle zu bringen, sondern auch Osteuropa. Und vielleicht sogar Deutschland.«

»Deutschland?«, fragte Wilson. »Da kommen Sie doch her? Oder Ihre Vorfahren?« Er blickte Melanie an.

»Das ist wahr«, sagte sie. »Die neue Seidenstraße oder *Belt and Road Initiative* endet in Duisburg. Dem größten Binnenhafen der Welt. Ich habe einmal am Flughafen von Shanghai in Pudong eine Karte mit den wichtigsten europäischen Städten gesehen. Jede Stadt hatte verschieden große Punkte, sortiert nach ihrer Wichtigkeit. Die ersten drei Städte waren London, Paris und Berlin.«

»So weit klar«, sagte Wilson.

Melanie sprach weiter. »Die vierte Stadt und die mit dem größten Punkt ist Duisburg.« Vielleicht, dachte sie, sollte man in Duisburg Immobilien kaufen.

Wilson lehnte sich zurück. »Also schön, überzeugt. Beziehungsweise allzu viel Überzeugung war gar nicht nötig.« Er tippte auf das Buch, das vor ihm auf dem Tisch lag. »Ich möchte«, sagte er an Miller und Melanie gerichtet, »dass die NSA einen Algorithmus programmiert, der herausfindet, welche Länder als Nächstes auf Chinas Liste stehen, und auch herausfindet, welche Länder für die Avancen Chinas empfänglich sein könnten. Nehmen Sie alle Daten, die Sie kriegen können. *Conflict Index*, Gini-Koeffizient und so weiter.«

Melanie kannte das Vorgehen. CIA und NSA hatten schon einige von diesen Algorithmen aufgesetzt, früher auch schon ohne Computer und einfach durch das Studium von Datenbanken und Bibliotheken. Ein Land, in dem etwa Grenzbeamte chronisch unterbezahlt waren, wurde schnell zur Brutstätte für Terror. Die Terroristen zahlten großzügig, und dafür kamen bestimmte Männer, Geld und Waffen über die Grenze. Und die Grenzbeamten drückten ein Auge zu. Oder beide.

Miller sah Melanie an. Die nickte. »Ist schon in Arbeit. Ein Land konnten wir bereits ohne Algorithmus identifizieren.Es soll zu einem wesentlichen Teil von Chinas neuer Seidenstraßen-Strategie werden. Und es soll damit Stück für Stück aus der EU herausgelöst werden, die es sowieso nicht sonderlich mag.«

»Lassen Sie mich raten«, sagte Galloway, »Sie sprechen von …«

Melanie beendete den Satz. »… ich spreche von Italien.«

KAPITEL 32

HAX ACCELERATOR,
SHENZHEN, VOLKSREPUBLIK CHINA

Lucy warf ihre Einmalhandschuhe in den Mülleimer und zog den Kittel aus. Sie gingen zur Kaffeezone und ließen sich beide auf eine Couch fallen.

»Okay, wo stehen wir?«, fragte Tom.

Lucy trug ein schwarzes Tanktop, hatte die schwarzen Haare zu einem Pferdeschwanz zusammengebunden, und Tom konnte nicht abstreiten, dass er sie attraktiv fand. Lucy war in Singapur geboren und sprach, wie fast alle dort, fließend Englisch und Chinesisch. Tom hatte schon öfter überlegt, ob die beiden nicht eine Beziehung oder Affäre starten sollten. Schließlich verbrachten sie ohnehin mehr als zwölf Stunden täglich miteinander, anders konnte es in einer Ehe auch nicht sein. Andererseits hatte er schon genügend Horror-Storys gehört, bei denen so etwas in einem Start-up gründlich danebengegangen war. Der Leitsatz *don't fuck your company* war nicht ohne Grund entstanden. Denn was war, wenn die Affäre oder die Beziehung endete? Konnte man dann wirklich noch objektiv und zielorientiert zusammenarbeiten, wie das immer so schön in den Beziehungsratgebern stand? Er musste an den Spruch von Silicon-Valley-Investor Ben Horowitz denken: *Wer Leute einstellt, weil sie Freunde von ihm sind, muss auch bereit sein, sie wieder zu feuern, obwohl sie Freunde von ihm sind.*

»Wo stehen wir?«, fragte Tom also, während Lucy ihn aus ihren dunklen Augen anblickte.

»Wenn du nicht ewig durch Europa gondeln würdest, wüsstest du das. Außerdem hat dir Marv doch die Präsentation geschickt.«

Tom nickte und musste lächeln.

Wo stehen wir, hatte früher auch einer der Partner bei East Coast Consulting immer gefragt, wenn Tom und seine Kollegen damals im ECC-Teamraum oder in irgendeinem Kellerverschlag beim Kunden gesessen hatten und der Partner gestresst, mit Bluetooth im Ohr, reingestürmt kam und seine Tasche auf den Tisch knallte. Tom hatte dann immer fast einen Herzanfall bekommen, denn die Frage *Wo stehen wir* und die möglicherweise nicht befriedigende Antwort aus dem Team hatte immer dazu geführt, dass noch einiges an Nachtarbeit erforderlich war. Dieses Trauma hatte Tom allerdings nicht davon abgehalten, sich die *Wo stehen wir*-Floskel trotzdem anzugewöhnen.

Tom und Lucy hatten mit CUMO einen ersten Prototyp entwickelt, bei dem sie gemeinsam mit dem Shenzhen Hospital und der Southern University of Science and Technology einige Tests durchgeführt hatten.

»Der Prototyp ist fast fertig«, erklärte Lucy. »Wir hatten ja ursprünglich ein Produkt, das als App sämtliche Krankendaten speichert und per Fingerabdruck oder Gesichtserkennung aktiviert werden kann.«

»Genau«, sagte Tom, »man geht zum Arzt, und der weiß alles über einen. Nicht so wie bei uns in Deutschland, wo man ständig Formulare ausfüllen und von A nach B tragen muss.« Er schaute Lucy an. »Aber in der Präsentation stand auch, dass sich etwas Neues ergeben hat?«

»Ja, Chuan hatte einen Vorschlag, den wir, wie er sagte, beherzigen sollten.« Chuan war einer der Leiter des HAX Accelerators und auch auf Medizintechnik spezialisiert. Er hatte vorher bei Healthineers, der früheren Siemens Medizintechnik in Shenzhen, gearbeitet.

»Was sagt Chuan?«

»Der nächste Schritt«, sagte Lucy, »der nur in China möglich ist, wäre, eine Sonde in den Körper des Patienten einzuspritzen, die der App ständige Daten liefert, sodass sämtliche Informationen über Blutwerte, Blutdruck, Herzfrequenz und so weiter ohne invasive Kontrolle abzurufen sind und sogar über Bluetooth transferiert werden können.«

»Das heißt, es sind nicht nur gespeicherte Informationen auf der App, sondern die App schafft durch Messinstrumente im Körper ihre eigenen Daten?«

»Ja, das erschien Chuan sehr naheliegend. Dann wäre es auch für andere noch interessanter.«

Tom verbiss sich erst einmal die Frage, wer *die anderen* waren. »War das Chuans Idee? Oder kommt die von Healthineers?«

»Healthineers machen MRTs, also Gehirnscanner. Das ist ein anderer Bereich. Vor allem sind die Hirnscanner nicht invasiv. Es sind ja keine PET-Scanner. Nein, die Idee basiert, soweit ich weiß, auf der Erfindung eines Medizin-Start-ups in Tel Aviv, das Kontaktlinsen erfunden hat, die bei dem Träger über die Tränenflüssigkeit automatisch den Insulingehalt im Blut messen. Dadurch wird das Leben von Diabetes-Patienten enorm erleichtert.« Tom dachte an den alten Spruch: *Viel wichtiger als Gutes zu tun ist es, Übel zu beseitigen.* Noch deutlicher hatte es Paracelsus gesagt: *Vor allem schade nicht.*

»Also ist die Idee nicht von Chuan, sondern von den Israelis?«

»Weder noch«, sagte Lucy und ihr Gesicht verzog sich, »die Idee, etwas Invasives zu machen, kommt von der Zentralregierung.«

KAPITEL 33

EUROPÄISCHE ZENTRALBANK,
FRANKFURT AM MAIN, DEUTSCHLAND

Lisa Bendix schaute erst auf den Ticker.

Europäischer Einlagensicherungsfonds beschlossen, stand da.

Dann schaute sie auf die SMS.

Von Tom.

Bin in Shenzhen.

Sie lächelte. Sie waren zwar nicht mehr zusammen, sprachen aber trotzdem noch oft miteinander.

Lisa war Referentin im Finanzministerium in Berlin, war heute in aller Frühe mit dem sogenannten *Pyjama Bomber* in Frankfurt angekommen, war daher ziemlich müde und schaute aus dem Fenster des EZB-Pressesaals. Das Umfeld der EZB war eine arme Gegend. Die Hauptzentrale des Euros saß dort, wo es vor allem an Euros mangelte.

Kann gerade nicht sprechen, tippte sie. *Bin in Konferenz bei* EZB.

Sie schaute sich um. Das ganze Gebäude hatte einen ausreichenden Abstand zur Straße, um gegen Anschläge geschützt zu sein. Ähnlich wie die britischen Houses of Parliament im 19. Jahrhundert an der Themse gebaut worden waren, damit der Pöbel sie niemals ganz umkreisen konnte, so ähnlich war es hier auch. Das Gebäude der EZB war eher ein Herrscherpalast als ein Gebäude in einem demokratischen Staatenverbund. Aber die EZB war auch nicht demokratisch. Sie konnte tun und lassen, was sie wollte, ohne die Parlamente zu fragen, und ihr Präsident wurde ernannt und nicht gewählt.

Sie saßen im großen Konferenzraum, an der Decke eine stilisierte Europakarte, bei der man sehr genau hinschauen musste, um sie zu erkennen. Platon hatte einmal gesagt, dass die beste Staatsform die Diktatur der Weisen sei. Solange die Weisen wirklich weise waren, dachte Lisa, war dagegen nichts einzuwenden, nur waren die Herrscher hier weise oder doch von Eigeninteressen geleitet?

Wow, schrieb Tom zurück, *darunter tust du es wohl nicht? Können ja später sprechen.*

Machen wir.

Sie kannte Tom noch aus Beraterzeiten. Sie hatten beide bei East Coast Consulting gearbeitet. Dort waren beide bald bei einem der obligatorischen Banken-Restrukturierungsprojekte gelandet, für das die Beratungsfirma bekannt war. Tom machte mittlerweile etwas völlig anderes, aber Lisa war mehr oder weniger im Bankgeschäft geblieben und organisierte jetzt vonseiten des deutschen Finanzministeriums verschiedene Bereiche zum Thema Finanzmarktstabilität gemeinsam mit der Deutschen Bundesbank.

Die Geschichte um die EZB, die Minuszinsen, die strukturellen Probleme der Eurozone und die Rettungspakete war seit 2010 eine unendliche Geschichte gewesen. Das Ganze, dachte Lisa, war von vornherein unglücklich arrangiert gewesen. Die Krise war 2010 mit den Griechen losgegangen. Angeblich sollte der damalige EZB-Chef Wim Duisenberg im Jahr 2001 vor Freude herumgetänzelt sein, als er hörte, dass die Griechen auch dabei wären, und auch der damalige deutsche Finanzminister Hans Eichel war freudig überrascht gewesen, dass die Griechen *so schnell all die Reformbemühungen unternommen hatten,* die nötig waren, um der Eurozone beitreten zu können. Man glaubte wohl, dass mit der Teilnahme der Griechen, die ja irgendwie die Demokratie erfunden hatten, auch wenn deren Hauptdenker Plato nichts von der Demokratie hielt, der ganze Laden irgendwie demokratischer werden würde. Dass die Investmentbank Goldman Sachs einige der griechischen Bilanzen ordentlich frisiert hatte, damit auf dem Papier alles gut aussah, war den Politikern damals nicht aufgefallen. Oder sie wollten es nicht sehen. Lisa fragte sich oft, ob die Leute wirklich so blöd waren oder nur die Augen verschlossen. Wahrscheinlich beides. Erst waren sie zu blöd, und wenn ihnen dann die Wahrheit auffiel, verschlossen sie die Augen. Auch wenn sie überzeugte Europäerin war, so kannte sie doch die Schmähreden der Eurogegner. Mario Draghis »Whatever it takes«-Rede im Jahr 2012, in der der EZB-Chef klarmachte, dass er *alles* für die Eurorettung tun würde, hatten den Kritikern, die an einen fast sowjetischen Superstaat glaubten, nicht gerade den Wind aus den Segeln genommen.

Sie nahm wieder ihr Smartphone zur Hand und schrieb eine SMS. Diesmal an Bernd. Bernd arbeitete bei Sky Capital, einem Hedgefonds, der nahe der Alten Oper in einem Wolkenkratzer saß. Bernd hatte vorher bei Goldman Sachs und beim Global Markets Team der Deutschen Bank unter Anshu Jain in London gearbeitet und war auf Spekulationen am Anleihemarkt spezialisiert. Ebenso auf Kreditausfallversicherung, Termingeschäfte auf Anleihekurse und auf die Frage, ob ein Staat pleiteging oder nicht. Gespräche mit ihm waren immer sehr lehrreich und auch sehr unterhaltsam.

19 Uhr bei dir im Office?, schrieb Lisa.

Yep, bleibt dabei, schrieb Bernd.

Lisa dachte an die Zeit, als sie noch bei ECC war und die ganzen Krisengespräche begannen. Im Jahr 2010 wollte man einen Austritt Griechenlands unbedingt verhindern. Obwohl Stadtstaaten wie Bremen eine höhere Pro-Kopf-Verschuldung hatten als Griechenland. Einen Austritt Griechenlands hätte die Eurozone verkraftet. Ein paar Banken wären in Schieflage geraten, aber sonst wäre nicht viel passiert. Dass Griechenland nicht herausflog, hatte ideologische Gründe. Nun aber war es ein anderes Land, das sehr viel Ärger machte. Das knallhart mit der Eurogruppe verhandelte und sogar damit drohte, aus der Eurozone auszutreten. Ein Land, das bequem damit drohen konnte, da sein Austritt die Eurozone vernichten würde und die Schulden, die dieses Land angehäuft hatte, alle anderen zahlen würden, ganz besonders Deutschland, aber bestimmt nicht das Land, das die Schulden hatte.

Dieses Land hieß Italien.

KAPITEL 34

HAX ACCELERATOR,
SHENZHEN, VOLKSREPUBLIK CHINA

Es war das, was Alex von Rocket Internet bereits geahnt hatte.

»Ein Vertreter der Regierung hat bei Chuan angefragt, ob wir nicht Interesse an einer Beteiligung von einem Risikokapitalgeber haben«, sagte Lucy.

»Einem Risikokapitalgeber?«

»Na, kurz und gut: einem Risikokapitalgeber des chinesischen Staates.«

»Wer genau?«

»Hauptfinancier dahinter ist SAFE.«

»Wow«, sagte Tom. SAFE war ein Koloss. Der Name stand für State Administration of Foreign Exchange, und SAFE war das Investmentvehikel der chinesischen Regierung, in dem die riesigen Mengen an Auslandsdevisen wie zum Beispiel die fast drei Billionen Dollar in US-Staatsanleihen verwaltet wurden.

»Eventuell kommt das Geld auch von CICC«, sagte Lucy.

»CICC …« Tom war einen Moment *lost,* wie man es in der Start-up-Welt immer nannte, wenn man den Faden verloren hatte oder einer Präsentation nicht folgen konnte.

»China International Capital Corporation«, sagte Lucy. »Die wird von Levin Zhu geleitet.«

»Sagt mir was.«

»Das ist der Sohn von dem früheren chinesischen Premierminister Zhu Ronghi.«

Tom hob anerkennend die Augenbrauen. »Mehr Staat geht

allerdings nicht.« Zhu Ronghi war das staatliche Pendant zu dem, was man in der Wirtschaftssprache *Big Business* nennen würde. Levin Zhu, der Chef von CICC, hingegen war kein Pendant zu Big Business, er *war* Big Business.

Tom war sich nicht ganz sicher, was er davon halten sollte. »Was meinst du?«, fragte Lucy. Man sah ihr an, dass sie auch schwankte und sich mit dem Gedanken nicht recht anfreunden konnte.

»Bin mir nicht sicher«, sagte Tom. »Die Partei wird damit nicht nur Menschen heilen wollen.«

Lucy schüttelte den Kopf. »Nein. Überall wo die Partei involviert ist, da ist auch Kontrolle involviert. Und wir hatten in unseren Gründungsstatuten mal geschrieben, dass wir uns niemals instrumentalisieren lassen.«

»Verkaufen wir denn Kontrolle?«

»Wenn wir auch invasive Analysen anbieten, deren Daten dann in die Cloud gehen?« Lucy zuckte die Schultern. »Irgendwie doch schon. Transparente Medizindaten. Danach lecken sich Versicherer die Finger. Wie gesund hast du heute gelebt? Warst du joggen? Hast du geraucht, getrunken, zu viel gesessen, fettiges Zeug gegessen? Alles ohne die altmodischen Fragebogen, wie sie ja auch bei euch in Deutschland genutzt werden, sondern alles online, nicht nur in der Cloud, sondern live?« Sie öffnete eine WeChat-Nachricht auf ihrem Smartphone und blinzelte kurz. Lucy gehörte zu den jungen Frauen, die scheinbar wirklich multitaskingfähig waren. Sie konnte gleichzeitig Texte auf dem Rechner oder auf dem Smartphone schreiben, telefonieren, sich Notizen machen, essen und mit anderen reden. Alles gleichzeitig. Sie stemmte die Hände in die Hüften. »Also?«

»Haben wir denn eine Wahl?«, fragte Tom. »Wenn die Regierung nachfragt?«

»Wir können Nein sagen.«

»Und dann?«

»Dann könnte es sein, dass sie uns über irgendeine Klausel enteignen, vorher unser Know-how abschöpfen und uns dann in die Wüste schicken.«

»Das heißt, wir müssen zustimmen?«

»Müssen nicht«, sagte Lucy, »wir können auch nach Singapur gehen. Da gibt es auch Accelerators und gute Teams. Und keine Kommunistische Partei! Sollten wir vielleicht eh machen.«

Tom verdrehte die Augen. Mit Singapur kam Lucy immer wieder, und natürlich war das ein toller Standort. Aber ihr Start-up war nun einmal hier, in Shenzhen, in China, genauso wie ihr Team. Jetzt umständlich umzuziehen würde sie um Wochen zurückwerfen. Vielleicht sogar Monate.

»Du weißt«, sagte Tom, »dass in der Start-up-Welt Geschwindigkeit alles ist. Die Zukunft gehört den Schnellen. Du kennst doch den alten Start-up-Spruch: *Wenn du mit deinem Produkt zufrieden bist, warst du nicht schnell genug!* Ein Umzug wirft uns zeitlich erst einmal zurück.«

Lucy gefiel der Gedanke nicht, aber wohl die Logik dahinter. »Wenn wir hier weiterwachsen wollen, sollten wir diesen Ast vielleicht nicht gleich absägen.«

»Also reden?«

»Ja, reden und hören, was die eigentlich wollen.«

Tom nickte. »Also gut. Reden wir mal mit denen.«

Lucy nickte und hob ihr Smartphone. »Ich rufe Chuan an.«

KAPITEL 35

SKY CAPITAL, OPERNTURM,
FRANKFURT AM MAIN, DEUTSCHLAND

Bernd war mit Lisa in das oberste Stockwerk des Opernturms gegangen. Dort war eine große Kaffeezone, von der aus man auf die Dachterrasse gehen konnte. Neben der Kaffeemaschine stand ein Regal mit Finanzbüchern. Eines davon war *The Alchemy of Finance* von George Soros, dann *Quantum Economics* von David Orrell und *Principles* vom Bridgewater-Gründer Ray Dalio.

»Tja«, sagte Bernd und füllte zwei Kaffeebecher. »Die EZB und die Eurozone. Überhaupt, *Eurozone,* was für ein Name! So ähnlich wie *Sowjetisch besetzte Zone,* der frühere Name der DDR. Und *Europäische Union:* Da sagten Kritiker immer, das klingt wie *Sowjetunion.*« Er reichte Lisa eine Tasse. »Also, das Ganze ist jetzt beschlossen? Der *europäische Einlagensicherungsfonds?*«

»Ja, aber das ist kein Insiderwissen, sondern überall schon in den Medien.«

»Klar. Bin sicher, dass die Kollegen bei bestimmten Banken, denen das helfen könnte, schnell die CDS verkauft haben. Bei anderen deutschen Banken, die jetzt für die anderen haften müssen, könnte es sich lohnen, CDS zu kaufen.«

CDS waren Credit Default Swaps, Kreditausfallversicherungen, die dann zahlten, wenn ein Kredit nicht bezahlt wurde oder der Kreditnehmer pleiteging.

»Ein Fonds, der die Risiken zwischen den Ländern ausgleicht«, sagte Lisa. »So steht es in den Pressematerialien.«

»Was es für die Deutschen genau heißt, steht aber sicher nicht drin, oder?«, fragte Bernd. Sie ließen sich beide auf eine schwarze Ledercouch fallen. »Ab sofort haften die deutschen Sparer auch für Ausfälle in den Banken anderer Euroländer. Das Lobbying Südeuropas war erfolgreich gewesen. Sehr erfolgreich.«

»Wie sagen die Chinesen«, sagte Bernd. »*Eine Schlucht überquert man nicht in zwei Sprüngen.* Abgesehen davon, dass südeuropäische und auch französische Bankaktien sofort um fünfzehn Prozent nach oben geschossen sind. Ich hoffe, die Kollegen haben schnell genug gekauft.«

»Meinst du, es wird ungemütlich«, fragte sie. »Wenn etwas schiefgeht?«

»Wenn ein großes südeuropäisches Land wackelt?«, fragte Bernd. »Ja klar wird es das. Die alte Gewissheit, dass jede Art Bank, sei es eine deutsche Privatbank, eine Sparkasse oder eine Genossenschaftsbank, ihren eigenen deutschen Einlagensicherungsfonds hat, der pro Sparer hunderttausend Euro versichert, ist jedenfalls mit dem heutigen Tag vorbei. Heute haftet jeder für alle. Und derjenige, der am meisten Sparguthaben und am wenigsten Schulden hatte, haftet am meisten. Und das ist wer?« Er beugte sich vor.

»Deutschland.«

»Tja.« Bernd zuckte die Schultern. »Der deutsche Untertan, der ohnehin die mieseste Finanzausbildung in ganz Europa hat, merkt davon nichts und soll auch nichts merken. Aber jeder weiß, dass ohnehin kein Deutscher aufmucken würde. Wir haben bei unserem Hedgefonds kaum Deutsche als Kunden. Ein paar ganz reiche, sonst nur UK- und US-Fonds. Die Deutschen sind zufrieden ohne Aktien, ohne Immobilien und mit ihren Sparkonten, auf die sie bald Strafzinsen zahlen. Was hatte Lenin so schön gesagt?«

Lisa ergänzte den Satz: »*Bevor die Deutschen einen Bahnhof stürmen, kaufen sie ein Bahnsteigkarte.*«

Lisas Handy summte. Sie schaute auf die SMS. Von Tom. *Kannst du kurz sprechen,* stand dort.

KAPITEL 36

HOTEL FOUR SEASONS, RIO DE JANEIRO, BRASILIEN

Vazquez erhob sich. Meist war das das Zeichen, dass er das Gespräch für beendet sah. Arakis blickte ihn von unten an, wie ein Flakgeschütz einen ankommenden Bomber.

»Wir haben hier schon einiges getan. Wir haben dreihundert Raufoss MK211 bestellt. Von Nammo«, sagte er.

»Norwegische Waffenschmiede«, sagte Alvarez.

Vazquez sprach weiter. »Die schießen durch fünfzehn Millimeter Stahl bei fünfhundert Metern Distanz, die können sogar einen Helikopter herunterholen.«

»Die bringen nur nichts, wenn die Bandenchefs nicht in Helikoptern fliegen«, sagte Arakis.

»Ist doch egal. In jedem Fall erwischen wir sie damit. Auch wenn sie in gepanzerten Limousinen fahren.«

»Da ist nur ein Problem«, sagte Arakis. »Gezielt Leute umzubringen ist immer gefährlich und kann sogar Kriege auslösen.«

»Ach ja?«

»Ja. Der Erste Weltkrieg wurde im Juni 1914 durch einen Mord ausgelöst, ähnlich wie vorher die Bombe auf Zar Alexander II. im Jahr 1881. Die CIA ermordete den Kongo-Herrscher Patrice Lumumba und startete damit Jahrzehnte von Chaos und Anarchie im Kongo. Genauso begann der Genozid von Ruanda, der in kürzester Zeit eine halbe Millionen Menschenleben vernichtete, mit dem Abschuss der Maschine von Ruandas Präsident Habyarimana im Jahr 1994.«

»Danke für die Geschichtsstunde«, sagte Vazquez. Alvarez sah man an, dass er gern noch mehr gehört hätte.

»Überlegt es euch«, sagte Arakis und blickte Vazquez und Alvarez an. »Waffen sind schön, aber sie schaden oft mehr, als dass sie nutzen. Der gezielte Schuss auf eine Person kann zwar die Headlines der Tageszeitungen ausmachen, er kann euch aber auch eine Menge Feinde bringen. Abgesehen davon ist das Instrument des Auftragsmords etwas aus der Mode gekommen.«

Vazquez starrte ihn unverwandt an. »Ach ja?«

»Ja«, sagte Arakis, »eine chaotische Welt mit mehr als zehn Milliarden Menschen lässt sich mit den üblichen Steuerungsmechanismen nicht mehr kontrollieren.«

»Und Sie wissen, wo es diese Mechanismen gibt?«

»Sonst wäre ich nicht hier.«

Vazquez lächelte. »Der große Arakis. Der, den alle kennen, aber niemals zu Gesicht bekommen. Der am Tag nur drei Telefonate führt, aber alle Namen und Telefonnummern kennt. Der nie schläft.«

»Das ist falsch! Ich schlafe viel!« Arakis lächelte zurück. »Man muss priorisieren, wenn man vorankommen will. Oder wie Clausewitz sagte: *An enger Front angreifen.*«

Sie schüttelten sich die Hände.

»Wir überlegen«, sagte Alvarez.

Vazquez sagte nichts.

»Überlegen Sie gut, aber nicht zu lange.«

»Ist unsere Sache, wie lange wir nachdenken«, sagte Vazquez.

»Vorläufig«, sagte Arakis und machte eine Kopfbewegung nach draußen, als wollte er sagen: *Das Verbrechen, die Syndikate und die Drogenmafia schlafen nicht.*

Draußen wartete sein Wagen. Si, sein Leibwächter, hielt die Tür auf. Als er einstieg, blitzte Arakis Handy. Darauf eine kurze Nachricht: DER EUROP. EINLAGENSICHERUNGSFONDS KOMMT.

Er lächelte, als der Fahrer die Tür hinter ihm schloss. Seine Spin Doctors hatten ganze Arbeit geleistet.

KAPITEL 37

SKY CAPITAL, OPERNTURM,
FRANKFURT AM MAIN, DEUTSCHLAND

»Kann ich kurz mal?«, fragte Lisa und zeigte mit dem Handy Richtung Dachterrasse.

»Klar, wenn es dir da nicht zu kalt ist.«

Sie ging nach draußen und rief Tom an.

»Ist es nicht etwas spät bei euch?«, fragte sie.

»Geht so. Hab eh Jetlag, da kann ich ohnehin nicht schlafen. Und bei euch? Einlagensicherung weg?«

»Na ja, gemeinsame Haftung alle für alle. Oder besser: Deutschland für alle.«

»Gut für Verschwörungstheorien.«

Lisa bekam häufiger Anrufe von Tom. Tom war an Informationen aus erster Hand über die Finanzsituation Deutschlands und der Eurozone interessiert, da genau dieses Thema einige chinesische Investoren wegen geopolitischer Planung interessierte. Insbesondere, da Deutschland auch trotz Innovationsschwäche immer noch als Europas Motor galt.

»Geht auch schon los«, sagte Lisa. Sie schaute von der Dachterrasse des Opernturms auf die Skyline von Frankfurt. Das Internet quoll bereits über von Verschwörungen, dass das der letzte Akt von EZB-Chef Draghi und »IM Erika« sei, wie man die Bundeskanzlerin aufgrund ihrer vermeintlichen Stasi-Vergangenheit nannte, um die Deutschen endgültig zu enteignen. Andere vermuteten, dass mit Sicherheit die CIA dahinterstecke, die habe ja Merkel damals nach der Wende einen Deal angeboten. »Die üblichen Storys mit Merkel und der CIA.«

»Und der sonstige Schuldige?«

»Du meinst Goldman Sachs?« Nachdem die US-Investmentbank einmal von einer Zeitschrift als *Vampirkrake* bezeichnet wurde, machte man sie gern für alles Üble auf dieser Welt verantwortlich. Besonders, seitdem sie dabei geholfen hatte, die griechischen Staatsfinanzen zu frisieren, um Griechenland in die Eurozone hineinzumogeln.

»Goldman wertet Satellitenbilder aus, die die Parkplatzbelegungen von Supermärkten aufnehmen und dann analysieren. Dann kaufen oder *shorten* sie die Aktie«, sagte Tom. »Zum Beispiel von Walmart. Die Goldies sind immer noch auf Zack.«

Shorten nannte man es, wenn jemand vom Verlust einer Aktie profitierte.

»Haben dir das deine chinesischen Freunde erzählt?«

»Ja. Wobei das gar nicht nur in China war. Einer von denen ist Engländer. Sitzt in London und Shanghai. Bevor ich nach Europa geflogen bin, hatte ich mit einem Fondsmanager gesprochen, der nur solche Storys kennt. Er heißt Steve. Weil er sich immer überall rauswindet, wird er *Clean Steve* genannt. Der stellt extra Fondsmanager mit schrägen Biografien ein. Zum Beispiel vor Kurzem einen *Big Data*-Analysten. Der war früher für den McLaren-Rennstall unterwegs.«

»Und was hat das mit Fonds zu tun?«

Tom schnaubte. »Man merkt, dass du jetzt für eine Behörde arbeitest. Kein assoziatives Denken mehr möglich.«

Lisa sah über die Beleidigung hinweg. Das hatte sie auch in ihrer Beziehung oft getan. Sie fragte sich immer wieder, ob das schlau war. Auch jetzt. Vielleicht hatte Tom aber auch recht. Übergreifendes Denken war in keiner Behörde gefragt; im Finanzministerium, wo man sich tagein, tagaus Gedanken machte, wie man dem Bürger noch mehr Geld aus der Tasche ziehen könnte, war man vielleicht noch am kreativsten. Gier schlug halt, nach der Angst, alle anderen Emotionen. »Also, wo ist der Zusammenhang?«, fragte sie.

»Es gibt dabei interessante Parallelen«, sagte Tom. »Wer schneller sein will als andere – aber auch nicht aus der Kurve fliegen –, muss Daten auswerten und die richtigen Schlüsse ziehen. Darauf kommt es auch bei der Geldanlage an.«

»Verstehe«, sagte Lisa. »Zu wenig Risiko macht dein Depot zu einem Sparbuch. Zu viel Risiko macht dich pleite.«

»Woody Allen hat das noch schöner gesagt«, sagte Tom. »Ein Fondsmanager ist ein Mensch, der dein Geld so lange neu anlegt, bis es weg ist.«

»Stimmt ja meistens leider auch. Es sei denn, die haben deinen McLaren-Pferdeflüsterer.«

Lisa blickte nach drinnen zu Bernd. »Okay, worum geht es denn? Bin gerade in einem Termin.«

»Okay, sorry«, sagte Tom, »ich fasse mich kurz. Ist der Einlagensicherungsfonds tatsächlich das Riesenthema? Oder ist es etwas anderes?«

Lisa war das Thema nicht ganz angenehm. »Es gibt noch ein anderes Thema.«

»Auch groß?«

»Ja.«

»Das Riesenthema ist das, was niemand anspricht, oder?«, fragte Tom. »Der Elefant im Raum? Nach dem fragen hier in China auch immer alle.«

Lisa senkte die Stimme. »Italien.«

Lisa hatte die zähen Budgetverhandlungen zwischen Italiens Regierung, dem unbeugsamen Innenminister, der sich schon als Staatsoberhaupt sah, und der EZB verfolgt. Die Notenbanker würden den Politikern wahrscheinlich letztendlich beispringen, sie aber noch eine Weile zappeln lassen.

»Stimmt die Sache mit den Bots?«

»Ja, sie wollen sogenannte *Mini-Bots* als Alternativwährung herausbringen. Das will die Eurogruppe natürlich nicht genehmigen, weil es neben dem Euro keine andere Währung geben soll.« Lisa merkte, wie ihr langsam kalt wurde, und bewegte sich wieder ins Innere. Bernd trank Kaffee und war über sein Smartphone gebeugt.

Ein Bot war ein alternatives Zahlungsmittel, das Italien einführen wollte. Es hieß *Buono Ordinario del Tesoro,* auf Deutsch so viel wie Schuldschein.

»Die Bots soll es in Hundert-Euro-Stückelung geben«, sagte Lisa, »zum Beispiel auch Mini-Bots von Unternehmen und staatlichen Stellen, die als Zahlungsmittel akzeptiert werden.«

»So ähnlich wie früher die Wechsel? Steht doch so bei den *Buddenbrooks* von Thomas Mann.«

»Ja, so ähnlich. Über diese neuen Anleihen gibt es dann aber noch mehr Schulden. Denn auch die Bots müssen zurückgezahlt werden.«

»Haben die Europäer denn eine Wahl? Können sie das Italien verbieten?«

»Das ist das Problem: Gibt der italienische Staat so viele Mini-Bots heraus, dass sie gegenüber dem Euro stark abwerten, könnte der Staat mangels Steuereinnahmen in Euro möglicherwiese seine Euroschulden nicht mehr begleichen.«

»Weil die Schulden viel teurer sind als seine Bot-Währung?«

»Exakt. Ein bisschen Bankexperte bist du ja doch geblieben.«

»Nach dem Crashkurs bei ECC in Frankfurt kein Wunder.« Lisa hörte Tom leise lachen.

»Aber die Schulden kann doch Italien ohnehin nicht mehr zurückzahlen?«

»Nein, wenn die Deutschen nicht einspringen, bestimmt nicht. Auch ohne Bots ist die Lage sehr ernst.« Sie sprach weiter. »Italien würde der Staatsbankrott drohen.«

»Das kann die Eurogruppe oder EZB oder wer auch immer doch nicht zulassen?«

»Natürlich nicht. Da dies der Politik zum Erhalt des Euros zuwiderlaufen würde, müsste die EZB als Kreditgeber der letzten Instanz einspringen.«

»Wenn sie eh einspringen muss«, sagte Tom, »dann kann sie die Mini-Bots ja auch gleich akzeptieren. Denn rausschmeißen können sie Italien ja eh nicht.«

»Erstens das nicht, und zweitens wäre dann die Eurozone am Ende.«

Tom räusperte sich. »Das wäre so, als würde ein Türsteher einen ungebetenen Gast aus dem Club schmeißen …«

»… und deswegen würde der ganze Club einstürzen.«

KAPITEL 38

DJI-HAUPTQUARTIER, SHENZHEN, VOLKSREPUBLIK CHINA

Tom und Lucy standen jeder mit einem Weißwein im Foyer des Drohnenherstellers DJI in Shenzhen. Bei dem Weltmarktführer für Drohnen fand heute Abend eine kleine Netzwerkparty statt. DJI hatte sein Hauptquartier in Shenzhen, und während im Westen die meisten nur von Drohnen redeten oder Drohnen nur auffielen, wenn deswegen mal wieder ein ganzer Flughafen stundenlang gesperrt wurde, waren sie in China längst Realität. Amazon redete von Paketdrohnen, aber in China waren damit bereits zwanzigtausend Lieferungen erfolgt.

DJI war von zwanzig Mitarbeitern im Jahr 2006 auf vierzehntausend im Jahr 2018 gewachsen. Die Einsatzgebiete waren vielfältig: Sei es die Überwachung von Überdüngung von Feldern oder auch exotische Tätigkeiten wie die Analyse von Bakterien in Wal-Fontänen – diese Drohne nannte man bei DJI *snot bot*, was so viel wie »Rotz-Roboter« hieß –, und es drängte sich natürlich auch bei Tom und Lucy immer wieder die Frage auf, inwieweit diese Technologie nicht auch militärisch verwendet wurde, zum Beispiel in der Xinjiang-Provinz. Faszinierend waren die Drohnen, die in unterschiedlicher Größe im Showroom ausgestellt waren, in jedem Fall. Sie hörten die Gespräche auf der Party. Ein paar der Gäste kamen aus Deutschland und regten sich über die neue Datenschutzverordnung auf.

– Amerika ist innovativ, China ist schnell und kompromisslos ….
– Europa ist langsam, abgehängt und sonst eigentlich nichts. Weißt du, was diese neue EU-Datenschutzregelung ist?
– Erzähl!
– Nichts anderes als ein Eingeständnis der Niederlage Europas in der Internet-Industrie. Genauso wie es früher die Berliner Mauer für das sozialistische System gewesen ist.
– Wie meinst du das?
– Man wusste damals in der DDR, dass das eigene System unterlegen ist und dass die Leute bald aus der DDR in den Westen fliehen würden oder das schon tun. Da man das System nicht verbessern konnte oder wollte, musste man halt eine Mauer bauen. Diese neue Mauer ist die Datenschutz-Grundverordnung.
– Und typisch für die EU ist, dass die neuen Datenschutzregeln kleine europäische Start-ups viel härter treffen als große amerikanische Konzerne.
– Ja, ist so ähnlich wie die große chinesische Firewall, nur deutlich wirkungsloser und inkompetenter.
– Tja, ist halt Europa.

In ihrer Gruppe standen auch Li Ming, ein Datenanalyst aus dem HAX Accelerator, und der Fondsmanager Clean Steve, von dem Tom Lisa am Telefon erzählt hatte.

»KI ist das Megathema«, sagte Clean Steve in einem Ton, als habe er die perfekte Kristallkugel zu Hause im Wohnzimmer. »Habt ihr die Rede von Xi Jinping gesehen vor ein paar Monaten?«

Künstliche Intelligenz war überall ein Megathema. Der Chef von Softbank hatte vor einiger Zeit einen hundert Milliarden schweren Fonds aufgelegt, der zum größten Teil in KI investierte. Tom zuckte die Schultern. In China kam man nicht umhin, auf allen Kanälen den Staatspräsidenten zu sehen. Aber an jede Rede konnte sich Tom nicht erinnern.

»China soll globale KI-Macht werden«, sagte Clean Steve und nickte so heftig mit dem Kopf, dass er fast etwas von seinem Weißwein verschüttete. »Hinter Xi waren bei seiner Rede die Regale seiner privaten Bibliothek zu sehen.«

Li Ming lachte. »Oder das, was als seine private Bibliothek inszeniert werden soll.«

Clean Steve wackelte mit dem Kopf. »Auch möglich. Jedenfalls stehen da nicht nur Mao-Bibeln, sondern Bücher über KI und *Deep Learning*. *The Master Algorithm* von Pedro Domingo und dann noch *Augmented: Life in the Smart Lane* von Brett King.«

»Hast du das rausgefunden?«, fragte Tom.

»Nein, aber meine Leute. Wir achten auf solche Kleinigkeiten. Sonst würden wir nicht wissen, welche Aktien hoch- und welche runtergehen. Oder welche Länder.«

»Könnte ja fast von deinem Datenanalysten vom McLaren-Rennstall kommen«, sagte Tom.

Clean Steve grinste. »Könnte. Aber die Idee kam von mir. Ich hab denen gesagt, die sollen die Videos vergrößern, bis man die Buchdeckel sieht.« Er trank von seinem Wein. »Dazu passt jedenfalls, dass Xi die Kommission für Cybersicherheit selbst führt. Genauso wie die Militärkommission.«

»In China war es ein Schock, als Googles DeepMind gegen den chinesischen Go-Weltmeister Ke Jie gewonnen hat«, sagte Lucy. »Im Westen nennt man so etwas doch *Sputnik-Moment*, in Anlehnung an den russischen Satelliten, der vor den Amis im All war.«

Li Ming nickte. »Nicht nur im Westen. Das war der Weckruf für KI. Das ist aber noch nicht alles. Hier.«

Er zeigte sein Smartphone. Darauf war eine App. *Xuexi* hieß die App.

»Heißt das nicht *lernen?*«, fragte Tom.

Li Ming nickte. »Ja, Mao hat da immer drauf herumgeritten. Chinesische Kultur und Doktrin. Deng Xiao Ping hat Partei und Regierung 1980 getrennt. Davon ist nicht mehr viel übrig.«

»Und diese App soll das richtige Wissen vermitteln?«

»Wissen, von dem die Partei meint, dass man es haben sollte. Wer viel in der App liest, kriegt Sozialpunkte.«

Tom hatte schon oft vom sogenannten *Social Credit System* gehört, das durch Totalüberwachung, Kameras und soziale Netzwerke, die in China sämtlich in Regierungsbesitz waren, *tugendhaftes* Verhalten belohnte und schlechtes Verhalten bestrafte. Mittlerweile gab es sogar eine App, in der man die Reden anschauen und dann virtuell klatschen konnte. Je mehr man klatschte, desto mehr positive Social-Credit-Punkte gab es.

»Man kann die App betrügen«, sagte Li Ming, »aber nicht komplett. Du kriegst Punkte fürs Lesen, aber die App merkt es zum Beispiel, wenn du nicht umblätterst. Du kannst auch Propagandafilme schauen. Fünfundzwanzig Minuten Film und zwei Kurzfilme bringen sechzehn Punkte. Dafür musst du sonst stundenlang Texte lesen.«

»Und wenn man gar keine Zeit hat?«, fragte Tom. »Weil man zum Beispiel künstliche Intelligenz programmiert?« Für ihn als Ausländer galten die Anforderungen des *Social Credit Systems* nicht, aber wie lange noch? Bald sollten sie auch für ausländische Unternehmen gelten und dann sicher auch für ausländische Individuen.

»Dann gibt man das Handy seiner Oma, die eh nicht viel zu tun hat und gerne hilft. Die tut so, als ob sie liest, und blättert um.«

»Die meisten verstehen die beiden Welten nicht«, sagte Clean Steve, »es gibt nur wenige, die das unter einen Hut bringen.«

»Du meinst die Welt Chinas und die Welt des Westens?«

»Ja, oder die digitale und die normale Welt. Wenn man dann die vier Sachen noch verkreuzt, wird es richtig spannend.«

»Also so eine Business-School-vier-mal-vier-Matrix?«, fragte Tom. »Unten auf der x-Achse digital und analog und auf der y-Achse Westen und Nicht-Westen?«

»Genau. Dann hätten wir bei analog und Westen so was wie Europa, bei digital und Westen die USA, bei analog und Nicht-Westen irgendwelche Entwicklungsländer und bei digital und Nicht-Westen China und zum Beispiel Singapur. Gewinner ist, wer diese Quadranten gegeneinander ausspielen kann und damit Geld verdient.«

»Hört sich nach einem interessanten Geschäftsmodell an«, sagte Tom. »Kennst du welche?«

»Habe vor Kurzem einen getroffen. Aber nur kurz. Der dreht richtig große Dinger. Aber an den kommt man kaum ran.«

Tom überlegte einen Moment. Ein Name war in seinem Kopf. »Du meinst nicht zufällig Arakis? Dairon Arakis?«

Clean Steve hob die Augenbrauen. »Kannst du hellsehen?«

»Kennst du ihn?«

»Ich nicht. Aber der Kerl da hinten, James, der kennt ihn wohl.«

»Und?«

»Und? Frag ihn doch einfach.«

»Soll ich ihn einfach so ansprechen?«

»Dafür sind doch solche Empfänge da. Leute anquatschen, die man sonst nicht treffen würde. Oder nur schwierig.«

Stumpf ist Trumpf, hatte Tom früher mal jemand gesagt, wenn es darum ging, Mädchen anzubaggern. *Warum nicht,* dachte Tom und machte sich auf den Weg.

KAPITEL 39

MAUROS UND SOFIAS WOHNUNG,
RE DI ROMA, ROM, ITALIEN

»Du hast *was?*«, fragte Sofia. »Du hast unsere Wohnung beliehen?«

»Es ist doch alles sicher«, sagte Mauro. »Es kann überhaupt nichts passieren. Das Colosseo …«

»Das Colosseo ist nicht Gott. Es kann nicht alle Probleme lösen! Und wir müssen das Ding erst einmal sanieren, Leute einstellen, zusehen, dass der Laden läuft, bevor wir auch nur daran denken können, die vierhunderttausend Euro zurückzuzahlen.« Sie schaute auf die Unterlagen von der Bank. »Ab wann müssen wir zurückzahlen?«

»Nächsten September.«

»Das sind nicht mal elf Monate!«

»Das schaffen wir.«

»Unsere Wohnung. Die uns gehört! Und die gibst du einfach so als Sicherheit weg?«

»Meinen Teil der Wohnung«, sagte Mauro. »Das darf ich.«

»Können wir die Wohnung etwa in zwei Teile schneiden?«

»Äh, nein.«

»Na, also.«

»Auf dem Papier geht es aber nun mal.«

»Du hättest mich fragen können! Nein, fragen *müssen!*«

»Du hättest aber Nein gesagt.«

»Bei Gott, das hätte ich gesagt.« Sie schaute noch einmal auf die Verträge. »Du wirst jetzt zur Bank gehen und diesen Vertrag rückgängig machen.«

»Das geht nicht.«

»Und ob das geht! Rechtlich geht so was immer.«

»Kann sein, dass es geht. Ich will aber nicht.«

»Dann solltest du dir überlegen, was dir wichtiger ist: ich oder das Colosseo.«

»Beides«, sagte Mauro, beinahe flehend, »ich brauche dich dafür.«

»Tut mir leid«, sagte Sofia, den Tränen nahe, »du kriegst nur eins von beidem.«

KAPITEL 40

DJI-HAUPTQUARTIER,
SHENZHEN, VOLKSREPUBLIK CHINA

Tom schlich sich an den Mann an wie ein schüchterner Junge in einem Club an seine Angebetete. Ständig hörte er von diesem Arakis. So als wäre es Toms Bestimmung, ihn zu treffen. Er trank den Wein aus, stellt das Glas ab und räusperte sich.

»James Wyatt?«

Der Mann drehte sich um.

»Ich bin Tom Bayne, CEO von CUMO.«

James Wyatt hob eine Augenbraune. »Ein Medizin-Start-up, oder? Ihr seid im HAX Accelerator, richtig?«

»Sie sind ja wie Google.«

»Ich bin nur gut informiert. Habe mir euer Unternehmen auch schon angeschaut.«

»Und?«

»Eigentlich spannend. Aber bei euch will ja die Regierung einsteigen. Das pfeifen die Spatzen von den Dächern.« *Toll,* dachte Tom, *bin ich der Einzige, der davon offiziell noch nichts weiß?* James Wyatt schaute sich um. »Gibt es in China überhaupt Spatzen?«

»Ich glaube, die gibt es überall.«

»Wahrscheinlich.« Er schaute zur Bar. »Trinken wir was?«

»Klar.«

Es gab in dem Foyer keine Bar, aber am meisten trinken konnte man hier, wie bei vielen Stehpartys und Empfängen, wenn man sich an der Tür postierte, wo immer die Bedienung mit den Tabletts voller Gläser herauskam. »Wir von Sequoia waren einer der ersten Investoren in Google. Kurz nach Andy Bechtolsheim.« James schaute Tom an. »Du kennst die Story mit dem Scheck?« James war Tom gleich sympathisch. Er war wie die meisten im Silicon Valley. Man half einander, weil irgendwann irgendwer auch einem selbst helfen würde, während in Deutschland alle einen Gefallen immer sofort zurückhaben wollten.

»Ja, Andy hat Sergey Brin und Larry Page einen Scheck über hunderttausend Dollar ausgestellt. Das erste Investment in Google. Der Scheck allerdings lief auf Google.Inc. Die Firma gab es damals noch nicht.«

»Richtig«, sagte James. »Du kennst die Story. Larry und Sergey mussten erst die Firma gründen, um den Scheck einlösen zu können.« James trank von seinem Wein. »So macht man es richtig. Erst den Algorithmus, dann die Firmenstruktur. Anders als manche Start-up-Wichtigtuer und Ex-Berater, die sich nur um Holdingstrukturen, Org-Charts und Vergütungssysteme in ihrer künftigen Firma interessieren, aber keine Zeile Code programmieren können. Für die es zum Relevantesten gehört, welchen Porsche sie als Firmenwagen kriegen und wie das erste Logo aussieht. Am schlimmsten wird es, wenn die dann auf die Venture-Capital-Seite wechseln und den Gründern dauernd reingrätschen. Aber alles nicht neu.«

»Das dachte ich doch. Hier in China seid ihr auch schon lange aktiv?«, fragte Tom.

»Klar. JD.com war ein großer Wurf für Sequoia. Da waren wir die Ersten.«

JD.com war eine der größten E-Commerce-Seiten in China, die besonders die Fünfundzwanzig-Millionen-Stadt Shanghai mit allem Möglichen versorgte. Die Paketboten mit roten JD.com-Helmen auf ihren E-Rollern gehörten dort zum Stadtbild. »Dann haben wir etwas über dreißig Millionen in Byte-Dance investiert, das ist jetzt fast eine Milliarde wert.«

»Wow.«

James schwieg eine Weile. »Aber du willst doch mit mir nicht über Sequoia Investments sprechen. Oder bist du ein Stimmrechtsberater?«

»Nein.« Tom hielt kurz inne. »Mir wurde gesagt, du hast Informationen über Dairon Arakis.«

James pfiff durch die Zähne. »Jetzt von meiner Seite *wow*. Darunter tust du es wohl nicht?«

»Wieso?«

»Weil der echt Hardball spielt.« Er schaute Tom an. »Was hältst du von der Internet Army?«

»Schon mal gehört. Das sind doch die, die Fake Follower verkaufen?«

»Ja, die Internet Water Army. Sie gießen Wasser in den Online-Diskurs. Verkaufen Fake Followers in Millionengröße, die sogar in den sozialen Netzwerken qualifizierte Kommentare abgeben, die Algorithmen austricksen und damit die Stimmungen in den Netzwerken ändern. Sind aber natürlich alles Roboter. So wie die Claqueure im sechzehnten Jahrhundert.«

»… die bezahlt wurden, damit sie bei Theateraufführungen klatschten. Daher der Name …«, sagte Tom.

James schien Wert darauf zu legen, dass Start-up-Gründer bei der Bildung breit aufgestellt waren. Offenbar war er zufrieden.

»Ja, die Claqueure. Die verkauft Arakis jetzt auch. Und noch viel mehr. Eigentlich verkauft der alles, was viel Geld bringt.« Er mustere Tom kurz. »Was willst du von ihm?«

»Mit ihm ins Gespräch kommen. Er könnte ein guter Investor für unser Start-up sein.«

»Er kriegt aber viele Anfragen.«

»Und er kooperiert mit der Regierung. Ihn dürften die Chinesen als Investoren nicht stören.«

»Vielleicht nicht. Wenn du ihn beeindrucken willst, musst du ihn überraschen.«

»Und wie?«

»Ihm zum Geburtstag gratulieren.«

»Weißt du, wann der ist?«

»Ja. In drei Tagen.«

»Donnerstag?«

James zählte demonstrativ an den Fingern ab. »Ja, Donnerstag.«

Tom kam sich blöd vor.

»Soll ich ihm was schenken?«

»Wäre nicht schlecht, das macht man ja an Geburtstagen so. Weißt du schon, was du ihm schenken könntest?«

»Keine Ahnung. Man findet zu ihm ja kaum Infos. Da weiß man auch nicht, was ihn interessiert.«

»Das ist Absicht.« James hielt kurz inne.

»Er ist im Moment ziemlich sauer. Er hat bei einem Schweizer Investorenkreis, dem Bilderberg Club auf dem Weltwirtschaftsforum, etwas gepitcht und ist damit abgeblitzt.«

»Das heißt?«

»Wenn deine Überraschung passt, könnte das seine Stimmung aufhellen. Dann steigst du in seiner Gunst beziehungsweise du existierst für ihn überhaupt erst einmal. Und du hebst seine Stimmung von negativ auf positiv.«

»Und wenn nicht?«

»Wenn sie nicht passt, bist du draußen. Und zwar für immer. Dann bist du auf seiner Oblivion-Liste. Von negativ auf gar nichts.«

»Die Vergessensliste?«

»Die gibt es wirklich. Leute, die er nie wieder treffen will. Und bei denen er alles dafür tut, dass das auch nie mehr passiert.«

»Muss er dafür viel tun?«

»Kaum. Es ist so gut wie unmöglich, an ihn heranzukommen.«

»Also, was schenke ich ihm?«

James schürzte die Lippen. »Du bist ein netter Typ. Darum sage ich's dir.« Er trank von seinem Wein. »*Old Tech.*«

»Alte Computer?«

»Ja. Alte PCs. C64, Schneider CPC 6128. Oder noch besser: Apple-Computer aus den Achtzigern.«

»Die sind schwer zu kriegen.«

»Darum steht er drauf. Was jeder hat, ist langweilig.«

»Dann muss ich also …«

»So schnell wie möglich so etwas besorgen. Wenn es dir ernst ist. Du hast drei Tage. Danach ist sein Geburtstag vorbei.«

Tom schaute auf die Uhr. Es gab einen Ort, an dem es so etwas geben könnte. Auch wenn es nicht ganz legal war.

»Wie können wir am besten in Kontakt bleiben?«, fragte Tom.

James lächelte, sein Handy in der Hand. »Hab dir eben per Bluetooth meine Kontaktdaten gegeben. Sag mir Bescheid, wenn du den Computer hast. Dann kann ich dir hoffentlich die Geburtstagslocation sagen. Die weiß nämlich noch niemand. Ich jedenfalls noch nicht. Und du auch nicht, nehme ich an.«

Tom schüttelte den Kopf. »Findet die Party denn hier statt? In Shenzhen, meine ich? Oder ist selbst die Stadt oder der Ort noch geheim?«

»Höchstwahrscheinlich in Hongkong. Arakis kuschelt zwar

mit den Chinesen beziehungsweise der Partei, aber in Hongkong schmecken ihm dann doch das Essen und der Wein besser, wie den meisten anderen Tycoons auch.«

Tom schaute sich unruhig um. »Verdammt, Hongkong ist groß.«

James nickte. »Ja, und drei Tage sind wenig Zeit.«

KAPITEL 41

AUF DEM WEG ZUM FLUGHAFEN,
RIO DE JANEIRO, BRASILIEN

Arakis' Limousine fuhr zum Privatflughafen von Rio den Janeiro, der neben dem internationalen Flughafen lag. Im Fond des Wagens saß noch ein Ehrengast. Li Jintao vom chinesischen Politbüro. Er war hier und doch nicht hier.

»Sie haben übermorgen Geburtstag«, sagte Li Jintao.

»Ja, den werde ich in Hongkong feiern.«

Li Jintao nickte nur. Es war nicht ersichtlich, ob er sich ärgerte, dass Arakis in Hongkong und nicht auf dem Festland feierte. Es war bekannt, dass auch die parteitreuen Chinesen gern nach Hongkong reisten, weil dort Service, Essen und Wein besser waren. Auch wenn das System noch nicht rein chinesisch war, was es aber irgendwann werden sollte. Daher hatte es in der Vergangenheit viele Demonstrationen in Hongkong gegeben. Gerade war es wieder so weit gewesen. Doch noch lief in Hongkong alles etwas anders. Das Diktum *ein Land, zwei Systeme* galt noch immer.

»Ich hoffe, sie kaufen trotzdem«, sagte Li Jintao, »Bolsonaro sieht uns Chinesen als Bedrohung. Wir haben Ölfelder, Minen, Häfen, Dämme und sogar Power Grids.«

»Seit 2000 habt ihr fünfzig Milliarden in Brasilien investiert«, sagte Arakis. »Manche sagen: China kauft nicht *in* Brasilien, China kauft Brasilien.«

Li Jintao nickte. »Brasilien ist Nummer-drei-Standort für chinesische Investitionen. Mittlerweile ist unser Energiekonzern State Grid der größte Stromproduzent in Brasilien.«

»Eigentlich könnten Sie den Chinesen den Strom abstellen, oder?«

Li Jintao lächelte kurz. »Könnten wir. Das ist geopolitische Macht.« Die Chinesen hatten begriffen, dass man für andere Länder Infrastruktur bauen musste, um dort Macht und Einfluss und vor allem Geld zu bekommen. Das chinesische Sprichwort *Wenn du reich werden willst, dann baue eine Straße,* war mehr als nur ein Sprichwort. China war dabei bereit, auch in riskante Projekte zu investieren. Manche sagten schon, China sei ein riesiger *subprime lender,* also ein Geldverleiher, der es mit der Bonität des Kreditnehmers nicht so genau nahm, ähnlich wie es auf dem US-Immobilienmarkt vor dem Platzen der Immobilienblase im Jahr 2007 war. Das Wort von *subprime globalization* machte schon die Runde.

»China füllt das Vakuum aus, das die USA in Brasilien hinterlassen haben«, sagte Arakis. »Sie können gar nicht anders, als zuzustimmen. Sonst droht denen das gleiche Schicksal wie Mexiko. Venezuelas Maduro hat China schon freundlich als *big brother* bezeichnet.«

»Ja«, sagte Li Jintao, »am Ende siegt dann doch immer die normative Macht des Faktischen.«

Arakis nickte. Von der freien Welt, von der der frühere Präsident George Bush gesprochen hatte, der bereits in den Siebzigerjahren von Präsident Gerald Ford nach China geschickt worden war, war jedenfalls nicht mehr viel übrig. *Es weht eine neue Brise, und eine von Freiheit erfrischte Welt scheint wiedergeboren,* hatte George Bush senior damals gesagt. *Die totalitäre Ära geht vorüber, ihre Ideen sind weggeblasen wie Blätter eines alten, leblosen Baums.* Es war in den Neunzigern gewesen, als der frühere US-Präsident diese Worte gewählt hatte. Was damals revolutionär klang, klang heute fast unmöglich. Das Ganze, dachte Arakis, hatte sich nicht bewahrheitet, und George Bush war im Dezember 2018 gestorben.

»Vor allem«, sagte Arakis, »braucht ihr Brückenköpfe in anderen Ländern. Südamerika ist direkt vor der Haustür der USA. Derzeit würdet ihr keinen direkten Krieg gegen die USA gewinnen.«

»Wir wollen auch keinen Krieg.«

»Nein. Abschreckung reicht. Auch der Krieg hat sich gewandelt. Vor hundert Jahren kämpfte man noch direkt gegeneinander. Heute rückt alles auseinander, von Maschinen gesteuert, vierundzwanzig Stunden am Tag, sieben Tage die Woche. Künstliche Intelligenz gegen künstliche Intelligenz, ähnlich wie in den *Terminator*-Filmen.«

»Die *Terminator*-Filme mag ich auch«, sagte Li Jintao.

»Das Schöne ist«, sagte Arakis, »in *Terminator 2* ist der T-800, im Gegensatz zum ersten Teil, zum Sympathieträger avanciert, nicht nur, weil er von John Connor beigebracht bekommt, sich menschenähnlicher zu benehmen, was Verhalten, Sprache und Gestik angeht.«

»Warum ist das so?«

Arakis zuckte die Schultern. »Ich habe das immer als eine ironische Reflexion von Schwarzenegger auf seine oftmals gescholtene Schauspielerkunst interpretiert. Schwarzenegger bekam von John Connor über den Umweg des Terminators Schauspielunterricht erteilt.«

»So eine Art *Machine Learning?*«, fragte Li Jintao.

»Genau so etwas«, sagte Arakis. Er kannte den Dialog zwischen John Connor und dem Terminator.

– Positiv, negativ, so redet kein Mensch. Wenn jemand abhauen soll, sagst du »verpiss dich«. Und wenn du jemanden nicht magst, sagst du »du Pfeife«. Du kannst auch beides kombinieren.

– *Verpiss dich, du Pfeife.*

– *Super, du lernst schnell!*

»Ein anderes Thema«, sagte Li Jintao. »Sie waren vor Kurzem in den USA. Was haben Sie gesehen?«

»Eine Menge.« Arakis hatte vor einigen Wochen die Defense Advanced Research Projects Agency, genannt DARPA, besucht. »Lockheed Martin hat einen neuen Helm, den F35-Helm. Kostet vierhunderttausend Dollar.«

»Viel Geld für einen Helm.«

»Ist er aber auch wert. Er hat sechs Infrarotkameras außen an den Kampfjägern, die in die Vision des Helmträgers, also des Piloten, integriert werden. Der Pilot hat also eine Gesamtsicht, als würde er durch die Haut des Flugzeugs sehen. Als wäre das Ganze ein großes, fliegendes Auge. *Fused vision* nennen das die Amerikaner, *to see through the skin of the aeroplane.*«

Was er hörte, gefiel Li Jintao nicht. »Damit hat man deutlich bessere Kontrolle über den Kampfjäger«, sagte er. »Und damit auch über den Luftraum. Und wir haben so etwas noch nicht.« Er schaute Arakis an. »Können Sie die Baupläne kriegen?«

Der zuckte die Schultern. »Ich kann es versuchen. Geht über tausend Umwege. Von daher nicht einfach und auch nicht schnell. Technik ist nicht alles.«

»Aber ohne Technik ist alles nichts.«

»Nicht unbedingt«, sagte Arakis. »Im Zweiten Weltkrieg hatten die Franzosen die besseren Panzer als die Deutschen. Aber die Deutschen wussten ihre besser einzusetzen.« Draußen näherte sich der Flughafen. »Noch spielen Menschen im Krieg eine Rolle«, sagte er.

»Noch«, sagte Li Jintao.

KAPITEL 42

EPPENDORF, HAMBURG, DEUTSCHLAND

Morpheus sagte nichts.

»Ich denke, die Daten sprechen für sich?«, fragte er. Er hatte die Daten durch mehrere Algorithmen gejagt, die er zum Teil selbst in Python programmiert hatte. Dann hatte er noch eine automatisierte Suchanfrage programmiert, die bei Google, Bing und anderen Suchmaschinen automatisch nach Meldungen in Paris und London über Reaktorunglücke in Russland berichtete.

»Da stimmt was nicht«, sagte Morpheus »Dieses CUMO-Tool zeigt laut Datenbank auch bei den Probanden in London und in Paris erhöhte Jod-131 Werte an.«

»… und gleichzeitig gibt es in beiden Städten in regionalen Online-Nachrichten Meldungen über einen Reaktorunfall in Russland. Wieder Smolensk 2«, ergänzte Tara.

Morpheus lehnte sich zurück und trank von seinem Bier. »Das ist natürlich mal eine krasse Form von Fake-News-Erstellung. Ich erfinde Nachrichten und programmiere die medizinischen Folgen gleich dazu.«

»Meinst du, dass es Fake News sind?«

»Keine Ahnung, aber es ist schon komisch, dass das genau so zusammenpasst, oder?« Er stand kurz auf und streckte sich. »CUMO heißen die?«

»Ja, wir arbeiten seit einiger Zeit mit denen zusammen. Sind eigentlich total seriös. Imir war gleich begeistert von denen.«

Morpheus setzte sich wieder und tippte ein paar Sätze in

eine Maske. »Hier steht, dass die das Tool mit der Southern University in Shenzhen entwickelt haben.«

»Ist das eine öffentliche oder eine gehackte Information?«

»Frag lieber nicht.«

»Okay. Die Uni Shenzhen sagt mir was.«

»Sollte sie auch«, sagte Morpheus. »Hier steht, die hat vor kurzer Zeit unrühmliche Berühmtheit erlangt, als der Chinese He Jiankui dort genmanipulierte Zwillingsmädchen geschaffen hat. Der hat doch seine Errungenschaft auf einer der wichtigsten Branchenkonferenzen in Hongkong vorgestellt und drei Videos dazu bei YouTube hochgeladen. Drei Videos mit Lulu und Nana.«

Tara nickte. »Lulu und Nana. Die ersten genveränderten Babys, bei denen der Vater HIV-positiv infiziert war, die Babys aber gegen das Virus immun waren.« Tara kannte die Diskussion. Seit mit Louise Brown vor vierzig Jahren das erste Retortenbaby erschaffen worden war, war die ethische Diskussion um das Klonen oder Genmanipulieren von Babys in der Medizin nie abgeebbt. Eigentlich war das sogenannte *genome editing* seit 1997 verboten, allerdings nur in Europa. In den USA und ganz besonders in China war nun einmal alles komplett anders.

»Die Chinesen ziehen das einfach durch«, sagte Morpheus. »Steht hier auch so. Da ist das Ziel wichtig, und dem wird alles untergeordnet.«

Tara rückte etwas näher. »Das ist er.« Auf einem Foto war He Jiankui zu sehen, der Erschaffer der künstlichen Zwillinge, der schon als der chinesische Craig Venter gehandelt wurde.

»Er hatte schon seit Längerem Menschenversuche in der Medizin gefordert«, sagte Tara. »Jetzt hatte er sie wirklich durchgeführt.«

»Und das, was es in die Medien schafft, ist wahrscheinlich

nur die Spitze des Eisbergs«, sagte Morpheus. »Meinst du, die CUMO-Jungs arbeiten mit Jiankui zusammen?«

»Keine Ahnung, aber die Sache ist auch so etwas scary, meinst du nicht?«

Morpheus lachte, und sein Bauch wippte auf und ab. »Scary? Aber wie! Fake News ins Netz stellen und die Nebenwirkungen gleich auf eine Medizin-App stellen? Aber wie! Das klingt sehr chinesisch. Oder russisch.«

»Es sind russische Kernkraftwerke«, sagte Tara, »die würden die Russen doch nicht schlechtmachen. Dann können es ja keine russischen Trolle sein.«

»Wahrscheinlich nicht.« Er stand wieder auf. »Ich hol mir noch 'n Bier.« Aus dem Nebenzimmer waren noch immer die martialische Musik und Schüsse und Explosionen zu hören. »Auch noch eins?«

»Klar, warum nicht. Aber Morpheus, warum tun die das?«

»Gute Frage, das habe ich auch noch nicht ganz verstanden.«

»Noch nicht?«

»Das kann sich ändern. Ich kenne einen beziehungsweise eine, die das verstehen könnte.« Er schaute Tara an. »Aber du solltest mal mit deinem Freund, diesem …«

»Tom.«

»… mit diesem Tom mal ein Hühnchen rupfen.«

Tara schaute auf ihre Uhr. »Das ist auch das Erste, was ich jetzt machen werde!«

KAPITEL 43

FLUGHAFEN ANTÔNIO CARLOS JOBIM,
RIO DE JANEIRO, BRASILIEN

Die Limousine hielt am internationalen Flughafen von Rio de Janeiro, dem Rio de Janeiro-Antônio Carlos Jobim Airport, IATA-Code GIG. Der Flughafen lag zwanzig Kilometer nördlich der Stadt und war bereits 1945 eröffnet worden. Das Jahr, in dem die Deutschen den Zweiten Weltkrieg verloren hatten. Zeichen der Niederlage, dachte Arakis, zeigten sich lange bevor die Niederlage wirklich kam. *Die größte Gefahr liegt im Moment des Sieges,* hatte Napoleon gesagt. Hitler hatte das nicht verstanden. Er hatte nicht gesehen, dass er zwar noch das Licht eines fernen Sternes sah, dass aber der Stern in dem Moment, in dem das Licht die Erde erreicht hatte, schon längst tot und verglüht war. Man konnte fast alles mit Krieg erklären. So war es auch zuerst die brasilianische Luftwaffe gewesen, die diesen Flughafen nutzte, bevor er zu einem internationalen Verkehrsflughafen ausgebaut wurde.

Arakis ließ sein Telefon sinken. Er hatte das Gespräch auf Deutsch geführt. Li Jintao sprach Englisch, aber kein Deutsch. Er sollte auch nicht alles erfahren. Auch sollten die Chinesen nicht erfahren, dass Arakis in einem Ohr einen lernenden Mikrocomputer hatte, der gesprochenes Chinesisch einigermaßen so übersetzte, dass Arakis das meiste verstand. Er selbst hütete sich, davon zu erzählen. Oder auch nur zu behaupten, er würde etwas Chinesisch verstehen. Wenn die Chinesen merkten, dass andere auch Chinesisch konnten, die gewisse Dinge nicht hören sollten, fühlten sie sich unwohl, denn Chinesisch war für die meisten Menschen nach wie vor wie eine Geheimsprache. Arakis aber wollte, dass sich alle wohlfühlten. Für seine festen Kooperationspartner wie die Chinesen sollte diese Annahme am besten die gesamte Zeit gelten und für seine Gegner immerhin so lange, bis der Hammerschlag aus dem Nichts kam und alles zerschmetterte. Das hatte er von Sun Tzu gelernt: *Stark sein und schwach tun ist stark.*

Er lächelte Li Jintao an und ließ das Handy in seiner Sakkotasche verschwinden.

Die Person, mit der Arakis telefoniert hatte, war ein Experte für große Bohrungen in den Bergen. Der Zielort sollte die Schweiz sein. Der Mann hieß Wolfgang. Er war Sprengmeister. Und vieles andere mehr. Er hatte schon einige große Projekte mit Sprengungen und Bohrern durchgeführt.

»Wird es dort so richtig rundgehen?«, hatte Arakis gefragt.

»Es wird«, hatte der Mann, der Wolfgang hieß, am anderen Ende gesagt.

Der Fahrer öffnete die Tür, und Arakis sah Li Jintao aus der Limousine steigen. Arakis stellte das Handy auf stumm und stieg ebenfalls aus.

KAPITEL 44

AUSSENBEZIRKE, RIO DE JANEIRO, BRASILIEN

Pedro Cavalera, der Sekretär von Vazquez, der genau genommen der Sekretär eines Staatssekretärs war, verließ den Raum und fuhr in die Tiefgarage. Unten stieg er in seinen Range Rover und fuhr aus der Stadt hinaus. Er fuhr durch sandige Pisten und morastige Pfützen. Die Klimaanlage funktionierte nicht richtig, und das Hemd klebte ihm am Rücken. Von Zeit zu Zeit zog er es mit spitzen Fingern von seinem Rücken, aber es half nichts. Das Radio spielte dünne Musik und sonst eigentlich nur nervtötende Werbung, sein Internet für den Musik-Streaming-Dienst funktionierte nicht richtig, und er stellte genervt das Radio aus. Wie hatte man es nur früher ausgehalten, fragte sich Pedro, als es nur das Radio gab?

Er fuhr zehn Kilometer, zwanzig, dreißig. Auf seinem GPS sah er den Punkt, den er ansteuern sollte.

Als er nahe dem Regenwald aus dem Wagen stieg, war der Schlamm bis zum Dach hochgespritzt und bröckelte bereits von der Karosserie herunter.

Der Mann, mit dem er sich verabredet hatte, stand vor ihm. Er war in einem Jeep gekommen, der genauso aussah wie Pedros Range Rover. Der Mann nannte sich nur *El Perro – der Hund* auf Spanisch.

»Wenn zwei Elefanten kämpfen …«, begann Pedro.

»… dann leidet das Gras«, sagte der Mann. Die Antwort war richtig. Es war wirklich El Perro. Der Spruch war das Erkennungszeichen.

Er überreichte El Perro ein Tonband. Keine Dateien, keine MP4-Files. Ein echtes Tonband.

Pedro wusste nicht, was El Perro mit dem Tonband machen würde.

Er spürte nur das angenehme Gewicht des Bündels an Dollarnoten in seiner Hand. Von seinen Auftraggebern in Amerika. Gringos waren Gringos, aber diese Gringos waren mit ihren Dollars sehr großzügig.

Der Dollar ist unsere Währung, aber euer Problem, hatte mal ein US-Präsident gesagt.

So ein Problem hatte Pedro Cavalera gern.

Er drehte sich um, stieg in seinen Wagen und fuhr zurück.

KAPITEL 45

ZUG SHENZHEN–HONGKONG,
VOLKSREPUBLIK CHINA

Extreme conditions demand extreme responses, dachte Tom. *Extreme Umstände erfordern extreme Maßnahmen.* Und das hier war eine solche. Oder besser gesagt, das, was er getan hatte.

Tom saß im Schnellzug von Shenzhen nach Hongkong. Vor ihm erhob sich die Skyline von Hongkong im typischen diesigen Nebel. Der Zug fuhr durch die sogenannten *New Territories* Richtung Hongkong Island. Während sich hinter Tom in Shenzhen noch der Turm des Ping An International Finance Centers in den Himmel schraubte, erhob sich in Hongkong der Turm des Hongkong International Finance Centers als höchster Wolkenkratzer Hongkongs. Die Türme, die in ihrem Namen irgendetwas mit »Finance« hatten, dachte Tom, waren immer die höchsten. Doch es war nicht das, was vor oder über ihm war, was seine Hauptaufmerksamkeit beanspruchte, sondern das, was neben und unter ihm war. Neben sich hatte er den Karton abgestellt, der recht schwer war. Am Körper trug er einen geliehenen Smoking. James von Sequoia hatte die wichtigste Information von allen gerade noch rechtzeitig in Erfahrung gebracht und Tom gesagt, dass Arakis seinen Geburtstag im *The Hong Kong Club* feiern würde, 1 Jackson Road in Central. Der Club war der exklusivste Gentleman Club in Hongkong, noch renommierter als der Hongkong China Club im alten Gebäude der Bank of China. Gegründet worden war der Hongkong Club 1864.

Handytelefonate durften dort nicht geführt werden, hatte Tom gehört, Fotos durften auch nicht gemacht werden.

Wer in den Club wollte und das notwendige Kleingeld für die Jahresgebühr hatte, wurde von einem zwanzigköpfigen Gremium ausgewählt. Jedes der Gremienmitglieder hatte zwei Kugeln verdeckt in den Händen oder in den Hosentaschen. Eine weiße und eine schwarze. Wenn alle Gremienmitglieder die weiße Kugel zückten, war der Bewerber, oder seit 1996 auch die Bewerberin, akzeptiert.

Der Schnellzug fuhr vierzehn Minuten von Shenzhen nach Hongkong. Vor Kurzem war auch die Seebrücke zwischen Hongkong und Macau fertig geworden, fast sechzig Kilometer lang. Und für sieben Kilometer führte sie unter Wasser, damit über dem Autotunnel Containerschiffe passieren konnten. In Europa würde man sagen: Entweder Seebrücke *oder* Containerpassage, in China musste beides zugleich gehen.

Die Skyline von Hongkong rückte näher, besonders das besagte International Finance Center, von dem Batman in dem Film *The Dark Knight* heruntergesprungen war, um den zwielichtigen Mr. Lau von Hongkong nach Gotham City zu bringen. Tom blickte abwechselnd unruhig auf das Paket zu seinen Füßen, auf seine Uhr, in sein Smartphone auf WeChat und aus dem Fenster. Allmählich funktionierten WhatsApp, Facebook und Google auch wieder ohne VPN-Client.

Extreme conditions demand extreme responses, dachte Tom noch einmal. Er hatte einen Speicherraum im HAX geknackt und dort einen alten Apple Macintosh gefunden. Das Ding musste Zehntausende von Euro wert sein, wenn nicht noch mehr. Die Leute, die ihn dort hingelegt hatten, wussten das offenbar nicht. Arakis mochte aber nun einmal *Old Tech,* und Tom musste Arakis treffen. Wenn das nicht half, dachte Tom, dann half gar nichts. Wenn alles gut ging, würde er für das HAX einen neuen Mac beschaffen, sagte er sich. Und wenn es nicht gut ging?, fragte eine Stimme in seinem Kopf. Tom hörte einfach nicht hin.

Vom Bahnhof aus nahm sich Tom ein Taxi, in das er erst aus Gewohnheit rechts eingestiegen wäre, sich aber daran erinnerte, dass man in Hongkong links fuhr. Dann stand er schließlich mit dem Karton vor der Tür des Hongkong Clubs. Er ärgerte sich kurz, dass er den Karton nicht in schönes Geschenkpapier eingepackt hatte. Eine Frau wäre sicher darauf gekommen, Lucy bestimmt auch, Tom aber nicht. Aber Lucy hätte er ja kaum sagen können, dass er einen Macintosh aus dem Hardware-Raum des HAX gestohlen hatte. Er blickte sich um.

Einzelne Gäste und Paare zeigten dem Butler an der Tür ihre Einladung und gingen ins Innere. Ihm fiel der Spruch von Bud Fox aus *Wall Street* ein, bevor dieser Gordon Gekko traf: *Das Leben entscheidet sich in wenigen Minuten. Das ist jetzt so einer.* Und das war jetzt auch genauso ein Moment.

»Wen darf ich melden?«, fragte der Butler und schaute erst Tom und dann, mit hochgezogener Augenbraue, den Karton an.

»Äh, Tom Bayne von CUMO, ein Geschäftspartner von Mr. Arakis.«

»Dürfte ich Ihre Einladung sehen? Denn soweit ich weiß, sind Sie kein Mitglied dieses Clubs, sonst würde ich Sie kennen. Wobei wir heute wegen des Geburtstags ohnehin eine geschlossene Gesellschaft haben.«

Der Typ war gut, dachte Tom, einer von denen, die wie die Top-Barkeeper dreihundert Namen und Gesichter im Kopf hatten und alle sofort zuordnen konnten. Und das komplett ohne Namensliste oder *Machine Learning*.

»Ich habe keine Einladung, aber ich habe ein Geschenk für Mr. Arakis, das ihm sehr gefallen dürfte.«

»Dann schlage ich vor, dass Sie Ihr Geschenk abgeben, wir es durch die Sicherheitskontrolle fahren und wir Mr. Arakis einen schönen Gruß von Ihnen ausrichten, Mr. Bayne. Auf Ihrer Grußkarte haben Sie ja gewiss Kontaktdaten vermerkt, sodass Mr. Arakis sich bei Ihnen melden kann, wenn er will.«

»Hören Sie«, sagte Tom, »ich habe ein ganz besonderes Geschenk für Mr. Arakis. Sie wissen vielleicht, dass er *Old Tech* sammelt. Und ich habe hier einen Original Apple Macintosh. Aus dem Jahr 1984. Davon gibt es nicht mehr viele. Selbst für einen Mann wie Arakis nicht. Im Gegenzug möchte ich nur fünf Minuten mit ihm sprechen.«

Der Butler überlegte eine Weile. Dann nickte er mit dem Kopf einem anderen Butler zu. »Trevor«, sagte er, »hol mir Si.«

Sie warteten einige Minuten, bis eine riesige Gestalt ihren Schatten auf den Eingangsbereich warf. Ein fast zwei Meter großer, bulliger Chinese, an dem der schwarze Smoking, der sich um die massige Gestalt spannte, wie ein schwarzes Zelt wirkte.

Der Butler sprach ein paar Worte Chinesisch mit dem Riesen. »*Dui*«, sagte der, was auf Chinesisch so viel wie »okay« hieß, und ergriff den sperrigen Behälter mit dem Macintosh mit einer Leichtigkeit, als wäre es ein winziger Schuhkarton.

»Und nun?«, fragte Tom, als der Riese gegangen war.

»Schauen wir, ob Mr. Arakis einem Tauschgeschäft zugeneigt ist.« Der Mann lächelte. »Wenn es gut läuft, bekommt Mr. Arakis Ihr Geschenk, und Sie bekommen fünf Minuten seiner Zeit.«

»Wer ist denn so Mitglied hier?«, fragte Tom, um die Wartezeit zu überbrücken.

»Ich nenne nur die«, sagte der Butler, »von denen es ohnehin in allen Zeitungen steht. Allan Zeman zum Beispiel, Patron des Vergnügungsviertels Lan Kwai Fong, Bernard Arnault, Chef von LVMH, der uns all diese schönen Handtaschen für vierzigtausend Dollar beschert und mehrere Hundert Millionen für den Wiederaufbau von Notre-Dame gespendet hat. Multimilliardär Li Kashing, der vor siebzig Jahren als Hersteller von Plastikblumen anfing, dann in Immobilien investierte und den Mischkonzern CK Hutchison gründete.« Er blickte unbestimmt in Richtung Skyline. Unten hielten schwarze Limousinen und spuckten noch mehr Gäste aus. »Sie müssen wissen, Hongkong ist die Stadt mit den meisten Millionären, noch vor New York.«

»Dann sind viele von den Gästen heute auch Millionäre?«, fragte Tom.

»Oder gleich Milliardäre. Falls Mr. Arakis Sie hereinlässt, werden Sie einige bekannte Gesichter sehen. Wenn Sie aber Fotos machen, sind Sie schneller wieder draußen, als Sie bis zwei zählen können.« Er blickte auf die Wolkenkratzer, die die Jackson Road umgaben. In der Ferne sah man die Hügel und Berge von Hongkong.

»Den gesellschaftlichen Rang, Mr. Bayne«, sagte der Butler, »erkennt man an den Höhenmetern. Vom Business-Zentrum Central hoch in Richtung Victoria Peak ist das wie eine Aufzugfahrt durch die Einkommenspyramide. Immobilien sind die härteste Währung in Hongkong. Ganz unten sind die *cage people*, die Käfigmenschen, von denen es hier ungefähr zweihunderttausend gibt und die in sogenannten *coffin cubicles* schlafen.«

»Sargkabinen«, murmelte Tom. Er hatte schon oft davon gehört.

»Bei denen ist der Traum vom sozialen Aufstieg vorbei«,

sagte der Butler. »Mein Vater hat es nicht geschafft. Er lebte so wie die *cage people*.« Er machte eine kurze Pause. »Dann kommen auf halber Höhe der Berge jene Manager, die für die Tycoons arbeiten und die für ihre Wohnungen horrende Mieten zahlen. Und ganz oben wohnen die, die alles besitzen. Die Tycoons. Sie haben den Ausblick in einer Richtung auf das Häusermeer, im Süden auf den Pazifik.«

»Ganz oben mit weitem Blick«, sagte Tom.

»Exakt. Deren Währung ist übrigens nicht der Hongkong-Dollar.«

»Was dann? Renminbi oder Bitcoin?«

»Nein, der Rolls-Royce. *Ein Rolls-Royce* ist wie ein Dollar. Nur viel mehr. Das versteht jeder. Eine kleine Jacht kostet fünf Rolls-Royce.«

»Und ein Rolls-Royce ist auch nicht gerade billig«, sagte Tom.

»Ist aber kein Problem.« Der Butler lächelte. »Sie brauchen auch nicht unbedingt Ihre eigene Jacht. Für zehn- bis fünfzehntausend Dollar kriegen Sie schon einen Wochenendtrip mit einer dreiköpfigen Crew. US-Dollar versteht sich. In Hongkong-Dollar sind es hunderttausend.«

»Wohnt da oben nicht auch Jack Ma?«, fragte Tom und blickte Richtung Hügel und Berge im Süden von Hongkong Island.

»Richtig, Jack Ma, der Gründer von Alibaba. Barker Road 22. Ein vierstöckiges Haus für eineinhalb Milliarden Hongkong-Dollar, also hundertfünfzig Millionen US-Dollar. Zweitausend Quadratmeter Garten. Sein Nachbar, der kanadische Generalkonsul, hat Ma noch nie gesehen. In der Repulse Bay wohnt Pony Ma, der Gründer von Tencent. Dessen Haus ist etwas billiger, nur vierundfünfzig Millionen US-Dollar, also fünf Milliarden Hongkong-Dollar.«

»Wenn man die dort nie sieht«, fragte Tom und versuchte, möglichst unauffällig nach innen zu blicken, ob sich dort schon etwas tat oder ob er einen der Gäste erkannte, »ist das dann so eine Art Offshore-Sparbuch? So ähnlich wie die Nummernkonten damals in der Schweiz?«

»Da haben Sie gar nicht so unrecht«, sagte der Butler und blockierte dezent Toms Blick nach drinnen, »aber es ist auch das Besondere an Hongkong. Das hier ist der Ort, an dem man sein muss. Jeder Ort hat seine Eigenarten. Shenzhen beherbergt die Innovation und die Digitalisierung, Guangdong ist die Fabrik der Welt, Macau die Spielhölle, und Hongkong schließlich ist die einzigartige, die verrückte, die unschlagbare Stadt. Und jeder sucht seinen Platz.«

Tom lächelte kurz und blickte unsicher ins Innere. In dem Moment klingelte sein Handy. Er kannte die Nummer. Er nahm das Handy ans Ohr.

»Tara«, sagte Tom, »ist gerade schlecht.« Er ging einen Schritt zurück.

»Schlecht trifft es«, sagte Tara. »Habt ihr mal eure App überprüft? Die erfindet bei den Probanden Jod-131-Daten, wo es gar keine gibt.«

»Du, ich habe gleich einen wichtigen Termin. Ich muss Schluss machen.«

»Dann tu mir den Gefallen und google mal nach einem Reaktorzwischenfall in Russland. Smolensk 2. Da gibt es in Deutschland, UK und Frankreich eine Menge Fake News darüber. Und dann gibt es in den jeweiligen Städten genau bei den CUMO-Probanden, die in diesen Städten wohnen, erhöhte Jod-131-Werte. So als sollte irgendwie Panik geschürt werden.«

»Wie bitte? Und woher wisst ihr, was wir in Paris und London machen?«

»Wir haben uns erlaubt, die Datengenauigkeit von CUMO zu überprüfen. Und sind leider alles andere als begeistert. Ich nicht und Imir erst recht nicht.«

Tom blickte ins Innere. »Tara, ich …«

»Ich weiß, du kannst wieder nicht. Aber lass dir gesagt sein: Mit deiner App stimmt irgendwas ganz gewaltig nicht. Sie …«

Der Schatten war wieder da. Der riesige Mann, der Si hieß, machte eine knappe Bewegung mit dem Kopf. »*Zou ba*«, sagte er, was so viel wie »Auf geht's« hieß.

Tom drückte auf den roten Knopf auf dem Touchscreen und beendete das Gespräch, ohne etwas zu sagen.

»Und Ihr Platz, junger Sir«, sagte der Butler, »ist jetzt offensichtlich für kurze Zeit bei Mr. Arakis. Ihr Geschenk scheint ihm gefallen zu haben.«

Tom folgte dem riesigen Leibwächter ins Innere, während sein Herz bis unter den Schädelknochen schlug.

KAPITEL 46

THE HONGKONG CLUB,
HONGKONG, VOLKSREPUBLIK CHINA

Tom stand Arakis gegenüber. Er war kleiner, als Tom erwartet hatte. In seinem Blick lag etwas Lauerndes.

»Trinken Sie etwas?«, fragte Arakis. »Champagner?«

»Gern«, antwortete Tom.

Arakis machte eine Bewegung, und wie von Geisterhand stand ein Kellner mit einem silbernen Tablett und zwei Champagnerflöten vor ihnen.

»*Ganbei*«, sagte Arakis, »ich nehme an, sie wissen, was das heißt?«

»Der chinesische Trinkspruch«, sagte Tom, »heißt übersetzt so viel wie *Glas leer.*«

»Richtig. Oder auch *Glas trocken*. Ein schönes Geschenk haben Sie mir mitgebracht. Ich habe davon schon einige, aber mein Ziel ist es, sechs Macintosh zu haben. Wissen Sie, warum?«

Tom schüttelte den Kopf und kam sich unglaublich dumm vor.

»Der erste Macintosh kostete sechshundertsechsundsechzig Dollar. Die Zahl des Teufels aus der Bibel. Der Apfel, der angebissen ist, ist der Apfel vom Baum der Erkenntnis, von dem Eva Adam zu essen gab. Apple war das verbotene Wissen.«

»Das … das wusste ich nicht«, stotterte Tom und kam sich noch dümmer vor.

»Man kann nicht alles wissen.« Er hob sein Glas noch einmal. »*Ganbei* auf Ihr schönes Geschenk!« Er trank einen winzigen Schluck. Arakis, dachte Tom, war sicher einer der Menschen, die niemals betrunken waren. Und der wahrscheinlich auch nie schwitzte.

»Das Glas ist leer, und der Westen ist leer. China überrollt uns alle, mein junger Freund«, sagte Arakis. »Die Ostasiaten sind viel besser in der Schule. Sie kommen aus Deutschland?«

Tom nickte.

»Das deutsche Bildungsfiasko überzeugt die Asiaten nicht unbedingt davon, dass Bildungsabsenkung die Konkurrenzfähigkeit verbessert. Kennen Sie das Zeichen für *Studieren* auf Chinesisch?«

»Ehrlich gesagt, Nein.«

Arakis stellte sein Glas ab und kritzelte ein Piktogramm auf eine Serviette. »*Xue*«, sagte er, »das heißt studieren. Hier ist das Zeichen.«

学

»Das Zeichen besteht aus drei Elementen. Das hier ganz unten«, fuhr er fort, »ist das Kind.«

子

»Darüber kommt dann das Dach der Schule.« Er sah Tom an. »Sehen Sie das Dach?«

»Der lange Strich, der über dem Kind ist, mit den zwei Abschrägungen links und rechts.«

»Richtig. Wie Regenrinnen. Und was sind die drei Striche ganz oben?«

»Die drei, die senkrecht nach unten zeigen?« Tom zuckte die Schultern. »Nun ja, keine Ahnung.« Er fühlte sich nun wirklich blöd. War es möglich, dass Arakis ihn hier empfing, um ihm Chinesisch beizubringen? Langsam sollte er das Thema auf das Wesentliche lenken. Mehr als fünf Minuten hatte er sicher nicht. In einem Vertriebstraining hatte ein Trainer Tom einmal gesagt, dass man bei anspruchsvollen Kunden nicht gleich mit der Tür ins Haus fallen und stattdessen Fragen stellen sollte. *Wer fragt, führt* und so weiter … Allerdings hatten anspruchsvolle Kunden auch meist kurze Aufmerksamkeitsspannen und wenig Geduld, und Arakis bildete da bestimmt keine Ausnahme.

»Diese drei Striche«, sagte Arakis und lächelte, »sind die Schläge des Lehrers.« Er trank von seinem Champagner. »Da ist es doch klar, dass die Chinesen bei PISA besser sind als die Deutschen. China ist auch sonst hinreichend skrupellos. China hat eine klare Strategie, kleine Start-ups zu großen Staatsunternehmen zu machen, die nicht nur Daten verwalten, sondern auch bei der Industriepolitik der Kommunistischen Partei mithelfen. China kennt so etwas wie Datenschutz nicht. Es kann die Daten von über einer Milliarde Menschen nutzen, um damit Algorithmen zu programmieren, die die Welt verändern können, so wie es nicht einmal den Amerikanern im Silicon Valley gelingt. Es fällt nicht schwer, sich auszumalen, welche Nation beim Thema künstliche Intelligenz künftig die Nummer eins sein wird.«

»Wahrscheinlich China.«

»Nicht wahrscheinlich, sondern sicher. Doch bevor die Maschinen klug werden, müssen die Menschen klug sein. Ein Land muss klug bleiben, sonst stürzt es ab. Am besten funktioniert das mit klugen Einwanderern. Am schlechtesten mit dummen.«

»Meine Teamkollegin Lucy kommt aus Singapur.«

»Sehr schlau. Australien, Kanada und Singapur haben die

beste Einwanderungspolitik, und sie kriegen die schlauesten Einwanderer. In Deutschland heißt es: Opfert euch für Rentner und Asylanten. Es muss aber nicht schlecht sein, wenn Europa und der Westen abdriften. Abdriften heißt Verschlechterung der Lebensverhältnisse, das führt zu Unruhe und Chaos, und das führt zur Notwendigkeit von verstärkter Kontrolle. Und wer Kontrolle verkauft, macht ein großes Geschäft.« Er kniff die Augen zusammen, als hätte er Schmerzen. »Aber ich rede die ganze Zeit. Was wollen Sie überhaupt? Sie werden ja sicher einen Grund haben, dass Sie nach Hongkong gekommen sind, besonders mit diesem schönen Geschenk?«

»Ich habe hier etwas für Sie«, sagte Tom und zog ein dreißigseitiges Dokument in Ringbuchbindung aus seiner kleinen Aktentasche.

Arakis aber schaute auf den Rechner, der auf einem riesigen Tisch stand, der sich unter der Last der Geschenke bog. »Apple Macintosh«, sagte er, »Sie haben Geschmack. Ich hoffe, Sie mussten den nicht irgendwo stehlen? So wie Eva unberechtigterweise vom Baum der Erkenntnis gegessen hat.«

»Ich …«, sagte Tom.

»Ich will es gar nicht wissen, und man kann nicht alles wissen. Das Ziel zählt. Das Rebellentum, das Apple auszeichnete, findet sich in der Figur des Satans, der sich gegen Gott auflehnt, als Erstes wieder. *Non serviam.* Ich werde nicht dienen. Da haben wir es wieder. Sechshundertsechsundsechzig – die Nummer des Großen Tieres.«

»Ähm ja«, räusperte sich Tom, »vielleicht möchten Sie hier einmal einen Blick hineinwerfen?«

»Welches Thema?«

»Medizintechnik. Invasives Tracking via 5G, Realtime-Diagnostik und …«

»Gar nicht schlecht.« Arakis blickte sich um, nahm das Pitch-Dokument und gab es seinem riesigen Leibwächter. »Ich schaue es mir an. Danke für den Macintosh.«

»Soll ich Ihnen noch meine Karte geben?«

»Nicht nötig. Wenn ich Ihre Kontaktdaten brauche, kriege ich sie. Genießen Sie die Party!«

KAPITEL 47

THE HONGKONG CLUB,
HONGKONG, VOLKSREPUBLIK CHINA

Tom hatte sich einen Weißwein genommen und auf die Stadt hinuntergeschaut, die Silhouetten von Hongkong, das International Financel Center, das Hauptquartier von HSBC vom Architekten Norman Foster am Hafen, das Conrad-Hotel, das zur Hilton-Gruppe gehörte und nach dem Hilton-Gründer Conrad Hilton benannt war, die Berge und in einiger Entfernung die Wolkenkratzer von Shenzhen. Immerhin hatte Tom es in den Hongkong Club geschafft. Auf der Herrentoilette waren vor den Pissoirs statt Werbung die aktuellen Blätter der *Financial Times, New York Times* und der in Hongkong gern gelesenen *South China Morning Post,* die dem chinesischen Online-Giganten Alibaba gehörte; ähnlich wie Amazon die *Washington Post* besaß. Alibala, Amazon, Arakis. All das war eine Welt für sich. Er war zwar heute im Hongkong Club, aber all das war eine Welt, die weit weg war. Eine Welt, zu der Tom niemals gehören würde.

Er schaute auf die Stadt hinunter und fühlte sich wie der größte Versager der Welt. Wenigstens sein Start-up lief gut, dachte er noch kurz, doch in dem Moment fielen ihm die Worte von Tara wieder ein, die er in dem Gespräch mit Arakis aufgrund der Aufregung komplett verdrängt hatte: *Tom, mit deiner App stimmt irgendwas ganz gewaltig nicht!*

BUCH 2

★

Nie haben die Massen nach Wahrheit gedürstet. Von den Tatsachen, die ihnen missfallen, wenden sie sich ab und ziehen es vor, den Irrtum zu vergöttern, wenn er sie zu verführen vermag. Wer sie zu täuschen versteht, wird leicht ihr Herr, wer sie aufzuklären sucht, ihr Opfer.

Gustave le Bon, Psychologie der Massen

KAPITEL 1

NSA-HAUPTQUARTIER, FORT MEADE, MARYLAND, USA

Melanie war zurück in Fort Meade im Hauptquartier der NSA. Fort Meade lag etwa vierzig Kilometer nördlich von Washington im US-Bundesstaat Maryland in unmittelbarer Nähe des Baltimore-Washington International Airport. Der Bundesstaat Maryland wurde damals bei der Gründung nach der Jungfrau Maria benannt, ebenso wie Virginia. Maria war der einzige Mensch gewesen, der komplett ohne Sünde war. Darum war es ihr vergönnt, den Heiland zu gebären. Dass allerdings keineswegs alle Menschen so heilig waren wie die Jungfrau Maria, war einer der Gründe, warum es Institutionen wie die NSA gab.

Melanie schaute aus dem riesigen Glasgebäude nach unten auf den gigantischen Parkplatz vor dem Hauptquartier. Es war einer dieser riesigen, sonnendurchfluteten US-Parkplätze, wie man sie auch häufig in Tarantino-Filmen sah.

Derzeit wurde bei der NSA Personal eingestellt wie verrückt, und das Büro in Fort Meade platzte bereits aus allen Nähten. Das war nicht immer so gewesen. Melanie erinnerte sich noch an die Berichte von alten Hasen der Behörde, die davon erzählten, dass die NSA nach dem Untergang der Sowjetunion dreißig Prozent ihres Budgets verloren hatte. Mit der Budgetkürzung war es dann im Jahr 2001 wieder vorbei. Während der japanische Angriff von Pearl Harbor damals zur Gründung der CIA geführt hatte, war der elfte September der Startschuss für die NSA gewesen. Zwei Drittel der Mitarbeiter der NSA waren nach dem elften September eingestellt worden. James Bond ähnliche Agenten fand man hier keine, es waren eher Bürokraten, Datenspezialisten, *Machine-Learning*-Experten, Warehousing-Profis und IT-Cracks. Gerade denen, die auch andere Angebote, sogenannte *cross offers* von Google, Facebook und anderen Silicon-Valley-Firmen bekommen hatten, versuchte man, die spezifische Natur des NSA-Jobs schmackhaft zu machen. *In anderen Firmen müsst ihr euch beim Hacken an Gesetze halten. Hier im Geheimdienst müsst ihr das nicht. Hier könnt ihr Grenzen überschreiten. Und zwar legal.* Die NSA kannte bei solchen Aktionen tatsächlich keine Verwandten. Als Google einmal extra ein Kabel zwischen zwei Firmensitzen verlegt hatte, damit die Kommunikation nicht abgehört werden könnte, wie dies bei drahtlosen Verbindungen der Fall war, hatte die NSA sich extra als Bauunternehmen getarnt, die Straße aufgestemmt und das Kabel angezapft. Computer und Überwachung hingen irgendwie zusammen. Dass eine Datenkrake wie die NSA an den Daten einer anderen Datenkrake wie Google interessiert war, war vollkommen klar. Der BBC-Computerexperte Gordon Corera hatte es schon so schön gesagt: *The Computer was born to spy – der Computer wurde zum Spionieren geboren.* Und die sozialen Netzwerke und die gesamte Hardware aus dem Silicon Valley halfen dabei mit, denn sie waren für die Überwachung vor allem eines: günstig. Wenn ein Agent einen Menschen beschattete, kostete das hundertfünfundsiebzigtausend Dollar im Monat. Nutzte man GPS per Satellit, kostete das hundertfünfzig Dollar im Monat. Und die Beschattung per iPhone mit Fotos und Ortsdaten, sogenannten *location data,* die auf allen Fotos auf den meisten Smartphones gespeichert waren, kostete dreißig Dollar. Die Menschen trugen ihre Geräte, um überwacht zu werden, immer mit sich. Der jüngste Streich, mit dem sich das noch besser bewerkstelligen ließ, war die Apple Watch. Als Nächstes kamen andere Wearables und dann bestimmt irgendwann Implantate. Der Feind dachte mit. Kompliziert wurde es, wenn Nachrichten gesplittet wurden, sodass man sie kaum zurückverfolgen konnte. Die Attentäter von Paris im Jahr 2015 hatten mit Xboxes kommuniziert und Anrufe von Syrien aus über die türkische Grenze weitergeleitet. Auch die Gegner wussten, welche Netzwerke wenig und welche viel überwacht waren. Die Geheimdienste, jedenfalls vor allem die NSA, musste immer noch ein bisschen mehr wissen als die Gegner.

Samuel Miller, ihr bulliger Chef, saß Melanie gegenüber, in der Hand einen Einwegkaffeebecher mit der obligatorischen Aufschrift *Warning. Content hot.* »Hat sich unser Informant aus Südamerika schon gemeldet?«, fragte er.

»Noch nicht.«

Miller lehnte sich zurück. »Irgendwas geht da in Brasilien vor sich. Und bei manchen Dingen braucht man halt keine digitale Technik, sondern die guten, alten Menschen.«

Der Streit zwischen Technik und menschlicher Überwachung war ein ständiger interner Streit bei den Geheimdiensten. Miller faltete die Hände. Der Goldring blitzte. Seine Finger sahen aus wie Baumäste.

»Die Sache mit Brasilien ist eh etwas kompliziert«, fuhr Miller fort. »Ich habe das Gefühl, dass die Chinesen Technologie nach Brasilien exportierten, um dort eine ähnliche Überwachung wie in China aufzubauen.« *Red Tech* war die Bezeichnung von Überwachungstechnologie aus China, die besonders von der Kommunistischen Partei Chinas gesteuert wurde.

»Das ist ja in Afrika nicht anders, oder?«

»Und ob. Da gehört den Chinesen fast die Hälfte des Landes. Am Horn von Afrika in Djibuti bauen sie riesige Stützpunkte. Ist vor Kurzem bekannt geworden, weil da ein Teil des Remakes von *Planet der Affen* gedreht wurde. Sonst will man da eigentlich nicht hin.«

»Warum nicht?«

»Ein djiboutisches Sprichwort sagt: *Bevor er dieses Land durchquert, macht selbst der Schakal sein Testament.* Aber Djibouti liegt strategisch halt günstig. Und die Chinesen schlagen da zu, wo die anderen schwach sind, besonders die Überwachungsorgane der Staaten. Der Geheimdienst Brasiliens ist ziemlich dürftig, während zum Beispiel der Geheimdienst in Peru sehr gut ist. Ist anderswo auch so: Der indische Geheimdienst ist schlecht, der ISI in Pakistan gut, Schin Bet und Mossad, die israelischen Inlands- und Auslandsgeheimdienste, hingegen sind Weltklasse.«

»Und China?«

»Tja, von China weiß man leider recht wenig, was aber auf keinen Fall heißen sollte, dass die Chinesen in diesem Bereich nicht aktiv sind. Spionage und Spitzelei standen schon bei Mao hoch im Kurs. Sie alle stellen gern die sogenannten Honigfallen auf, so wie das der KGB schon gemacht hat.«

»Bei denen hübsche Frauen Männer zum Sex verführen und das Ganze dann gefilmt wird, um Kooperationen zu erzwingen?«, fragte Melanie.

Miller nickte. »Wenn wir nicht aufpassen«, sagte er, »haben die Chinesen bald alle Daten Südamerikas. Und vor allem können sie unsere Spionageaktivitäten blockieren.« Er blickte Melanie an. »Kam schon was vom BND?«

Sie schüttelte den Kopf. Der Bundesnachrichtendienst sollte eigentlich eine Personenliste relevanter Verbindungsmänner in Brasilien liefern, aber bisher war nichts gekommen.

»Typisch.« Miller kniff den Mund zusammen. »Die Deutschen. Wenn man von denen mal was will, liefern sie nicht.« Deutschland war Millers Lieblingsthema, wenn er mit Melanie sprach, sicher wegen der deutschen Herkunft Melanies. »Immer nur moralisieren, das ist das Einzige, was die können. Wenn nicht mit Ramstein die größte US-Truppenbasis außerhalb der USA in Deutschland wäre, hätten wir die wahrscheinlich schon längst fallen gelassen. Denn ohne unsere Technologie hätten sie schon zehnmal so viele Terroranschläge gehabt wie bisher.«

Melanie kannte über ihre Freunde und Familienmitglieder die deutsche Doppelmoral sehr gut. Das galt auch für die Kritik an China.

»Anstatt selbst Gas zu geben, kritisieren sie China, tun aber nichts«, knurrte Miller.

»Na ja«, sagte Melanie, »unberechtigt ist die Kritik Deutschlands an China durchaus nicht immer.«

»Aber fadenscheinig. *Hikvision,* der chinesische Weltmarktführer für Überwachungstechnik und -kameras, wird in Frankfurt am Main eingesetzt, weil die sonst die Leute bei irgendwelchen Stadtfesten, wo viel gesoffen wird, nicht unter Kontrolle bekommen. Habe ich gerade als Info bekommen.«

»Sie meinen, das ist bigott?«

Miller nickte. »Gerade aus Deutschland wurde das chinesische System oft kritisiert. Dabei war Deutschland im zwanzigsten Jahrhundert auch nicht immer lupenrein, was die *Menschenrechte* anging. Und was wäre, wenn China von heute auf morgen demokratisch werden würde?«

»Könnte auch nach hinten losgehen«, sagte Melanie, »eine Art arabischer Frühling XXL.«

»Genau. Dabei werden immer drei Dinge vergessen: Deutschland ist zwar die Nummer-eins-Macht in Europa, aber China hat 1,4 Milliarden Einwohner, mithin wäre Deutschland mit neunzig Millionen Einwohnern nur eine eher kleine Provinz von vielen. Und die USA eine eher große Provinz.« Er grinste und zeigte seine weißen Zähne. »Dass man zwei Länder, von denen das eine fünfzehnmal so groß wie das andere ist, nicht direkt vergleichen kann, sollte auf der Hand liegen. Außerdem war China immer zentralistisch. Es gab einen Deal des Kaisers mit seinen Untertanen.«

»Wenn die Ernte gut ist, stürzt ihr mich nicht?«, fragte Melanie.

»Genau. Und heute gilt der Tiananmen-Deal zwischen Partei und Volk: *Wir machen euch reich, und ihr haltet den Mund.*«

Auch Mao Tse-tung hatte auf Kontrolle gesetzt, auf Guerilla-Kriegführung und skrupelloses Durchgreifen. Die Kommunistische Partei hatte mit der Bevölkerung einen Deal ausgemacht: »Ihr begehrt nicht auf, dafür machen wir euch reich.«

Melanie nickte. Bisher sah es so aus, als würde dieser Deal funktionieren. Ein oft zweistelliges Wirtschaftswachstum und Millionen von Chinesen, die aus der Armut befreit wurden, sprachen dafür, auch wenn die Wirtschaft im letzten Jahr *nur* um knapp sieben Prozent gewachsen war. Die Kommunistische Partei hatte mit neunzig Millionen Personen so viele Mitglieder wie Deutschland Einwohner hatte. Der innerste Zirkel der Macht in China, dem auch Staatspräsident und Premierminister angehörten, war der sogenannte *Ständige Ausschuss des Politbüros des Zentralkomitees der Kommunistischen Partei Chinas*. Dieses oft zitierte aber kaum bekannte Machtzentrum wurde mit vielem verglichen: etwa der katholischen Kirche, denn die Partei duldete wie Gott niemanden neben sich, und auch die Kirche hat über eine Milliarde Mitglieder. Es wurde auch mit den »Philosophen-Königen«, die Platon in seinem *Staat* beschrieb, verglichen. Um Projekte zu realisieren, brauchte man klare Befehlsketten. Um das Volk im Zaum zu halten, brauchte man Kontrolle. China hatte beides.

»Der letzte Aspekt«, sagte Miller in Melanies Gedanken hinein, »ist aber der wichtigste.«

»Der Arabische Frühling XXL?«

»Genau. Europa kann an einem revolutionären China gar kein Interesse haben. Würde es in China mehrere Parteien geben, könnten bürgerkriegsartige Zustände die Folge sein, das wiederum könnte ein zweites Syrien auslösen oder eben einen zweiten Arabischen Frühling.«

»Allerdings«, ergänzte Melanie, »wie immer bei China, zehnmal so groß und zehnmal so schlimm.«

»Richtig«, sagte Miller. »Das ist die eine Sache. Was soll China sein. Wo soll es hin? Es gibt aber noch eine andere Sache. Europa und besonders Deutschland müssen sich überlegen, ob sie mehr sein wollen als …«

»Als was?« Melanie war gespannt, welche Metapher ihr oft schlecht gelaunter Chef aus dem Hut zaubern würde.

»… mehr als ein großes Freilichtmuseum, Wellnesshotel oder Rentnerparadies für reiche Chinesen oder eine übergroße, wie heißen diese Dinge da bei euch noch, äh, Kuckucksuhren-Manufaktur.« Miller trank seinen Becher aus, zerknüllte ihn, warf ihn in den Mülleimer und erhob sich. »Sie sagen mir Bescheid, wenn sich El Perro meldet?« Miller bemühte bei solchen Situationen sonst immer den alten Spruch von Michael Corleone aus *Der Pate*: *keep your friends close, but your enemies closer – halte deine Freunde nahe bei dir, aber deine Feinde noch näher.* Aber diesmal sagte er es nicht.

»Natürlich.«

El Perro, der Hund. Der Deckname von Melanies Verbindungsmann in São Paulo.

In dem Moment erklang der helle Glockenton, der ankündigte, dass etwas in Melanies verschlüsseltem Postfach eingegangen war. »Ich glaube«, sagte sie, »wir haben etwas.«

Miller drehte sich auf dem Absatz um.

KAPITEL 2

HUAWEI-CAMPUS, SHENZHEN, VOLKSREPUBLIK CHINA

Der Philosoph Michel Foucault hatte gewusst: Die Art, wie man Informationen strukturiert, war allein schon eine Quelle von Macht. Bei Huawei in Shenzhen wusste man das auch. Tom hatte vorhin bei einer Führung auf dem Dongguan-Campus von Huawei die nachgebauten Sehenswürdigkeiten gesehen. Das Heidelberger Schloss, die Budapester Freiheitsbrücke, die hundertsiebenundachtzig Statuen von römischen Göttern. Alles hier war aufwendig nachgebaut, die Steine waren vermauert, es gab keine Marmorklebefolie, sondern echten Marmor. Dafür brauchte man Geld. Und Geld war vorhanden. Denn Huawei war ein Gigant. Auch wenn Tom sich mit dem Unternehmen noch nicht allzu gründlich befasst hatte, kannte er immerhin ein paar Daten: hundertachtzigtausend Mitarbeiter, fünfundneunzig Milliarden Euro Umsatz. Achtzig Prozent aller Patente für die 5G-Technologie gingen auf das Konto von Huawei.

Tom hatte das Handy am Ohr. Am anderen Ende war Tara.

»Tom«, sagte sie, »das ist doch echt seltsam. Überall diese Jod-131-Werte und dann diese Fake News mit dem Reaktorunglück in Smolensk 2. Was soll das?«

»Wir haben keinen Fehler gefunden«, sagte Tom. »Aber wir prüfen das noch mal. Ich melde mich bei dir.«

»Ich will das jetzt wissen. Und Imir auch.« Tara ließ nicht locker.

»Ich melde mich.« Tom beendete den Anruf.

Doch Tara rief sofort wieder an. Und Tom drückte den Anruf von Tara weg. Und auch den von Imir Khan, Taras Chef vom UKE Hamburg. Tom hatte schon vorher in die Datenbank von CUMO geschaut und keine Fehler gefunden. Nichts mit Jod-131. Aber vielleicht hatte, wer immer das verursacht hatte, die Fehler auch schon längst wieder ungeschehen gemacht? Es konnte eigentlich nur irgendjemand aus China dahinterstecken. Und vielleicht würde er hier einige Leute treffen, die ihm weiterhelfen konnten. Lucy hatte er davon absichtlich nichts gesagt. Und er war froh, dass die Hamburger nicht bei ihr, sondern nur bei ihm anriefen. Und dass sich aus London und Paris noch niemand gemeldet hatte.

Tom richtete seinen Fokus wieder auf den Raum, in dem er war. Das sogenannte Networking Event fand im Huawei-Hauptcampus im Executive Education Center statt, dort, wo das Riesenunternehmen seine Führungskräfte ausbildete. Zweitausend Menschen konnten hier gleichzeitig unterrichtet werden. Gerade gab es Cocktails, danach wurde zu einem prächtigen Abendessen eingeladen. Lucy war ebenfalls dabei, und James von Sequoia, der auch öfter im HAX auftauchte und früher mit seiner Firma eine Menge frühe Investments in China getätigt hatte, hatte sich auch zu den beiden gesellt. Mit seiner Kakihose und dem blauen Hemd entsprach er genau dem Klischee der typischen »Start-up guys« aus dem Valley, und Tom musste an einen alten Song von 2007 denken:

Launch party, nicely dressed,
what's the point, sausage fest,
blue shirts, khaki pants,
looking like a line of ants …

Eine Hostess von Huawei war ihnen ebenfalls an die Seite gestellt worden, die nichts sagte und die meiste Zeit lächelte.

»Der Huawei-Gründer Ren Zhengfei war schon immer

krass«, sagte James. »Arm aufgewachsen. Geboren 1944 in Guizhou, eine arme Provinz im Südwesten Chinas. Die Eltern waren Lehrer, was zur Zeit der Kulturrevolution nicht gut ankam. Erst 1987 hat er Huawei gegründet, mit geliehenem Geld. Umgerechnet viertausend Euro kamen nur von ihm. Er sah sich damals als absoluten Versager.«

»Für das Projekt eines Versagers sieht es hier aber fürstlich aus«, sagte Tom.

»Das ist halt eine typische Aufsteigerstory«, sagte Lucy. »Die beginnt oft mit einer Krise. Der Gründer von Singapur, Lee Kuan Yew, hat geweint, als sich Malaysia im Jahr 1965 von Singapur getrennt hatte.«

»... was am Ende nicht sehr schlau war«, sagte Tom. »Ich meine, sich von Singapur zu trennen.«

»... was für Singapur aber ein Glücksfall war«, sagte Lucy. »Malaysia wäre für uns nur ein Klotz am Bein.«

»Mit Klötzen am Bein konnte Ren auch nicht viel anfangen und kann es noch immer nicht«, sagte James. »Ren war technischer Analyst in der Volksarmee. Dort hat er auch seinen militärisch zackigen Kommunikationsstil der ersten Jahre her. *Wolf-Kultur* nennt man das hier. Wer nicht sein Äußerstes gibt, fliegt raus. Ich habe mal gesehen, wie Ren Mitarbeiter, die ihren Job nicht oder nicht gut genug gemacht haben, vor versammelter Mannschaft runtergeputzt hat.«

»Warst du dabei?«

James nickte. »Wir wollten mal in Huawei investieren. Ist schon ein paar Jahre her.«

»Und?«

»Die CIA war dagegen.« James zog die Lippen kraus. »Die sind bei einigen unserer Tech-Sachen, die man auch fürs Militär nutzen könnte, zusammen mit dem Pentagon Co-Investor. Und die trauen Huawei leider überhaupt nicht. Genauso wenig wie es die NSA tut. Ist nicht ganz unbegründet. Seit 2017 ist das ganze offiziell. Es gibt in China das National Intelligence Law. Dieses Gesetz erwartet von den großen Firmen, dass sie mit dem Staat zusammenarbeiten.«

»Deswegen sind auch die USA so misstrauisch gegenüber Huawei? Wegen 5G und so?« Tom hatte sich bei der Entwicklung ihrer Medizin-App einmal mit den verschiedenen Frequenzen befasst. Bei seiner App ging es ja auch um drahtlose Datenübertragung. Und gerade bei Implantaten war Vorsicht geboten. Die Szene in der Serie *Homeland,* in der Islamisten den Herzschrittmacher von US-Vizepräsident William Walden per WLAN-Hack außer Gefecht setzten, war mehr als nur Fiktion.

»Es begann im Jahr 1983 mit dem 1G-Standard, als die ersten Mobiltelefone auftauchten«, sagte James. »Berühmt geworden waren sie besonders durch den *Ziegelstein,* in den Michael Douglas als Gordon Gekko in *Wall Street* seine Wertpapierorders bellte. Dann kam 2G im Jahr 1991, und es waren Textnachrichten möglich. Dann 2001 3G mit den horrend teuren UMTS-Gebühren, wobei das wirklich schnelle Internet erst mit der Möglichkeit des Streaming und 4G im Jahr 2010 kam. Ab 2019 sollten dann die *Super-Speed*-Anschlüsse mit 5G kommen.«

»Sollten«, sagte Tom. »In Deutschland ist davon noch nichts zu sehen.«

»Dafür gibt es ein anderes Problem«, sage James. »In den USA, aber auch in Japan.«

»Der *Kill Switch?*«, fragte Lucy.

James nickte. »Genau der.«

»Was macht der *Kill Switch?*«, fragte Tom. Tom hatte in Deutschland einmal einen Marketing-Manager kennengelernt, der am Huawei-Standort an der Hansaallee in Düsseldorf arbeitete. Dieser Mann war Deutscher, konnte aber so fließend Chinesisch sprechen, dass er sich mit seiner Frau, einer Chinesin, sogar auf Chinesisch *streiten* konnte. Von dem *Kill Switch* aber wusste Tom nichts.

»Durch den *Kill Switch*«, sagte Lucy, »könnte Huawei oder China theoretisch das Mobilfunksystem eines Landes außer Kraft setzen, für das es die Telekom-Infrastruktur oder die Cloud-Leistungen bereitstellt.« James nickte.

»Zum Beispiel für wen?«, fragte Tom.

»Zum Beispiel für Deutschland. Huawei baut die Cloud-Struktur für die Deutsche Telekom. Die hängen voll am Fliegenfänger. Auch 5G wird es ohne Huawei in Deutschland nicht geben. Genauso wenig wie *Industry 4.0* oder autonomes Fahren.«

»Das steht und fällt alles mit Huawei?«

»Kann man so sagen.«

»Digitales Dritte-Welt-Land«, sagte Tom. »Deutschland meine ich.«

»Auch das kann man so sagen.«

»Und was soll Deutschland machen? Absagen? Nicht kooperieren?«

»Wohl kaum. Australien hat das versucht. Hat die Teilnahme von Huawei bei 5G untersagt. Als sie das verkündet haben, gab es plötzlich Probleme mit Kohlelieferungen aus China. In China hängt alles mit allem zusammen. Denkt an den Basketballmanager, der sich pro Hongkong geäußert hat. Auf einmal waren für seinen Verein die Sponsoringgelder weg. Jeder weiß alles, und die Partei hat ein Elefantengedächtnis. Derjenige, der aber endgültig entscheidet, was geht und was nicht, sitzt im Weißen Haus.«

»Trump?«

»Richtig. Als Google es abgelehnt hat, einen Auftrag für das Pentagon zu übernehmen, aber dann mit Chinas Militär zusammenarbeitete, kam Trumps Twitter-Meldung sofort: *Google hilft Chinas Militär, aber nicht den* USA.« Tom erinnerte sich daran, dass Richard Grenell, der US-Botschafter in Deutschland, an Wirtschaftsminister Altmaier einen Drohbrief geschrieben hatte. Wenn Huawei Deutschland mit 5G ausstattet, dann gäbe es keine Kooperation mehr mit den US-Geheimdiensten. Was für BND & Co. und für die deutsche Sicherheit fatal wäre.

»Und dann hat Google die Android-Dienste auf Huaweis Handys gesperrt?«

»Exakt. Bald wird Huawei im Smartphone-Geschäft ohne Google-Software auskommen müssen.«

»Was aber auch eine Gefahr ist«, sagte Lucy. »Je mehr man China verbietet, desto mehr machen sie selbst. Denkt an die Industriestrategie *Made in China 2025*.«

»Jedenfalls«, sagte James, »gibt es bei den US-Geheimdiensten ein wichtiges Mantra.«

»Und wie lautet das?«

»Unser Vertrauen in Huawei darf nicht größer sein als unser Vertrauen in die Kommunistische Partei.«

Tom blickte auf. Die Hostess bewegte sich lächelnd auf ihn und Lucy zu. Neben ihr ging Chuan, der Chef des HAX Accelerators, in schwarzem Anzug und roter Krawatte, der ihnen aufmunternd zulächelte. »Miss Li, Mister Bayne?«, fragte die Hostess.

»Ja«, sagte Tom, »das sind wir.«

»Zu Xiang würde sich sehr geehrt fühlen, wenn Sie an seinem Tisch zu Abend essen würden.«

»Zu Xiang?«, fragte Tom. Er hatte den Namen schon einmal gehört.

Chuan näherte sich ihm und sagte leise. »Ein Sekretär von Zhou Wang.«

»Und Zhou Wang macht was?«, fragte Tom.

»Zhou Wang ist Mitglied des Politbüros. Es geht um Ihr Start-up.« Die Hostess blickte Tom an. »Wir sollten Ihnen noch eine Krawatte suchen.«

KAPITEL 3

LIDO DI OSTIA, NAHE ROM, ITALIEN

Mauro schob die Schubkarre mit dem Bauschutt und den herausgebrochenen alten Fliesen und den zwei alten Toilettenschüsseln über den Sand und wuchtete eines der Toilettenbecken auf den Müllcontainer. Er hatte Blasen an den Händen. Ab jetzt würde er Handschuhe tragen.

Die ersten Handwerker waren bereits auf der Baustelle, denn die erste Tranche des Kredits war ausgezahlt worden. Leitungen wurden verlegt und Putz ausgebessert. Vorher war der Estrich neu ausgegossen worden. Der Betonmischer war eben wieder weggefahren. Gerade kam ein großer Lkw, der die Kücheneinrichtung brachte. Mehrere Herde, Geschirrspüler, Messer und Teller. Ein Gewirr an Styropor, Plastikfolie, Paletten und Kabeln. Auf einer Arbeitsplatte standen dampfender Kaffee und Tee.

Mauro stand zwischen den Arbeitern wie ein kleiner König.

Er rief Sofia an.

»Es läuft, Sofia«, sagte er. »Ich sehe schon das Schild vor mir: *Colosseo.* Ich sehe schon die ersten Gäste hier sitzen, die tollen Bewertungen in den Reiseführern und bei TripAdvisor. Weißt du was? Morgen kommt das Schild.«

»Welches Schild?«

»Das Schild *Il Colosseo.*«

»Gäbe es da nicht andere Sachen, die wichtiger wären als das Schild?«

»Das ist ein Zeichen, *bella!* So wird es schon ein wenig Realität. Denk an Kaiser Konstantin und seinen Sieg unter dem

Kreuz. *Unter diesem Zeichen sollst du siegen!* Solche Zeichen sind wichtig.«

»Na schön, es freut mich ja, dass du dich freust. Wäre aber schön, wenn du dich auch mal in Rom blicken lässt. Tony fragt auch schon nach dir, und alles bleibt an mir hängen.«

»Kein Problem, ich muss hier noch etwas mithelfen. Um 18 Uhr fahre ich los. Etwas später, dann ist der schlimmste Verkehr in die Innenstadt vorbei.«

»Okay, Mauro, aber morgen bleibst du zu Hause. Die werden auf der Baustelle auch mal einen Tag ohne dich können.«

»Alles klar, *ciao, ti amo!*«

»*Ti amo anche, ciao!*«

Mauro steckte das Handy ein und hob die Schubkarre. Ob er wollte oder nicht, er musste mithelfen. Würde er das nicht tun, würden die Handwerker niemals fertig werden.

An Sofia gab er immer die Info weiter, dass hier bald alles fertig sein würde. Was er ihr nicht sagte, war, dass der Kredit nicht reichen würde, wenn Mauro als Arbeitskraft auf der Baustelle ausfiel.

KAPITEL 4

NSA-HAUPTQUARTIER,
FORT MEADE, MARYLAND, USA

»El Perro«, sagte Melanie, »er hat sich gemeldet. Hier!«

Miller ging an den Monitor und blinzelte auf die Fotos. »Sieht nach Hotelsuite aus. Wer ist der Kerl?«

»Vazquez, ein Staatssekretär von Brasiliens Präsident Bolsonaro. Soll für mehr Sicherheit sorgen.«

»Welches Hotel ist das?«

»Four Seasons in Rio de Janeiro.«

»Und der andere? Wer ist das? Das ist doch Dairon Arakis, oder? Das Gesicht kommt mir sehr bekannt vor.«

»Wir checken mal«, sagte Melanie, »ob das Gesicht des anderen irgendwo gespeichert ist.« Sie kannte den Mann, im Gegensatz zu ihrem Chef, nicht.

Sie ließ das Foto durch den Großrechner fahren.

»Bingo, Sie haben recht. Immerhin der Rechner kennt ihn. Er scheint mit den Chinesen gemeinsame Sache zu machen.«

»Red Tech?«

»Sieht so aus.«

»Und was haben wir an aktuellen Informationen über ihn?«

»Arakis. Dairon Arakis. Wir haben seine Daten. Er hat länger in den USA gelebt. Vor allem in Kalifornien«, las Melanie vor.

Miller erhob sich und ließ die Knöchel knacken. Er überflog den Text in der Datenbank. »Irgendwas kocht der doch wieder aus. Und wir haben ihn immer noch nicht.« Er tippte auf den Bildschirm. »Schauen Sie hier mal auf die Medizin-Sache vor zehn Jahren.«

Melanie nickte.

»Wäre toll«, sagte Miller, »wenn wir endlich mal an ihn rankämen.«

»Das werden wir.«

»Das hoffe ich.« Die Aussage ihres Chefs war wieder einmal halb Bestätigung und halb Drohung. »Bleiben Sie an ihm dran. Und an allen, die mit ihm zu tun haben.«

KAPITEL 5

HUAWEI-CAMPUS, SHENZHEN, VOLKSREPUBLIK CHINA

Tom hatte sich noch schnell eine Krawatte leihen können. Rot. Lucy, die Hostess und Tom bewegten sich durch die marmornen Gänge des Huawei Executive Education Centers, bis sie in einem der Speisesäle angekommen waren. Ein Tisch war besonders festlich gedeckt. Zwei Männer standen auf. Der Wichtigere von beiden ging einen Schritt nach vorn. Zhou Wang, das Politbüromitglied, lächelte Tom an.

»Es freut mich sehr, dass Sie beide ein so innovatives Unternehmen entwickelt haben«, sagte Zhou Wang. Jetzt bezog er auch Lucy in seine Rede ein. »Sie kennen China?« Er wies mit einer einladenden Geste auf die Stühle. Alle setzten sich.

»Ein wenig«, sagte Tom.

»Genauso, wie man oft hört, dass China kein Land, sondern ein Kontinent ist, ist es auch nicht nur ein Land, sondern eine Kultur. Seit fünftausend Jahren. Wir sind alt. Aber wir sind nicht so stark, wie der Westen glaubt.«

»Sun Tzu sieht das anders.«

»Sie kennen Sun Tzu?« Wangs Miene hellte sich auf.

»*Vorgetäuschte Unordnung erfordert perfekte Disziplin, vorgetäuschte Furcht erfordert Mut, vorgetäuschte Schwäche erfordert Stärke*«, zitierte Tom den chinesischen Kriegsphilosophen.« Er lehnte sich zurück. »Oder ganz kurz: Stark sein und schwach tun, ist stark.«

»Sehr gut. Aber wir sind nicht so stark, wie Sie glauben«, sagte Zhou Wang. »Aber eine Sache steht fest: China ist riesig. Ein Kontinent, tatsächlich. Ein Chinese aus Peking und einer aus Guangdong, also Kanton, können sich kaum verstehen, aber über die Schriftzeichen können sie miteinander kommunizieren. Die Schriftzeichen sind ein Code. Die riesigen Datenmengen sind ein anderer.«

»Darf ich Sie fragen«, sagte Lucy, »was genau Sie an uns interessiert?«

Wang lächelte, ein wenig unsicher. Vielleicht hatte er so viel Direktheit nicht erwartet. Vor allem nicht von einer anderen Chinesin.

»Uns interessiert die medizinische Analyse und Ferndiagnose, die Ihre App bietet. Besonders die invasiven Chips.« Er senkte die Stimme. »Wir haben da eine Region in China, in der wir diese App ganz besonders einsetzen möchten.«

»Wo?«, fragte Tom. Obwohl er es sich denken konnte.

»Xinjiang«, sagte Wang. »Die Uiguren. Sie kennen sicher die Thematik.«

Tom kannte die Geschichten. Die muslimische Minderheit der Uiguren wurde aus Angst vor islamistischem Terror und Radikalisierung derart überwacht, wie dies wohl nirgends sonst auf der Welt geschah.

»Wir wollen die *three evils* bekämpfen«, sagte Wang. »Die drei bösen Dinge. Terrorismus, Extremismus, Separatismus. All das wollen die Islamisten in der Xinjiang-Provinz erreichen. Doch diejenigen, die etwas erreicht haben, sind wir.«

»Durch totale Überwachung«, sagte Lucy.

»Ja, richtig. Dafür gab es in dieser Provinz seit zwei Jahren keine Terroranschläge mehr.«

»Doch der Preis ist eine vierundzwanzig Stunden täglich überwachte Bevölkerung, deren Leben komplett transparent ist und die notfalls in sogenannten Umerziehungslagern wieder auf gewünschten Kurs gebracht wird.« Lucy ließ nicht locker. Tom hätte sie gern unter dem Tisch angestoßen, aber leider saß sie ihm gegenüber und daher zu weit weg.

»Das schreiben die westlichen Medien«, sagte Wang. »Und auch die in Singapur, Ihrem Heimatland. Die Wahrheit ist aber anders. Die Menschen lernen in den Ausbildungslagern neue Berufe. Werden Friseur oder Klempner. Sie bekommen ein neues Leben.«

Tom wusste, dass die Wahl der neuen »Berufe« nicht immer freiwillig war. Und dass ein großer Teil der Überwachungs- und Sicherheitstechnologie aus Chinas Digitalstadt Shenzhen in Xinjiang direkt vor Ort getestet wurde.

»Wir haben bereits alle DNA- und Gesundheitsdaten sämtlicher Einwohner der Provinz Xinjiang gespeichert«, sagte Wang. »Wir sind also bereit für den nächsten Schritt.«

»Wie haben Sie das eigentlich gemacht?«, fragte Tom. »Ich meine, all diese DNA-Daten zu sammeln?«

Zhou Wang lächelte in sich hinein. »Wir haben einen Gesundheitstest ausgerufen, weil es eine schwere Krankheit gab, eine Epidemie«, sagte er. »Seitdem haben wir die DNA-Daten aller Bewohner, da alle in unsere Kliniken mussten.« Tom zweifelte ein wenig, ob es diese *schwere Krankheit* wirklich gegeben hatte. Dennoch war ihm klar: Selbst George Orwell würde angesichts dieser Maßnahmen andächtig staunen. Bei Tom und seinem Unternehmen war es aber nicht viel anders. Er musste unbedingt herausfinden, wer die Daten auf dem Server mit dem Jod-131-Pegel manipuliert hatte. Auch wenn nichts zu sehen war.

»Ich würde Sie gern einladen, mit mir zu speisen«, verkündete Wang und wies auf den Tisch. »Zu Ihrem Unternehmen würden wir gern später mit Ihnen sprechen.«

»Wann?«

»Das hängt davon ab, wie schnell Sie sind. So schnell Sie

können, wenn Sie mich fragen. Wir brauchen Sie.« Er schaute Tom und Lucy an. »Und Ihre Ideen.«

Zu stand auf und entschuldigte sich. Offenbar wollte er auf die Toilette.

»Hört sich gut an«, sagte Tom.

Lucy zog die Augenbrauen zusammen.

Wenn Tom Zu ohne die anderen abfangen wollte, dann ging das nur, wenn er jetzt auch Richtung Toilette verschwand. »Entschuldigen Sie mich bitte auch einen Moment«, sagte er und stand auf.

KAPITEL 6

HUAWEI-CAMPUS, SHENZHEN, VOLKSREPUBLIK CHINA

»Zu«, rief Tom, »warten Sie kurz!« Tom hatte Zu kurz vor den Herrentoiletten eingeholt. Der Marmorboden blitzte unter ihnen.

»Was ist los?«, fragte Zu. Offenbar war es ihm unangenehm, dass Tom ihm auf die Toilette gefolgt war.

»Wir hatten da ein Problem mit unseren CUMO-Daten«, erklärte Tom hastig. »In Hamburg, aber auch in London und Paris.«

»Was für ein Problem?« Es war nicht sicher, ob sich Zu dumm stellte oder wirklich nichts wusste.

»Falsche Daten. Hohe Jodwerte, wo im Blut gar keine nachweisbar waren.«

»Dann hat eure App falsch gemessen?«

»Nein, hat sie nicht. Und dann war da noch was!«

Tom erzählte Zu mit knappen Worten von den Fake News. Zu verzog keine Miene.

»Aber es gab doch gar kein Atomunglück?«, sagte er.

»Eben«, sagte Tom, »aber es gab Meldungen dazu.«

»Dann waren das Fake News, du hast recht.« Zu nickte bestätigend. »Das hat doch nichts mit eurer App zu tun. Eure App ist sehr gut!«

»Okay.«

In Wirklichkeit war für Tom nichts okay. Aber er gab es auf. Zu war sicher nicht zu dumm, um das alles zu verstehen, und bestimmt wusste er mehr, als er zugab. Er hatte wohl nur den Auftrag erhalten, sich möglichst dumm zu stellen.

KAPITEL 7

HUAWEI-CAMPUS, SHENZHEN, VOLKSREPUBLIK CHINA

»Wo werden wir uns sehen?«, fragte Tom. »Und wann?«

»Die Zeit liegt bei Ihnen«, sagte Zhou Wang. »Der Ort bei uns. Es wird Peking sein. Meine Genossen brennen darauf, von Ihrer Idee zu hören.«

Tom warf Lucy einen schnellen Blick zu. Er wusste, was das bedeutete. Die Partei wollte bei seinem Start-up einsteigen. Es konnte nicht anders sein. Es war der typische Weg. Alles, was irgendwie mit Überwachung und Kontrolle zu tun hatte, wurde von der Regierung gekauft. Vielleicht war Tom bald reich. Aber auch unfrei. Er merkte, dass Lucy diese Idee überhaupt nicht passte. Zhou Wang schien es ebenfalls zu merken.

»Denken Sie nach«, sagte er. »Wir alle haben eine Rolle zu spielen. Sie mit Ihrer Innovation, wir damit, um diese Innovation groß und nützlich zu machen. Jeder«, sagte Zhou Wang, »muss so genutzt werden, wie er am besten in den großen Plan passt.« Das, was er dann sagte, war wieder ein Zitat, dachte Tom. Wahrscheinlich war es von Sun Tzu. »*Der fähige Anführer setzt den weisen Mann, den tapferen Mann, den habgierigen Mann und den dummen Mann ein. Der weise Mann freut sich daran, Verdienste zu erwerben, der tapfere Mann will seinen Mut im Kampf beweisen, der habgierige Mann sucht seinen Vorteil, und der dumme Mann hat keine Furcht vor dem Tod.*«

KAPITEL 8

HUAWEI-CAMPUS, SHENZHEN, VOLKSREPUBLIK CHINA

»Bist du wahnsinnig?«, fragte Lucy, als beide draußen waren und ein anderthalbstündiges, etwas steifes, aber sehr opulentes Abendessen hinter sich gebracht hatten. Tom blickte auf die Kopie des Heidelberger Schlosses in der Entfernung. »Du willst mit denen zusammenarbeiten und unsere Firma für deren Überwachung einsetzen?«

»Wir wissen doch gar nicht, was sie genau vorhaben. Das erfahre ich in Peking.«

»Du fliegst da also wirklich hin?«

Zhou Wang hatte sie beide tatsächlich nach Peking eingeladen und auch schon angedeutet, dass die Partei die Flugkosten zahlen würde; Businessclass natürlich.

»Ich dachte, das hatten wir geklärt«, sagte Tom.

»Mit mir nicht.«

So ähnlich musste sich eine Ehe anfühlen, dachte Tom, der noch nie verheiratet war. Leider hatte das Gespräch mit Zu ja auch nicht viel gebracht, sodass er die Sache mit den Jod-131-Daten in Hamburg, London und Paris nach wie vor vor Lucy geheim halten musste.

»Ich habe doch hier schon das Ticket aufs Smartphone bekommen. Du übrigens auch.«

»Na und? Du musst doch nicht fliegen!«

»Und was ist mit dir?«

»Ich fliege nicht dahin! Aus Prinzip!«

»Wieso bist du eigentlich so China-feindlich? Euer Singapur ist doch ähnlich wie China regiert.«

»Aber wir haben keine Konzentrationslager.«

»Haben die Chinesen auch nicht.«

»Und wie würdest du diese Umerziehungslager dann nennen? Mike, ein Freund von mir …«

»… ich kenne Mike.« Tom wusste: Die beiden waren einmal mehr als Freunde gewesen.

»Mike ist Journalist einer britischen Zeitung, und er war ein paarmal in der Xinjiang-Provinz.«

Er hatte die Story mit Mike schon öfter gehört, nahm sich aber vor, geduldig zuzuhören, damit es nicht noch mehr Streit gab. Immerhin hielten sowohl Tom als auch Lucy die gleichen Anteile an ihrer Firma.

»Mike«, begann Lucy, »hat mir gesagt, dass man als ausländischer Journalist so gut wie gar nicht zu wichtigen Ereignissen eingeladen wird, so wie dies im Rahmen von Pressearbeit und wahrscheinlich auch bei euch in Deutschland geschieht.«

»Na ja«, sagte Tom, »die deutsche Presse arbeitet auch selbst aktiv an ihrer Demontage. Die erzählen alle das Gleiche.«

»Wie auch immer«, sagte Lucy, »dass man in China nicht eingeladen wurde, ist nicht neu. Neu ist aber, dass auch niemand mehr mit einem telefonieren will, aus Angst, die Leitungen würden abgehört. Daher müssen sich ausländische Journalisten ständig mit Leuten zum Kaffeetrinken und zu direkten Gesprächen irgendwo in Peking treffen; was bei der Größe der Stadt eine Menge Reisezeit bedeutet.«

»Und?«

»Mike hat immer den Flug um sieben Uhr morgens von Peking nach Urumqi genommen. Dann war er um elf Uhr dort und konnte sich bis abends in Xinjiang umsehen. Sobald er im Hotel war, gab es zehn Minuten später einen Anruf auf seinem Zimmer. An der Hotelrezeption hatte er häufig noch unangekündigten Besuch von Polizisten, die Mike dann auch auf Tritt und Schritt verfolgten und selbst die Gespräche im Taxi aufzeichneten.«

»Soweit ich weiß, gab es aber in der Region auch seit zwei Jahren keinen Terroranschlag mehr.«

»Jetzt sprichst du wie einer von denen. Genauso hat es doch Zhou Wang auch gesagt!«

Lucy war bei diesen Themen deutlich kritischer als Tom. Sie war an Software zur Gesichtserkennung interessiert, wie sie zum Beispiel Facebook auf Fotos anwandte oder auch zum Entsperren von Smartphones. Aber nicht, um Dinge zu erkennen, sondern um sie unkenntlich zu machen. Denn genauso wie *Machine Learning* zur Gesichtserkennung gab es auch das sogenannte *Adversarial Machine Learning*, bei dem Maschinen andere Maschinen daran hinderten, etwas zu lernen. Es ging aber auch einfacher. Eine neue Technologie, von der Lucy ihm erzählt hatte, bestand darin, eine Mütze aufzusetzen, die Infrarotstrahlungen aussandte, die die Kameras bei der Gesichtserkennung irritierten. Noch einfacher war ein Kapuzenpulli, den Lucy auch schon einmal getragen hatte und der aus dunklen und hellen Flecken bestand, die die Kameras für Gesichter hielten und die es für die Maschinenintelligenz dahinter schwierig machte, das wirkliche Gesicht des Trägers zu erkennen.

»Ja, kann sein. Hatten die dort nicht mal nach Unruhen neun Monate lang das komplette Internet abgestellt?«

Lucy nickte. »Nicht nur das. 17,5 Millionen Menschen dürfen keine Flugtickets kaufen. Wer keinen sozialen Kontakt zu Nachbarn hat, gilt schnell als verdächtig. Wer zu gewissen Leuten zu viel Kontakt hat, auch.«

»Beides also schlecht? Zu wenig und zu viel?«

»Wer zu häufig sein Smartphone benutzt, gilt als verdächtig, wer plötzlich aufhört, sein Smartphone zu benutzen, erst recht. Viele von ihnen bekommen auf ihrem Handy einen neuen Klingelton verpasst, ohne dass sie es merken.«

»Man merkt doch, was für einen Klingelton man hat.«

»Nicht, wenn man Leute anruft und es dann bei *denen* klingelt. Die, die nicht vertrauenswürdig sind, haben dann einen Klingelton wie ein Martinshorn.«

»Den Diabolus in Musica …«

»Beeindruckend, deine Allgemeinbildung.«

»Im *China Daily* stand, dass es keine Arbeitslager seien, sondern Berufsbildungszentren, und dass es dort insbesondere darum geht, unausgebildete Menschen zu Handwerkern oder Friseuren auszubilden.«

»Und das glaubst du? *China Daily* ist ein Parteiorgan.«

»Aber es waren doch vor Kurzem ausländische Journalisten dort und durften sich die Lager anschauen.«

»Ja. Und die Antworten waren immer einstudiert. Alle waren zufrieden und sagten, dass sie dort sehr viel lernten und eine große Zukunft vor ihnen liegen würde. Von den Massenvergewaltigungen, den Ratten in den Zimmern und den Strafen sprach niemand.«

»Das weißt du doch gar nicht genau. Oder warst du da?«

»Genauso wenig wie du.«

»Lucy!« Tom blieb stehen. »Es gibt einen Grund, warum ich das mache.«

»Ja, Geld für deinen Vater. Das ist auch ehrenvoll. Ich weiß nur nicht, ob du dafür unser Start-up meistbietend verkaufen musst. Und dann noch für eine solche Instrumentalisierung unserer Idee. Ist ja fast schon eine Perversion. Wir wollen Menschen helfen. Und sie nicht kontrollieren.«

»Ich höre mir erst einmal an, was die sagen. Es ist doch nichts entschieden. Oder?«

Doch Lucy sagte nichts.

KAPITEL 9

EPPENDORF, HAMBURG, DEUTSCHLAND

Der Mann, der sich Morpheus nannte, öffnete den Tor Browser und aktivierte im Darkweb die verschlüsselte Kommunikationsplattform.

Es klingelte.

Einmal.

Zweimal.

Dreimal.

Er schaute auf die Uhr, sah, dass es schon recht spät war, wollte gerade auflegen, da hörte das Klingeln auf.

»Jasmin hier.«

»Hi, Jasmin, sorry für die Störung. Wir hatten ausgemacht, dass ich mich bei dir melde, wenn mir was auffällt.«

»Hatten wir ausgemacht.«

»Mir ist was aufgefallen.«

»Thema?«

»Ganz grob: Fake News und Manipulation, aber richtig perfide.«

»Okay, alles Weitere mündlich. Wann können wir uns sehen?«

»Bin übermorgen in Berlin.«

»Super. Da bin ich auch da. Melde dich vorher, dann treffen wir uns im Dienst.«

KAPITEL 10

PLATZ DES HIMMLISCHEN FRIEDENS,
PEKING, VOLKSREPUBLIK CHINA

Tom stand auf dem riesigen Platz und sah die Schriftzeichen.

人 bedeutete im Chinesischen *ren* und war das Wort für Volk, aber auch für einen Menschen, der auf zwei Beinen steht. Der Mensch, der seine Arme ausstreckte, war 大, *da*, was so viel wie *groß* hieß. Ein Balken über dem Zeichen von *da* beschränkt selbst den Allergrößten und macht ihm seine begrenzte und kleine Position innerhalb des riesigen Kosmos bewusst. So war

天, *tian*, das Zeichen für den Himmel.

女, *nü*, war das Zeichen für Frau.

宀, *mian*, war das Zeichen für Dach.

Kombiniert ergab dies 安, *an*, und *an* war im Chinesischen das Sinnbild des Friedens. Das dritte Zeichen, 们, *men*, bedeutete Tor.

天安们, *Tian'anmén*, war das Tor, das zum Platz führt, der sich hinter dem Tor des Himmlischen Friedens Hunderte von Metern erstreckt. Und der Platz dahinter, der Platz des Himmlischen Friedens, war der größte öffentliche Platz der Welt.

Peking, die Hauptstadt des Nordens, war ursprünglich schachbrettartig um die sogenannte Verbotene Stadt angelegt, in deren Mitte sich der Gùgong, der Kaiserpalast, erhob. Der Platz des Himmlischen Friedens lag an der zentralen Nord-Süd-Achse, und nur der Kaiser, der Tianzi, der Himmelssohn, durfte sich damals auf dieser heiligen Achse bewegen. Alle großen Straßen der Millionenmetropole verliefen, wie mit einem Lineal gezogen, von Norden nach Süden und von Westen nach Osten, mit der Verbotenen Stadt und dem Kaiserpalast in ihrer Mitte.

Der Palast war gigantisch, er hatte neuntausendneunhundertneunundneunzig Zimmer, genau ein Zimmer weniger als der himmlische Palast der Götterwelt, um gegenüber den Unsterblichen nicht anmaßend zu wirken.

Tom war vor zwei Stunden in Peking gelandet.

Er war am Abend aus Shenzhen angereist, um unbedingt pünktlich zu sein. Er hatte erfahren, dass Zhou Wang und seine Genossen nicht gern warteten. Er hatte in dem Beijing Lufthansa Center angegliederten Peking Kempinski übernachtet, ein riesiger Klotz mit sehr zuvorkommendem Personal, darunter viele Deutsche. Das Hotel befand sich ganz in der Nähe des Sun-Parks im dritten Ring außerhalb des Zentrums von Peking und der Verbotenen Stadt. Neben dem Hotel lag eine große Shoppingmall, in der Tom eine kleine Kette für Lucy gekauft hatte, um später die Wogen wieder zu glätten. Dabei hatte er sich wieder einmal gewundert, wie ruhig die Zwanzig-Millionen-Metropole im Vergleich zu deutschen Kleinstädten war, da hier fast nur Elektrofahrzeuge herumfuhren und auch das Gegröle von Betrunkenen, das in allen europäischen Städten zum Stadtbild gehörte, hier fast gar nicht vorkam.

Er schaute auf die Uhr.

Zu stand neben ihm. Er war gleichzeitig sein Fremdenführer und Agent der Partei und begleitete ihn auf Schritt und Tritt. Doch hinsichtlich der Sache mit den Jodwerten bei CUMO hatte Tom nichts mehr aus ihm herausgekriegt.

Tom schaute auf die Uhr. Zu nickte. In fünfzehn Minuten

würde das Treffen stattfinden, das über seine Zukunft entscheiden würde.

Tom und Zu machten sich auf den Weg Richtung Nordwesten des Kaiserpalasts. Nach Zhongnanhai, dem Sitz der chinesischen Regierung.

KAPITEL 11

*KENNEDY SCHOOL, HARVARD UNIVERSITY,
CAMBRIDGE, MASSACHUSETTS, USA*

Melanie saß im Hörsaal der Kennedy School der Harvard University. Die akademische Einrichtung, die durch eine Zwei-Millionen-Dollar-Spende des Politikers Lucius N. Littauer ermöglicht worden war, trug bei ihrer Gründung den Namen Harvard Graduate School of Public Administration. 1937 kamen die ersten Studenten. 1966 folgte die Umbenennung zu Ehren des drei Jahre zuvor ermordeten Präsidenten John F. Kennedy.

Dass Melanie als NSA-Mitarbeiterin nun an der Kennedy School saß und dort vorher studiert hatte, entbehrte nicht einer gewissen Ironie. Denn die Beziehung der Geheimdienste zu Kennedy waren das, was man wohl ambivalent nannte. Der Mord an Kennedy wurde einerseits als geprobter Ernstfall der CIA, andererseits als Mord der CIA an Kennedy gedeutet. Gewundert hätte Melanie beides nicht. Sie hatte vor einigen Jahren ihren Master of Public Administration an der Kennedy School absolviert, am Mossavar-Rahmani Center for Business and Government. Die Kennedy School hatte diverse Persönlichkeiten hervorgebracht. Ban Ki-moon, den einstigen Generalsekretär der Vereinten Nationen, Felipe Calderón, den Präsidenten von Mexiko, Pierre Trudeau, den ehemaligen Premierminister von Kanada, Donald Tsang, den Verwaltungschef von Hongkong, und Robert Zoellick, den ehemaligen Chef der Weltbank. Und dann noch Pete Rouse, einen früheren Stabschef im Weißen Haus, den Melanie ein paarmal in Washington getroffen hatte.

In den USA brachten die meisten Menschen die Harvard Business School und die Kennedy School oft durcheinander. Die Unterscheidung lief folgendermaßen: Die Politiker waren in den USA oft an der Kennedy School in Harvard gewesen, die Wirtschaftsbosse an der Harvard Business School, wo sie einen MBA gemacht hatten. Die, die keine Angst vor Mathematik hatten, gingen allerdings gleich ans MIT. Beide Eliteinstitutionen, das MIT und Harvard, lagen jeweils am anderen Ende der Massachusetts Avenue in Cambridge, einem Stadtteil von Boston. Donald Trump hingegen hatte einen MBA, einen Master of Business Administration, an der Wharton School in Pennsylvania gemacht.

Die Veranstaltung fand im Starr Auditorium der Kennedy School statt, und Professor William Thomson stellte sein Buch über Zukunftsforschung vor, das er gemeinsam mit Ex-Geheimdienstleuten geschrieben hat. *Apocalypse Any Day Now, Exit For The Rich,* hieß es. *Die Apokalypse kommt, der Notausgang für die Reichen.* Melanie kannte und schätzte Thomson noch aus ihrem Studium. Wegen seiner guten Kontakte hatten sowohl CIA als auch NSA versucht, ihn abzuwerben, doch Thomson hatte sich immer auf die Freude und die Freiheit der Forschung bezogen und war an der Universität geblieben.

»Die *Doomsday Preparation* der Superreichen in den USA sollten wir nicht unterschätzen«, sagte er. »Sie bereiten sich auf den Tag des Untergangs vor. Sie haben bereits gepanzerte Fahrzeuge, vollgetankte Privatflugzeuge und Bunker in Neuseeland stehen, um genau dorthin zu fliehen, sobald es ungemütlich wird, um dort einen Umsturz, einen Bürgerkrieg oder gar einen Atomkrieg zu überstehen.« Thomson sah mit seinem blauen Hemd und seinen Kakihosen eher nach Mathematiker oder Informatiker aus und hätte noch besser ans MIT als nach Harvard gepasst, dachte Melanie. Sie hatte einen klaren Grund, sich persönlich mit Thomson zu treffen, den sie auch noch von ihren Studienjahren an der Kennedy School kannte: Dairon Arakis war einer der ganz großen Doomsday-Preparatoren oder auch *Doomsday Preppers*. Er verdiente wohl sogar Geld damit. Und um Arakis sollte sich Melanie besonders kümmern und möglichst alles herausbekommen, was es über ihn zu finden gab.

»Alles, was digitalisiert werden kann«, sagte Thomson, »wird digitalisiert werden, alles, was automatisiert werden kann, wird automatisiert werden, jede Technologie, die zur Überwachung genutzt werden kann, wird dafür genutzt werden.« Er blickte sich um. »Die superreichen Tech-Visionäre haben sich im Silicon Valley eine eigene Realität erschaffen. Apple hat für sein neues Hauptquartier eigene Pizzakartons entwickelt, die nicht durchweichen. Als Apple nach Cupertino kam, hatte der Ort achtzehntausend Einwohner. Heute hat Apple dort vor Ort mehr als vierundzwanzigtausend Mitarbeiter. Siebzig Prozent der Büroräume in Cupertino sind von Apple gemietet, und Apple zahlt jeden Preis. Als einmal Einwohner von Cupertino das neue Gebäude besichtigen wollten, hatte Apple-Chefdesigner Jonathan Ive über die Presse wissen lassen, dass das Gebäude nicht für die Allgemeinheit, sondern für Apple gebaut sei. All die Zeltstädte von Obdachlosen unter den Brücken von San Francisco sind sicherlich einer der Gründe, warum tatsächlich einige Mitglieder der Demokraten mittlerweile sagen, sie seien Sozialisten.« Er schaute ins Auditorium. »Wissen Sie, wie hoch der Medianpreis für ein Eigenheim im Silicon Valley ist?«

Melanie musste lächeln. Viele Menschen verwechselten Median und Durchschnitt. Der Durchschnitt war aber sehr oft verzerrt, da ein sehr großer Wert den Durchschnitt sehr stark nach oben verändern konnte und der Wert damit nicht mehr repräsentativ war. Wenn zum Beispiel vier Menschen jeweils zehn Euro hatten und einer hatte tausend, dann war das Durchschnittsvermögen zehn mal vier gleich vierzig plus tausend, also tausendvierzig. Geteilt durch die Anzahl der Menschen, war der Durchschnitt dann tausendvierzig geteilt durch fünf, also zweihundertacht Euro. Der Median war damit schon aussagekräftiger, denn er gab an, welche Zahl genau in der Mitte lag. In diesem Fall war dies: zehn, zehn, zehn, zehn, tausend. In der Mitte lag genau die Zahl zehn. Heute musste das übrigens niemand mehr abzählen, in Excel gab es dafür einfach den Befehl »median« für eine Zahlenreihe. Ebenso in SPSS oder Python oder anderen Datenanalyseprogrammen, die sie Melanie in einem IT-Crashkurs der NSA eingehämmert hatten.

»Eine Million?«, fragte eine rothaarige Studentin aus der ersten Reihe.

»Zwei Millionen«, sagte Thomson. »Mittlerweile pendeln derart viele Leute, weil der Wohnraum so teuer ist, dass die Highway 101 zur Rushhour nicht mehr als Straße, sondern nur noch als Parkplatz bezeichnet werden kann. Lehrer schlafen im Auto, weil das Pendeln zu teuer ist. Die Doppeldeckerbusse von Google mit WLAN nehmen mittlerweile nicht nur Mitarbeiter von Google, sondern auch sonstige Einwohner von Mountain View mit. Insgesamt helfen die Unternehmen dabei, diese Situation zu lösen, aber sie lösen Probleme, die es ohne sie gar nicht geben würde.«

Ein Student mit schwarzer Brille meldete sich.

»Bitte«, sagte Thomson.

»Und Sie glauben, dass die Gesellschaft das irgendwann nicht mehr mitmacht?«

»Richtig. Genau das ist der Verbindungspunkt zwischen

den irren Zuständen im Silicon Valley und den Konsequenzen davon. Konsequenzen, die die Reichen fürchten. Es ist genauso wie in dem Film *Elysium* mit Jodie Foster, wo die Reichen auf einem Asteroiden jenseits der Erde leben und die Erde nur noch eine Art Industrie-Slum ist. Hier ist es genauso: Die Superreichen haben Angst, dass die Menschen sich für das komplizierte und teure Leben und auch die Ungleichheit rächen, die ihnen die Top ein Prozent eingebrockt haben. Und dann jagen sie die Top ein Prozent. Und was glauben Sie, was die ein Prozent wollen, bevor es dazu kommt?«

»Sie wollen möglichst weit weg sein?«, fragte der Student mit der schwarzen Brille.

»Richtig!« Thomson nickte. »Und genau darauf bereiten sie sich vor.«

KAPITEL 12

BUNDESNACHRICHTENDIENST,
CHAUSSEESTRASSE, BERLIN, DEUTSCHLAND

Wir treffen uns im Dienst, hatte Jasmin gesagt.

Der Dienst war der Bundesnachrichtendienst, auch genannt BND.

Morpheus war nicht immer White-Hat-Hacker gewesen.

Er war einmal aufgeflogen.

Die Operateurin, die die Einheit des BND geleitet hatte, hatte ihm einen Deal angeboten.

Knast oder Informant. Vor diese Wahl hatte man ihn gestellt. Und Morpheus war Informant geworden. Denn er hörte von vielen schrägen Themen. Manche davon waren trivial. Manche aber waren für den BND interessant. So wie die Sache mit den Fake News und dem radioaktiven Jod-131.

Er sah das riesige Gebäude an der Chausseestraße vor sich, die eigenartigen Metallpalmen. Die hohen Fenster.

Er beschleunigte seine Schritte Richtung Haupteingang und holte seinen Ausweis aus dem Portemonnaie.

KAPITEL 13

ZHONGNANHAI, PEKING, VOLKSREPUBLIK CHINA

Das Herz des Landes.

Das Herz des Landes war mehr als ein Ort. Mehr auch als ein symbolischer Ort. Es war auch immer ein Ort, der zweimal existiert.

In der Geschichte. Und in der Wirklichkeit.

In Amerika war es das Weiße Haus, in Russland der Kreml, in Frankreich der Élysée-Palast, in England die Houses of Parliament, in Deutschland das Kanzleramt.

Das Herz Chinas hieß Zhongnanhai.

Draußen tobten der Verkehr von Peking und die Bauarbeiten in der Zwanzig-Millionen-Stadt, doch hier drinnen war es gespenstisch ruhig.

Das Herz Chinas war ein See.

Hier standen rote, hohe Mauern, schwer bewachte Gebäude mit dem mysteriösen Namen »Pavillon des purpurnen Lichts«, bewaffnete Einsatzkräfte, die das Allerheiligste bewachten, das sich im Zentrum der Millionenstadt befand. Gleich westlich des Tiananmen, dem Platz des Himmlischen Friedens. Nahe dem Kaiserpalast, der Verbotenen Stadt und dem Nationaltheater, der Großen Halle des Volkes, dem Nationalmuseum und dem Mao-Mausoleum.

Zhongnanhai heißt das Allerheiligste, das Mittlere, Südliche Meer.

中 *Zhong*, die Mitte. *Zhongguo* war China, das Reich der Mitte.

南 *Nan*, der Süden. Wie in *Nanjing*, der Hauptstadt des

Südens. Im Gegensatz zu *Beijing,* der Hauptstadt des Nordens.

Und *Hai.* 海. Das Meer. Wie in *Shanghai,* was so viel wie *aufs Meer hinaus* hieß.

Zhongnanhai.

Das Mittlere, Südliche Meer.

Denn es war ein riesiger Binnensee, der die Regierungsgebäude umgab. Genau genommen waren es drei Seen: Um den südlichen und den mittleren gruppierte sich das Regierungsviertel, wo die Mächtigen saßen. Die, die das 1,4-Milliarden-Volk regierten.

Im Norden das Außenministerium, darunter das Büro des Premierministers und des Staatsrats, östlich davon der Pavillon des purpurnen Lichts, wo Staatsgäste empfangen wurden. Weiter südlich die Halle der Herzensgüte, der Tagungsort für Partei und Regierung. Und noch weiter südlich die Kaserne der Volksbefreiungsarmee.

1,4 Milliarden. Die Bevölkerung Chinas.

Neunzig Millionen für 1,4 Milliarden.

Die Kommunistische Partei Chinas hatte neunzig Millionen Mitglieder. Doch über die Parteilinie selbst entschieden nicht die neunzig Millionen. Über die Parteilinie und die großen Dinge entschieden die Neun. Neun Männer. Es waren Männer, deren Titel so umfangreich und wichtig klangen, wie sie es auch waren: Die Mitglieder des Ständigen Ausschusses des Politbüros des Zentralkomitees der Kommunistischen Partei Chinas.

Tom würde zwei von ihnen treffen. Einen von ihnen kannte er schon. Der, den er noch nicht kannte, war der Mächtigere von beiden.

Zu, sein Begleiter, hatte Tom durch diverse Hallen geführt. Sie saßen nun zu viert in einem großen Konferenzraum. Vor jedem Teilnehmer stand ein Namensschild mit dem internationalen und dem chinesischen Namen, ein Schreibblock, ein Stift und jeweils ein Porzellanbecher grüner Tee mit Deckel. Der Tee war höllisch heiß. Etwas abseits saß eine Simultandolmetscherin, eine junge Dame, die wie ein Roboter stakkatoartig übersetzte. Am Tisch saßen Tom, Zhou Wang, den er schon in Shenzhen bei Huawei kennengelernt hatte, und Li Jintao, ein weiteres Mitglied des Politbüros. In der Hierarchie stand er noch höher als Zhou Wang.

»Wir nennen das ganze Projekt *xueliang*«, sagte Li Jintao. »Das heißt auf Chinesisch *scharfe Augen*. Das Wort kommt von Mao. Er sagte: Das Volk hat scharfe Augen. Und die muss man nutzen.«

Tom hatte davon gehört. Es bedeutete schlicht, Denunziantentum zu fördern.

»Im Politbüro ist mein Kollege Chen Quanguo für die Überwachung zuständig.« Li trank mit spitzen Lippen von seinem Tee. »Besonders für die Überwachung der Uiguren in der Xinjiang-Provinz. Chen, müssen Sie wissen, hat sich sehr bewährt, er hatte vorher Tibet befriedet.«

»Ich dachte, die Lager wären jetzt geräumt worden?«, fragte Tom.

Li Jintao lächelte. »Es ist eine Sache, was wir sagen, und eine andere, was wir machen. Wir kontrollieren die Region seit 2009, als es die ersten Aufstände gab, damals gab es circa elf Millionen Uiguren und nur wenige Han-Chinesen. Das konnten wir nicht dulden. Denn die Han-Chinesen, das sind wir.« Er hielt kurz inne.

»Und die Xinjiang-Provinz hat eine hohe strategische Bedeutung, wenn ich mich nicht irre?«, fragte Tom.

»Richtig, zwei sogar«, sagte Li Jintao. »Zunächst einmal die *Belt and Road Initiative*. Oder auch genannt: neue Seidenstraße.«

Tom kannte das Projekt. Die Chinesen waren dabei, fast alle Knotenpunkte der Welt zu verbinden. Das westliche Ende von *Belt and Road* war der Duisburger Hafen, der größte Binnenhafen der Welt. »Der Westen Chinas«, fuhr Li Jintao fort, »ist für diese Initiative sehr wichtig, daher soll dort Ruhe herrschen. Die Nachbarn sind Pakistan, Afghanistan, Tadschikistan und Kirgistan. Die Xinjiang-Provinz ist auch für die neue Seidenstraße, die *Belt and Road Initiative,* von überragender Bedeutung. Darum siedeln wir dort auch westliche Firmen an. Volkswagen, die aus Ihrem Land stammen, hat dort gerade investiert.«

Volkswagen, das wusste Tom, war in China nicht nur wegen der schieren Größe sehr beliebt, sondern auch wegen seines Namens. Volkswagen hieß auf Chinesisch *Da Zhòng* (大众), was so viel wie *Großes Volk* hieß. Li sprach weiter. »Wir müssen um alles in der Welt Infiltration von Islamismus verhindern. Sie müssen wissen: Der Kommunistischen Partei sind alle Religionen suspekt. Der Islam aber ganz besonders.«

»Weil er nichts anderes neben sich duldet?«

»Genau. So wie wir. Die Kommunistische Partei Chinas duldet, ebenso wenig wie der Gott des Alten Testaments, ebenso wenig wie der Islam, keine Götter neben sich. Organisierte, alternative Ideologien sind für die KP nicht machbar, wir sind allein seligmachend, so wie eure katholische Kirche.«

Tom hatte schon oft von den Ähnlichkeiten zwischen der katholischen Kirche und der Kommunistischen Partei Chinas gehört. Beide herrschten über mehr als eine Milliarde Menschen. Die katholische Kirche gab es mit ihren zweitausend Jahren sogar noch um einiges länger als die Kommunistische

Partei, wenn auch China als Kultur mit fünftausend Jahren noch deutlich älter war.

»Wir haben die katholische Kirche sehr genau studiert«, erklärte Li Jintao. »Wie kann etwas, das so alt ist, sich so lange an der Spitze halten? Das interessiert uns. Und wir haben gesehen: Adaption ist wichtig. Und kein Nachgeben.«

»Schon gar nicht gegenüber dem Islam?«

»Richtig. Und schon gar nicht gegenüber einem politischen Islam, der in Europa immer stärker den politischen und gesellschaftlichen Diskurs bestimmt. Schauen Sie sich doch Ihre Länder an, das Land, aus dem Sie kommen? Sind Sie noch frei? Haben Sie eine eigene Identität?«

Tom antwortete nicht.

Li sprach weiter. »Die Lager sorgen für den Frieden. Dafür sollten alle dankbar sein. Nicht nur die Han-Chinesen, sondern auch die Uiguren. Wir schenken ihnen ein Leben, das wirklich sinnvoll ist.« Er beugte sich vor. »Nun zu Ihnen. Wir haben bereits Apps, mit denen wir feststellen können, ob eine Person illegale Dinge tut. Wir nennen das *Jingwang Weishi – sauberes Internet.* Wir haben Software, mit der man die ethnische Zugehörigkeit bestimmen kann. Uns fehlt aber noch eine Sache.«

»Invasive Technologie, mit der Sie alles per App kontrollieren können?«, fragte Tom.

»Das auch, aber im Vertrauen«, sagte Li Jintao, »denke ich schon viel weiter.«

Tom fragte sich, ob Li damit womöglich die Manipulation von CUMO und der Jod-Daten meinte, aber er traute sich nicht zu fragen.

»Ich höre«, sagte er stattdessen.

»Die invasive Möglichkeit von Ihrer App wäre auch in anderer Hinsicht für die Region Xinjiang brauchbar. Gerade in

Verbindung mit Chips, die unter die Haut implantiert werden. Etwas unter die Haut implantieren, ohne dass es auffällt, wäre doch ein Kinderspiel?«

Tom nickte. »Natürlich.«

»Das ist der Schlüssel. So könnten wir auf diese Weise bei der muslimischen Minderheit der Uiguren diese Chips implantieren und damit etwas sehr Wichtiges tun, was wir über die sozialen Netzwerke und Apps noch nicht können.«

»Nämlich?« Tom war gespannt. Entweder war das, was Li Jintao sagen wollte und was er sehr spannungsreich ankündigte, absolut banal – oder absolut teuflisch. Dazwischen würde es kaum etwas geben.

Li Jintao sprach weiter: »Wir können bereits Heatmaps herstellen anhand von Mobilfunkdaten – wo versammeln sich viele Menschen? Wo könnte es in der Folge Aufstände geben? Wo müssen wir die Polizei hinschicken? Oder gleich die Netze abschalten, um sämtliche Kommunikation zu unterbinden? Durch die riesigen Datenmengen, die wir haben, können wir per Regressionen und *Machine Learning* vorhersagen, wo die nächsten Aufstände sein werden. Und die Polizei ist vor den Aufständen da, und es kommt zu keinen Unruhen. Mit *Big Data* und semantischen Resonanzanalysen können wir die Tonalität der Posts in sozialen Medien prüfen und darauf Rückschlüsse ziehen, welche Laune die Menschen gerade haben. In ähnlicher Form funktioniert das hier schon jetzt, wo wir als Regierung, wenn Aufstände drohen, in gewissen Regionen einfach das Mobilfunknetz abschalten. Aber mit Ihrer Hilfe könnten wir noch etwas anderes. Das heißt, wir könnten es auch allein, aber mit Ihnen gemeinsam könnten wir es noch viel schneller.«

Tom wusste, dass die Chinesen mittlerweile alles konnten. »Was haben Sie vor?«, fragte er.

»Wir kontrollieren nicht nur die Tonalität der Posts. Wir kontrollieren über die invasiven Chips direkt die Hormone der Menschen. Sollte es wirklich zu Aufständen kommen, könnte die Zentralregierung per Knopfdruck über die Chips den Hormonhaushalt der Aufständischen regulieren und damit jeden Aufstand im Keim ersticken. Wir haben sozusagen einen Tranquilizer.« Er lehnte sich zurück, trank einen Schluck Tee und lächelte. »Wir verabreichen Beruhigungstabletten. Per Knopfdruck. Über Tausende Kilometer entfernt.«

KAPITEL 14

BUNDESNACHRICHTENDIENST,
CHAUSSEESTRASSE, BERLIN, DEUTSCHLAND

Jasmin Walters saß in der Zentrale des Bundesnachrichtendienstes in der Chausseestraße in Berlin. Gerade hatte sie mit Lutz, der mittlerweile ihr Ehemann war, telefoniert, und er hatte ihr eingeschärft, heute Abend unbedingt bei seiner Vernissage mit dabei zu sein. *Mal sehen, wie viele Bilder er wieder nicht verkauft,* dachte Jasmin, fühlte sich aber nach dem hämischen Gedanken irgendwie schuldig. Aber für ihren Mann Lutz, der mittlerweile immerhin einen Lehrauftrag an der Hochschule der Künste hatte, war bestimmt das Wort *brotlose Kunst* erfunden worden. *Kunst ist nichts Wahres außer Aussicht auf Bares.* Das hatte Jasmins Großvater immer gesagt, der Lutz nie kennengelernt hatte. Aber wenn sie ihren Mann auf die Palme bringen wollte, funktionierte das jedes Mal problemlos mit diesem Spruch. Jasmin mochte Vernissagen nicht sonderlich, abgesehen davon, dass sie mit der Kunst ihres Mannes, auch wenn er nun einmal ihr Ehemann war, herzlich wenig anfangen konnte. Aber da war noch etwas. Was ihr an den Ausstellungseröffnungen am allerwenigsten gefiel, war, dass sie als *Frau des Künstlers* immer Small Talk betreiben musste und natürlich niemand auch nur ansatzweise erfahren durfte, was für einen Job Jasmin wirklich ausübte. Sie sagte dann immer, sie sei Vertriebsleiterin bei einem mittelständischen Unternehmen aus dem Sauerland und daher oft im Ausland unterwegs.

Das Telefon klingelte. Es war die Nummer des Empfangs.

»Ja?«, sagte sie knapp und blickte auf die Uhr.

»Richter hier, Empfang. Ihr Besuch ist da. Ein gewisser Morpheus. Er sagt, Sie wissen Bescheid.«

»Passt«, sagte sie. »Sagen Sie ihm, er soll kurz warten, ich komme runter. Wir sprechen in Raum Adenauer.«

KAPITEL 15

KENNEDY SCHOOL, HARVARD UNIVERSITY, CAMBRIDGE, MASSACHUSETTS, USA

Melanie und Thomson hatten noch einen kleinen Spaziergang über den Harvard-Campus gemacht und kurz im berühmten Harvard Bookstore haltgemacht. Nach einem weiteren Stopp in der Cafeteria, wo sich beide einen Kaffee geholt hatten, ging es in Thomsons Büro. Thomson selbst wäre wohl gern noch länger spazieren gegangen, besonders da er fürchtete, dass sämtliche Wände überall Ohren hatten, aber er wollte Melanie noch etwas zeigen, was er in seinem Büro hatte.

Melanie blickte auf die Buchrücken an den Regalen. Es waren Werke wie *Leviathan* von Thomas Hobbes, einiges von Nietzsche und Oswald Spenglers *Untergang des Abendlandes*, aber auch viele Hightech-Bücher über künstliche Intelligenz, Pedro Domingos *Master Algorithm* und *Zero to One* von Peter Thiel. »Es gibt die normalen Prepper«, sagte Thomson in seinem Büro. »Und es gibt die Rich Prepper. Auch Doomsday Prepper genannt.«

»Und die wollen alle nach Neuseeland?«, fragte Melanie, während sie gleichzeitig versuchte, einen Blick auf die weiteren zahlreichen Buchrücken im Regal von Thomson zu erheischen.

»Meistens schon. Neuseeland ist Feind von niemandem. Knapp fünf Millionen Einwohner und weit entfernt von allen möglichen Problemen dieser Welt. Peter Thiel«, er wies auf das Buch in seinem Regal, »war der erste Investor in Facebook und ist jetzt Staatsbürger von Neuseeland. Das Ganze hat ziemliche Wellen geschlagen, weil er nur zwölf Tage vor Ort war und damit kaum als Staatsbürger gelten kann. Immerhin hat er sich ein Haus für vierzehn Millionen Dollar in Wanaka gekauft und dann auch noch eines in Queenstown, komplett mit Safehouse.«

»Machen das viele? Ich meine, viele von diesen Rich Preppern?«

»Mehr, als man denken sollte. Es gibt einen Markt für sogenannte *survival bunker*. Hundertfünfzig Tonnen schwer. Die gehen bei den reichen ein Prozent gerade weg wie warme Semmeln. Besonders auf Neuseeland. Manche haben ihre Privatjets vollgetankt bereitstehen, um sofort nach Neuseeland zu fliehen, wenn die Gesellschaft hinter den obersten ein Prozent her ist. Manche lassen sich sogar die Augen lasern, damit sie im Kriegsfall nicht von Brillen oder Kontaktlinsen abhängig sind.«

»Ein abgeschlossener Raum. Fast so wie die Retreats von Jim Jones oder die Davidianer von David Koresh.«

Thomson nickte. »Zugegeben, das hat eine gewisse Ähnlichkeit. Die Davidianer waren allerdings in Texas mit der vollen Durchschlagskraft des FBI konfrontiert. Und das hat ja auch zur Vernichtung der Davidianer geführt, Gott sei Dank. Ich nehme aber an, dass die Doomsday Prepper daraus gelernt haben.«

»Das ist doch ähnlich wie die Gedanken, die die Chefs von Google gehabt hatten«, sagte Melanie, »auf Gewässern, die keinem Land gehören, Forschungsschiffe zu unterhalten, die keiner Jurisdiktion unterliegen und wo man auch keine Steuern zahlen muss.«

»Ja, der alte Spruch von Larry Page von 2013, für den er auch eine Menge Ärger bekommen hat. Zu Recht. Aber immerhin war er ehrlich und hat aus seinem Herzen keine Mördergrube gemacht.« Thomson lächelte gezwungen und zitierte den berühmten Spruch des ehemaligen Google-CEOs: »*Es gibt eine Menge Dinge, die wir gern machen würden, aber leider nicht tun können, weil sie illegal sind. Weil es Gesetze gibt, die sie verbieten. Wir sollten ein paar Orte haben, an denen wir sicher sind. An denen wir tun können, was wir tun wollen.*«

»Geht es da nur um Freiheit, wie auch immer die geartet ist, oder auch um Geld?«

»Sicher geht es auch um Geld, besonders um Steuern«, sagte Thomson. »Der Dollar ist nicht nur Leitwährung der Welt, sodass bei fast jeder Transaktion eine US-Bank im Spiel ist und sich damit bei fast allen Angelegenheiten auch das US-Justizministerium zuständig fühlt. Es gibt aber auch noch andere Dinge.«

»Ja, es gibt das FBI, das als einzige Behörde auf Kreuzfahrtschiffen weit weg von der US-Jurisdiktion ermitteln darf.«

Thomson nickte. »Das kommt hinzu. Uncle Sam hat eigentlich überall Sonderrechte. Da gilt der alte Spruch von George Orwell: *Alle Tiere sind gleich, aber manche sind gleicher.* Da man als US-Staatsbürger sämtliche Einkommen, die man weltweit einnimmt, in den USA versteuern muss, ist der Regierung und damit wahrscheinlich auch allen Regierungsbehörden sehr daran gelegen, solche Strömungen aufzudecken. Genau dem aber wollen sich die Superreichen entziehen.« Er blickte sie an und zupfte an seinem Bart. »Dafür gibt es ja die Geheimdienste. Ihr dürft Sachen, die andere nicht dürfen. Und darum könnte das Thema Rich Prepper auch ein Thema sein, das für euch interessant ist. Denn die nehmen sich Dinge heraus, die andere nicht dürfen – und nicht können.« Er zwinkerte mit den Augen. »Ein bisschen wie ihr vom Geheimdienst.«

Melanie überlegte, ob sie nicken sollte. Sie war sich nicht ganz sicher, ob die NSA tatsächlich eine Regierungsbehörde war oder nicht, wie auch die CIA irgendwie außerhalb des Systems stand. Manche verglichen die Geheimdienste mit der Inquisition früherer Zeiten, die die herrschenden Schichten ziemlich durcheinanderwirbeln konnten, aber am Ende nur an den Papst berichteten, also nicht dem König oder Fürsten unterstellt war.

»Ist das der Grund, warum Sie mich kontaktiert haben?«, fragte Melanie. »Weil wir am besten gegen diese Prepper vorgehen können?«

»Der Grund«, sagte Thomson, »warum ich Sie kontaktiert habe, ist der: Erst einmal waren Sie damals während Ihres MPA hier in Harvard eine sehr gute Studentin. Ihre Arbeiten über die CIA-Inszenierung von Afghanistan als Vietnamkrieg-Version für die Russen hat mich sehr überzeugt. Ich denke auch, dass da etwas dran ist, auch wenn die CIA selbst das natürlich abstreitet. Oder?«

»Das freut mich«, sagte Melanie. »Aber was die CIA dazu sagt, kann ich natürlich nicht beurteilen.«

Thomson grinste. »Sie müssen das nicht kommentieren. Ich will ja nicht, dass Sie in Loyalitätskonflikte kommen, auch wenn Sie gar nicht für die CIA arbeiten. Es geht aber um etwas anderes.« Er zog einen Bericht hervor. »Das hat mir ein Kooperationspartner vom Mossad gegeben. Anonym natürlich.«

Melanie schaute auf die Unterlagen und die Executive Summary, die den Bericht zusammenfasste.

»Der Bilderberg Investment Club«, murmelte sie. »Sind das *die* Bilderberger?«

»Ja, davon gehe ich aus. Sie haben zusammengelegt, um sich ebenfalls ein großes Offshore-Schiff zu kaufen. Kennen Sie den Film *2012* von Roland Emmerich?«

»Ja, da können die Reichen sich für hundert Millionen einen Platz auf den Archen sichern, bevor die Flutwellen kommen. Die Archen wurden in dem Film doch von den Chinesen gebaut?«

»Ja, mit der meines Erachtens richtigen und heute noch sehr gültigen Begründung, dass die Chinesen die Einzigen wären, die solche riesigen Schiffe in derart kurzer Zeit bauen können.«

»Klingt plausibel. Kann ich den Bericht haben?«

»Natürlich. Er ist nur für Sie. Digital existiert er gar nicht.«

Melanie flog über die Seiten. *Präsentation abwarten, Business Opportunity,* stand dort. *Business Opportunity,* die Möglichkeit, Geschäfte zu machen, stand immer in solchen Unterlagen. Dann noch weitere Notizen. *Treffen auf dem* WEF *in Davos.* Das World Economic Forum. Und noch ein Satz. *Abchecken von Arakis. Wenn seriös, dann Proposal anhören.* Und dann stand da ein Name. *Vincent de Groot.*

»Vincent de Groot«, sagte Melanie. »Kennen Sie den?«

»Nicht wirklich.« Thomson schüttelte den Kopf. »Er scheint so eine Art Chef des Investment Clubs zu sein. Ebenfalls Milliardär. Ist immer sehr früh dabei, wenn es um neue Trends geht, und macht dann eine Menge Geld. Blockchain zum Beispiel. Als das Ganze wieder zusammenkrachte, war er schon längst wieder draußen.«

»Könnte der ein Scharnier sein, um an die Prepper zu kommen?«

»Könnte.« Thomson war sich offenbar selbst nicht ganz sicher, was man mit diesem de Groot machen sollte.

Melanie klappte den Bericht zu und schaute auf die Uhr. »Ich danke Ihnen, Professor Thomson.«

Beide erhoben sich.

»Ich bringe Sie raus«, sagte Thomson. »Und hole mir einen Kaffee.«

»Zehn Minuten kann ich noch«, sagte Melanie. »Dann muss ich los. Mein Boss will mich sprechen.«

»Wir können ja noch ein Stück über den Campus laufen.« Sie hatte es eilig. Aber nicht wegen ihrem Boss.

KAPITEL 16

DER BERG, TURBACH, SCHWEIZ

Reinhard Gehlen, der Leiter der Abteilung *Fremde Heere Ost* in Hitlers Generalstab, hatte seine geheimen Unterlagen in den Alpen versteckt. Die Alliierten hatten nach dem Krieg angebissen, und Gehlen war Chef der deutschen Filiale des CIA geworden, die irgendwann BND, Bundesnachrichtendienst, hieß. Das Speicherzentrum, das Dairon Arakis gehörte, war ebenfalls tief in den Alpen. Es war ein schweizerisches Fort Knox, nahe dem kleinen Ort Turbach. Es sah ein bisschen aus wie bei Blofeld, dem Erzschurken aus James Bond. Die Wände aus Beton, die Serverfarmen mitten im Berg, die Wände zehn Meter dick und überall Kameras. Denn der Berg barg einen digitalen Schatz. Daten, so sagte man, waren das neue Gold, und es gab immer mehr davon. Mittlerweile entstanden mehr Bits pro Jahr, als sich Sandkörner an allen Stränden der Welt befanden. Die Räume mit den Servern waren groß wie Klassenzimmer. Der ganze Komplex war eine frühere Militäranlage aus den Sechzigerjahren.

Die Betreiber dieser Anlage wussten: Wenn Unternehmen wichtige Daten verloren, waren sie pleite. Daten konnten alles Mögliche sein: Strategien, Patente, Videos oder Mails. Ein Festplattencrash mit ungesicherten Daten konnte alles zunichtemachen. Das alles verhinderte »der Berg« oder »the mountain«, wie die Anlage international genannt wurde.

Es lief so ab, dass der Kunde seine Daten verschlüsselt in den Berg schickte, dann wurden die Daten in einen zweiten Bunker übertragen, der sich in zehn Kilometern Entfernung befand. Den Schlüssel und die Codierung hatte nur der Kunde.

Die Auswahl, wer Kunde im Berg werden konnte, war simpel: Wer in der Schweiz kein Konto eröffnen durfte, der durfte auch keine Daten einlagern. Wie früher bei den Nummernkonten wusste keiner, was genau im Berg gespeichert wurde.

Im Inneren des Berges herrschte ein ständiger Überdruck, damit kein Rauch oder keine giftigen Gase in die Anlage gelangen konnten. Hinter jedem Luftfilter lag ein viertausend Kubikmeter großer Expansionsraum, bei dem selbst der Druck einer Explosion verpuffte, ohne Schaden anzurichten.

Bei Stromausfall sprang sofort ein Notstromaggregat an, betrieben mit Schiffsdiesel. Der Treibstoff reichte für mehrere Wochen. Server produzierten Hitze. Deshalb brauchten sie Kühlung. Die Kühlung war bei jedem anderen Server der Schwachpunkt. Wer einen Server ausschalten wollte, brauchte bloß auf die Klimaanlagen auf dem Dach schießen. Das konnte hier nicht passieren, denn der Berg sorgte automatisch für Kühlung. Im Inneren des Berges war es kalt. Die größte Schwachstelle an diesem Ort war die, die es auch überall sonst war: das Personal. Daher arbeiteten so wenige Menschen wie möglich in dem Berg. Der Berg war abgeschirmt gegen elektromagnetische Einflüsse, und die Schweiz war das naheliegende Land für eine solche Serveranlage. Die Schweiz war politisch stabil, es gab so gut wie keine Naturkatastrophen. Und der Strom war deutlich günstiger als in Deutschland, das nicht nur beim Thema Datensicherung wieder einmal hinterherhinkte, sondern wegen der völlig verpfuschten Energiewende auch viel zu hohe Stromkosten hatte.

Sind die Daten wirklich in einem Berg sicher?, fragten die Kunden oft. Vielleicht, dachte Arakis, waren sie anderswo genauso sicher, aber der Berg bildete einen sehr schönen psychologischen Effekt. Sicherheit, Beständigkeit und ein gewisser James-Bond-Faktor. Ein Berg war immer ein Zeichen von Stabilität. Das reichste Haus bei *Game of Thrones*, die Lannisters, bewohnten die Festung *The Rock*, der stärkste Krieger dort war Gregor Clegane, der »The Mountain« genannt wurde, Petrus war der Fels, auf dem Christus seine Kirche bauen wollte, es gab den Felsendom in Jerusalem, der auf dem Berg Moria stand, wo nicht nur der Tempel Salomons stand, sondern auch der Berg, auf dem Gott Adam erschaffen hatte.

Dairon Arakis nutzte den Berg ebenfalls. Nicht nur, weil ihm die Firma gehörte, sondern auch, weil er dem Berg vertraute. Es waren die Daten des Bilderberg Investment Clubs, die er dem Berg anvertraute. Die Namen der Mitglieder, ihre Adressen und ganz besonders die Information, bei der ihm die chinesischen Hacker geholfen hatten: die Orte in der Schweiz, an denen sie ihre Edelmetalle, besonders ihr Gold, aufbewahrten.

KAPITEL 17

PLATZ DES HIMMLISCHEN FRIEDENS,
PEKING, VOLKSREPUBLIK CHINA

天安们. Tom hatte die Schriftzeichen auf seinen kleinen Notizblock geschrieben, den er auch im digitalen Zeitalter immer dabeihatte. *Tian'anmén,* das Tor des Himmlischen Friedens. Zhou Wang und Li Jintao wollten Frieden. Dafür wollten sie fast ein ganzes Land unter Beruhigungsmittel stellen. Und dafür wollten sie Toms App. Tom wagte sich gar nicht auszumalen, was Lucy dazu sagen würde. Er hatte sich eigentlich über sie hinweggesetzt, war trotzdem nach Peking geflogen. Er schaute auf die Uhr. Sein Flug würde erst in vier Stunden gehen. Er blickte sich um. Sah den Platz, der sich hinter dem Tor des Himmlischen Friedens erstreckte. Der Platz des Himmlischen Friedens, wo im Jahr 1989 die größte und bisher einzige Revolution in China in jüngster Zeit niedergeschlagen wurde. Resultat war der *Tian'anmén*-Deal. Das Volk muckte nicht auf, dafür trug die Regierung Sorge, dass es dem Volk mit jedem Jahr besser ging, weil die Wirtschaft wuchs. Wenn dieser Deal einmal ins Stocken geraten sollte, das wusste die Kommunistische Partei, konnte es gefährlich werden. Es war ähnlich wie der Deal des Volkes mit dem früheren Kaiser: Solange die Ernte gut war, blieb der Kaiser, der Tianzi oder Himmelssohn in seinem Palast, dem Gùgong, der sich gerade vor Tom aufbaute. War die Ernte schlecht, wurde der Kaiser gestürzt.

»Ich kann es Ihnen jetzt sagen«, sagte Zu.

»Was können Sie mir sagen?«

Zu war die Sache sichtlich unangenehm, und er lachte kurz

auf. Asiaten, das wusste Tom, lachten immer, wenn es etwas Unangenehmes zu besprechen gab. Es war ihre Art, Unsicherheit zu verbergen. »Sie sind etwas besorgt wegen der Daten auf CUMO«, fuhr Zu fort.

Tom war hellwach.

Zu sprach weiter: »Machen Sie sich darum keine Sorgen. Auch wenn die Kooperationspartner in Hamburg, London und Paris deswegen vielleicht nicht mehr mit Ihnen arbeiten wollen …«, er faltete seine Hände und überlegte offenbar, wie er weitersprechen sollte, »… die Geschäftspartner, die Sie ab jetzt haben, sind viel größer. Und mächtiger.«

Tom wollte gerade antworten, doch in dem Moment klingelte sein Handy. Er hatte schon insgesamt zehn Anrufe in Abwesenheit von Tara und Imir aus Hamburg erhalten. Er erwartete, dass es Lucy war, die sich erkundigen wollte, wie das Gespräch gelaufen sei. Doch es war eine unbekannte Nummer. Mit chinesischer Vorwahl. Tom blickte Zu an. Der nickte. Offenbar erleichtert, dass Tom jetzt keine Frage stellen konnte.

Tom nahm den Anruf an.

KAPITEL 18

LIDO DI OSTIA, NAHE ROM, ITALIEN

Sofia betrachtete die halb fertige Baustelle mit Stolz, aber zugleich mit ein wenig Sorge, da ihr Mann Mauro den Handwerkern viel zu viel Geld zusteckte.

»Hier, für die Leute vom Dach … für den Küchentrupp … für die vom Strom …«, sagte er und verteilte Zehneuroscheine. Es gab Bier und Pasta, ebenso wie Grappa.

Giuseppe, der Priester, der Mauro und Sofia auch getraut hatte, hatte die Baustelle mit Weihwasser gesegnet, dann hatte er Weihwasser, Kreuz und Gebetbuch in einer schwarzen Ledertasche verstaut und angefangen, andächtig einen Zigarillo zu rauchen. Seine Arbeit, immerhin, war erledigt. Von der Baustelle konnte man das noch nicht behaupten.

Sofia stand etwas abseits und hielt die Hand des kleinen Tony. Ein kalter Wind wehte vom Meer. Oben auf der Gaststätte prangte längst das Schild mit der Aufschrift *Colosseo.*

Es sah alles fröhlich aus, aber im Inneren war Sofia nicht fröhlich. Es hatte Streit gegeben am gestrigen Abend. Mauro war so gut wie gar nicht mehr zu Hause. Es schien so zu sein, dass sich auf der Baustelle nichts bewegte, wenn er nicht da war. Selbst an den Wochenenden fuhr er jetzt immer öfter hin, um noch ein paar Dinge »nachzubessern«, wie er es nannte. Wofür, fragte sich Sofia, waren die ganzen Handwerker dort, die viel Geld bekamen, wenn Mauro alles selbst machen musste? Warum, vor allem, warf er dann auch noch mit Trinkgeld um sich?

Sie hatte die Zeitungen gelesen. Die Zeichen standen auf

Rezession. Würden die Leute mit weniger Geld in den Taschen noch in das Restaurant gehen, wenn es irgendwann einmal fertig werden sollte?

Plötzlich hörte sie ihren Namen.

»Ja, das ist Sofia«, rief Mauro. »Hinter jedem erfolgreichen Mann steht eine noch bessere Frau. Und das ist meine Sofia! Sofia, komm her und trink auch einen Grappa!«

»Ich muss noch fahren«, sagte sie.

»Nur einen kleinen.«

»Na gut.« Sie nippte an dem Grappa. Aber der Nachgeschmack des billigen Grappas war ebenso bitter für sie wie die ganze Angelegenheit.

KAPITEL 19

*PLATZ DES HIMMLISCHEN FRIEDENS,
PEKING, VOLKSREPUBLIK CHINA*

»Hallo«, sagte Tom. »Bayne hier.«

»Danke noch einmal für den Macintosh«, antwortete die Stimme. Erst wusste Tom gar nicht, um was es ging. Zu weit hatte er die Geschichte dahinter in einen Winkel seines Gehirns verbannt, um die Schmach und die Enttäuschung zu vergessen. Doch dann erkannte er die Stimme. Und der Macintosh, klar, den hatte er doch diesem Mann geschenkt, diesem …

»Dairon Arakis hier. Sie waren vor drei Tagen bei mir in Hongkong. Der Mac ist super. Er funktioniert sogar noch. Man kann damit auch Pac-Man spielen«

Tom war nicht auf den Mund gefallen, aber jetzt fehlten ihm die Worte. »Äh … das freut mich sehr«, sagte er.

»Wo sind Sie gerade?«

»In Peking.« Warum sollte Tom lügen? Und jemand, der viel unterwegs war und das auch noch in der Hauptstadt der künftigen Weltmacht, machte doch auf einen wie Arakis bestimmt Eindruck.

»Richtig. Sie haben mit Li Jintao gesprochen, stimmt's? Wie fanden Sie seine Ideen zu Xinjiang? Hat er wieder seinen Lieblingsspruch gebracht? *Beruhigungstablette auf Knopfdruck?*«

»Ich … äh …« Tom stotterte. Das Gespräch war hochvertraulich, das hatte man ihm eingebläut, aber wenn es das tatsächlich war, warum wusste dann dieser Arakis davon?

»Ich darf nicht darüber reden«, sagte er, »Sie verstehen, dass …«

»… natürlich. Ich weiß auch so Bescheid.« Er machte eine kurze Pause. »So neu ist das auch gar nicht. Es gibt schon seit Längerem Tyhnc, ein Mittel, das über den Hautkontakt durch winzige Elektroströme Nervenzellen im Gehirn anregt, wodurch sich die Stimmung verändern lässt. Das, was Li vorhat, ist aber noch raffinierter. Dieses invasive Beruhigungs-Tranquilizer-Thema ist eine Dauerobsession von Li Jintao. Und er hat damit ja auch nicht unrecht. Die beste Währung ist noch immer die Information, das hat auch Gordon Gekko in *Wall Street* schon ganz richtig erkannt. Kennen Sie den Film?«

»Ja. Dadurch wurden Sun Tzu und *Die Kunst des Krieges* an den US-Business-Schulen salonfähig.«

»Richtig. Sozialdarwinistische MBAs aus Harvard und Wharton zitierten Ende der Achtzigerjahre Sun Tzu und wurden Investmentbanker.« Arakis lachte leise. »Zur Sache: Ich habe mir die Präsentation von Ihrem Unternehmen noch einmal angeschaut. Ich würde gern darüber reden. Wie lange sind Sie noch in Peking?«

»Ich fliege heute Abend zurück.« Tom konnte kaum glauben, was er da hörte.

»Gut. Nach Shenzhen?«

»Ja. Zurück nach Shenzhen. Äh, sind Sie auch dort?«

»Ja. Ich habe ein Büro im Ping An Tower. Morgen dort um 16 Uhr?«

»Ja, sehr gern.« Tom gab auf Baidu, der chinesischen Suchmaschine, den Namen des Turms ein. *Höchstes Gebäude Shenzhens,* stand dort. Ping An war eine riesige chinesische Versicherung, aber in dem Gebäude gab es auch Shoppingmalls und Büros von anderen Unternehmen. *Ping An* hieß so viel wie *Frieden auf deinem Weg*. Es war wieder das Zeichen *An, Frieden,* enthalten, das auch schon in *Tian'anmen* vorkam und das er auf dem Schild der Verbotenen Stadt sah.

»Kommen Sie morgen ganz nach oben ins Restaurant. Die Bedienung weiß Bescheid.«

Die Verbindung endete. Tom blickte in die Weite des Platzes. Zu schaute ihn an, als hätte Tom ein Gespenst gesehen.

KAPITEL 20

PING AN FINANCE CENTER,
SHENZHEN, VOLKSREPUBLIK CHINA

Tom hatte das an die sechshundert Meter hohe Gebäude schon häufiger in Shenzhen gesehen. Zuletzt, als er mit dem Zug nach Hongkong zu Arakis' Geburtstagsfeier gefahren war. Es bohrte sich wie ein riesiger Bleistift in den Himmel, als wollte es die Wolken markieren. Die Aufzüge waren von der Schweizer Firma Schindler und brachten Tom mit schwindelerregender Geschwindigkeit nach oben. Das riesige Gebäude hatte dreiunddreißig von diesen speziellen Doppeldecker-Fahrstühlen.

Arakis erwartete ihn auf der Aussichtsplattformen, die mit fünfhundertfünfzig Metern sogar höher war als die Aussichtsplattform des Burj Kalifa in Dubai, dem derzeit höchsten Gebäude der Welt.

Unten erstreckte sich Shenzhen und in einiger Entfernung Hongkong. Dort, wo beide sich das erste Mal getroffen hatten. Arakis grinste auch genauso wie damals im Hongkong Club. Es war erst ein paar Tage her, aber Tom erschien es wie eine Ewigkeit.

»Tom Bayne«, sagte Arakis mit einem leicht spöttischen Lächeln, »ich habe dir ein Angebot zu machen, das du nicht ablehnen kannst.«

KAPITEL 21

BUNDESNACHRICHTENDIENST,
CHAUSSEESTRASSE, BERLIN, DEUTSCHLAND

Morpheus saß bereits im Raum Adenauer. Die Fenster aus Milchglas, auf dem Tisch eine Kanne Kaffee und eine Flasche Wasser. Zwei Tassen und zwei Gläser.

»Hab mich schon bedient«, sagte Morpheus, noch einige Kekse mümmelnd, als sich beide die Hand schüttelten.

»Du kannst demnächst hier anfangen, so oft wie wir uns sehen«, sagte Jasmin. Sie schenkte sich auch Kaffee ein, auch wenn sie den Kaffee von der Oslo-Kaffeebar an der Invalidenstraße sehr viel lieber mochte.

Sie zog ihren Block und ihren Stift hervor. »Also, was gibt es? Du sagtest Fake News und eine ganz perfide Sache?«

Morpheus fuhr sich durch seine langen, schwarzen, zottigen Haare. »Kann man so sagen. Ich fange mal an. Es ging damit los, dass sich Imir Khan bei mir gemeldet hat, Oberarzt am UKE. Er sagt, er würde eine Ärztin zu mir schicken, die ziemlich seltsame Daten hat. Aber der Reihe nach.«

Nach ungefähr fünfzehn Minuten war Morpheus mit seiner Geschichte am Ende.

»Überall die gleichen radioaktiven Jodwerte?«, fragte Jasmin.

»Ja. Und unter uns gefragt: Es ist doch in Russland nichts hochgegangen?«

Jasmin zögerte kurz. »Wenn das so wäre und wir das nicht weitersagen dürften, würde ich es dir auch nicht sagen. Aber da ist definitiv nichts hochgegangen. Jedenfalls wissen auch wir nichts davon.«

»Und dann diese Fake News überall dort, wo es auch die erhöhten Werte gibt.«

»Du meinst«, fragte Jasmin, »dass da jemand die Fake News mit harten medizinischen Daten aus dieser CUMO-App unterfüttern will?«

»Das denke ich. Fake News sind nichts Neues. Wenn ich aber auf einmal eine Ursache habe, nämlich den Reaktorunfall, und dann auch die Wirkung, nämlich die erhöhten radioaktiven Jodwerte, dann werden die Fake News plötzlich zu realen News. Jedenfalls in den Köpfen der Menschen.«

»Wer könnte das sein? Russen, Chinesen?«

Morpheus zuckte die Schultern. »CUMO sitzt in Shenzhen. Jedenfalls das Hauptquartier. Von daher wohl eher Chinesen.«

»Aber warum machen die das?«, fragte Jasmin. »Wollen die Panik verbreiten?«

»Oder was viel Banaleres.« Morpheus zog die Mundwinkel nach oben.

»Nämlich?«

»Geld.«

»Inwiefern? Weil die Leute dann …«

»Jod kaufen zum Beispiel«, beendete Morpheus den Satz. »Tara Helbig, die Ärztin vom UKE, hat mir das erklärt. Wenn ich genug Jod in meiner Schilddrüse habe, nimmt meine Schilddrüse und damit mein Körper kein Jod mehr auf, auch kein radioaktives. Ich kann mich also vor radioaktivem Jod-131 am besten schützen, indem ich hoch dosierte Jodtabletten nehme.«

»Das heißt, irgendein Anbieter von Jodtabletten hat den ganzen Zirkus gestartet?«

»Kann doch sein.«

»Aber das Ganze hat keine hohen Wellen geschlagen.«

»Sollte es vielleicht auch gar nicht. Das war nur ein Testlauf. Schauen, ob die Synchronisierung von Medizindaten und Fake News funktioniert. Dass uns das aufgefallen ist, war vielleicht gar nicht geplant.«

»Das Ziel könnte also gewesen sein«, folgerte Jasmin, »dass da jemand zeitgleich die falschen Medizindaten einstellen und die Fake News starten wollte, um dann einen Bedarf an Jod zu wecken? So eine Art Fake News kombiniert mit Industriepolitik?«

Morpheus zuckte die Schultern. »Wäre eine Erklärung.« Er hob das Kinn. »Wer stellt denn Jod her?«

»Pharmakonzerne, Chemiefirmen … würde ich sagen. Das können wir aber schnell rausfinden.«

Jasmin schlug ein Bein über das andere und stützte das Kinn in die Handfläche. »Vielleicht sind es ja tatsächlich staatliche Institutionen, die dahinterstecken? So ähnlich wie russische Trolle unter Führung von Putin, die angeblich in den US-Wahlkampf 2016 eingegriffen haben.«

»Einmal sind es Wählerstimmen«, sagte Morpheus, »ein anderes Mal Nachfrage nach Jod?«

»Interessant wäre doch«, sagte Jasmin, »wer stellt große Mengen von Jod in China her?«

KAPITEL 22

PING AN FINANCE CENTER,
SHENZHEN, VOLKSREPUBLIK CHINA

»Ich mache es kurz und ich sage, wie bei Start-ups üblich, einfach Du«, sagte Arakis. »Ich brauche deine Hilfe.«

»Sie meinen, die Hilfe meiner Firma?«

»Auch. Ich muss aber erst einmal schauen, was Li Jintao mit CUMO vorhat. Ich kann ihm da nicht vorgreifen. Er hat die älteren Rechte. Und wir sind doch beim Du?«

Tom stutzte einen Moment. Es war ihm nicht klar, dass schon irgendwer irgendwelche »Rechte« an seiner Firma erworben hatte.

»Ich brauche aber vor allem dich«, fuhr Arakis fort. »Ich brauche dich auf meinen Reisen.«

Das hatte Tom nun überhaupt nicht erwartet. Sollte er Reisebegleiter von Arakis werden? Die seltsamsten Gedanken kamen ihm in den Kopf? War Arakis schwul und suchte einen jüngeren Lover? Über seinen Ehestand wusste Tom nichts. Auch nichts über irgendwelche Beziehungen, und ob er so etwas überhaupt hatte oder ob ihm normale Beziehungen viel zu profan waren. Vor allem, wie sollte das gehen? Tom musste als Chef in Shenzhen vor Ort sein. »Ich habe hier mein Start-up. Ich kann nicht einfach weg.«

»Du hast doch hier ein Team. *Resilience* nennt man es doch, wenn eine Firma auch ohne den Chef klarkommt.«

»Trotzdem, ich …« Tom suchte nach Worten.

»Wenn du mitkommst, wird das Thema Privatklinik bei deinem Vater kein Thema mehr sein. Es gibt da eine alternative Messenger-Therapie, die von den Krankenkassen in Deutschland aber nicht bezahlt wird. Zwar ist Bauchspeicheldrüsenkrebs nicht heilbar, das weiß ich, aber durch neue Therapien können die Auswirkungen erheblich verzögert werden.«

»Woher wissen Sie …?«

»Wie gesagt, die wichtigste Währung ist die Information, oder etwa nicht?«

Tom nickte. »Wahrscheinlich, ja. Dennoch. Warum soll gerade ich dabei sein?«

Arakis senkte den Blick. Das erste Mal schien er so etwas wie Schwäche zu zeigen. »Weil ich dich brauche.«

»Mich brauchen?«

»Ja. Ich bin selbst krank.«

Was erzählt der mir da?, dachte Tom. Arakis erschien Tom wie einer der fittesten Menschen überhaupt.

»Sie?« Tom hatte den Eindruck, dass jemand wie Arakis gar nicht krank sein könnte. »Was haben Sie denn?«

»ALS«, sagte Arakis tonlos. Tom traute seinen Ohren kaum. Denn als Arzt kannte Tom diese furchtbare Krankheit. ALS, die degenerative Motoneuronerkrankung, an der auch der geniale Physiker Stephen Hawking erkrankt und schließlich gestorben ist. Auch wenn Hawking deutlich länger gelebt hatte, als es alle anderen erwartet hatten. ALS war nicht heilbar und wurde von den meisten Ärzten als Erstes genannt, wenn man sie fragte, vor welcher Erkrankung sie als Mediziner am meisten Angst hätten. Denn bei ALS verfiel der Körper innerhalb weniger Jahre, bis am Ende auch die Atemmuskulatur versagte und die Menschen erstickten. Das Perfide war, dass das bei vollem Bewusstsein geschah, sodass viele ALS-Patienten genau wussten, was ihnen bevorstand. Dass man sterben musste, wusste jeder. Dass man aber durch

Ersticken sterben würde, wussten nur die, die ALS hatten. Es ging nicht nur zu Ende, es ging auch besonders grauenhaft zu Ende.

Tom musste zweimal schlucken, bis er seine Stimme wiederfand.

»Stephen Hawking«, murmelte Tom daher.

»Genau«, sagte Arakis, »Stephen Hawking. Weißt du, was der *Economist* geschrieben hat, als Stephen Hawking starb? *The Universe in a wheelchair. Das Universum im Rollstuhl.* Hawking war der typische Genius im Rollstuhl. Er hat erklärt, dass Gott eine Rolle und doch keine Rolle spielt. Denn Gott ist eine ordnende Kraft. Die Hauptkraft des Universums ist aber die Unordnung. Zweiter Hauptsatz der Thermodynamik: Die Entropie, also das Chaos, erhöht sich immer.«

»Aber Schöpfung führt zu Ordnung«, sagte Tom.

»Sehr gut beobachtet. Egal, ob es nun Schöpfung Gottes oder Schöpfung der Evolution ist. Die Frage ist nur, was stärker ist im Universum: die ordnende Kraft der Schöpfung oder die chaotische Macht der Entropie.«

»Nach dem zweiten Hauptsatz der Thermodynamik doch wohl Entropie?«, fragte Tom.

Arakis nickte und blickte sich um. Beide schauten auf Hongkong, das im Nebel lag. »Außer hier in China«, sagte Arakis. »Die Partei hat dem Chaos den Kampf angesagt. Dafür sorgt die Überwachung.«

Entropie, dachte Tom. Er kannte das Zeichen für Entropie und Chaos. Ein achtstrahliger Stern, der symbolisierte, wie alles in verschiedene Richtungen abdriftete. Der Stern war in der Fantasy-Gemeinde auch das Zeichen für Chaos und war zum ersten Mal von dem Schriftsteller Michael Moorcock in der Fantasy-Literatur eingesetzt worden.

»Wenn aber die Entropie sich immer mehr erhöht«, sagte

Arakis, »wie erklären sich dann schwarze Löcher? Die Entropie wird ins Nicht gesaugt und verschwindet.«

»Also doch ein Gottesbeweis?«, fragte Tom.

»Vielleicht. In jedem Fall soll das Universum vor knapp vierzehn Milliarden Jahren entstanden sein. Es ist also, von seinem Anfang her, begrenzt in der Zeit. Aber unbegrenzt im Raum. Und genauso geht es mir auch.«

»Zeit ist der wichtigste Faktor?«

»Genau. Raum ist keine Begrenzung. Ich kann überallhin fliegen. Im Privatjet. Mit viel Platz zum Arbeiten, ohne Einchecken, Security und Verspätungen. Zeit ist der entscheidende Faktor für mich. In meinem Körper müssen ständig Entzündungsmarker gemessen werden, um den nächsten Schub zu erkennen und die Medikamentendosis anzupassen. Es gibt zwar inzwischen auch andere Ansätze bei der ALS, aber diese werden gerade erst erprobt. Bei einem ALS-Patienten ist es bereits gelungen, nur das fehlerhafte Gen und nicht alle Gene stummzuschalten. Ich muss also so lange durchhalten, bis die Therapie auch bei weiteren Patienten erprobt wurde, und kann dann in eine der ersten Kohorten zur Behandlung aufgenommen werden.«

»Wo wird diese Studie durchgeführt?«

»Shenzhen University und Stanford University Hospital.«

»Hört sich gut an.«

»Ist es auch. Nur ich muss Gewissheit haben, wie die Tests verlaufen. Ich stehe mit beiden Institutionen und deren Experten natürlich in ständigem Kontakt, aber die werden noch zwei bis drei Jahre brauchen. Bis dahin müssen wir aber die Erkrankung so gut wie möglich aufhalten, und zwar durch eine exakt angepasste Therapie, und das setzt eine permanente Überwachung meiner Blutwerte voraus.« Er zeigte auf Tom. »Und genau dafür brauche ich dich.«

Tom nickte. »Ich verstehe. Am besten würde das invasiv gehen«, fuhr Tom fort. »Auch per App.«

»Siehst du«, sagte Arakis, »und genau das ist der Punkt. Da ich ständig global unterwegs bin, habe ich meinen Arzt und seine App am besten bei mir. Die App und ihren Erfinder.«

»Mich?«

»Ganz genau. Meine Ärzte sagen, dass eine maßgeschneiderte Medikamententherapie mir nicht nur die benötigte Zeit verschaffen würde, sondern auch die Nebenwirkungen so gering wie möglich hält.«

»Klingt vernünftig«, sagte Tom, um etwas einigermaßen Schlaues zu sagen. »Um all das zu erreichen, müsste man nur die App und die Chips etwas umprogrammieren.«

»Und das könntest du machen?«

»Ich und mein Team, klar.«

»Da wärst du als persönlicher Arzt und Erfinder der App der perfekte Begleiter für mich. Ich bekomme die Therapie, die ich brauche, und dein Vater bekommt die Therapie, die er braucht.« Er streckte die Hand aus. »Abgesehen davon wirst du dabei eine Menge lernen. Haben wir einen Deal?«

Tom griff zu. »Haben wir, Mr. Arakis.« Es kam ihm vor wie ein Handschlag mit dem Teufel.

»Sehr gut«, sagte Arakis und zeigte die Zähne, »du kannst mich jetzt aber wirklich Dairon nennen.«

KAPITEL 23

SERVERFARM NAHE SHENZHEN,
VOLKSREPUBLIK CHINA

»Du willst *was?*«, fragte Lucy und stemmte die Hände in die Hüfte. »Mit ihm mitreisen?« Lucy hatte die Beichte von Thomas hinsichtlich der Peking-Reise noch gar nicht verdaut, da hatte sie die Offenbarung, dass er demnächst mit Arakis mitreisen wollte, wie ein Schlag getroffen. Da hatte auch die Kette aus der Shoppingmall vom Lufthansa-Center in Peking nahe dem Kempinski-Hotel nichts gebracht.

Tom hatte sich mit Lucy auf einer Serverfarm außerhalb von Shenzhen getroffen, um die Sache in Ruhe besprechen zu können. Der Leihwagen, ein Toyota, stand neben ihnen. Riesige Server hatten Notstromaggregate, die ab und zu getestet werden mussten und mit Fauchen und Rattern ansprangen. Wie Dieselloks. Auf dem Servergelände roch es wie auf einem Autobahnparkplatz. Denn das war die dunkle Seite des Internets: Das World Wide Web war einer der größten Energiefresser der Welt. Alles kostete Energie. Jedes hochgeladene Katzenvideo, Mittagessen- oder Sonnenuntergangsfoto auf Instagram und YouTube. Bitcoin und Blockchain waren der neueste Trend, doch jede Überweisung in Bitcoin lief aus Sicherheitsgründen über Tausende von Computern. Die Prozesse brauchten eine Menge Strom, und oft kam der Strom, jedenfalls in China, aus Kohlekraftwerken. Manche schätzten, dass Bitcoin in einem Jahr mehr Strom verbrauchte als ganz Dänemark. In China war das Phänomen noch interessanter: In den Großstädten fuhren E-Autos, deren Strom aber aus Kohlekraftwerken kam. So wurde zwar zentral kein Dreck in die Atmosphäre gepustet, aber dezentral bei den Kohlekraftwerken schon. Die Partei versuchte gar nicht erst, diesen Umstand kleinzureden. Schließlich wolle man die Städte sauber haben, damit diese für Talente attraktiv wurden. Was auf dem Land passierte, war nicht so wichtig.

»Ich kann eine Menge von ihm lernen. Und er wird unser Start-up in neue Dimensionen bringen!«

»Indem du ihn als Leibarzt begleitest? Ist das deine Definition von Start-up-Gründen?«

»Meine Definition von Start-up-Gründen ist auch, Geldgeber zu finden. Damit wir gleich die kritische Masse erreichen. Oder sollen wir ewig am Produkt rumschrauben und niemals einen Finanzierer finden?« Tom kannte die alte Start-up-Weisheit. Ein Produkt musste so gut sein, dass es halbwegs funktionierte. Alles andere war Überperfektion – *overengineering. Minimum Viable Product* nannte man solche Produkte im Silicon Valley. Minimal überlebensfähiges Produkt. Sonst hatte man zu viel Zeit vergeudet und lief Gefahr, vom weniger perfektionistischen Wettbewerber überholt zu werden, der dann die Lorbeeren einstrich. Gerade in Deutschland war dieser Überperfektionismus weit verbreitet. Darum waren zwar die CD-ROM, das MP3-Format und auch das Faxgerät in Deutschland erfunden, aber von den Amerikanern vermarktet worden. Alles, was zu überperfektionistisch war, kostete nur Zeit, und Zeit war die knappste Ressource. Das hatte auch Arakis gesagt. Das Universum ist endlich in der Zeit, aber unendlich im Raum. Gleichzeitig war er glücklich, dass Tara irgendwie nicht auf die Idee kam, Lucy anzurufen, obwohl sie auf der CUMO-Website ebenfalls im Impressum stand. Wenn Lucy davon Wind bekäme, könnte es gut sein, dass sie aus der Firma aussteigen würde. Und so etwas war meist anstrengend und teuer. Und führte nicht selten zum Ende des Unternehmens.

»Ach, so wie ich?«, fragte Lucy. »Ich bin diejenige, die nur rumschraubt, wie du es nennst, während du die großen Deals an Land ziehst?«

»Habe ich doch auch!«

»Oh ja, die Kommunistische Partei. Die uns unsere Firma wegnehmen wird. Was für ein Fang! Abgesehen davon kam der Kontakt über Chuan und von mir, während du in Europa warst. Und jetzt spielst du Leibarzt für diesen zwielichtigen Arakis, der auch mit der Partei kuschelt. Kennst du denn nicht die Storys über ihn?«

»Sie sind wahrscheinlich genau das.« Tom kniff die Lippen zusammen. »Storys. Abgesehen davon: Wenn du so viel über ihn weißt, warum hast du mir das nicht vor unserem Treffen gesagt?«

Tom beschloss in dem Moment, ihr niemals etwas von dem geklauten Macintosh aus dem HAX-Lagerraum zu erzählen.

»Du hättest ja eh nur das gehört, was du hören willst.« Lucy verschränkte die Arme vor der Brust. »Zwecklos, dir Dickkopf etwas beizubringen. Das war schon immer unmöglich.«

Er fasste seine Kollegin an den Armen, als wollte er sie schütteln. »Lucy, er bezahlt die Therapie für meinen Vater.«

»Ich weiß.« Ihre Stimme senkte sich. »Deshalb kann ich dir auch nicht wirklich böse sein.«

»Ich bin ja nicht lange weg. Du bist dann sozusagen COO in meiner Abwesenheit. Chief Operating Officer. Oder gleich stellvertretender CEO.«

»Welche Ehre. Das werde ich schon hinkriegen.«

»Aber richtig findest du es trotzdem nicht, dass ich ihn begleite?«

»Nein. Das mit deinem Vater verstehe ich. Aber du umgibst dich mit den falschen Leuten. Es gibt einen schönen Spruch aus Malaysia, den wir auch in Singapur oft benutzen.«

»Und der lautet?«

»Es gibt kein richtiges Handeln im falschen.«

KAPITEL 24

PING AN FINANCIAL CENTER,
SHENZHEN, VOLKSREPUBLIK CHINA

Die Zweifel hatten eine Zeit lang an Tom genagt. Deswegen musste er fragen: »Das, was wir machen, Dairon, ich hoffe, das ist alles legal? Ich habe gerade Stress mit meinem Unternehmen wegen einer Datensache. Ich will einfach ehrlich sein und hoffe, du bist es auch.«

Arakis nickte. »Ich habe davon gehört. Die Sache mit dem radioaktiven Jod.« Er nickte zur Bestätigung. »Mach dir keine Sorgen.«

»Du weißt davon?«

Arakis nickte wieder. »Da ist was schiefgegangen. Aber glaub mir: Ich weiß, wie es ist, wenn man etwas illegal macht und das Ganze schiefgeht. Das passiert mir nie wieder.«

»Waren Sie mal …?«, begann Tom.

»Du!«

»Warst du mal im …?«

»… Gefängnis? Ja. In Deutschland sogar. Ich höre noch immer das Rasseln der Stahltür in meinem Kopf, als wäre es gestern gewesen. Der Tag, als ich ins Gefängnis kam. Aus einem Achtzehnstundentag heraus, der voll war mit Meetings, Konferenzen, Flügen und Geschäftsessen ging es in die Eintönigkeit der Strafanstalt.«

»Wie lief das so ab?«

»Jeden Nachmittag ging es um 15 Uhr mit hundertfünfzig Häftlingen raus in den Trakt, ein paar Runden drehen und damit auch für kurze Zeit raus aus der Neun-Quadratmeter-Zelle. Von 17 bis 19 Uhr war sogenannte *Freizeit*, auch wenn der Begriff sehr an George Orwell erinnert. Denn Zeit gab es im Übermaß, aber Freiheit nicht. Zum Abendbrot gab es auch genau das, nämlich erst einmal Brot, Käse und Wurst. Früher habe ich immer gesagt, dass ich es genieße, nach all den Fünf-Gänge-Menüs auch einmal eine ganz einfache Wurststulle zu essen, doch der Bedarf an derart frugaler Nahrung war spätestens am dritten Tag beendet, vor allem, was die Qualität von Brot, Wurst und Käse im Knast angeht.«

»Und wie ist das mit Besuch?«

»Zweimal im Monat kann Besuch kommen, aber oft kam keiner. Wer im Knast ist, hatte oft keine Freunde mehr. Und ich hatte sowieso wenige echte Freunde.« Er schüttelte den Kopf. »Es war absurd. Vorher war der Tag vierundzwanzig Stunden durchgetaktet gewesen, jetzt hatte man in der U-Haft unendlich Zeit.«

»Kaution ging nicht?«

»Nein. Der Staatsanwalt musste sein Gesicht wahren, musste irgendetwas finden, damit die Haftstrafe oder die U-Haft aufrechterhalten werden konnte. Damit wird die U-Haft für die Karriere zum Tod. Bei mir war es noch ganz gut auszuhalten. Ich habe von einigen gehört, die in der ersten Nacht nach der Festnahme nicht im Gefängnis, sondern auf der Polizeiwache die Nacht verbringen mussten. Neben grölenden Besoffenen, ohne etwas zu essen zu bekommen und zum Trinken nur etwas Wasser aus der Leitung, direkt aus dem Hahn, ohne Glas oder Flasche.

Am nächsten Morgen ging es dann mit den Händen auf dem Rücken zum Haftrichter. Glücklich ist, wer in der U-Haft einen Koffer dabeihat oder den bereits mitgenommen oder von zu Hause bekommen hatte. So wie ich Sonst gab es halt die Anstaltskleidung, eine alte Wolldecke, die oft nach Rauch riecht, und Bettwäsche. Glücklich ist auch, wer eine Einzelzelle bekommt, auf die es keinen Anspruch gibt, oder einen Zellennachbarn, der einigermaßen erträglich ist.«

»Wer war das bei dir?«

»Mein Zellennachbar war ein Gang-Chef gewesen, der mich zum Glück bewundert hatte. Ich war sozusagen privilegiert, weil meine Mitgefangenen mich für einen Kriminellen der höchsten Hierarchiestufe gehalten haben. Ein bisschen war ich das auch. Dinge, die mit großem Geld zu tun hatten und Betrug auf höchster Ebene sind im Knast auf der höchsten Ebene der Bewunderung angesiedelt und werden von den Zellenkameraden als erstrebenswert angesehen. Solche Leute sind ganz oben. Ganz unten sind die Kinderschänder. Die hatten gar nichts zu lachen und müssen oft in Isolationszellen in Sicherheit gebracht werden.« Er hielt kurz inne und schaute in die Weite des Himmels und die Skyline von Hongkong in einiger Entfernung. »Es ist mir gelungen, den Gefängnisbesuch aus meiner Akte zu tilgen. Aber ich gehe nie wieder in den Bau.« Er drehte sich zu Tom. »Und keiner geht mit mir. Meine Regel gilt für alle, die mit mir unterwegs sind!«

KAPITEL 25

*PING AN FINANCE CENTER,
SHENZHEN, VOLKSREPUBLIK CHINA*

Tom hielt den Füller in der Hand. Ein Geschenk von Dairon Arakis. Montblanc. Luxusprodukte gab es in Hongkong, aber mittlerweile auch in Shenzhen, Shanghai und Peking mehr als irgendwo sonst auf der Welt.

Auf dem Rückweg von der Serverfarm hatte er sich nochmals mit Lucy gestritten. Und er hatte sich entschieden. Er wäre dabei. Trotz des Streits mit Lucy oder vielleicht gerade deswegen.

Der Vertrag lag vor ihm. Zwanzig Seiten. Am Ende fehlte nur noch seine Unterschrift. Arakis hatte ihm gesagt, dass er ihn vorher vom chinesischen Geheimdienst hatte durchleuchten lassen. Sie hatten nichts gefunden.

»Da bin ich ja beruhigt«, hatte Tom gesagt und sich gefragt, ob Arakis nicht doch irgendetwas gefunden hatte, was er erst später, wenn er es brauchte, aus der Tasche ziehen würde. Doch die Story mit dem Gefängnis, die Arakis in eindrucksvoller Offenheit erzählt hatte, hatte Tom tatsächlich etwas beruhigt.

Dennoch hatte der Vertrag diverse Klauseln, Geheimhaltungsvereinbarungen, aber auch einen Teil, in dem sich Arakis verpflichtete, Toms Vater mindestens fünfhunderttausend Euro zukommen zu lassen, um ihn in einer Privatklinik behandeln lassen zu können.

Fünfhunderttausend, dachte Tom, *eine unglaubliche Summe.* Und er ärgerte sich ein bisschen darüber, dass er Arakis nicht früher kennengelernt hatte. Und dass sein Vater wegen der Diagnose nicht früher den Mund aufgemacht hatte. Typisch Hanseat, niemals um Hilfe bitten, selbst dann nicht, wenn einem das Wasser bis zum Halse stand. Walter Bayne hätte auch eine Figur aus Thomas Manns *Buddenbrooks* sein können.

Er nahm den Füller, den Arakis ihm geschenkt hatte, und unterschrieb. Die Sonne versank im Westen, irgendwo dort, wo Macau mit seinen Spielhöllen liegen musste. Der Schatten des Füllers, mit dem er schrieb, war auf dem Papier wie eine Sonnenuhr, die zeigte, dass jetzt eine andere Zeit begann. Oder die Zeit abgelaufen war. Und da war noch ein größerer Schatten. Die massige Gestalt von Si, dem Leibwächter von Arakis, verdunkelte das Papier.

KAPITEL 26

BUNDESNACHRICHTENDIENST,
CHAUSSEESTRASSE, BERLIN, DEUTSCHLAND

Jasmin hatte sich gerade einen Kaffee aus einem der Kaffeeläden geholt, wo der Kaffee deutlich besser schmeckte als in den BND-Besprechungsräumen, als ihr Lukas über den Weg lief. Lukas war Junior-Projektmanager und unterstützte Jasmin bei verschiedenen Fällen zum Thema Cybersicherheit.

»Du hättest mir mal einen Kaffee mitbringen können«, sagte er.

»Tja«, sagte Jasmin, »wenn jeder nur an sich denkt, ist an jeden gedacht.«

»Die NSA hat sich gemeldet. Die untersuchen geopolitische Ambitionen von China, verbunden mit dem Versuch, andere Länder durch Infrastrukturinvestitionen von sich abhängig zu machen. Einige dort fürchten, dass es demnächst eine neue Stufe der Einflussnahme gibt.«

»Interessant. Und was wollen sie von uns?«

»Beschreibungen von Personen. Ein *Case Officer* aus Fort Meade ruft dich nachher an, wenn bei denen die Sonne aufgegangen ist.«

»Und wer wird das sein?« Jasmin trank von ihrem Kaffee.

»Dir durchaus bekannt. Nicht Bond, sondern Brown«, sagte Lukas, »Melanie Brown.«

KAPITEL 27

*IRON CROWN CAPITAL HAUPTQUARTIER,
CANARY WHARF, LONDON, GROSSBRITANNIEN*

Sie waren in Arakis' Privatjet nach London geflogen.

Tom stand in der Firmenzentrale von Iron Crown Capital in Canary Wharf und schaute auf die Hunderten von Bildschirmen und Computern, die alle an das gigantische Netz der Finanzströme angeschlossen waren. Heute war niemand da, der Saal war leer. Die Aggression, die sonst in diesem Raum herrschte, war dennoch zu spüren. Das Herz des Kapitalismus: systolischer und diastolischer Blutdruck, Venen und Arterien, Erwartungen enttäuscht, Erwartungen übertroffen, Kurs nach unten, Kurs nach oben, kaufen und verkaufen. Der Handelsraum war ein Teil des Kreislaufs, in dem die riesigen Aktienblöcke transferiert wurden, die dann von den Anwälten als geltendes Recht in Besitz verwandelt wurden. Besitz und Kontrolle – an Firmen, an Menschen, an der Welt.

»Hier also macht ihr eure Trades?«, fragte Arakis.

»Richtig«, sagte Alexander von Moltke, einer der Vice Presidents von Iron Crown Capital. Er trug einen blauen Anzug, eine blaue Krawatte mit weißen Punkten und ein Einstecktuch. Er ging auf die sechzig zu, war noch gut in Form, allerdings waren ihm die häufigen Wein-Dinner in der City anzusehen. Die grau-schwarzen Haare kurz und gescheitelt. Er war der Typ Banker, bei dem man auch Hosenträger erwartet hätte. Von Moltke hatte Tom und Arakis bereits von seiner Herkunft erzählt: dass er von dem preußischen General von

Moltke abstammte. Von Moltke hatte ihm die Geschichte seines berühmten Vorfahrens erzählt.

»General von Moltke hatte nach der Niederlage Preußens gegen Napoleon in Jena und Auerstedt die Heeresreform für die Preußische Armee organisiert«, hatte er nicht ohne Stolz in der Stimme gesagt. »Diese Heeresreform hatte dazu geführt, dass Deutschland im Jahr 1871 Frankreich besiegt hatte und danach das Deutsche Reich mit Bismarck als Reichskanzler gegründet wurde.« Er hatte die Schultern gezuckt. »Ob dies ein Segen oder ein Fluch war, müssen dann die Historiker entscheiden.«

»Ganz nutzlos war es ja nicht«, sagte Arakis.

»Ja. Die Preußische Armee war nach der Reform schneller. Das lag an der Auftragstaktik. Oder dem, was die Amerikaner später *Mission Command* nannten«, sagte von Moltke. »Genauso wie bei uns. Wir sind meist schneller, weil wir die Informationen haben.«

»Wie zum Beispiel?«

»Zum Beispiel vor Kurzem in Deutschland. Unternehmen A wollte B kaufen. Bevor der Kauf vollständig war, sind wir dazwischengegrätscht und haben einen großen Block von B gekauft. Dabei haben wir eine Besonderheit des deutschen Rechts ausgenutzt, nämlich die Obstruktionsmacht von Minderheitseignern. Die müssen abgefunden werden. Unternehmen A musste uns einen fürstlichen Batzen Geld geben, damit es die restlichen Anteile von Unternehmen B von uns bekam.«

»Schlau. Gut für Sie«, sagte Arakis.

»Und Pech für andere«, sagte Tom, um auch etwas Schlaues zu sagen.

»Pech für andere, in der Tat«, sagte von Moltke. »Pech für diese langsamen Firmenlenker, die glauben, nur weil ihnen ihre Chefsekretärin den Kaffee bringt, sie Ehrenmitglied im

Country Club sind und alle in der Firma vor ihnen kuschen, hätten andere dieselbe Hochachtung vor ihnen.« Von Moltke schaute sich um. »Ich stamme von einem berühmten General ab, aber ich habe keinerlei Respekt vor Namen. Respekt vor Namen kommt aus einer Zeit, in der Könige herrschten. Aber diese Zeit ist lange vorbei.«

»Die meisten Könige sind ohnehin enthauptet worden«, sagte Arakis.

»Das kommt hinzu.« Von Moltke zeigte ihnen das Instrumentarium. Ihre Werkzeuge waren mächtig: Flash Trading, Quantum-Computer, die in Lichtgeschwindigkeit Entscheidungen fällten, schneller als der schnellste Investor, *Dark Pools,* aus denen heraus Aufträge gebündelt und gigantische Aktienpakete hin und her transferiert wurden, von denen keiner wusste, wer sie gekauft oder verkauft hatte.

Er wandte sich dem Ausgang zu. »Gehen wir zu mir. Da können wir alles in Ruhe besprechen.« Er blickte sich um. »Hier haben die Wände manchmal Ohren.«

Sie gingen auf den Ausgang zu.

Tom blickte noch einmal auf die Bildschirme und Computer mit ihren blitzschnellen Informationen, die in Bruchteilen von Sekunden verarbeitet wurden.

»Wissen Sie, was Sie tun?«

Von Moltke sah ihn an und nickte Richtung der Monitore.

»Ich sage es Ihnen: Sie zerstören, sie vernichten, sie verbrennen. Sie sind die Reinigung und die Rettung.« Er kniff ein Auge zu. »Am Ende ist es die Asche, aus der die schönsten Pflanzen erblühen.«

KAPITEL 28

BUNDESNACHRICHTENDIENST,
CHAUSSEESTRASSE, BERLIN, DEUTSCHLAND

Eben hatte das Telefon geklingelt.

Melanie Brown von der NSA hatte sich über eine abhörsichere Verbindung gemeldet.

»Ein Doomsday-Prophet?«, fragte Jasmin.

»Sieht so aus«, sagte Melanie.

Jasmin und Melanie kannten sich gut und unterhielten sich, wenn sie zu zweit telefonierten, auf Deutsch, da es für Melanie eine gute Gelegenheit war, ihr Deutsch nicht vollkommen einrosten zu lassen.

»Die Kollegen in Europa haben erfahren, dass ein junger Kollege Arakis begleitet. Wir müssen versuchen, über ihn an Arakis heranzukommen oder herauszufinden, was er weiß oder vorhat.«

»Was ist mit der Sache in Südamerika?«, fragte Jasmin. »Reicht das nicht?«

»Leider noch zu vage.«

»Wer ist dieser junge Kollege?«

»Scheint ein Deutscher zu sein. Die NSA hat das Gesicht allerdings in keiner Datenbank gespeichert.«

Jasmin kannte das Vorgehen. Es war oft einfacher, über einen Verbindungsmann, der leichter zu beeinflussen war, an die dicken Fische heranzukommen, als sich gleich den dicken Fisch selbst vorzunehmen. In diesem Fall würde man an Arakis über den jungen Begleiter herankommen.

»Schickt mir doch einfach das Foto«, sagte Jasmin.

»Von mir aus. Hast du in zwei Sekunden.«

Jasmins Augen weiteten sich, als sie das Foto sah. »Das Gesicht habe ich schon einmal gesehen!«

»Weißt du auch, wer das ist auf dem Foto?«

»Ja. Das ist Tom Bayne, der Gründer von CUMO, einer invasiven Medizin- und Diagnostik-App.«

»Warum kennst du den so gut?«

»Hat mich ein Informant drauf aufmerksam gemacht. Die kombinieren falsche medizinische Daten mit Fake News. In London, Berlin und Paris.«

»Klingt so, als ob da entweder die Chinesen oder die Russen dahinterstecken.«

»Die Russen nicht, da es in den Fake News um einen Reaktorstörfall in einem russischen Kernkraftwerk geht. Eher die Chinesen.«

»Das passt«, sagte Melanie. »Arakis kuschelt mit den Chinesen. Aber erzähl mir doch kurz die ganze Story mit CUMO.«

Jasmin gab Melanie in knappen Worten den aktuellen Stand zu der CUMO-Affäre, wie sie BND-intern schon genannt wurde, durch.

»Habt ihr schon was gemacht?«, fragte Melanie.

»Nein, wir wollen Bayne nicht aufscheuchen.«

»Super Arbeit«, sagte Melanie, »ich melde mich so schnell wie möglich bei dir wieder. Muss intern ein paar Dinge klären.«

»Gern geschehen«, sagte Jasmin. »Ist selten genug, dass der BND mal der NSA helfen muss. Fast immer ist es ja umgekehrt.«

»Danke! Wir hören uns wieder.«

Melanie beendete das Gespräch. Gleich würde sie ein Briefing mit Samuel Miller haben. Und wenn alles so laufen sollte, wie es geplant war, würde sie nächste Woche nach Europa fliegen.

KAPITEL 29

RIVERWALK-PENTHOUSE, NORTHBANK, LONDON, GROSSBRITANNIEN

Die Wohnung von Moltkes war ein Riverwalk-Penthouse an der Northbank in London, direkt gegenüber dem MI6, dem britischen Auslandsgeheimdienst. Hier war in dem Bond-Film *Die Welt ist nicht genug* James Bond mit einem Schnellboot aus dem MI6 herausgestürzt und hatte sich auf der Themse eine wilde Verfolgungsjagd geliefert. Allerdings war das Ganze nicht zu hundert Prozent geografisch korrekt, denn nach nur wenigen Sekunden war Bond plötzlich in Greenwich beim Millennium Dome aufgetaucht. Die Fassade des MI6, die South Bank und der Rest von South London lagen im Abendlicht hinter der fast runden Fensterfront. Die teuren Sofas waren ebenfalls im Halbkreis angeordnet. Das Licht war gedämpft.

»Schöne Wohnung«, sagte Arakis. »Knight Frank?«

Von Moltke nickte. »Ja, aber mit Sonderkonditionen. Ich habe denen bei einigen Deals geholfen.«

Tom hatte den Namen Knight Frank schon häufiger gehört. Ein großer Immobilienmakler, der oft in der *Financial Times* inserierte. Er hatte allerdings auch von Moltkes Namen zu einem anderen Thema in der *Financial Times* gelesen. Damals ging es um die Manipulation des LIBOR-Referenzzinssatzes in London, an dem Iron Crown Capital beteiligt gewesen sein sollte. Der LIBOR bestimmte, zu welchen Konditionen sich Banken untereinander Geld leihen konnten. Wer diesen Zinssatz im Vorfeld kannte, konnte mit Termingeschäften auf diesen Zins eine Menge Geld machen. Jedenfalls war es Iron Crown Capital gelungen, ihren Kopf schnell wieder aus der Schlinge zu ziehen, und Tom zog es vor, von Moltke nicht darauf anzusprechen.

Von Moltke schaute Tom an, ein wenig zu auffällig, wie er fand. »Was ist mit deinem jungen Begleiter?«, fragte von Moltke. »Ist er vertrauenswürdig?«

Arakis nickte. »Definitiv.«

Von Moltke zögerte ein paar Sekunden. »Na gut, glauben wir es mal.« Er drehte sich um. »Whiskey oder Cognac?«

»Whiskey«, sagte Arakis. »Aber nicht zu viel. Es ist schon nach 18 Uhr.«

»Ach ja«, sagte von Moltke. »Deine Schlafgewohnheiten.«

Arakis nickte. »Von denen weiche ich extra wegen dir ein wenig ab.«

Schlafgewohnheiten, dachte Tom. Dann stimmte der Artikel, den er auf der Baidu-Internetseite gelesen hatte. Si stand im Hintergrund, sagte nichts und trank nichts.

»Tut mir leid, die Sache mit Davos«, sagte von Moltke. »Die Typen sind einfach noch nicht so weit.«

Arakis zuckte die Schultern. »Das ist wahrscheinlich keiner, der dort hingeht. Die wahre Elite ist ganz woanders. Kennst du de Groot?«

Von Moltke schüttelte den Kopf, während er Drinks einschenkte, die in einem in der Wand versenkbaren Schrank standen. »Nicht persönlich. Jedenfalls hängen die alle an seinen Lippen. Wahrscheinlich hat er die schon vorher instruiert, nicht auf den Deal einzugehen.«

Vincent de Groot, dachte Tom. Er würde den Namen nachher einmal googeln. Hier in Europa funktionierte Google ja wieder.

»Jedenfalls ist die wahre Elite nicht bei diesem *Capitalist*

Carnival in Davos«, sagte von Moltke. »Setzen wir uns.« Er lehnte sich zurück, schlug ein Bein über das andere und trank einen Schluck Single Malt.

»Es geht um Italien?«, fragte er.

Arakis nickte.

»Interessant, was die vorhaben«, sagte von Moltke. »Bots wollen die einführen. Als alternative Schuldscheine. *Buoni Ordinario del Tesoro*. Vielleicht der erste Schritt zur Einführung einer Parallelwährung. *Buoni Ordinario del Tesoro*«, sagte er noch einmal. »Die Frage ist, ob die EZB und Co. das so *buono* finden.«

»Denen bleibt wohl keine Wahl. Italien hat die ganze Eurozone bei den Eiern, und die Italiener wissen das. Die Eurozone weiß das übrigens auch.«

»Unsere Firma«, sagte von Moltke, »ist spezialisiert auf *Tail Risks*. Das Risiko, das statistisch unwahrscheinlich ist, aber viel Ärger macht, wenn es sich doch ereignet. Hier sitzen die Spezialisten dafür. Und das wird auch öfter missbraucht. Ich weiß, dass London oft als *dirty money capital* in aller Munde ist, als Hauptstadt der Geldwäsche.«

»Die Bedingungen sind ja auch gut«, sagte Arakis in einem Ton, als hätte er nichts gegen Geldwäsche. »Gute Schulen, englische Sprache und ein Rechtssystem, auf das sich auch Oligarchen und Tycoone verlassen können.«

»Richtig. Aber wir machen keine Geldwäsche. Manchmal biegen wir das Gesetz, aber ohne es zu brechen.«

»Und wie?«, fragte Tom.

Von Moltke sah ihn an. »Wir kaufen hochgehebelte, man könnte schon sagen *explosive* Instrumente und Derivate, um uns gegen die extremsten Rückschläge abzusichern. Das *Tail Risk* also auf fast null zu reduzieren und dann eine gute Rendite zu machen, weil es keine Überraschungen gibt.«

Tom hatte den Begriff *Tail Risk* im Banking bei seinen ECC-Beratungsprojekten bei der Risikobewertung schon oft gehört. Er bezog sich auf die Gauß'sche Glockenkurve und die Gauß'sche Normalverteilung. Die flachen Enden der Gauß-Glockenkurve links und rechts waren die, wo die Wahrscheinlichkeit, dass etwas schiefging, gering war. Wenn dort aber etwas schiefging, war der Schaden meist hoch. Man sprach dann von einem *low propability-* und *high impact*-Ereignis. Ein sehr unwahrscheinliches, aber sehr folgenreiches Ereignis. Nassim Taleb hatte solchen Ereignissen den Namen *Schwarzer Schwan* gegeben, weil ein schwarzer Schwan lange Zeit etwas war, was es eigentlich gar nicht gab; bis man in Australien das erste Mal schwarze Schwäne gesehen hatte. Interessanterweise hatte Tom einmal in einem Park auf dem Huawei-Hauptcampus in Shenzhen auch einen schwarzen Schwan gesehen.

»So etwas wie die Pleite von Lehman Brothers?«, fragte Tom.

Von Moltke sah Tom anerkennend aus. »Dein Adlatus kennt sich ja richtig aus«, sagte er zu Arakis. »Ich dachte, du bist Mediziner?«

»Ich habe einige Jahre als Berater bei ECC gearbeitet. Besonders in der Financial-Service-Praxisgruppe.«

»Sehr gut. ECC ist eine gute Firma. Die haben auch mal Analysen für uns gemacht.«

»Ich dachte, ihr wisst mehr als alle anderen?«, fragte Arakis. »Wofür braucht gerade ihr Berater?«

»Eine Zweitmeinung schadet nicht«, sagte von Moltke. »Aber du hast recht: So etwas wie die Pleite von Lehman Brothers, das ist ein klassisches *Tail Risk*. Dagegen kann man sich absichern. Mit Optionen. Oder Kreditausfallversicherungen.«

»Es müssen ja nicht nur Kredite ausfallen«, sagte Arakis.

»Naturkatastrophen können auch solche Ereignisse sein. Auch dagegen kann man sich absichern. Mit sogenannten Cat Bonds. Hat mit Katzen nichts zu tun, sondern mit *Catastrophes*. Katastrophenanleihen. Solange alles gut geht, kriegt der Anleger sein Geld. Gibt es eine Katastrophe, ist das Geld weg, aber die Versicherung muss nicht zahlen, weil der Anleger des Cat Bonds zahlt.«

»Womit keiner gerechnet hat, sind die T-Bond-Verkäufe durch China«, sagte von Moltke.

Tom hatte davon gehört. T-Bonds waren *Treasury Bonds*, Anleihen und Schatzbriefe der USA, mit denen sich die Vereinigten Staaten international Geld leihen konnten. Der Grund dafür, dass China überhaupt so viele T-Bonds verkaufen konnte, war, dass China seine Devisenreserven, die besonders aus dem Export von Waren in die USA resultierten, in US-Staatsanleihen anlegte. In Deutschland war das ähnlich, nur waren die Deutschen als Exportweltmeister längst nicht so kluge Investoren wie die Chinesen. Jetzt hatte der chinesische Staat die Daumenschrauben gegenüber den USA angezogen. Erst hatte er den Export von seltenen Erden beschränkt, die alle Welt für Smartphones, Batterien und Hightech brauchte. Und nun hatten die Chinesen siebzig Milliarden dieser US-Staatsanleihen oder auch T-Bonds verkauft. Mit über einer Billion US-Dollar an Staatsanleihen waren die Chinesen immer noch der größte Gläubiger der USA, doch derzeit war der tiefste Stand von Anleihen in Chinas Portfolio erreicht worden.

»Meinst du, die machen weiter?«, fragte Arakis. »Dass sie weitere Anleihen auf den Markt schmeißen?«

»Schwer zu sagen. Man spricht schon von Pekings nuklearer Option, genauso wie damals die D-Mark Deutschlands Atombombe war.«

»Und wenn sie es machen?«

»Wenn ja, wird das unangenehm. Die Kurse der Anleihen gegen runter, die Renditen hoch. Das wird dann teuer mit der Refinanzierung, die Zinsen steigen. Auch die für Kredite und Unternehmensfinanzierungen. Der US-T-Bond ist sozusagen der Leitzins der Welt, da kann die Notenbank noch so viel machen.« Er stand auf und streckte die Arme aus. »Aber warum sollten die das machen? Dann sinken ja auch die Kurse aus dem eigenen Anleihenportfolio der Chinesen, und sie haben weniger Geld als vorher.«

»Gibt es Cat Bonds eigentlich auch für Länderpleiten?«, fragte Arakis.

»Meinst du die Pleite der USA? Die wird nicht kommen. Auch wenn die niemals ihre Schulden zurückzahlen.«

»Ich meine eher die Pleite von Italien«, sagte Arakis. »Wenn sie dann kommen sollte.«

»Falls sie jemals kommt«, sagte von Moltke.

»Und wenn wir etwas nachhelfen?«, meinte Arakis. »Was würde das kosten?«

Von Moltke lehnte sich zurück und schloss kurz die Augen. »Das ist verdammt riskant. Wenn das rauskommt, können wir unseren Laden zumachen.«

»Dann kommt es eben nicht raus. Und wir bezahlen euch ja auch gut dafür. Ich dachte, ihr könnt *Tail Risk* minimieren? Dann doch wohl auch euer eigenes.«

Von Moltke musste grinsen aufgrund dieser etwas frechen Bemerkung. »Nicht ganz falsch«, sagte er.

»Na also.« Arakis öffnete seinen Koffer und holte mehrere Ringbinder heraus. »Das hier«, sagte er und legte die Binder vor von Moltke auf den Tisch, »sind die zehn wichtigsten Banken Italiens. Ich möchte, dass ihr mir ein Konstrukt baut, das diese Banken in die Knie zwingt. Dabei brauche ich zwei Zahlen: das Kapital, das ihr dafür braucht, und die Information, wie lange ihr braucht, bis das Konstrukt fertig ist und eingesetzt werden kann. Zudem, aber ich denke, das ist klar, dürfen als emittierende Banken bei diesem Konstrukt keinesfalls italienische Banken beteiligt sein.«

Von Moltke nickte. »*Goes without saying*«, sagte er, *versteht sich von selbst.* »Sie wollen nicht, dass zahlungsunfähige Banken Wetten über die Zahlungsfähigkeit von Banken abschließen.«

»Genauso ist es.« Arakis sprach weiter. »Französische und spanische Banken auch nicht, da ist die Ansteckungsgefahr durch Italien zu groß. Und deutsche Banken auf keinen Fall, die kaufen ja auch jeden Scheiß und können schon übermorgen weg vom Fenster sein.«

Von Moltke hob eine Augenbraue. »Da denkt aber jemand mit. Eigentlich wäre die Deutsche Bank ein typischer Kandidat für solche Papiere, aber es würde mich nicht wundern, wenn da auch demnächst der Staat einspringen wird. Und dann fällt so etwas auf. Du hast recht.« Er blickte in die Ferne aus dem Fenster Richtung South Bank und Südlondon. »Wir könnten US-Banken und Hongkong-Banken nehmen. Und natürlich welche aus England. Und einige aus Steueroasen mit ausreichend großer Bilanz.« Er schaute Arakis an mit einem Blick, als hätten sie schon manches Ding zusammen gedreht. »Ahne ich wieder, was du vorhast?«, fragte von Moltke.

»Was habe ich denn vor?«

Von Moltke musste lächeln. »Ich nehme an, du willst nicht nur Geld bezahlen, *damit* die Banken pleitegehen, sondern auch Geld bekommen, *wenn* sie dann pleitegehen.«

»Darum bin ich zu Iron Crown Capital gekommen«, sagte Arakis.

KAPITEL 30

*RIVERWALK-PENTHOUSE, NORTHBANK,
LONDON, GROSSBRITANNIEN*

Arakis stand auf. »Ich muss kurz telefonieren«, sagte er.

Von Moltke blickte aus dem Fenster. »Italien und seine Banken destabilisieren, damit eine Menge Geld verdienen und dann Europa destabilisieren.« Er schaute auf. »Warum eigentlich?«

»Das musst du jetzt noch nicht wissen«, sagte Arakis und zog sein Handy aus der Tasche.

Arakis ging in den Nebenraum. Dort wählte er eine Nummer. Am anderen Ende meldete sich Wolfgang. Wolfgang hatte damals ein Konsortium geleitet, das bei der Tunnelbohrung für den Gotthard-Tunnel in der Schweiz involviert gewesen war.

»Das klappt«, sagte Wolfgang. »So ein Beben würde jeder für möglich halten. Schon 1601 gab es eine riesige Flutwelle rund um den Genfer See. Und heute wohnen dort deutlich mehr Menschen als früher. Und damit auch viel mehr Reichtümer, die dann ganz plötzlich verschwinden.«

»Das heißt, solche Erdbeben sind jederzeit möglich?«

»Natürlich«, sagte Wolfgang, »was glauben Sie, wie die Alpen entstanden sind? Dort treffen sich die Eurasische und die Afrikanische Platte. Genau dadurch sind die Alpen entstanden.«

»So etwas könnt ihr?«

»Na ja, wenn man weiß, wo, und den richtigen Hebel anlegt. Wie war das noch: *Gib mir einen Hebel, und ich hebel die Welt aus den Angeln.*«

»War das Archimedes?«

»Keine Ahnung. Aber die richtigen Ingenieure mit Tunnelbohrern, die den Gotthard-Tunnel erschaffen, können auch so was.«

Arakis grinste. Für eine enorme Geldsumme vollbrachten Menschen Erstaunliches. »Und ihr könnt loslegen, sobald ich euch Bescheid sage, und etwas, ähm, nachhelfen?«

»Bereit, wenn Sie es sind«, sagte Wolfgang.

Arakis schaute in seinen Threema-Account. Heute Abend sollten die Daten eintreffen, welche reichen Leute aus dem Bilderberg Club wo ihr geheimes Gold liegen hatten. Besonders die, die ihr Gold in der Nähe des Sees liegen hatten.

KAPITEL 31

TYLIUS-PRIVATKLINIK, HAMBURG, DEUTSCHLAND

Beruhigende Musik, dunkles Holz, Getränke und Kaffee in jeder Ecke, indirektes Licht. Wie in einem typischen Krankenhaus sah es in dieser Privatklinik nicht aus. Man fühlte sich hier eher als Gast in einem Luxushotel denn als Patient. Dennoch kamen hierher meist nur Leute, die ernsthaft krank waren. Manche litten an einem Gehirntumor, andere an Lungenkrebs und viele, genauso wie Toms Vater, an Bauchspeicheldrüsenkrebs. Was Tom vor allem vermisste, war der Geruch nach Desinfektionsmittel. Die brauchte man hier nicht, denn die Ärzte, allen voran Dr. Marc Winter, operierten ohne Skalpell. Einen weißen Kittel brauchte hier auch niemand.

»Ich habe immer noch nicht verstanden, wie das hier geht«, sagte Toms Vater Walter.

Tom hatte noch keine Zeit gehabt, seinem Vater alle Details verständlich zu erklären. Er war nach dem dubiosen Treffen in London gleich nach Hamburg gereist. Arakis hatte seinen Vater in dieser Spezialklinik angemeldet und Tom geradezu gedrängt, seinen Vater bald zu besuchen.

»Kann ich offen sprechen?«, fragte Dr. Winter. Tom nickte. Walter auch.

»Mit Standardtherapien kann Ihr Vater nicht mehr behandelt werden.«

»Ja, er ist austherapiert, laut seinen Ärzten«, sagte Tom.

Dr. Winter nickte. »Eine klassische Whipple-OP kann nicht mehr durchgeführt werden, dafür ist der Tumor zu groß. Eine Alternativtherapie ist aber noch möglich: Wir verhindern die

Neubildung von Blutgefäßen vor Ort im Tumor aufgrund eines Wachstumshormonblockers, damit der Tumor nicht so schnell wächst und wir alle dadurch Zeit gewinnen.«

»Und das können Sie hier durchführen?«

»Natürlich. Zusätzlich nutzen wir ein Neutronenmesser in Form von gezielter und gebündelter Strahlung, um den Tumor zu verkleinern.«

»Sie verkleinern den Tumor, ohne mich aufschneiden zu müssen?«, fragte Toms Vater. »Ist es das?« Sein Vater hatte bisher verständnislos zwischen den beiden Medizinern hin und her geschaut.

»Richtig«, sagte Dr. Winter. »Das erfolgt mit einem sogenannten Positronenmesser.«

»Auch genannt *Cyberknife*«, ergänzte Tom. »Ein Cyber-Messer.«

»Exakt.« Winter nickte. »Ich sehe, Sie haben sich schon etwas eingelesen. Es handelt sich um eine Operationstechnik ohne Skalpell, die mithilfe des Computers durchgeführt wird. In einem Linearbeschleuniger erzeugen wir Photonen, die derart eingesetzt werden, dass auf weniger als einen Millimeter genau die Strahlenenergie gebündelt wird. Die Bestrahlung ist also so gezielt, dass nur der Tumor zerstört wird und sonst kein Gewebe. Darum nennen wir das Instrument *Cyberknife*. Eine hoch fokussierte Bestrahlung. Allerdings auch nicht billig.«

»Wie viele Behandlungen brauchen wir davon?«

»Zwei bis drei, dann sollten wir erst einmal wieder im grünen Bereich sein.«

»Wie lange?«, fragte Toms Vater.

Winter sagte nichts, sondern blickte Tom nur mit einem Blick an, der sagte: *Das liegt nicht in meiner Hand.*

KAPITEL 32

MAUROS UND SOFIAS WOHNUNG,
RE DI ROMA, ROM, ITALIEN

Es war Samstag. Tony mümmelte seine Cornflakes, Mauro checkte irgendwelche Nachrichten auf seinem Handy, und Sofia las die Zeitung. Es gefiel ihr nicht alles, was darin stand. Einiges davon verstand sie nicht, so wie Bankaktien, die an Wert verloren, Anleihen, die nach unten gingen, und ab und zu einmal die Frage nach dem sogenannten Staatsbankrott von Italien. *Moment,* dachte sie, *der Staat kann doch gar nicht pleitegehen?* Das hatte sie doch immer wieder so gehört.

Sie würden ein schönes Wochenende haben, gleich auf dem Markt einkaufen, danach etwas spazieren gehen und abends Freunde treffen. Alles ganz entspannt, was wirklich notwendig war nach der stressigen Zeit, in der fast alles, was in der Wohnung anfiel, an Sofia hängen geblieben war.

Mauro schlang sein Cornetto hinunter und trank den Kaffee aus. Dann stand er auf.

»Was ist los?«, fragte Sofia.

»Ich muss los.«

»Nun sag nicht …«

»Doch! Ich muss zur Baustelle. Die brauchen Hilfe bei den Kabeln. Wenn die nicht schnell genug verlegt werden und irgendwann der erste Frost kommt, kann es sein, dass …«

»Und dafür musst du ständig vor Ort sein?«

Er ging zur Garderobe und zog seine Jacke über. »Ja, muss ich.«

»Sonst läuft da nichts?«

»So ungefähr.«

»Mauro«, sagte sie, »ich habe der Sache zugestimmt, sogar der Sache, dass du viel Geld aufnimmst. Wo ich nicht zugestimmt habe, ist, dass wir nicht nur Teile unserer Wohnung verpfänden, sondern dich auch gleich mit.«

»Wie meinst du das?«

»Du bist überhaupt nicht mehr da! Nicht einmal mehr am Wochenende!«

»Am frühen Abend bin ich zurück. Wenn Marco und Claudia kommen, bin ich wieder da.«

»Ach, und wer kauft ein und kocht Essen?«

»Tut mir leid, Sofia, aber es geht nicht anders.« Er blickte auf Tony. »Und müssen wir das unbedingt vor dem Kind …?«

»Nein, müssen wir nicht.« Sie ließ frustriert die Zeitung sinken. »Wir sehen uns heute Abend.«

Als die Tür ins Schloss gefallen war und draußen Mauros Wagen startete, sah sie noch einmal die Zwischenüberschrift in dem Artikel der Zeitung.

Faule Kredite in Bankbilanzen.

Was immer das hieß, aber es klang nicht gut.

KAPITEL 33

TYLIUS-PRIVATKLINIK, HAMBURG, DEUTSCHLAND

Wie es sich für eine Klinik im gehobenen Segment gehörte, hatte die Tylius-Privatklinik auch einen eigenen Park, der sich nahe der Elbe erstreckte. Die Klinik lag hinter Blankenese, und dann und wann fuhr an der Elbe eines der dicken Containerschiffe vorbei. Manchmal auch ein Schiff aus China.

»Und wie war es in China?«, fragte Toms Vater. »Du warst doch erst vor einer Woche hier, dann in China und jetzt schon wieder hier?«

»Ja, es ist mir halt sehr wichtig, dass du in guten Händen bist. Ich kann deine Therapie ja von China aus nicht ständig überwachen.«

»Wer bezahlt das denn alles? Du etwa?« Für Walter, der noch nie weit geflogen war, war allein eine Reise nach China so etwas wie ein Lebensprojekt.

Tom winkte ab. »Das lass mal meine Sorge sein. Jedenfalls will ich, dass du in guten Händen bist und ich nicht immer alles kontrollieren muss.«

»Aber die Chinesen könnten das, oder? Alles kontrollieren, meine ich? Haben die jetzt nicht dieses Kontrollsystem?«

»Ja, das sogenannte *Social Credit System.*« Tom nickte. »Alle Menschen werden nicht nur mit ihrer Sozialversicherungsnummer gespeichert, sondern auch mit den Profilen ihrer sozialen Netzwerke, die allesamt von der Regierung kontrolliert werden. Wer sich gut verhält, zum Beispiel nicht bei Rot über die Ampel läuft, genießt Freiheiten. Wer sich schlecht verhält, stellt plötzlich fest, dass er keine Hochgeschwindigkeitszüge oder Luxushotels mehr buchen kann.«

Für Toms Vater schienen sich völlig neue Welten aufzutun. »Ist das überall so?«

»Noch läuft es nicht überall, teilweise nicht einmal in den großen Städten. Doch in Chinas großen Hotels werden die Gäste sofort fotografiert. In der Zwölf-Millionen-Stadt Shenzhen gibt es mehr Sendemasten als in Deutschland mit neunzig Millionen Einwohnern. In Shenzhen ist es ebenso möglich, jeden Menschen per Kamera vierundzwanzig Stunden am Tag zu überwachen.«

»Und wie finden die Chinesen das?«

»Nicht so schlecht, wie man denken sollte. Die meisten Chinesen stehen dieser totalen Kontrolle sogar positiv gegenüber, denn auf diese Weise ist gewährleistet, dass der, der sich gut verhält, belohnt und der, der die Regeln bricht, bestraft wird. Konfuzius hat vor Jahrhunderten schon Ähnliches dazu gesagt, auch wenn es damals diese digitale Überwachung natürlich noch nicht gab.«

»Und wie siehst du das?«

»Na ja, wer sich einmal den Autoverkehr und den Fahrstil der Autofahrer in Peking oder Shanghai angesehen hat, wird diesen Chinesen vielleicht zustimmen. Die meisten hätten es gern, dass sich alle an die Verkehrsregeln halten. Da Missverhalten aber kaum bestraft wird, hält sich dann doch so gut wie keiner daran, und alle ärgern sich darüber. Dem wollen sie damit einen Riegel vorschieben. Ob tatsächlich jedes kleine Vergehen sofort geahndet wird, darf bezweifelt werden. Es dürfte eher darum gehen, kompromittierendes Material in der Hand zu haben – falls man es mal von Parteiseite gegen jemanden verwenden will.«

Sein Vater sagte nichts. Tom konnte nicht verhehlen, dass

er die unglaubliche Geschwindigkeit und Planungsmeisterschaft der Chinesen, gerade im Vergleich zum improvisierten und stümperhaften Europa, bewunderte. »Na ja, um Projekte zu realisieren, braucht man klare Befehlsketten. Um das Volk im Zaum zu halten, braucht man Kontrolle. Das haben die Chinesen nun mal so entschieden, und das werden die sich von niemandem verbieten lassen. Von einem Land wie Deutschland, in dem nicht einmal die Bundeswehrhubschrauber fliegen, erst recht nicht.«

Dass er selbst mit dieser Kontrolle demnächst eine Menge Geld verdienen würde, sagte er nicht.

KAPITEL 34

LIDO DI OSTIA, NAHE ROM, ITALIEN

Arakis und Tom hatten sich in Ostia vor den Toren Roms an der Mittelmeerküste getroffen, einige Kilometer südwestlich von Rom. Eine Jacht hatte sie getrennt voneinander von Monaco nach Ostia gebracht. Die große Limousine wartete schon. Ganz in der Nähe eine Baustelle mit einem etwas heruntergekommenen Restaurant. Einzig das Schild »Colosseo« war zu sehen.

»Ich möchte möglichst unbemerkt in Italien eintreffen«, sagte Arakis, »und da erscheint mir der direkte Weg über den nahen Flughafen nicht als der beste. Und der Weg über den Flughafen für Privatjets auch nicht. Wusstest du, dass hier die römischen Armeen immer in Alarmbereitschaft waren, um einzugreifen, falls ein Bürgerkrieg unausweichlich war?«

»So wie bei Cäsar?«

»Ja, oder so wie bei uns.« Arakis blickte aus dem Fenster. »Wie sagte Cäsar noch: Die Überquerung des Flusses Rubikon wird allen Unglück bringen. *Alea iacta est – der Würfel ist geworfen.*«

»Was hältst du davon?«, fragte Arakis und zeigte Tom einige Unterlagen. »Ein Unternehmen, in das ich investiert habe.«

»DMS, Disaster Management Systems«, las Tom die Überschrift. »Helfen die bei Desastern?«

»Ja, laut ihrer Broschüre helfen sie an dem sogenannten Tag X, beim Absturz von Flugzeugen zum Beispiel. Sie organisieren die Obduktionen, die Forensik, die Bergung der Leichen, den Kontakt mit den Angehörigen und machen auch Krisenkommunikation. Haben vier Büros.«

Toms Augen fuhren über den Text. London, Houston, Sydney und Beirut.

»Ich dachte, das machen die Fluggesellschaften selbst?«

»Im Zeitalter der dünnen Margen und Kostensenkungen kaum. Heute wird alles an Experten ausgelagert. In diese Experten, ohne die es nicht geht, zu investieren, bringt Geld.«

Tom fand das etwas fragwürdig, in Firmen zu investieren, die Leichen bargen, aber dass Geld in dem Geschäft steckte, glaubte er aufs Wort.

»Erinnert mich ein bisschen an meinen Vater. Dessen Handwerksfirma ist meist teurer als andere. Er sagt den Kunden dann immer, sie sollen ruhig die Billigheimer ausprobieren. Wenn es dann nicht klappt, muss er kommen, alles rausreißen und dann alles richtig einbauen. Das bringt ihm mehr Geld, als wenn er gleich alles richtig einbaut.«

»Gute Verkaufsstrategie«, sagte Arakis. »Und solche Strategien braucht DMS auch.«

»Spannend«, sagte Tom, weil ihm kein besseres Wort einfiel. *Spannend* war in der Technikwelt des 21. Jahrhunderts immer irgendwie alles, auch das, was eigentlich gar nicht spannend war. Ein Lebenslauf war *spannend,* ein Beratungsprojekt war *spannend,* eine Idee war *spannend.* Oder auch nicht.

»Was machen wir eigentlich in Rom?«, fragte Tom.

»Da werden wir …«

Weiter kam Arakis nicht. In dem Moment krachte der riesige SUV in die Seite der Limousine.

KAPITEL 35

NSA-HAUPTQUARTIER, FORT MEADE, MARYLAND, USA

Der BND war meistens derjenige, der die NSA um Hilfe bat, aber diesmal war es umgekehrt. Jasmin Walters hatte über Kontakte bei einem chinesischen Internetkonzern herausgefunden, zu wem das Foto des jungen Mannes gehörte, der seit Kurzem in Begleitung von Dairon Arakis war. Und es war genau der, der auch diese dubiose Medizin-App entwickelt hatte, wegen der Jasmin Walters sich bei Melanie gemeldet hatte. Der junge Mann war ein Deutscher. Ein Deutscher britischer Abstammung. Sein Name war Bayne. Tom Bayne.

Melanie hatte bereits mit Samuel Miller gesprochen. Die Flugtickets waren bestellt. Ihr Flug vom Baltimore-Washington International nach Europa ging in drei Stunden.

KAPITEL 36

LIDO DI OSTIA, NAHE ROM, ITALIEN

Vier Männer stiegen aus dem Wagen. Drei hatten Messer, einer trug eine Pistole. Schwarze Bärte, Tarnwesten. Tom hatte diesen Typ Mann schon öfter gesehen. Erpresser, Terroristen oder Auftragsmörder. Allerdings nur in Actionfilmen. Jetzt war es kein Film. Es war real.

Es war eine Sache, so etwas in Filmen zu sehen, und eine andere, so etwas tatsächlich zu erleben. Tom war von einem zum anderen Moment schweißgebadet. Noch war es der Schweiß, doch bald schon konnte es das Blut sein, das in breiten Bahnen an ihm herunterfließen würde und seine Augen verschleierte, sodass er die Welt nur als blutrote Leinwand sah. *Je mehr du im Training schwitzt, desto weniger blutest du in der Schlacht*, hatten die Spartaner gesagt, doch jetzt fand er den Spruch überhaupt nicht mehr witzig.

Er versuchte, sich zu beherrschen, während die vier Männer näher kamen. Schaute zur Seite.

Arakis verzog keine Miene.

Wollte er hier neben seinem neuen Geschäftspartner sitzen und sich vor Angst in die Hose machen? Aber die Männer waren hier, sie kamen näher. Mit Waffen. Oder war das nur eine Inszenierung von Arakis, eine Mutprobe, bei der er Tom testen wollte? Falls dem so war, hatte Tom schon komplett versagt. Aber Arakis hatte Tom als Arzt mitgenommen, nicht als Leibwächter. Dennoch hoffte er, dass es nur eine Mutprobe war.

»Wir kennen euch«, sagte der Anführer, ein Mann mit einem roten Barett und einer Tarnhose, der aussah, als würde er die Leibgarde von irgendeinem afrikanischen Diktator befehligen. Tom merkte, wie sein Mund von einer Sekunde auf die andere knochentrocken wurde.

Sein Leben würde in den Händen dieser Männer sein. Sein Vater war von der Krankheit und dem Krebs erwischt worden. Aber sein Vater lebte. Würde er, Tom, jetzt vom Tod erwischt werden?

Er sah die Gesichter, die Bärte, die Messer, die Pistole. Alles war in ihren Händen. Nicht nur die Messer.

Kälte zog in seine Hände. Zentralisieren nannten das die Mediziner. Wärme und Energie wurden in den Körper gepumpt, da der Körper erwartete, dass er gleich verletzt werden würde. Dass Glieder abgeschlagen wurden. Die durften dann nicht zu gut durchblutet sein, da man sonst zu viel Blut verlieren würde.

Der Mann mit dem Barett sprach weiter. »Ihr kommt mit uns mit!«

Alle vier hoben die Waffen.

KAPITEL 37

BANCA DELLA CASA, RE DI ROMA, ROM, ITALIEN

Aureliamo Castillo, Kreditberater der Banca della Casa, saß im Besprechungsraum der Bankfiliale von Re di Roma.

Vito Serra, Leiter des Kreditgeschäftes, hatte sich eigens aus Mailand, wo die Bank ihr Hauptquartier hatte, in die Filialen bequemt, um den Beratern ein paar Dinge zu erzählen, die ihnen nicht gefielen. Ein Beamer stand auf dem Konferenztisch und zeigte Balken und Zahlen. Balken, die teilweise kleiner wurden, ebenso wie die Zahlen. Auf dem Tisch lag ein Stapel Papiere, von denen keiner wusste, was deren Inhalt war. Neben Castillo saßen auch der Filialleiter Alfonso und weitere Kreditberater mit am Tisch. Kreditberater für Privatkredite und für Firmenkredite.

»Wir machen es kurz«, sagte Serra. Er trug einen schwarzen Nadelstreifenanzug und eine rote Krawatte in der Farbe der Bank. »Der Vorstand ist über die gegenwärtige Entwicklung der Bank äußerst beunruhigt. Wie alle wissen, hat die Banca della Casa eine Menge italienische Staatsanleihen gekauft. Nach der Finanzkrise war das eine gute Möglichkeit, risikolose Assets in die Bilanz zu bekommen, die eine stabile Rendite abwerfen, in der Bilanz nicht mit Eigenkapital unterlegt werden müssen und bei denen eigentlich nichts passieren kann.«

»Eigentlich«, knurrte Alfonso.

»Leider wahr«, sagte Serra. »Wie Sie am Verlauf der Rendite der italienischen dreißigjährigen Staatsanleihe sehen, geht die Rendite krass nach oben, der Kurs geht nach unten. Das heißt, der italienische Staat muss immer mehr Zinsen zahlen, und gleichzeitig wird unser Bestand an italienischen Staatsanleihen immer weniger wert.«

»Wir könnten warten, bis …«, begann Castillo.

»Können wir leider nicht.«

Die Folie wechselte und zeigte einen Chart, der nur eine Richtung kannte: nach unten. »Das ist der Börsenkurs unserer Bank, Schlusskurs gestern Abend in Mailand. Seitdem ist die Aktie nochmal fünfzehn Prozent runtergegangen. Wir müssen den Aktionären dringend zeigen, dass wir die Sache im Griff haben, ansonsten geht der Kurs noch weiter runter, wir können uns am Interbankenmarkt nicht mehr refinanzieren und sitzen irgendwann auf dem Trockenen. Ihr wisst alle, was bei Lehman Brothers passiert ist.«

»Das kann uns auch passieren?«, fragte Francesca, eine der Beraterinnen.

»Unter Umständen.«

»Und der Einlagensicherungsfonds, der jetzt europaweit gilt?«

»Kann uns helfen, nur alles, was über Brüssel und Frankfurt geht, dauert ewig. Das wissen wir. Zudem sind wir nicht systemrelevant genug.«

»Trotz all der Staatsanleihen?«, fragte Castillo.

»Viele andere haben viel mehr«, sagte Serra, »Unicredit, Intesa Sanpaolo, Paschi di Siena … Um die wird man sich zuerst kümmern. Dann kann es für uns zu spät sein. Zudem …«, er schien kurz seine Gedanken zu ordnen, »… müssen wir zeigen, dass wir selbst schon aktiv sind. Hilf dir selbst, dann hilft dir Gott.«

»Schön«, sagte Castillo, »und was sollen wir machen? Kommen jetzt Stellenstreichungen?«

»Erst einmal nicht. Jedenfalls nicht, wenn wir alle unseren Job machen.«

»Was ist dann unser Job?«

»Die italienischen Anleihen werden wir nicht los«, sagte Serra. »Wenn wir die verkaufen, haben wir nur Verluste. Wir haben aber Positionen, die wir eins zu eins zu Geld machen können. Ohne Abschlag. Steht so auch in unseren Geschäftsbedingungen. Das erhöht unser Eigenkapital und unseren Cashflow und zeigt auch dem Kapitalmarkt, dass wir noch eine gesunde Bank sind.«

Castillo ahnte, was kommen würde. »Kredite«, sagte er, »an Privatpersonen …«

Serra beendete den Satz. »… und an Unternehmen, richtig.« Er verteilte die Blätter. »Hier stehen die Kredite, die in den nächsten drei Monaten fällig gestellt werden müssen.« Er stemmte die Hände in die Hüften. »Ich weiß, dass das unangenehm für Sie werden wird. Aber es geht nicht anders. Rufen Sie Ihre Kunden an und sagen Sie ihnen, dass wir das Geld zurückhaben wollen. Je eher, desto besser.«

KAPITEL 38

LIDO DI OSTIA, NAHE ROM, ITALIEN

»Steig aus!«, befahl der Bärtige.

»Nein«, sagte Arakis. »Ich warte auf meinen Paketboten.«

»Dein Paketbote? Was macht der?«

»Er liefert Teile.«

»Was für Teile?«

»Eure.«

In dem Moment hörte Tom, wie ein anderer Wagen hielt. Ein Mann von riesiger Gestalt stieg aus. Arakis sagte nur ein Wort.

»Si.«

Der Erste der Albaner drehte sich um, doch der riesige Mann hatte die vier Meter Distanz mit einer Geschwindigkeit überwunden, die übermenschlich schien. Der Bärtige versuchte, sich zu bewegen, doch Sis rechte und linke Faust schlugen von rechts und links zu, sodass der Kopf des Mannes zwischen Hammer und Amboss geriet. Es gab ein trockenes Knacken, vermischt mit einem nassen, suppenden Geräusch. Die Augen des Mannes füllten sich mit Blut, ehe er wie eine Statue zu Boden stürzte.

Der Zweite zückte ein Messer. Näherte sich. Sein Handballen zuckte vor, berührte fast das Kinn des riesigen Mannes. Doch es blieb bei der flüchtigen Berührung, denn im letzten Sekundenbruchteil war Si schnell wie ein Schatten zurückgewichen. Einen Lidschlag später packte er die Hand des Mannes, die das Messer hielt. Im gleichen Moment spürte der zweite Mann die freie Hand des Gegners an der Schläfe. Es war ein Klammergriff, aus dem es kein Entrinnen gab. Mit der Rechten hielt Si die Hand mit dem Messer von sich weg, mit der Linken drückte er den Kopf des Gegners nach unten.

Der Mann keuchte, als er sich mit aller Kraft zu befreien versuchte. Fieberhaft schien er zu überlegen, wie er aus der Falle herauskam. In diesem Augenblick riss Si das Knie hoch und traf den Mann mit voller Wucht am Kopf. Zu hören war ein nasses Knacken, als würde eine Melone zerplatzen. Blut und graurosa Hirnmasse spritzten auf die Straße.

Die zwei anderen Albaner schauten den Riesen und besonders die zwei Toten mit aufgerissenen Augen an. Sie blickten sich selbst in die Augen – und rannten.

Der Riese blieb stehen. Griff in ein Holster, zog eine Glock hervor und schoss beiden in die Wirbelsäule. Einhändig. Sis Hand zuckte nicht einmal, so als ob die Waffe keinen Rückstoß hätte und in einen Schraubstock eingespannt wäre. Die beiden Flüchtenden waren tot, bevor sie zu Boden stürzten, und blieben zuckend liegen.

Si sagte nichts.

Er steckte die Glock ins Holster und vollführte eine leichte Verbeugung.

Tom hatte die Szene mit aufgerissenen Augen verfolgt. Er drehte sich kurz zu Arakis um. Ein Lächeln umspielte Arakis' Gesicht, so als wollte er sagen *Siehst du, man muss nur die richtigen Leute haben.*

Der Riese kam an die Fensterseite von Arakis. Der Fahrer ließ das Fenster herunter. »Wie immer, Boss?«, fragte Si.

Arakis nickte. »Mit einem Gruß an die Angehörigen.«

Si ging zu seinem Auto und holte einen Koffer mit diversen Instrumenten hervor. Er zog Gummihandschuhe an, kniete sich über die Leichen und schnitt allen vieren die Fingerkuppen mit einer großen Rippenschere aus der Rechtsmedizin ab. Dann nahm er eine Säge und sägte ihnen die Kiefer heraus.

»Keine Identifizierung über Zahnstatus und Fingerabdrücke mehr möglich«, sagte Arakis, während Tom das Vorgehen mit offenem Mund verfolgte.

Si legte die blutige Säge beiseite, griff in die Taschen der Toten, schaute sich die Ausweispapiere an. Sammelte dann die Fingerkuppen und die Kiefer zusammen. Vierzig Finger und vier Kiefer. Er ließ alles in einer Plastiktüte verschwinden. Der Riese stapfte zum Auto und schaute wieder zum Fenster herein. »Wir schicken sie den Familien per Kurier«, sagte er, und kurz zog ein Grinsen über sein Gesicht. »Mao wusste schon: *Schlachte ein Huhn vor hundert Hühnern, und die hundert Hühner werden dich respektieren.*« Dann nahm Si die toten Männer am Kragen, als würden sie nur wenige Gramm wiegen und warf die verstümmelten Leichen ins Hafenbecken. Er nickte Arakis zu.

»Können wir mit dem Wagen noch fahren?«, fragte Arakis den Fahrer. Der nickte.

»Gut, wir fahren an den Stadtrand und wechseln dann in ein Taxi.« Er nickte Si zu. »Gute Arbeit!«

Si verbeugte sich, die Tüte mit den Fingerkuppen und den Kiefern in der Hand.

KAPITEL 39

HOTEL GRAN MELIA, ROM, ITALIEN

Das Gran Melia befand sich direkt am Vatikan mit Blickrichtung auf die Mauer, den Apostolischen Palast und den Petersdom. Statuen von Cäsar, Augustus und Cicero an den Wänden, ebenso Bücher in den Regalen. *Das Decameron,* Platon, Machiavelli und natürlich Dante. Die Suite von Arakis hatte einen Blick auf den Petersplatz. Tom hatte die Blutwerte von Arakis überprüft, während Arakis von einem Deal in Brasilien erzählt hatte. Tom war zufrieden, die Entzündungswerte waren stabil.

»Kontrolle«, hatte Arakis gesagt. »Eine chaotische Welt mit mehr als zehn Milliarden Menschen ist mit den üblichen Steuerungsmechanismen nicht mehr zu kontrollieren. Es ist ohnehin alles vernetzt. Die Frage ist, ob es zum Wohle oder zum Unwohle der anderen vernetzt ist.«

Tom sagte nichts.

»Vor Kurzem haben Terroristen durch Fitnesstracker von Soldaten herausgefunden, wo diese Soldaten im Kampfgebiet waren, und haben dann dort mit umprogrammierten Drohnen das Feuer auf die Soldaten eröffnet. Das muss man sich mal vorstellen. Die Truppen tun alles, um nicht entdeckt zu werden, und dafür gibt das Pentagon Milliarden von Dollar aus, und dann werden sie doch entdeckt. Und zwar durch Fitnesstracker, von denen die Silicon-Valley-Firmen allen erzählen, sie müssen sie unbedingt tragen, um fit zu bleiben. Silicon-Valley-Firmen, die es nur gibt, weil es das Silicon Valley gibt. Und das gibt es nur, weil das Pentagon dort nach dem

Zweiten Weltkrieg Forschungsaufträge mit Hightech gestartet hat.« Er machte eine Pause. »Der menschliche Faktor wird zu oft übersehen. Ich habe gerade in eine Firma in China investiert, die den Maschinen das maschinelle Lernen beibringt.«

»Wie das?«

»Hier.« Arakis zeigte Tom ein Foto auf seinem iPad. Auf dem Bild lange Reihen von Tischen mit Computern. Davor chinesische Männer und Frauen, die mit der Maus auf den Bildschirm klickten und irgendwelche Bilder markierten. Es schien kalt zu sein in dem Raum, denn viele der Männer und Frauen vor den großen und etwas altmodischen Monitoren trugen Winterkleidung und einige sogar Handschuhe, mit denen sie die klobigen Mäuse umfassten. Im Hintergrund sah man einen Kohleofen. Der Raum sah aus wie ein eher unkomfortables Internetcafé in Sibirien.

»Ohne Leute wie die gibt es keine künstliche Intelligenz«, sagte Arakis. »Das hier ist im Norden Chinas. Wie man sieht, gibt es keine Zentralheizung. Dafür gibt es schnelles Internet.«

»Und was machen die?«

»Die zeigen den Maschinen, wie etwas aussieht.«

»Wie etwas aussieht?«

»Ja. Wie sieht eine Katze aus, wie sieht sie bei Regen aus, wie im Dunkeln? Wie ein entgegenkommendes Auto? Wie ein Lkw? Wir Menschen können das erkennen, die Maschinen nicht. Dass sie so etwas erkennen können, ist aber extrem wichtig für autonomes Fahren, damit die Maschine eben weiß, dass auf der Straße eine Katze ist und keine Pfütze. Eine Pfütze kann man überfahren, eine Katze oder einen Menschen eher nicht.«

Er faltete die Hände. »Das ist China. Die ganzen KI-Firmen

treten wie Gladiatoren gegeneinander an, und das beste Start-up gewinnt.«

Tom kannte die Szene. In einigen dieser Start-ups war es durchaus üblich, dass Roboter den Mitarbeitern das Mittagessen brachten, damit die Angestellten nicht umständlich rausgehen und etwas bestellen mussten.

Er zeigte auf seine Augen. »Das ist der neueste Schrei. Auch aus China.«

»Die Kontaktlinsen«, sagte Tom, »ich habe davon gehört.«

»Dann hast du richtig gehört.«

»Sind dort wirklich alle Kontaktdaten und Gesichter von wichtigen Menschen gespeichert?«

»Seit Kurzem mehr als das.«

»*Noch* mehr als das?«, fragte Tom.

»Diese hat eine FAU-Funktion. *Facial action units.* Der Computer, der dahintersteckt und an den die Kontaktlinsen via Bluetooth Informationen an mein Smartphone schicken, schaut sich die Gesichtsmuskelreaktionen des Gegenübers an.«

»Und dann?«

»Weiß man, wie das Gegenüber wirklich drauf ist. Ohne dass es sich verstellen kann. An den Gesichtsmuskeln können wir die Reaktionen anderer Menschen sehen. Sind sie mit etwas zufrieden oder sind sie eher nicht zufrieden.«

»Gibt es nicht viel mehr schlechte als gute Emotionen?«, fragte Tom.

»Richtig. Die einzige positive Emotion ist Freude. Das Negative ist stärker. Es müssen auch nur gute Dinge bewiesen werden. Schlechte Dinge glaubt man sofort. Wenn ich sage ›Ich bin der beste Fußballspieler der Welt‹, würden das die meisten auf keinen Fall glauben. Würde ich sagen ›Ich bin der schlechteste Fußballspieler der Welt‹ schon eher. In einem

Filmexperiment wurden einmal Zuschauer aus unterschiedlichen Kulturen an ein EEG angeschlossen, um zu testen, inwieweit die unterschiedlichen Gehirne ›synchron‹ bei bestimmten Stellen miteinander im Einklang sind.«

»Und?«

»Bei einer Filmaufnahme von New York waren es fünf Prozent der Gehirne, die mehr oder weniger im Einklang ›tickten‹. Bei einer Komödie achtzehn Prozent.«

»Über das, was Humor ist, gibt es in verschiedenen Kulturen unterschiedliche Ansichten«, sagte Tom.

»Richtig. *Humor doesn't travel* heißt es so schön. *Humor reist nicht.* Beim Schrecken gilt das aber nicht.«

»Ist das so?«

»Ja. Bei Hitchcocks Duschszene in *Psycho* waren es stolze fünfundsechzig Prozent. Das Negative schweißt zusammen, da hier wieder unser Selbsterhaltungstrieb dahintersteckt, der weiß, dass wir länger leben, wenn wir paranoid sind. Das passt auch zu meinem Motto.«

»Und das lautet?«

»Besser ein Pessimist, der lebt, als ein Optimist, der tot ist.«

Si, der am Fenster stand, grinste.

KAPITEL 40

VATIKANSTADT, ROM, ITALIEN

Gott Abrahams, Gott Isaaks, Gott Jakobs, nicht der Philosophen und Gelehrten, hatte der Philosoph Pascal auf einen Zettel geschrieben und diesen in das Rockfutter seines Anzuges eingenäht. An diesen Spruch musste Tom denken, als er mit Arakis und Si den Petersplatz überquerte. Der Vatikan gründete sich auf den Apostel Petrus, der in Rom geköpft worden war, doch hundertprozentig war es nicht nachzuweisen, dass Petrus wirklich als Märtyrer in Rom gestorben ist.

Tom und Arakis überquerten den Petersplatz und sahen den Petersdom mit seiner gigantischen Kuppel in der Morgensonne erstrahlen. Mons Vaticanus, auf diesem Hügel am Tiberufer hatte Kaiser Nero einst ein Amphitheater bauen lassen, in dem die frühen Christen den Löwen zum Fraß vorgeworfen wurden. Der Obelisk, der sich auf dem Petersplatz vor der Fassade der Basilika erhob, war derselbe, der schon vor zweitausend Jahren in Neros Amphitheater stand.

Petrus starb hier, wenn die Überlieferung stimmte, treuester der Jünger Jesu, der Fels, auf dem Jesus seine Kirche bauen würde, Vorläufer aller Päpste und Erster der Stellvertreter Christi auf Erden.

»*Du bist Petrus, und auf diesen Felsen will ich meine Kirche bauen*«, sagte Arakis, eher zu sich als zu Tom, »*und die Pforten der Hölle sollen sie nicht überwältigen.*« Er blickte kurz Tom an. »Wir sorgen dafür, dass das auch so bleibt.« Arakis sprach weiter. Tom wunderte sich, dass Arakis sich so gut mit der Geschichte des Vatikans auskannte. »Petrus' Grab hatte diese Stätte bereits zu heiligem Boden gemacht, und im vierten Jahrhundert nach Christus legte Kaiser Konstantin den Grundstein für das, was schließlich im sechzehnten Jahrhundert zur größten Kirche der Christenheit wurde. Kein Geringerer als Michelangelo war es gewesen, der der Basilika von St. Peter ihre endgültige Form gab, dem Grundriss nach einem griechischen Kreuz nachgebildet. Und Michelangelo war es auch, der die Kuppel entworfen hat, die in der Welt so viele Nachahmer fand – St Paul's in London, das Kapitol in Washington, der Dom in Berlin.«

Tom verweilte noch kurz bei Arakis' Worten, während sie über den Petersplatz schritten, dem innersten Zentrum der Christenheit seit fast zweitausend Jahren.

»Dort sind die fünf Tore des Petersdoms«, erklärte Arakis. »Ganz rechts die Heilige Pforte, die zuletzt im heiligen Jahr 2000 geöffnet worden war, dann das Portal der Sakramente, in der Mitte das prächtige Portal des Filarete, dann das Portal des Guten und Bösen und schließlich, auf der äußersten linken Seite, schwarz und bedrohlich, das Portal des Todes.«

Sie durchschritten die Vatikanischen Gärten, dann mehrere Tore, während die Schweizer Gardisten sie begrüßten. Offenbar waren sie angemeldet.

»Wir gehen nicht in die Sixtinische Kapelle?«, fragte Tom. Er würde sich die berühmte Kirche mit dem Jüngsten Gericht und der Deckenbemalung von Michelangelo gern einmal anschauen.

»So schön ist die nicht für alle gewesen«, sagte Arakis. »Bei einer Papstwahl im dreizehnten Jahrhundert wurden die Kardinäle einmal für mehr als tausend Tage eingemauert, weil sie sich nicht einigen konnten. Nahrung gab es über ein Loch in der Decke. Zwanzig Kardinäle sind dabei gestorben.«

»Und wohin gehen wir?«

»Zum Turm Nicolo V., gleich bei den Vatikanischen Gärten.«
»Und was ist dort?«
»Unser Gesprächspartner Kardinal Venturini. Und das IOR.«
»IOR?«
»Istituto per le Opere di Religione«
»Und was ist das?«
»Die Vatikanbank.«

KAPITEL 41

NSA, FINANCIAL MARKET INTELLIGENCE, FORT MEADE, MARYLAND, USA

Leeland Bennet von der Abteilung *Financial Markets Intelligence* der NSA telefonierte mit seiner Informantin, Jenny Aldwick, Head of Compliance bei der New Yorker Investmentbank Silverman & Cromwell.

Bennet hatte schon einiges erlebt. Damals, am 11. September 2001, gab es Verschwörungstheorien, dass Al-Qaida nicht nur die Anschläge durchgeführt, sondern vorher auch Leerverkäufe auf Fluglinien und auch Versicherer in Auftrag gegeben hätte, von einem Konto in Dubai aus. Es war klar, dass nach einem solchen Anschlag die Aktien von Allianz, Münchener Rück und auch American Airlines und Lufthansa fallen würden. Das Terrornetzwerk wollte angeblich nicht nur Terror stiften, sondern damit auch Geld verdienen. Wenn man vorher wusste, in welche Richtung die Märkte gehen würden, konnte man sehr viel Geld verdienen. Vor Kurzem hatte ein Russlanddeutscher namens Sergej Wenergold in Deutschland etwas Ähnliches versucht, war damit aber zum Glück nicht weit gekommen. Dieser Mann hatte sechzigtausend Verkaufsoptionen auf den börsennotierten deutschen Fußballclub Borussia Dortmund gekauft und dann einen Sprengsatz deponiert, der explodierte, als der Bus des Vereins die Stelle passierte. Zum Glück hatte es nur eine einzige leichte Verletzung im Team gegeben. Hinterher hatte Bennets Team kalkuliert, dass Wenergold nur ungefähr fünfhunderttausend Euro hätte verdienen können, selbst wenn die Aktien des BVB danach auf null gefallen wären. Sie bewegten sich allerdings nur um circa zwei Prozent nach unten und stiegen dann wieder.

Jenny Aldwick von Silverman & Cromwell war ein guter Kontakt für die NSA. Die Leute, die auf ihrem Radar landeten, waren um einiges intelligenter und gefährlicher als der planlose Fußballclub-Leerverkäufer. Gerade hatten sie den sogenannten Bitcoin Whale entdeckt, oder auch Bitcoin Wal. Eigentlich sollte die Kryptowährung Bitcoin demokratisch sein, doch eine Gruppe von Investoren, die man an der Wall Street eben *Bitcoin Wal* nannte, hatte einen Anteil von fast vierzig Milliarden von der Kryptowährung angehäuft; demokratisch war das nicht gerade, und von der Demokratisierung der Finanzwelt konnte man bei einer solchen Mittelanhäufung auch nicht sprechen. Bennet war ein Quant, einer, der aus komplizierten mathematischen Modellen Programme schreiben konnte. Er hätte auch an der Wall Street anfangen können, hatte sogar ein Gespräch mit David Solomon, dem Chef von Goldman Sachs gehabt, der mit ihm nicht nur über Quants, sondern auch über Restaurants, gute Weine und seine »Nebentätigkeit« als DJ gesprochen hatte.

Als Quant wäre er bei Goldman wohlgelitten gewesen. Die meisten Händler, die keine Quants waren, fühlten sich oft minderwertig gegenüber den Quant-Tradern.

Bennet hatte viele Angebote gehabt. Doch die NSA hatte Bennet überzeugt. Hier konnte er Programmieren, in SQL, Java und Python, aber er konnte noch einiges mehr tun. Auf seinem Tisch lag das Buch *Nerds on Wall Street* von David Leinweber. Die meisten glaubten, sie verstünden etwas von Algorithmen, doch meistens beteten sie nur die Buzzwords nach, die auch in den PowerPoint-Pitch-Präsentationen der großen Wall-Street-Häuser und Beratungen standen. Am Ende lief das meiste auf Korrelationen hinaus, einige Punkte auf einem Chart, die man zu einer Trendgeraden verbinden konnte. Mit der Formel $y = mx + b$, die jeder noch aus der Schule kannte, konnte man dann einen Trend vorhersagen – oder auch nicht. Denn die meisten Modelle waren sehr viel komplizierter und oft auch noch mehrdimensional. Im Quantum-Computing kam dazu, dass es nicht nur, wie bei herkömmlichen Computern, Nullen und Einsen gab, sondern auch Zustände dazwischen.

Bennet kannte die typischen Fehler: Oft wurden auch gleich Korrelation und Kausalität verwechselt. Man hatte herausgefunden, dass die Entwicklung des S&P-Index in den USA und die Butterproduktion in Bangladesch korrelierten. Das hieß aber nicht, dass bei einer Erhöhung der Butterproduktion automatisch die US-Aktien stiegen. Es konnte genauso sein, dass es in einem Jahr sehr viele Störche und sehr viele Babys gab. Trotzdem musste darin kein Zusammenhang bestehen.

»Hudson Invest hat einen neuen Algorithmus«, sagte Aldwick mit ihrer dunklen Stimme. »Sie wollen herausgefunden haben, dass CEOs, die in Analystenkonferenzen *Bitte* und *Danke* sagen, höhere Aktienkurse haben. Mittlerweile jagen sie alle Telefongespräche, die sie haben, durch ein NLP-Programm.«

NLP, das wusste Bennet, hieß nicht *Neurolinguistische Programmierung,* wie sich der psychologische Trend aus den Neunzigern nannte, sondern *Natural Language Processing,* die langwierige und mühevolle Aufgabe, einem Computer menschliche Sprache beizubringen.

»Und?«, fragte Bennet. »Stimmt das?«

»Halten wir für unwahrscheinlich. Du weißt doch, es gibt Muster, sogenannte *Patterns,* aber neunzig Prozent davon haben keine Vorhersagekraft.«

Vorhersagekraft, dachte Bennet, genau darum ging es. *Pre-*

dictive Power. Quants von Goldman Sachs, mit denen er gesprochen hatte, bevor er zur NSA ging, hatten ihm von Kensho erzählt. Kensho war Goldmans Supercomputer, der versuchte, Korrelationen zwischen globalen Ereignissen, seien sie politisch, ökonomisch oder ökologisch, und deren Implikationen auf Vermögenswerte herzuleiten – idealerweise lange bevor es die anderen Banken und Wettbewerber mitbekamen.

»Ich habe noch etwas für dich«, sagte Aldwick.

»Ich höre.«

»Über unser Desk laufen eine Menge Orders aus *Dark Pools.*«

Bennet kannte *Dark Pools.* Es waren nur wenig regulierte Konten, bei denen sich Investoren, die unerkannt bleiben wollten, zusammentaten, um mit großen Summen den Markt zu bewegen.

»Weißt du auch, welche Orders?«

»Bankaktien und Optionen und Futures auf die *Underlyings.*« *Underlyings* waren die Wertpapiere, die den Optionen und Futures zugrunde lagen.

»Also gehebelt?«

»Aber wie!«

»Nur Aktien?«

»Auch Anleihen.«

»Welche Richtung?«

»*Short.*«

Bennet nickte. »Da geht offenbar jemand davon aus, dass es abwärtsgeht.«

»Sieht ganz so aus«, sagte Aldwick.

Bei Anleihen, das wusste Bennet, lief es etwas anders als bei Aktien. Wenn bei Anleihen der Kurs herunterging, stieg der Zins, den derjenige, der Anleihen herausgab, zahlen musste, um sich von anderen Geld zu leihen; ähnlich wie bei einem

Kredit. Sank der Kurs einer Anleihe, und ging der Zins nach oben, war es für den Anleihe-Emittenten teurer, sich Geld zu beschaffen. Das Ganze hätte Griechenland in der Eurokrise fast in die Pleite getrieben.

»Das klingt so, als würde da jemand ganz bewusst gegen ein Land wetten«, sagte Bennet.

»Genau das tut irgendjemand auch«, sagte Aldwick. »Es sind italienische Banken. Und italienische Anleihen.«

»Perfekt«, sagte Bennet, »danke für die Info. Kannst du mir eine Auflistung schicken? Codierter Account?«

»Klar.«

»Gut, danke! Hast was gut bei mir. Ich muss Schluss machen.«

Er legte auf und wählte eine neue Nummer.

Die Nummer von seiner Kollegin Melanie Brown.

KAPITEL 42

VATIKANSTADT, ROM, ITALIEN

»Wir dürfen einen kleinen Umweg gehen«, sagte Arakis, als sie mit den zwei Schweizer Gardisten rechts am Petersdom und dann am Palazzo della Canonica vorbeigingen. »Den Turm Nicolo V. kann man eigentlich vom Sant'Anna-Tor viel besser erreichen, aber ich habe darum gebeten, dass wir einen kleinen Spaziergang durch die Vatikanischen Gärten machen können.«

Tom hob die Augenbrauen. Arakis schien überall gute Beziehungen zu haben. Selbst im Zentrum der Christenheit. Sie durchquerten die Vatikanischen Gärten, gingen am Bahnhof und am Verwaltungsgebäude vorbei.

»Du musst wissen«, erklärte Arakis, »dass die Vatikanbank mal wieder in einige Krisen verstrickt ist. Diesmal geht es um einen großen Immobiliendeal in London, der mit Schwarzgeld finanziert wurde. Und bei dem auch das APSA, der Pensionsfonds des Vatikans, mit drinhängt. Eigentlich sollte unter Papst Franziskus mal durchgelüftet werden, aber so richtig ist das nie geschehen.«

»Klingt ja wie bei *Der Pate*.«

»*Der Pate*, Teil drei, ist eigentlich von vielen realen Fällen inspiriert worden.« Arakis blieb kurz stehen. »Dort«, sagte er, »ist das Kloster Mater Ecclesiae, dort wohnt der frühere Papst Benedikt XVI. Er trägt auch noch den Namen *Heiliger Vater*, sodass es davon im Moment zwei gibt. Zurückgetreten ist aber bis auf Benedikt XVI. bisher in der Geschichte der Päpste nur ein einziger anderer Papst. Vielleicht besser als die Politiker, die bis zum bitteren Ende auf ihren Sitzen kleben.«

Sie umrundeten den Petersdom. Linker Hand befand sich jetzt das Gebäude des Vatikanischen Geheimarchivs. Sie durchquerten einen langen Hof. »Dort oben«, sagte Arakis, »gibt der Papst immer den Angelus um zwölf Uhr. Den Engel des Herrn. Natürlich von der anderen Seite, Richtung Peterplatz.« Tom nickte.

»Der Turm ist da vorne, nahe dem Hauptpostamt des Vatikans.« Arakis lächelte. »Die Vatikanpost ist deutlich schneller als die italienische Post.« Er blickte nach vorne, und sie sahen den massigen Turm, der sich an den Papstpalast schmiegte. »Wir sind da.«

Paolo Venturini, Chef der Vatikanbank im Range eines Kardinals, empfing Tom und Arakis. Es gab Kaffee und Cornetti. Ebenfalls am Tisch saß Kardinal Vittorio Pagani, der sich gewiss jeden Tag über seinen Nachnamen ärgerte, hieß der auf Italienisch doch *Heide.*

»Eigentlich sind wir ein Steuerparadies mitten in der EU«, erklärte Venturini, »Wir sind ein eigener Staat mit einer eigenen Bank und einer eigenen Regierung. Der Vatikan ist eine absolute Monarchie. Monarch ist der Heilige Vater. Allerdings haben wir keine eigene Währung.«

»Aber Wahlen gibt es doch?«, fragte Tom. »Zum Papst?«

»Ja, die gibt es und wird es immer geben. Aber heute ist es nicht mehr so schlimm wie im dreizehnten Jahrhundert, als die Kardinäle tausend Tage lang eingesperrt waren und es sogar Tote gab.«

»Ja«, sagte Arakis, »hatte ich meinem Begleiter schon erzählt. Harte Zeiten damals.«

»Nein, das muss ja auch nicht sein«, sagte Venturini. »Aber

Internet, Rundfunk und Handy sind verboten während der Konklave. Wir werden mit einem Bus vom Gästehaus in die Sixtinische Kapelle gebracht. Alles wird abgeriegelt. Die Polizei überwacht das Ganze.«

»Und der Rauch?«, fragte Tom. »Wo kommt der her? Tatsächlich aus einem Kamin in der Sixtinischen Kapelle?«

Arakis lächelte.

»Man darf es eigentlich nicht sagen«, sagte Venturini, »aber der wird künstlich erzeugt.«

»Aber es können nur Kardinäle Papst werden?«, fragte Tom weiter.

»Eigentlich nicht. Jeder katholische, männliche, getaufte Christ kann Papst werden. Urban VI. war aber der letzte Papst, der bei seiner Wahl nicht Kardinal war.«

»Wann ist das gewesen?«

»1378.«

»Damit wäre die Antwort klar«, sagte Arakis, was auch ein Zeichen war, die Fragestunde zu beenden. »Man ist wohl besser Kardinal, um Papst zu werden. Das macht die Anzahl derer, die infrage kommen, gering und die Notwendigkeit, sie zu schützen, noch größer.«

»Worauf wollen Sie hinaus?«, fragte Pagani.

»Gerade der Vatikan muss besser geschützt werden. Denken Sie an die Terroranschläge in Sri Lanka von Ostern 2019. Ist nicht bald in Rom auch wieder Ostern?«

»Ja, das ist so«, sagte Venturini, »wie in jedem Jahr.«

»Wollen Sie dann einen Terroranschlag auf dem Petersplatz?«

»Natürlich nicht«, sagte Venturini. »Was für eine Frage!«

»Man kann nicht alles verhindern«, sagte Pagani. »Zur Not schützt uns Gott.«

»Man kann es aber fast verhindern«, sagte Arakis. »Und

Gott schützt euch vielleicht genauso, wie er die koptischen Christen in Ägypten 2017 und vor Kurzem die Gläubigen in Sri Lanka *geschützt* hat.«

»Ich dachte, Sie wären ein gläubiger Mensch?«, fragte Pagani.

Tom zog die Augenbrauen hoch. Als sonderlich gläubig war ihm Arakis bisher nicht erschienen.

»Bin ich auch«, sagte der. »Aber mir ist *wissen* lieber als *glauben.*«

»Dann glauben Sie nicht richtig.« Pagani kniff die Lippen zusammen.

»Sie können künftig auch gern an meine Spenden glauben, anstatt zu wissen, dass sie eintreffen.«

»Genug!« Venturini hob die Arme. »Wir alle glauben, und die Spenden von Signor Arakis sind sehr willkommen. Dennoch«, er blickte Arakis an, »keiner rechnet mit so etwas.«

»In Sri Lanka hat auch keiner damit gerechnet. Mit Schockereignissen rechnet niemand, ansonsten wären es keine Schockereignisse und keiner wäre überrascht. Schon einmal von *Black Swan Events* gehört?«

Venturini nickte. Pagani sagte nichts. Arakis sprach weiter. »Hoffen allein reicht nicht. Das Unerwartete wartet überall. Vor allem sind die Christen in Sri Lanka keine Gruppe, die besonders gehasst wird. Der Kampf findet eher zwischen Buddhisten und Muslimen statt. Wenn sich also die Wut der Buddhisten, die ja einige im Verdacht haben, gegen irgendjemanden wendet, dann gegen die Muslime oder die evangelikalen Christen wegen ihrer Missionstätigkeit. Nicht gegen die Katholiken.«

»Was wollen Sie damit sagen?«

»Nur zu glauben, dass es andere erwischt und nicht einen selbst, hilft nicht immer. Und sich nur an den Zeitgeist anzubiedern und ansonsten nichts geregelt zu bekommen, wie euer gegenwärtiger Papst das macht ...«

»... das ist Ketzerei«, donnerte Pagani, »Sie sprechen vom Heiligen Vater!«

»Heilig vielleicht, aber nicht schlau«, setzte Arakis noch einen drauf.

Venturini hob beruhigend die Hand.

»Eminenz«, sagte Arakis zu Pagani, »ich verstehe Ihre Skepsis. Im Psalm steht: *Es fallen Zehntausende zu meiner Rechten und zu meiner Linken,* aber irgendwann erwischt es einen selbst auch. Jedenfalls dann, wenn man nicht vorbereitet ist. *Hilf dir selbst, dann hilft dir Gott.* Das ist mehr als nur eine Volksweisheit.«

»Ich weiß, was Sie vorhaben«, sagte Pagani. »Glauben Sie nicht, dass Ihr Vorhaben nicht schon an unsere Ohren gedrungen ist. Totalüberwachung des Vatikans?«

Arakis konnte sich nicht beherrschen, hämisch zu grinsen. »Ja, komisch, oder? Vor allem, da die Heilige Inquisition, die heute noch in Form der Kongregation für die Glaubenslehre besteht, ein Meister der Überwachung und Kontrolle war. Dass gerade Sie damit fremdeln, entbehrt nicht der Ironie.«

Pagani verschränkte die Arme vor der Brust. »Wir werden uns sicher nicht in chinesische Kontrolle begeben.«

»Nur von den USA und dem großen Bruder NSA werdet ihr immer weniger Hilfe bekommen«, sagte Arakis. »Donald Trump gibt sich zwar christlich, obwohl er schon lange keine Kirche mehr von innen gesehen hat, aber nicht, um den Katholiken, sondern vor allem, um den evangelikalen Wählern in den USA zu gefallen.«

»Aber ist Trumps Vice President Mike Pence nicht evangelikaler Christ? Denen muss doch die gute Botschaft etwas bedeuten. Auch wenn sie keine Katholiken sind. Das hier ist das Zentrum der Christenheit.« Pagani faltete die Hände.

»So sehen es die Katholiken«, sagte Arakis. »Ich jedenfalls gehe davon aus, dass das Verlegen der US-Botschaft von Tel Aviv nach Jerusalem durch Trump zwar auch Israel gefallen sollte, besonders aber auch den evangelikalen Wählern in den USA, für die Jerusalem und der dortige Tempelberg eine starke Symbolik hinsichtlich der Apokalypse und der Rückkehr Christi hat. Der Tempelberg muss in jüdischer Hand sein, bevor es zur Rückkehr Christi kommt.«

»Also will Trump die Rückendeckung der Christen, aber nur die im eigenen Land?«

»So ist es. Wenn euch hier alles um die Ohren fliegt, wird euch das einen hämischen Tweet von ihm bringen, dass so etwas bei Europas Islamfixierung, mangelndem Investment in die NATO und in Sicherheitsarchitektur und den steinzeitlichen Geheimdiensten ja kein Wunder sei. Mehr aber auch nicht.«

»Signor Arakis«, sagte Venturini, »wir kennen Sie als streng gläubigen Menschen, und wir wissen auch, wie viel Geld Sie unserer Kirche schon gespendet haben.«

Tom hob noch einmal die Augenbrauen. Jedenfalls Venturini schien tatsächlich anzunehmen, dass Arakis streng gläubig war. Vielleicht war er es wirklich? Oder er war es durch seine Krankheit geworden?

Arakis nickte. »Genau deswegen möchte ich Ihnen helfen, und diesmal mehr als je zuvor. Oder wollen Sie ein römisches Sri Lanka? Das Einzige, was in der Kirche in Sri Lanka noch stand, war die Osterkerze. Das kann ein Symbol des Glaubens sein, ist aber für die Angehörigen oder die Opfer selbst wenig tröstlich. Abgesehen von dem Leid: Wie sähe es aus, wenn massenhaft mobile Kühlgeräte auf den Petersplatz gefahren werden, weil der Leichengeruch sonst unerträglich wird? Dann werden die Särge beschriftet und aufgestapelt. Eine Stadt des Todes im Zentrum der Christenheit. Der Petersplatz wird zu einer riesigen Nekropole. Sie wissen doch, wie man die Lagune in Sri Lanka nannte, in der die Kirche St. Sebastian stand?«

Venturini zuckte die Schultern. Pagani ebenso. Was sie hörten, gefiel ihnen nicht.

»Klein Rom«, sagte Arakis.

KAPITEL 43

BANCA DELLA CASA, RE DI ROMA, ROM, ITALIEN

Mauro saß in der Filiale der Banca della Casa in Re di Roma und glaubte, er hörte nicht richtig. Sein Steuerberater Sandro saß neben ihm.

»Ihr wollt *was?*«, fragte er mit schriller Stimme.

»Wir müssen die Kredite leider in drei Monaten, gern auch früher, fällig stellen.« Castillo war die Sache sichtbar unangenehm.

»Das geht doch gar nicht!«

»Doch, laut Vertragsbedingungen geht das.«

Mauro schaute Sandro an. Der nickte. »Da hat er leider recht.«

Mauro wäre fast aufgesprungen. »Warum hast du mir das nicht gesagt?«

»Ich dachte, das wüsstest du? Außerdem bin ich nicht dein Anwalt.«

»Und wenn ich in drei Monaten nicht zahlen kann …?«, begann Mauro.

Castillo wand sich. »Dann müssen wir auf die Sicherheiten zurückgreifen.«

»Die Sicherheiten …« Allmählich schwante Mauro das ganze Ausmaß. »Unsere Wohnung!«

Castillo kniff den Mund zusammen und nickte.

»Wie soll das gehen?«

»Die wird verkauft«, sagte Castillo tonlos. »Daher ist es besser, Sie haben das Geld in drei Monaten.«

»In drei Monaten!« Mauro schrie fast. Einige Kunden in

der Bankfiliale blickten sich um. Der Filialleiter überlegte, ob er einschreiten sollte.

»Am besten ist, Sie haben das Geld dann. Ihr Restaurant ist doch fast fertig und …«

»… und meinen Sie, das kostet dann gar nichts? Essen, Bedienung, Strom, was auch immer? Ich werde dann keine vierhunderttausend haben.«

»Dann werden wir leider die Wohnung verkaufen müssen. Oder Sie finden einen Käufer. Ansonsten müssen wir die Wohnung zwangsversteigern.«

Mauro starrte vor sich hin und sagte gar nichts. Er spürte das Grauen, das ihm den Rücken hinaufkroch.

KAPITEL 44

VATIKANSTADT, ROM, ITALIEN

Venturini atmete geräuschvoll aus. »Und was haben Sie genau vor?«

»Den Petersplatz überwachen. Und die Kirchen in Rom auch.«

»Alles überwachen? Durch die Polizei?« Pagani war entsetzt aufgestanden.

Arakis blieb demonstrativ sitzen. »Die wird Ihnen nicht helfen. In Sri Lanka gab es genug Warnungen. Gehört wurde keine. Genauso wenig in Paris 2015. Oder Deutschland 2016. Der IS hat sein Kalifat verloren, aber nicht seine Kämpfer. Und es reichen oft nur wenige, um größtmöglichen Schaden anzurichten.«

»Also, wie soll das gehen?« Venturini saß angespannt auf der Vorderseite seines prächtigen Eichenstuhles und wäre fast heruntergerutscht.

»Mit Kameras und Bewegungsmeldern.«

»Also doch die Chinesen«, knurrte Pagani. »Ich wusste es!«

Arakis wandte sich ihm zu. »Wollen Sie unbedingt, dass Santa Maria Maggiore in die Luft fliegt? Und San Giovanni in Laterano gleich mit? Vom Petersdom ganz zu schweigen?«

»Natürlich nicht«, sagt Venturini und warf Pagani einen kurzen Blick zu. »Aber wie soll das genau gehen?«

»Mit chinesischer Überwachungstechnologie«, sagte Arakis.

»Siehst du«, knurrte Pagani.

Venturini versuchte, ihn zu ignorieren.

Arakis sprach weiter. »Die haben alles mehr oder weniger in der Schublade. Sie wenden es ja schon an.«

»Ja«, sagte Pagani, »in der Xinjiang-Provinz, um Menschen zu unterdrücken.«

»Zunächst einmal radikale Muslime«, sagte Arakis. »Das müsste Ihnen eigentlich gefallen. Die wollen, dass es nur den Islam gibt. Wo es nur den Islam gibt, gibt es kein Christentum mehr. Sie werden den Petersdom vielleicht nicht sprengen, aber eine riesige Moschee daraus machen. Sie kriegen es noch hin, dass selbst Jesus' Aussagen ad absurdum geführt werden: *Du bist Petrus, und auf dir will ich meine Kirche bauen. Und die Pforten der Hölle werden sie nicht überwinden.*«

»Das ist Blasphemie«, sagte Pagani, »die Kirche Christi zu karikieren.«

»Blasphemie ist es, ihre Zerstörung zuzulassen, ohne etwas zu tun.«

»Unser Gott ist ein Gott der Liebe, nicht des Krieges.«

»Ich frage mich«, sagte Arakis, »wo diese ständige Liebe der katholischen Kirche zum Islam herkommt? Ihr seid beides Expansionsreligionen, die katholische Kirche bezeichnet sich als allein seligmachend. Der Islam mit anderen Worten tut das für sich auch. Wer von beiden wirklich recht hat, erfahren wir leider erst im anderen Leben. Das heißt aber doch nur: Eigentlich hat keine Seite ein Interesse an der Koexistenz des anderen. Der Islam definitiv nicht. Ihr aber schon? Bei allem Respekt. Ist die Kirche zu gutmütig oder zu blöd?«

Venturini atmete aus. »Wahrscheinlich beides.« Er schaute Arakis an. »Also China?«

»Ja, China. Wissen Sie, dass die Kommunistische Partei den Vatikan sehr genau studiert hat?«

»Ach ja? Warum?«

»Nun, eine Institution, die es trotz aller Stürme der Geschichte seit zweitausend Jahren gibt und die immer noch besteht, das imponiert der Parteiführung. Auch ansonsten ist einiges ähnlich: Nur Männer über fünfzig, keine anderen Götter, und China hat 1,4 Milliarden Einwohner, die katholische Kirche hat circa 1,2 Milliarden Mitglieder. Hier im Vatikan sind auch fast alle Topführungskräfte männlich und weiß, allerdings fast alle über siebzig. Ganz ähnlich wie das Politbüro der Kommunistischen Partei. *Diversity* gleich null! Unterschiede gibt es aber auch eine Menge.«

»Ach ja?« Pagani schien zu erwarten, dass von Arakis wieder eine freche Spitze kam, was sich als gerechtfertigt herausstellen sollte.

»Ja. Denn die Kommunistische Partei lässt sich nicht so einfach übers Ohr hauen wie ihr. Sie macht keine Werbung für ihre Feinde, so wie ihr. Wenn die katholische Kirche untergeht, dann aus eigener Dummheit, nicht aufgrund von anderen. Von wegen *Pforte der Hölle.* Die ist gar nicht erforderlich. Die Pforten der Hölle sind die, die hier schalten und walten. Die Pforten der Hölle ist die Dummheit, die hier herrscht.«

Vittorio Pagani war sichtlich ungehalten. »Ich denke, es reicht.«

Doch Venturini legte ihm die Hand auf die Schulter.

»Wobei ein Anschlag auf den Petersplatz zu Ostern den Prozess vielleicht noch beschleunigen würde. Durch euer Nichtstun beschleunigt ihr den Untergang.« Auch Arakis stand auf.

Pagani wollte etwas sagen, aber Venturini hob die Hand. »Wir denken darüber nach.«

»Denkt schnell«, sagte Arakis, »der Feind schläft nicht. Oder wie sagte es Jesus: *wachet und betet.*«

KAPITEL 45

*VIA DELLE GRAZIE,
NAHE DER VATIKANSTADT, ROM, ITALIEN*

Tom war mit Arakis in einem Restaurant in der Nähe des Petersdoms gewesen. Vorher hatte Venturini, der sich, anders als Pagani, wieder etwas beruhigt hatte, ihnen noch das Innere des Petersdoms gezeigt. Tom war noch niemals im Inneren der riesigen Basilika gewesen. Er war beeindruckt, so wie es wohl bisher jeder Besucher dieser riesigen Kathedrale war. Pagani war beleidigt zurückgeblieben. Kardinal Venturini hatte einfach mit dem Security-Mann am Ausgang des Petersdoms, dort, wo die Besucher das Bauwerk verließen, ein paar Worte gewechselt, und sie waren durch den Ausgang hineingegangen. In der Schlange, so hatte man ihnen gesagt, würde man heute zwei Stunden warten.

Arakis hatte recht: Der Petersplatz war ein schreckliches Ziel für einen Terroranschlag.

Venturini war zum Essen mitgekommen, Pagani hingegen hatte von der Gesellschaft Arakis' offenbar genug. Venturini hatte sie gefragt, wo sie essen wollten: in einem Restaurant, in das auch die echten Italiener gingen, oder in einem touristischen Restaurant an einem teuren Platz, das *O sole mio* hieß, in dem man in der prallen Mittagssonne eine Pizza aß und sich ungemein italienisch vorkam. Sie hatten natürlich Ersteres gewählt. Das Restaurant, das Venturini ausgesucht hatte, war von außen kaum zu erkennen, und natürlich saß man im Inneren. Drinnen eine Mischung aus Geschäftsleuten, Kardinälen, anderen Würdenträgern und einigen Herren, die vielleicht auch Mitglieder der Mafia waren. Das ganze Restaurant konnte nahtlos aus dem dritten Teil von *Der Pate* entnommen sein. Das Essen war fantastisch. Risotto, Dorade, Tiramisu und eine ausgezeichnete Auswahl an Weinen.

Arakis wollte noch ein paar Dinge mit Venturini und einem anderen Kontakt besprechen, und Tom war allein zurück ins Hotel gegangen.

Auf der Straße nahe dem Sant'Anna-Tor fiel ihm auf, dass er bereits seit Längerem ein penetrantes Motorengeräusch hörte.

Er dachte an die Worte von Arakis. Die Hölle und die Dummheit im Vatikan. Er ärgerte sich selbst über seine eigene Dummheit. Den letzten Grappa hätte Tom sich vielleicht sparen können. Zumal mitten am Tag.

Noch immer der Motor.

Er dachte an den Terror und China. Und an die Überwachung.

Hörte den Motor.

Dachte an den Tod, die Auferstehung, das ewige Leben. Und an seinen Vater. *Wachet und betet,* hatte Jesus zu seinen Jüngern gesagt. Hatte er, Tom, für seinen Vater genug gebetet, genug getan?

Er hörte den Motor. Lauter.

Er drehte sich um. Sah den Van hinter sich. Er ging auf die andere Seite. Dann hörte er die Stimmen. Spürte den Stoß. Roch den scharfen Geruch. Er merkte noch, wie seine Beine unter ihm nachgaben und knorrige Hände ihn nach oben zogen. Türen öffneten sich, er spürte harten Boden unter sich. Dann knallten Türen zu. Ein Motor heulte auf.

KAPITEL 46

BUNDESMINISTERIUM DER FINANZEN, WILHELMSTRASSE, BERLIN, DEUTSCHLAND

Lisa war zurück in Berlin. Sie verfolgte die Nachrichten auf ntv an ihrem kleinen Fernseher im Büro.

Sie griff zum Telefon. Rief ihren alten ECC-Kollegen Bernd an, den sie vor Kurzem in Frankfurt getroffen hatte.

»Was ist da los?«, fragte sie.

»Irgendeiner geht da mächtig *short* auf Italien«, sagte Bernd, während er offenbar mal wieder ein Sandwich oder irgendetwas Ungesundes mümmelte. Das hatte er schon damals in Frankfurt gern gemacht, vor allem nachts war es bei ihm ein Ritual gewesen, vom Büro zur Dönerbude zu gehen und den Döner auf dem Rückweg im Gehen aufzuessen. Bei ihrem letzten Besuch hatte er das nicht getan, sondern nur Kaffee getrunken. »Zweifach *short.*«

»Banken und Anleihen?«, fragte Lisa.

»Exakt.« Bernd sah aus seinem vollverglasten Eckbüro heraus den Opernturm und die Alte Oper. Davor die Commerzbank, das Gallileo-Gebäude, das 2013 für die Dresdner Bank eröffnet wurde und jetzt der Commerzbank gehörte, dann der sogenannte Silver Tower, der einst das Hauptquartier der Dresdner Bank gewesen war und jetzt der Deutschen Bahn gehörte. Munteres Bäumchen-wechsel-dich-Spiel, dachte Bernd. Dahinter die Zwillingstürme der Deutschen Bank. Die gehörten noch immer der Deutschen Bank, weil die Bank und ihre Türme wohl auch sonst keiner haben wollte. Weiter dahinter der Messeturm mit Goldman Sachs. Von außen sah alles ruhig aus, dachte er, aber drinnen war sicher die Hölle los. »Das Problem ist dabei, dass die meisten italienischen Staatsanleihen von den Banken gehalten werden. Wenn die Kurse runtergehen, gehen auch die Vermögen der Banken in der Bilanz runter.«

»Und wenn dann auch noch die Bankaktien runtergehen …«, ergänzte Lisa, »… dann haben die Banken es noch schwerer, sich zu rekapitalisieren, und trocknen aus. Und was dann passiert, ist ja bekannt.« Sie schluckte. Die meisten Banken gingen pleite, weil sie keine Liquidität mehr hatten. Bear Stearns und Lehman Brothers waren in der Finanzkrise 2008 pleitegegangen, weil ihnen keine andere Bank mehr Geld leihen wollte. Bear Stearns war übernommen worden, Lehman Brothers war verschwunden. Diese kurzfristigen Gelder, das sogenannte *Overnight Lending*, war aber essenziell für das Überleben aller Banken. Wer aus diesem Kreislauf ausgeschlossen war, war so gut wie tot. »Bear Stearns und Lehman Brothers«, sagte sie.

»… und in Deutschland wären es sicher IKB, HRE, Dresdner Bank, BayernLB und HSH Nordbank gewesen, wenn der Staat nicht eingesprungen wäre.«

»Und jetzt?«, fragte Lisa.

»Entweder das beruhigt sich …«

»Ist das wahrscheinlich?«

Bernd atmete durch. »Wenn sich jemand findet, der Anleihen kauft und italienische Bankaktien, dann vielleicht.«

»Sieht also nicht so aus?«

»Nein. Keiner greift gern in ein fallendes Messer.«

»Was kann noch passieren?«

»Die EZB springt ein. Mal wieder. Die hat allerdings jetzt einen neuen Chef. Beziehungsweise Chefin. Und die ist, anders als der alte, kein Italiener mehr.«

»Also unwahrscheinlich?«

»Aber wahrscheinlicher, als dass ein anderer weißer Ritter einspringt. Oder die EZB-Politik sich krass ändert, wie es der Fall gewesen wäre, wenn Weidmann EZB-Chef geworden wäre.« Bernd schaute aus dem Fenster. Die EZB in ihrem kistenartigen Hauptquartier am Mainufer sah er von seinem Eckbüro aus nicht.

»Und sonst?«

»Italien bricht zusammen und fliegt aus dem Euro. Beziehungsweise die Eurozone bricht zusammen.«

»Wenn die Eurozone das nicht will«, sagte Lisa, »dann muss sie doch Italien retten.«

»Darauf spekulieren die Italiener«, sagte Bernd. »Aber es gibt nur einen Unterschied: Griechenland konnte man retten, weil es recht klein war. Italien ist zehnmal so groß. Und je größer etwas ist …«

»… desto schwerer kann man es retten«, ergänzte Lisa.

»Exakt«, sagte Bernd. »*Too big to fail,* das gilt nicht nur für Banken, das gilt auch für Länder.«

Trotz der ernsten Lage musste Lisa lächeln. Frühere Kollegen verstanden sich auch ohne Worte.

KAPITEL 47

*VIA DELLE GRAZIE,
NAHE DER VATIKANSTADT, ROM, ITALIEN*

Die Tür des Wagens fiel krachend ins Schloss.

Tom kam langsam zu sich, während er das Aufheulen des Motors hörte und das Rauschen der Räder auf dem Kopfsteinpflaster. Verdammt, dachte er, das musste doch irgendwer gemerkt haben? Doch es hatte niemand gemerkt. Er schrie instinktiv, damit irgendjemand an der Straße sein Geschrei hörte, schrie sich die Seele aus dem Leib. Aber der Transporter fuhr munter weiter und war wahrscheinlich auch noch schallisoliert, sodass ihn wohl wirklich niemals irgendjemand hören würde.

Seine Stimme war heiser geworden vom Schreien.

Er sah sich um. Sah nichts. Pechschwarze Dunkelheit. Ab und zu etwas Licht, das durch das Schloss ins Innere drang.

Sein Smartphone! Warum hatte er nicht gleich daran gedacht? Er würde sofort Arakis anrufen oder Lisa und ….

Das Handy hatte keinen Empfang. Kein einziger Balken. Er wählte die Nummer von Arakis. Doch es kam nur ein langer, monotoner Dauerton. Sonst nichts.

Er versuchte es bei Lucy, bei seinem Vater, bei Freunden.

Immer wieder derselbe Dauerton.

Hier war kein Empfang. Wer immer ihn entführt hatte, musste einen Mobile-Jammer installiert haben. Natürlich, dachte er, die Typen, die ihn entführt hatten, waren nicht dumm. Aber wer war es? Waren es die Angehörigen der Albaner, die sie in Ostia überfallen und die Si zerstückelt und deren Einzelteile er an die Familien geschickt hatte? Wenn ja, was würden sie dann mit ihm machen? Ihn nur töten, oder vorher noch foltern? Er fühlte die Angst in seiner Kehle und in seinem Magen.

Der Wagen fuhr. Er hörte nichts von den Fahrern, kaum etwas von draußen. Nur das Rauschen der Räder. Die Minuten vergingen.

Sekunden wurden zu Minuten.

Minuten würden irgendwann zu Stunden werden.

Er schaute auf sein Handy. Bisher waren nur zehn Minuten vergangen.

Zehn Minuten.

Zwanzig Minuten.

Dreißig Minuten.

Fünfunddreißig Minuten …

Er wusste sich nicht anders zu helfen. Er schrie noch einmal, auf Englisch, dann auf Italienisch.

Dann lauschte er.

Keine Antwort. Nur das Rauschen der Räder. Der Wagen fuhr weiter. Fuhr und fuhr und fuhr und fuhr.

Er lehnte sich an die Wand des Vans. Überlegte. Versuchte, sich nicht von diesem dunklen Wagen und dem Hintergrund dieser Entführung, oder was immer das war, fertigmachen zu lassen. Versuchte, logisch zu sein und rational. Auch wenn er wusste, dass er das in diesem Moment nicht sonderlich gut konnte.

Erstens: Er war hier eingesperrt, der Wagen fuhr und fuhr, und keiner konnte Tom hören. Wenn ihn schon in Rom direkt neben dem Vatikan niemand gehört hatte, dann hier auf irgendeiner Landstraße weit außerhalb der Großstadt erst recht nicht.

Zweitens: Er konnte niemanden mit seinem Handy anrufen.

Drittens: Er würde nicht für immer hier drin sein. Irgendwann musste der Transporter anhalten. Schon allein deswegen, weil der oder die Fahrer tanken mussten. Aber wer sagte, dass sie ihn, Tom, zum Tanken aus dem Wagen rauslassen mussten? Sie könnten tausendmal tanken, und er wäre schon längst verdurstet und verhungert. Oder sie würden den Wagen abstellen und ihn einfach im hinteren Teil lassen, wo er ebenfalls verhungern oder eher noch verdursten konnte? Den Wagen irgendwo abstellen, wo man ihn noch weniger hören würde als hier?

Wenn das passierte und er die Tür nicht aufkriegte, würde er für ewig in diesem Transporter bleiben und in diesem Wagen sterben.

Sie fuhren und fuhren. Er merkte, wie sich seine Augen mit Tränen füllten und sich der Nebel der Verzweiflung in seiner Seele ausbreitete.

Von einer Sekunde auf die andere hielt der Wagen. Bremsen quietschten, Schotter knackte unter den Reifen. Türen klapperten, Stiefel knirschten auf Kies. Schritte. Toms Herz schlug bis zu seiner Schädeldecke. Die Tür des Wagens öffnete sich. Zwei Männer, einer mit einer Taschenlampe, die Tom ins Gesicht leuchtete. Die Gesichter kaum zu erkennen. *Waren das die Albaner?*

In der Mitte eine weitere Gestalt. Schlanker, kleiner. Und weiblicher.

»Tom Bayne«, sagte die weibliche Gestalt. »Wir müssen uns unterhalten.«

»Und wer sind Sie?«, fragte Tom. Sein Herz trommelte noch immer, aber er spürte die Erleichterung, dass seine letzte Stunde offenbar doch noch nicht gekommen war.

»Ich heiße Brown«, sagte die Frau. »Melanie Brown.«

KAPITEL 48

IRGENDWO VOR ROM, LATIUM, ITALIEN

»Melanie Braun?«, fragte Tom.

»Ja, aber die amerikanische Aussprache. B.R.O.W.N.«

»Sie kommen aus Amerika? Dafür sprechen Sie sehr gut Deutsch.«

»Meine Vorfahren kommen aus Deutschland.«

»Und Sie kommen …?«

»Ich komme von der NSA.«

Tom schluckte. »*Die* NSA?«

»Genau die.«

Tom blickte sich um. Die beiden Männer starrten ihn unverwandt an. Melanie wandte sich an die beiden Männer. »*I have to talk to him alone.*«

Sie kam zu Tom in den Transporter, und die Türen wurden geschlossen. Gleichzeitig ging die Deckenlampe an.

»Ich nehme an, es geht um etwas Größeres?«, fragte Tom.

»Es geht zum Beispiel um Dr. Tara Helbig aus Hamburg. Kennen Sie die?«

»Ich wüsste nicht, warum ich Ihnen das sagen sollte.«

»Vielleicht deswegen, weil Frau Dr. Helbig zusammen mit dem UKE in Hamburg Kooperationspartner für Ihre CUMO-App ist. Und wissen Sie, was diese App macht? In Hamburg, aber auch in London und auch in Paris?«

»Sagen Sie es mir.« Tom wusste natürlich alles.

»Sie zeigt bei den Probanden viel höhere radioaktive Jodwerte als normal an. Gleichzeitig werden in den jeweiligen Städten online Fake News über eine Reaktorkatastrophe gestreut, die dann auch noch durch die Messzahlen der App medizinisch bestätigt werden. Obwohl es beides nicht gibt: Weder den Reaktorunfall noch die erhöhten Jod-131-Werte. Wissen Sie warum?«

Tom sagte nichts.

»Wie kann ich, wenn ich ein Angebot von Jodtabletten habe, wie dies zum Beispiel bei ChemChina, dem größten Chemiekonzern Chinas der Fall ist, für Nachfrage sorgen? Na ja, genau auf die Weise wie beschrieben. Wenn die Leute glauben, dass ein Reaktor hochgegangen ist, dann wollen sie Jod haben. Ich nehme an, das war nur ein Testlauf, der leider bemerkt wurde. Aber all das wissen Sie nicht?«

»Muss ich Ihnen sagen, was ich weiß?«

»Müssen Sie nicht. Es geht auch noch um jemand anderen.«

»Leute aus meiner Firma?« Vielleicht half es, die Sache herunterzuspielen, dachte Tom.

»Ein paar Stufen höher«, sagte Melanie Brown. »Es geht um Ihren neuen Freund. Dairon Arakis.«

Tom hätte selbst darauf kommen können. Um was sollte es sonst gehen, wenn die NSA hinter ihm her war? Es konnte höchstens noch um seine Kontakte zur Kommunistischen Partei gehen. Vielleicht aber auch um beides.

»Worum genau?«

»Arakis weiß von der Manipulation Ihrer CUMO-App. Er weiß auch, dass da jemand zu plump vorgegangen ist. Und falls Sie sich fragen, ob Sie die Kommunistische Partei als Investoren für CUMO zulassen sollten: Sie sind bereits drin. Zwar noch nicht als Investor, aber bereits im System. Arakis weiß davon, aber er wird sich hüten, den Chinesen da jetzt reinzugrätschen, weil er die Chinesen für ein viel größeres Projekt braucht. Ihr Projekt ist die Spielwiese, auf der sich beide Parteien austoben können. Der einzig Dumme, der von all dem nichts oder nicht genug weiß, sind … Sie!«

Tom atmete tief ein und aus. »Was wollen Sie?«

»Wir wollen Informationen über Arakis. Ich kann Ihnen nur raten, mit uns zusammenzuarbeiten. Denn wenn Sie nicht mit uns arbeiten, arbeiten Sie gegen uns.«

»Und was wollen Sie genau?«

»Zunächst Informationen. Sie sind nahe an ihm dran. Wir möchten, dass Sie uns alles sagen, was Ihnen auffällt.«

»Und wenn ich das nicht tue?«

»Dann haben Sie vielleicht kurze Zeit Ihre Ruhe vor uns. Aber eben nur kurz.« Sie sagte nicht den Satz, den Tom noch erwartet hatte, aber vielleicht musste sie das auch gar nicht. *Bevor wir härtere Geschütze auffahren.*

»Was ist so schlimm an Arakis?«

»Kommen Sie«, sagte Melanie, »Sie waren doch in London dabei. Das ganze Chaos bei den Banken und den italienischen Staatsanleihen. Wir haben über Volatilitätsausschläge und den VIX-Index an den Termin- und Rohstoffbörsen schon in den letzten Tagen starke Kursbewegungen ausgemacht. CIA und SEC haben alles bestätigt. Das Chaos, das hier stattfindet, ist erwünscht.«

»Von Arakis?«

»Natürlich. Das Chaos ist ein Problem, für das er dann eine Lösung hat.«

»Und welche?«

»Ich nehme an, Sie wissen es bereits, aber ich sage es Ihnen gern. Arakis will in Europa Chaos erzeugen, erst einmal über die Krise in Italien.«

»Das ist das Problem. Was ist dann die Lösung?«

»Die Lösung kennen Sie auch.«

»Nicht dass ich wüsste.« Sicher war es gut, dachte Tom, sich etwas blöd zu stellen. Immerhin hatte Arakis für die Behandlung seines Vaters eine halbe Million lockergemacht. Was hatte die NSA für Tom getan? Er schuldete Arakis seine Loyalität, jedenfalls deutlich stärker als der NSA.

»Okay, dann erkläre ich Ihnen das auch noch«, seufzte Melanie. »Arakis will chinesische Überwachungstechnologie nach Europa exportieren. Das Chaos, das Arakis erst in Italien und dann in Europa durch mögliche Bankenpleiten erzeugt, lässt sich dann nur per Totalüberwachung lösen.«

»Sie glauben, er will Bankenpleiten?«

»Warum sonst wettet er wohl auf fallende Kurse bei italienischen Bankaktien und bei Staatsanleihen, die diese Banken zufällig in ihren Depots haben?«

Tom dachte kurz nach. Das Ganze kam ihm dann doch allzu schräg vor. Arakis wollte den Vatikan vor Terror schützen. Aber hingen die Kursausschläge in Italien damit zusammen?

»Es geht ihm um den Schutz des Vatikans«, sagte er. »Wenn überhaupt.«

»Schön, dass Sie das so genau wissen. Und wo liegt der Vatikan?«

»In Italien.«

»Und wo geht das Chaos gerade los? Die ersten *Bank Runs*, der Ansturm auf die Konten?«

»Auch hier. Italien.«

»Sehen Sie. Das ist ja wohl kein Zufall. Er hält den Kardinälen das Chaos als Karotte vor die Nase, damit der erste große Überwachungsauftrag der Chinesen an den Vatikan geht. Weil die keine italienischen Verhältnisse wollen. Der Vatikan ist zwar der kleinste, aber sicher der bekannteste kleinste Staat.«

»Haben Sie dafür Beweise?«

»Einige.«

»Wozu brauchen Sie dann mich?«

»Wir bieten Ihnen an, die Seite zu wechseln, bevor Sie sich strafbar machen. Vielleicht hat Ihnen Arakis von seiner Gefängniszeit erzählt? Das soll ihn stark traumatisiert haben. Ich weiß nicht, ob Sie auch scharf auf so etwas sind.«

»Sie sind ein ausländischer Geheimdienst. Sie können hier gar nichts machen.«

»Sie wissen ganz genau, was wir alles können.«

»Aber wenn Sie mich jetzt festnehmen, wird sich das in der Presse, gerade im Hinblick auf die zurückliegende Snowden-Affäre, nicht gut machen. Und diese *Entführung*, die gegen alle Konventionen verstößt, würden wir dann auch publik machen. Vielleicht tun wir das ohnehin. Wenn Sie Arakis beinahe dämonische Fähigkeiten zuschreiben, dann wird er das für mich sicher auch tun können.«

Tom sah, dass Melanie nachdachte. War der Bluff gelungen? Oder würden sie ihn jetzt einfach mitnehmen und auf irgendeine *Black Site* bringen, ohne dass irgendjemand irgendetwas verhindern konnte? NSA und CIA hatten schließlich schon ganz andere Dinger gedreht.

»Wir geben Ihnen drei Tage«, sagte Melanie, »dann wollen wir eine klare Antwort. Mit uns oder gegen uns.«

»Dann sind wir jetzt durch?« Tom wollte den Satz als Aussage formulieren, merkte aber, dass er es eher wie eine Frage formuliert hatte.

Melanie ging zum hinteren Teil des Wagens und öffnete die Tür. »Sind wir. Jedenfalls vorläufig.« Sie gab ihren Leuten ein Zeichen. »Wir fahren Sie wieder zurück.«

KAPITEL 49

VIA DELLE GRAZIE,
NAHE DER VATIKANSTADT, ROM, ITALIEN

Tom stand wieder auf der Via delle Grazie, als wäre nichts gewesen. Er sah die Rücklichter des Vans. Das Nummernschild konnte er nicht erkennen.

Sein Handy klingelte. Es war Lisa. Er nahm den Anruf an.

»In Italien ist der Teufel los«, sagte Lisa.

»Wem sagst du das?«, fragte Tom. »Ich bin in Italien.« Im gleichen Moment biss er sich auf die Zunge. Warum konnte er nie seinen Mund halten?

»Du bist in Italien?« Lisa hob die Stimme. »Was machst du da? Suchst du da Investoren?«

»So halb. Auch ein bisschen Urlaub. Wie sagt der Engländer? *Work and pleasure in good measure.*«

»Im Moment wohl eher Work«, sagte Lisa. »Jedenfalls für mich. Da wettet irgendjemand im großen Stil gegen italienische Staatsanleihen und Banken. Was natürlich extrem toxisch sein kann, da dann die Anleihen in den Bankbilanzen weniger wert werden und die Banken gleich mit. Könnte einen *Bank Run* geben.«

Bank Run, dachte Tom. Ewig lange Schlangen an den Bankfilialen, weil alle auf einmal Geld abheben wollten. Wenn alle gleichzeitig ihre Konten leeren wollten, dann hatten die Banken ein riesiges Problem. Gerade hatte er mit Melanie von der NSA darüber gesprochen. Denn so viel Bargeld gab es nicht.

»Ja, üble Sache«, murmelte Tom.

»Du bist doch gut vernetzt«, sagte Lisa. »Hast du eine Ahnung, wer das sein kann?«

»Keine Ahnung. *Du* arbeitest doch im Finanzministerium!« Natürlich wusste Tom, wer es war. Er hatte schließlich in London bei von Moltke gesessen. Aber das konnte er wohl kaum sagen. Der NSA hatte er es nicht gesagt. Und Lisa dann wohl erst recht nicht. Oder war es jetzt an der Zeit, das Spiel auffliegen zu lassen, weil Tom sonst in den Knast wandern könnte? Sollte es Anklagen gegen ihn geben, könnte es durchaus sein, dass sich Tara, Imir und das UKE einer solchen Klage anschließen würden. Er wusste schließlich alles, was Arakis vorhatte. Und ihm war klar, dass auch Arakis wusste, dass Tom das wusste. Mit allen Konsequenzen. Schließlich hatte Tom den zwanzigseitigen Vertrag unterschrieben.

»Wie geht es den Banken?«, fragte Tom. »Was hörst du so?«

»Die ersten fangen an zu wackeln. Es gibt schon Bargeldknappheit und lange Schlangen vor einigen Filialen. Die Leute wollen ihr Geld, wenn morgen die Banken öffnen. Im Süden hat es schon Aufstände gegeben.«

»Na gut, ich bin in Rom.«

»Auch schön«, sagte Lisa. »Da sind wahrscheinlich noch ein paar Leute, die Geld haben.« Tom ärgerte sich schon wieder. Warum konnte er nie den Mund halten?

»Und nun?«, fragte er, um das Gespräch von sich in eine andere Richtung zu lenken.

»Die italienische Regierung denkt schon über einen neuen Trick nach«, sagte Lisa. »Hat mir ein Kontakt aus dem Europaparlament erzählt.«

»Bots? Oder noch eine Patriotenanleihe?«

»Nein. Die italienische Regierung möchte ihre Goldreserven verkaufen, um die Krise zu lösen.«

»Ist das viel?«

»Über zweitausend Tonnen Gold.«

»Das ist viel, aber wird es die Probleme lösen?«

»Nein. Zudem gehört das Gold der italienischen Notenbank und damit nicht dem Staat, und auch die EU, Eurozone und EZB sind dagegen. In Brüssel knallt es wohl schon richtig. Der italienische Innenminister hat demonstrativ Flüchtlingscamps schließen lassen und droht, die Flüchtlinge, die noch nach Italien wollen, alle auf ein Schiff zu setzen und direkt nach Deutschland zu bringen.«

Tom klickte auf sein Handy. Die Aktionen der italienischen Regierung waren auf der Titelseite von jedem Nachrichtenportal.

»Die Renditedifferenzen der italienischen Staatsanleihen zu anderen Peripheriestaaten sind von drei Prozent auf zehn Prozent gestiegen«, sagte Lisa. »Dabei hat sich Italien vom letzten EZB-Tender schon fast dreihundert Milliarden geliehen.«

»Reicht aber nicht?«

»Nein. Derzeit sind im Europäischen Stabilitätsmechanismus ESM freie Kreditvolumina von vierhundertzehn Milliarden. Allein für die Tilgung des Haushaltsdefizits braucht Italien pro Jahr zweihundertvierzig Milliarden.«

Tom rechnete im Kopf: zweihundertvierzig Milliarden mal zwei waren allein schon mehr als die vierhundertzehn Milliarden, die es gab.

»Das heißt, die ESM-Gelder reichen nur zwei Jahre?«

»Maximal. Durch die Krise vielleicht noch weniger lang, da auch die Zinsen der Anleihen steigen und die Verschuldung teurer wird.«

»Und die EZB und die EU?«

»Guter Einwand. Bisher waren die mit den Südländern immer recht nachsichtig. 2016 gab es erhebliche Verstöße von Spanien und Portugal, aber das wurde nicht als Problem gesehen. Nur Italien ist deutlich größer.«

»Und die neue EZB-Chefin ist keine Italienerin.«

Eine SMS blinkte auf seinem Handy. Von Arakis. »*Das Chaos beginnt*«, stand dort. »*Wir müssen sprechen.*«

»Lisa, ich muss Schluss machen. Ich habe noch einen Termin.«

»Um 21 Uhr?«

»Natürlich. Leute wie ich werden immer gebraucht.« Es sollte lustig klingen, aber er merkte selbst, dass das nicht der Fall war.

Er beendete das Gespräch. Von Weitem hörte er Helikopter. Und das Heulen von Sirenen.

KAPITEL 50

HOTEL GRAN MELIA, ROM, ITALIEN

Tom betrat die Lobby des Hotels. Eine neue Meldung hatte die Turbulenzen in Italien abgelöst.

Alpentsunami, war auf den Untertiteln zu lesen.

Und *Eilmeldung.*

Er ging zum Portier. »Was ist da los?«, fragte er.

Der Mann zuckte die Schultern. »Es gab wohl ein Seebeben am Genfer See und deswegen eine Flutwelle, die auch diverse Häuser überflutet hat.«

»Seebeben in der Schweiz? Können Sie das etwas lauter machen?«

Der Portier nickte. Tom lauschte auf die Stimme des Nachrichtensprechers.

»… sind diverse Häuser überflutet worden. Der Sachschaden ist derzeit noch nicht abzuschätzen. Zahlreiche Rettungskräfte sind im Einsatz. Ich schalte nun zu Philippe Zwahlberg, Geologe am Eidgenössischen Institut für Seismografie.«

Zwahlberg erklärte:

»Nun, Seebeben in der Schweiz sind nicht ungewöhnlich. Die Berge sind in Bewegung. Das Schweizer Dorf Brienz zum Beispiel bewegte sich jedes Jahr, und zwar schneller als jedes andere, weil ein großer Teil des Berges langsam nach unten rutscht.«

Der Moderator stellte eine Zwischenfrage: »*Aber hier war es anders?*«

Zwahlberg antwortete: »*Ja, wir haben viele kleine Erdbeben in der Schweiz. Wir dürfen nicht vergessen, dass die Alpen dort entstanden sind, wo die Eurasische Erdplatte und die Afrikanische Erdplatte sich treffen. In solchen Gebieten sind automatisch seismische Aktivitäten und damit auch Erdbeben möglich. Geschieht dies an einem großen See, wie dem Genfer See, kommt es automatisch auch zu Seebeben. Genau wie am Meer, nur diesmal halt an einem Binnensee.*«

Der Moderator übernahm: »*Vielen Dank, Herr Zwahlberg. Ich habe hier nun zugeschaltet Luc Amstutz von der* AMC *Asset Investigation in Zürich. Herr Amstutz, was hat sich noch ereignet?*«

Amstutz begann: »*Hinzu kommt, dass am Genfer See diverse Banken angesiedelt sind, die dort auch diverse Goldtresore und Safe-Rooms haben. Man vermutet, dass ein großer Teil des Goldes, den Ausländer in der Schweiz lagern, dort untergebracht ist. All das ist durch den Alpentsunami weggespült worden und liegt nun auf dem Grund des Sees. Gold ist knapp geworden, der Goldpreis ist bereits um zehn Prozent gestiegen. Die Terminmärkte spielen verrückt.*«

Der Moderator warf ein: »*Das klingt ja fast so wie bei James Bond und* Goldfinger.«

Amstutz antwortete: »*Das ist tatsächlich so ähnlich. In* Goldfinger *glauben ja erst alle, Goldfinger wollte die Goldreserven in Fort Knox stehlen. In Wirklichkeit will er sie radioaktiv ver-*

strahlen, um damit das Angebot zu verknappen und den Goldpreis zu erhöhen. Weniger Angebot und gleiche oder höhere Nachfrage führt immer zu einem höheren Preis. So ist es hier auch. Am Edelmetallmarkt ist die Hölle los. Hinzu kommt, dass es vorher diverse große Käufe am Edelmetallmarkt gegeben hat, die zum größten Teil über sogenannte Dark Pools *liefen.«*

Der Moderator fuhr fort: »*Es gibt Vermutungen, dass irgendein unsichtbarer Investor an der Preissteigerung vom Gold verdient. Können Sie das kommentieren?«*

Amstutz sagte: »*Es ist noch zu früh, um Mutmaßungen zu treffen. Es kann durchaus auch nur eine Naturkatastrophe sein.«*

Der Moderator hakte nach: »*Es ist also nicht unbedingt erwiesen, dass jemand nachgeholfen hat? Es gibt ja an den Märkten und in Finanz- und Versicherungskreisen diverse Spekulationen.«*

Amstutz antwortete: »*Wie sollte man da nachhelfen? Ich halte das für extrem unwahrscheinlich. Man müsste ja selbst für den Tsunami sorgen.«*

Tom blickte in die Weite der Lobby, während Luc Amstutz weitersprach. Die Worte hallten nach. *Man müsste ja selbst für den Tsunami sorgen …* Konnte das Absicht sein? Wollte da irgendwer an dem steigenden Goldpreis verdienen? War das vielleicht die gleiche Person, die auch an dem Bankenchaos verdiente? Hatte diese Melanie Brown von der NSA vielleicht doch recht, und das Ganze wurde langsam eine Nummer zu groß?

Sein Handy klingelte. Es war Arakis.

KAPITEL 51

LIDO DI OSTIA, NAHE ROM, ITALIEN

Mauro Pagani trank die Bierdose Peroni aus, zerknüllte sie und warf sie heimlich in den Container. Die Baustelle war fast fertig, aber drei Monate? Das würde nie funktionieren. Er ertappte sich dabei, dass er jetzt immer häufiger trank. Auch tagsüber. Eigentlich dürfte er dann nicht mehr fahren, aber was sollte er machen? Sollte er etwa die ganze Strecke mit dem Bus fahren?

Diese Scheißbanker, dachte er. *Das steht in den Vertragsbedingungen. Und was hatte Sandro gemacht, der ihm eigentlich helfen sollte? Gar nichts!*

Sofia war das aufgefallen. »Du isst nichts mehr, du schläfst kaum noch.«

Das mit dem Trinken hatte sie nicht bemerkt, weil er vorher immer ein Kaugummi genommen hatte. Was sie ebenfalls noch nicht bemerkt hatte, war die Sache mit dem Kredit. Er hatte extra ein Postfach eröffnet, an das die Bankkorrespondenz geschickt wurde, damit Sofia nichts davon erfuhr.

Zwangsversteigerung, dachte er. Die Wohnung verkaufen. Und wo wären sie dann? Wo würden sie leben? Sofia, Tony und er.

Colosseo, dachte er. Eine kolossale Fehleinschätzung traf es eher. Wie konnte man nur so blöd sein?

Das Handy klingelte, und er zuckte zusammen.

Es war die Nummer von Castillo. Banca della Casa.

»Signor Pagani?«, fragte Castillo. Mauro hatte Castillo eingeimpft, ihn nur noch auf dem Handy und bloß nicht auf dem Festnetz zu Hause in Rom anzurufen.

»Si.«

»Passt es gerade?«

»Geht so.«

»Gut. Wir hatten ja gesagt, dass der Kredit aufgrund der wirtschaftlichen Lage unserer Bank in drei Monaten fällig ist.«

»Ja, hatten wir«, sagte Mauro mürrisch. Aber er merkte, wie ein wenig Hoffnung in ihm aufkeimte. Vielleicht war es so, dass es der Bank wieder besser ging? Dass doch alles so ging, wie abgesprochen? Dass er sich keine Sorgen machen musste?

»Es ist leider so«, fuhr Castillo fort, »dass wir aufgrund der zunehmenden wirtschaftlichen Schieflage unserer Bank …«

Mauro merkte, wie sich die Angst in seinem Körper ausbreitete.

»… den Kredit mit sofortiger Wirkung fällig stellen müssen.«

KAPITEL 52

HOTEL GRAN MELIA, ROM, ITALIEN

Si öffnete Tom die Tür zu der Suite von Arakis. Der saß vor einem Bloomberg-Terminal und schaute sich die Kursverläufe an.

»Das Gold«, fragte Tom. »Warst du das?«

»Das Gold?« Arakis drehte sich um. »Einige Milliarden. Diese arroganten Typen, deren Gold mal eben in den See verfrachtet wurde, waren die, die mir in Davos nicht zugehört haben. Vor allem dieser arrogante Schnösel de Groot und seine Bilderberg-Bande. Er hatte besonders viel Gold in den Safes. Der sogenannte *Bilderberger Investors Club …*« Er spuckte die Worte förmlich aus. »Ich hoffe, dass diese Typen ein wenig Demut gelernt haben. Beim nächsten Mal werden sie gute Vorschläge vielleicht nicht so schnell ablehnen. Und machen können sie auch nichts.«

»Nein?«

»Nein, das ganze Geld ist ja Schwarzgeld, das sie in Gold getauscht und dann dort in die Schweizer Safes verfrachtet haben. Sie hätten auch Dubai nehmen können, aber das war ihnen politisch zu unsicher. Wegen des Schwarzgeldcharakters des Goldes werden sie auch niemanden anklagen können. Der Markt weiß aber trotzdem, dass eine Menge Gold weg ist. Der Markt weiß am Ende alles. Gegen den Markt zu wetten ist, als würde man sich einem herabstürzenden Felsen in den Weg stellen. Und da Gold jetzt knapper geworden ist, das Angebot also weniger, die Nachfrage wegen der geopolitischen Unsicherheit aber höher als sonst, steigt der Preis. Und mein

Anteil gleich mit.« Er lächelte und schaltete auf einen anderen Bildschirm.

»Und die Bankaktien und die Anleihen?«, fragte Tom. »Weiß der Markt das auch?«

»Du warst doch in London dabei. Die Sache läuft.«

»Es ist zu ernsthaften Auseinandersetzungen zwischen Italien und der EU gekommen«, sagte Tom. »Das Ganze könnte eskalieren.«

Arakis grinste. »Das ist auch Sinn der Sache. Und die Chinesen werden diesmal nicht mehr viel machen können. Bei der ersten Eurokrise waren sie noch an einem starken Euro interessiert. Jetzt ist es eine gute eigene Währung, die sie interessiert. Vor allem nehmen sie die EU und den größten Brocken darin, nämlich Deutschland, ohnehin nicht mehr ernst. Spätestens seitdem Merkel gesagt hat, dass man eine Grenze nicht sichern kann. Für ein Volk, das die Chinesische Mauer gebaut hat, muss sich das komisch anhören.«

»Das heißt, die Chinesen werden diesmal gar nichts unternehmen?«

»O doch, etwas werden sie schon machen.« Arakis zeigte nach draußen. »Sie werden den Vatikan verkabeln.«

»Und der Goldpreis? Steigt der weiter?«

»Ich habe keine Kristallkugel, aber ich denke, der Goldpreis ist gestiegen und wird weiter steigen. Das wird die Italiener noch mehr dazu motivieren, ihre Goldreserven zu nutzen. Und das wird noch mehr Streit mit der EU und der EZB geben. Gut für uns. Je mehr Chaos, desto mehr kauft unser erster Kunde.«

»Unser erster Kunde?«, fragte Tom. »Der Vatikan?«

»Erst einmal die Vatikanbank. Die werden auf den Papst schon genug Druck ausüben, wenn ihnen mulmig wird.« Er griff zum Telefon. Venturini nahm den Anruf sofort an.

»Was meinen Sie?«, fragte Arakis. »Es wird ungemütlich.«

»Ja, wird es«, sagte Venturini, »aber wir überlegen noch.«

»Zu lange Zeit würde ich mir aber nicht lassen«, sagte Arakis. »Denn wenn der wütende Pöbel erst den Vatikan stürmt, weil er den Reichtum dort sieht, während alle Bankkonten leer geräumt sind, brauchen Sie vielleicht gar keinen Terroranschlag, um maximales Chaos zu haben. Denken Sie an die Gelbwesten. Und die Frage ist, ob die vatikanische Gendarmerie und die Schweizer Garde dann ausreichen, wenn die italienische Polizei und die Armee sich um anderes kümmern müssen.«

»Wir sprechen morgen«, knurrte Venturini, dem nicht gefiel, was er da hörte. Das Gespräch endete.

Arakis hob den Kopf. »Si«, sagte er.

Der Riese nickte.

»Verbinde mich mit Li Jintao vom Politbüro.«

KAPITEL 53

HOTEL GRAN MELIA, ROM, ITALIEN

Tom rauschte der Kopf. Er musste ein paar Minuten vor die Tür und an die frische Luft. Er nickte dem Portier zu, der vor dem goldschimmernden Fahrstuhl stand, sah in der Ferne das Restaurant und die Bar und drehte sich sofort dem Aufzug zu. Er drückte auf die Drei, fuhr nach oben.

In seinem Zimmer nahm er das Handy aus der Hosentasche. Er hatte es vor dem Gespräch mit Arakis auf lautlos gestellt. Darum hatte er den Anruf nicht gesehen. Einen Anruf mit einer Hamburger Vorwahl. Eine Nachricht auf seiner Mailbox.

Sein Herz klopfte. Es war nicht die Nummer seines Vaters. Aber es war eine Nummer aus Hamburg. 0049 40. Und das gefiel ihm nicht.

Er hörte die Mailbox ab. Die Nachricht war kurz.

»Herr Bayne, guten Abend, hier ist Winter, aus der Tylius-Privatklinik. Können Sie mich bitte so schnell wie möglich zurückrufen? Egal, wann. Am besten auf dieser Mobilnummer, unter der ich angerufen habe.«

Er wählte instinktiv die Nummer.

Dreimal klingeln.

Tom hörte mit jedem Klingeln sein Herz schlagen.

»Winter.«

»Hier ist Tom Bayne. Guten Abend, Herr Dr. Winter.«

»Herr Bayne …« Winters Stimme war tief, aber trotzdem unruhig. »Herr Bayne«, sagte Winter noch einmal, »ich mache es kurz: Ihr Vater ist heute Abend gestorben.«

BUCH 3

★

Ein Mensch, ein Problem.
Kein Mensch, kein Problem.

Josef Stalin

KAPITEL 1

CENTRAL ORGANIZATION DEPARTMENT,
PEKING, VOLKSREPUBLIK CHINA

Auf dem Schreibtisch von Li Jintao stand die sogenannte »rote Maschine«. Es war ein rotes Telefon, das nur die Spitzenkräfte der Kommunistischen Partei besaßen. Ebenso hatten alle Direktoren und Vorstände der großen staatseigenen Betriebe, der SOEs – State Owned Enterprise –, eines, zudem die hohen Militärs, Kader, Geheimdienstfunktionäre und die Präfekten der großen Städte wie Peking, Shanghai, Shenzhen oder Tianjin. Mit diesem Telefon war es möglich, jeden dieser wichtigen Männer mit einer kurzen Durchwahl anzurufen. Zhou Wang saß an der anderen Seite des Tisches, ebenso Dairon Arakis.

Sie alle hatten sich im Central Organization Department der Kommunistischen Partei Chinas versammelt. Das sogenannte Department befand sich in einem klotzartigen, unbeschrifteten Gebäude an der Chang'an Avenue, ungefähr einen Kilometer westlich vom Platz des Himmlischen Friedens. Dort befanden sich das Mao-Mausoleum, die Große Halle des Volkes, der Kaiserpalast und etwas weiter westlich Zhongnanhai, der Sitz der Regierung. Doch das Central Organization Department war mindestens genauso wichtig. Diese Abteilung versammelte nicht nur die Kontrolle über die größten Unternehmen, sondern auch über die besten Universitäten und das Militär Chinas. In etwa so, als würde es in den USA eine Instanz geben, der nicht nur Walmart, ExxonMobil, Microsoft und Google angehörten, sondern auch das Pentagon sowie die Universitäten Harvard, Stanford, Princeton, Yale und die Columbia in New York. Ebenso die *New York Times*, das *Wall Street Journal* und die *Washington Post*.

Wurde man aus diesem Department angerufen, sah man auf dem Display lediglich eine Reihe von Nullen. Rief man die Nummer des Departments an, innerhalb Chinas ohne Vorwahl die 12380, dann hörte man eine aufgenommene Bandansage.

Das Department hatte viele Namen. Doch tatsächlich war es die Personalabteilung der Kommunistischen Partei. Hier wurden die besten Kader ausgesucht und viele große Initiativen geplant, unter anderem die neue Seidenstraße, die China mit Eurasien und Europa verbinden sollte. Staatspräsident Xi Jinping persönlich war es, der über die Umsetzung der neuen Seidenstraße *Belt and Road Initiative* wachte.

Ein weiteres großes Thema, das in den riesigen Hallen des Departments behandelt wurde, war die Militärstrategie. Schon jetzt hatte China den zweitgrößten Verteidigungsetat der Welt mit fast dreihundert nuklearen Sprengköpfen. Erste Atomtests hatten bereits in den Sechzigerjahren stattgefunden. Am 1. Oktober 2019, als das siebzigjährige Bestehen der Kommunistischen Partei gefeiert wurde, hatte China auf dem Platz des Himmlischen Friedens all die Waffen aufgefahren, die die Welt vorher noch niemals gesehen hatte und die ganz klar sagten: *Wir lassen uns von niemandem aufhalten*. Doch China wollte kein Angreifer sein. Und war es auch nie. Die Strategie von China war es nie gewesen, andere Länder offensiv anzugreifen, sondern den Gegner weit ins Hinterland zu locken, so ähnlich wie dies schon die Russen mit Napoleon und später mit Hitler gemacht hatten. Eigentlich, dachte Arakis, hätte das Beispiel Napoleons mit seinem misslungenen Russlandfeldzug Abschreckung genug gewesen sein müssen, doch die Deutschen machten halt gern einen Fehler, den andere schon gemacht hatten, noch einmal. Und gern noch ein zweites Mal.

Ein anderes Thema innerhalb des Departments, das hier ständig diskutiert wurde, war die Provinz Xinjiang, die ständig überwacht wurde. Am Übergang zwischen Kirgistan und Xinjiang wurde den Reisenden sogar eine spezielle App auf ihrem Smartphone installiert, die all ihre Bewegungen aufzeichnete und nach Peking sandte – ob die Gäste wollten oder nicht. Die riesigen Ölvorräte in der Xinjiang-Region gaben der ganzen Gegend eine gewaltige strategische Bedeutung, auch im Hinblick auf die neue Seidenstraße. Wer sich mit der Partei in China gut stellen wollte, investierte in dieser Provinz. Daimler, Volkswagen und viele andere Unternehmen hatten das schon getan. Das letzte große Thema, das im Central Organization Department regelmäßig diskutiert und geplant wurde, war das Internet. Mit siebenhundert Millionen Internetnutzern hatte China die größte Internetgemeinde der Welt. Der Weltraum und das Cyberspace waren die neuen Kommandohöhen. Und China machte von dieser Kommandohöhe immer dann Gebrauch, wenn es sein musste.

KAPITEL 2

VATIKANSTADT, ROM, ITALIEN

Paolo Venturini und Vittorio Pagani standen in einem der langen Säulengänge des apostolischen Palastes. Eine Büste von Dante blickte streng auf sie herab.

»Du gehst zu kritiklos mit diesem Arakis um«, sagte Pagani. »Du weißt doch, was China im eigenen Land macht. Die Zentralregierung hat in der Provinz Xinjiang, als es dort 2009 Terroranschläge und Aufstände von Islamisten gegeben hat, für fast ein ganzes Jahr das Internet abgestellt.«

»Wir waren nicht dabei«, sagte Venturini. »Vielleicht war es auch ganz anders.«

»Das Ganze grenzt doch an Blasphemie«, sagte Pagani. »Ich bin keinesfalls ahnungslos. Ich weiß, was man dort sagt. Ich bin dort gewesen. In der Partei heißt es: Niemand außer Gott weiß alles, aber die Partei und das *Social Credit System* waren kurz davor, bald ebenfalls alles zu wissen. Kennst du diesen Spruch dahinter: *Die Tugendhaften werden sich in himmlische Höhen erheben, aber die Kriminellen werden keinen Schritt mehr vor den anderen setzen können.* So steht es in einem internen Papier der Partei über das *Social Credit System.*«

»So ähnlich steht es aber auch im Alten Testament.«

»Das Jesus Christus unser Herr entkräftet hat.«

»Er hat es auch bestätigt. Er hat auch gesagt, dass es für manche besser wäre, mit einem Mühlstein um den Hals auf dem Grunde des Meeres zu sein.«

»China verleibt sich ohnehin schon halb Europa ein. Und

sogar die USA.« Pagani sprach weiter. »China ist aber nicht dumm und weiß, dass all diese Strategien, insbesondere die ständige Überwachung, den meisten Ländern, die keine autokratischen Systeme hatten, Angst einjagt. Uns ja auch! Genau darum hat die Führung der Partei analysiert, was im kulturellen Bewusstsein der Europäer und der Amerikaner zählt. Und deswegen kauft die Partei sich Einfluss. Wang Jianlin, mit einem Vermögen von vierunddreißig Milliarden Dollar der reichste Mann Chinas, hatte das US-Studio Legendary gekauft, in dem *Batman* und *Jurassic Park* gedreht worden waren, ebenso Anteile an Paramount, 21th Century Fox und Disney.« Pagani holte ein Papier hervor und sprach weiter. »Midea, ein Anbieter von Klimaanlagen, hatte für vier Milliarden den Augsburger Roboterhersteller Kuka übernommen. Viele Sponsoren der deutschen Bundesliga zum Beispiel kommen mittlerweile aus China, was eines Tages dafür sorgen könnte, dass künftige Spiele zwischen Bayern München und Borussia Dortmund nicht mehr um 20 Uhr deutscher Zeit, sondern um 20 Uhr chinesischer Zeit laufen könnten, also sechs Stunden früher, um 14 Uhr.«

»Expansionsstrategien«, sagte Venturini.

»Ja, aber davon müssen wir doch nicht Teil sein! Die großen Internetkonzerne Baidu, Alibaba und Tencent halten Anteile an Snap und Spotify. Daten sind alles.«

»Daten sind ja auch wichtig«, sagte Venturini, »frag den Präfekten der Glaubenskongregation.«

»Aber sie gehen zu weit! Alles, bis hin zu sexuellem Begehren, ist für die Partei nichts als verarbeitete Information. Das Auge oder die Nase nehmen etwas wahr, das Gehirn erkennt ein Muster der eingespeisten Daten und reagiert.«

»Das ist Datenanalyse.«

»Das ist Blasphemie! Sie reduzieren die Größe der menschlichen Seele auf simple Daten! Und das drängen sie auch noch der ganzen Welt auf!«

»Expansion«, gab Venturini zurück, »was willst du machen?«

»Frag mich, was ich nicht machen will. Ich will nicht, dass wir, der Vatikan, die Kirche Christi, das nächste Übernahmeobjekt Chinas werden. Und mit dem Plan von diesem Arakis, mit dem du dich ja scheinbar auch anfreunden kannst, wird es genau so kommen!«

KAPITEL 3

CENTRAL ORGANIZATION DEPARTMENT,
PEKING, VOLKSREPUBLIK CHINA

»Der Preis für Gold ist gestiegen«, sagte Arakis, »wie ich es vorhergesagt habe.«

Li Jintao nickte. »Die Zentralbank hat ausreichend Gold gekauft. Vorher natürlich. Wir haben einen schönen Gewinn gemacht.« Er trank mit spitzen Lippen von seinem kochend heißen grünen Tee und versuchte, keine Blätter, die in dem heißen Wasser schwammen, zu schlucken.

»Der Goldpreis wird noch weiter steigen«, sagte Arakis. »Wir haben an den Märkten eine inverse Zinsstrukturkurve. Die langfristigen Zinsen sind geringer als die kurzfristigen, was völlig irrsinnig ist, aber es ist so. Das heißt, es geht mit der Wirtschaft abwärts. Gold geht vielleicht noch eine Weile.«

»Wie lange?«

»Nicht mehr allzu lange. Wir sollten uns eher auf Verkaufen als auf Nachkaufen einstellen.«

Li Jintao machte mit dem Kinn eine Geste, und einer der Bediensteten schrieb hastig etwas auf einen Block.

»Wie steht es mit Italien?«, fragte Zhou Wang.

»Sieht gut aus«, sagte Arakis. »Der Vatikan bekommt langsam Angst. Es gibt einen Run auf die Banken, Demonstrationen, Drohung mit Neuwahlen, und der italienische Staat will die Kontrolle über das Gold. Jetzt, wo der Wert derart stark gestiegen ist, ist das auch kein Wunder.«

»Zuerst aber kommt der Vatikan?«

»Zuerst der Vatikan. Den werden wir als Erstes verkabeln. Ihre Leute sollten sich bereithalten.«

»Ich habe gehört, dass sie dort doch zögerlich sind?«

»Das bekommen wir schon hin.« Arakis nickte zur Bestätigung.

»Wollen sie auch das *Social Credit System?*«

»Ich denke, das kommt als zweiter Schritt.«

Im *Social Credit System* gab es acht verschiedene Kategorien. Acht galt als Glückszahl in China. Weniger glücklich waren die, die bei Verstößen erwischt wurden. So war es verboten, Pyjamas in der Öffentlichkeit zu tragen, was viele Chinesen sehr gern machten, weil es irgendwie entspannend und bequem war. Eine Praktik, der die Partei schon vor den Olympischen Spielen in Peking 2008 einen Riegel vorschieben wollte. Ebenso galt es als unhöflich, auf sein Smartphone zu starren, wenn andere dabei waren. Oder auch zu randalieren oder sich übermäßig zu betrinken.

»Manche sagen«, sagte Li Jintao, »dass ein zu starkes China Europa dazu zwingt, zusammenzurücken.«

»Alle haben unterschiedliche Ängste«, sagte Arakis. »Russland hat zum Beispiel Angst, dass sein Westteil von Europa und sein Ostteil von China absorbiert wird.«

»Russland wollen wir nicht unbedingt«, sagte Zhou Wang, »eher die Rohstoffe.«

»Und Europa?«, fragte Li.

»Ich glaube, ihr überschätzt Europa«, sagte Arakis. »Und außerdem habt ihr doch schon Dutzende Vereinbarungen mit Osteuropa. Im April 2019 kam noch Italien hinzu. Eventuell noch die Schweiz. Mit der Überwachung des Vatikans wird sich das noch mehr verfestigen. Jede Vereinbarung ist ein Etappensieg für China. Nein, Europa wird nicht zusammenrücken, sondern immer mehr gespalten werden. Irgendwann ist es …«

»… eine Kolonie von China?« Das war Li Jintao.

Arakis hatte es zwar nicht derart drastisch ausdrücken wollen, aber er nickte. »Ja, so könnte man das sagen.«

»Die Kontrolle Europas«, sagte Li Jintao. »Mit der Lieferung von Hard- und Software, mit Sendemasten, Kameras, Technologie und allem Weiteren. Zunächst mit dem *Erstausstattungsangebot* für den Vatikan.«

»Ein Schritt nach dem anderen«, sagte Arakis. »Oder um bei der Geografie zu bleiben: Rom wurde auch nicht an einem Tag erbaut.«

KAPITEL 4

FRIEDHOF OHLSDORF, HAMBURG, DEUTSCHLAND

Der Friedhof Ohlsdorf in Hamburg, 1877 eingeweiht, hatte sogar eine eigene Postleitzahl und war der größte Parkfriedhof der Welt. Zweihundertzweitausend Grabstätten auf fast dreihundertneunzig Hektar.

Tom schaute nach oben und sah die Eichhörnchen, die in den Bäumen herumsprangen und nichts davon wussten, dass in all der Schönheit des Parks und der prächtigen Bäume die Trauer eine der Grundstimmungen dieses riesigen Areals war. Der Friedhof war bekannt für seine roten Eichhörnchen, die so zahm waren, dass sie einem aus der Hand fraßen. Tom war früher mit seiner Großmutter oft hier gewesen, um die Eichhörnchen mit Nüssen zu füttern, und ganze Familien besuchten den Friedhof nur wegen der kleinen Nager. Vor einigen Jahren war Tom in Washington gewesen und hatte dort an der Mall vor dem Capitol ähnlich zahme Eichhörnchen gesehen. Dass er sich an die Eichhörnchen wieder erinnern würde, weil sein Vater gestorben war, hätte Tom damals nicht gedacht.

Mehr als anderthalb Millionen Bestattungen hatten hier schon stattgefunden. Wenn man sich dem Friedhof näherte, fielen sofort die Dutzenden von Steinmetzgeschäften auf, die Grabsteine herstellten und die die Straßen säumten, ähnlich den Nummernschildherstellern bei den Kfz-Zulassungsstellen, deren Dichte allen Marketing-Gewissheiten von Wettbewerb und Positionierung widersprach.

Eine riesige Anzahl von Toten, dachte Tom, als er der Stimme des Priesters zuhörte und sich gar nicht vorstellen konnte, dass sein Vater, mit dem er vor zwei Wochen noch gesprochen hatte, jetzt hier in diesem kleinen Sarg lag. Der Sarg sah zu klein aus, als dass sein Vater dort ausgestreckt liegen konnte, aber das war ein Gedanke, der Tom bis dahin auf jeder Beerdigung, die er besucht hatte, gekommen war. Der Tod, dachte er, es war immer der Tod.

Ad plures ire, ging ihm der alte römische Spruch durch den Kopf. *Zu den vielen gehen.*

Die alten Römer hatten diese Wendung benutzt. Die vielen, das waren die Toten. Wer zu den vielen ging, der war gestorben. In der gesamten Menschheitsgeschichte war die Anzahl der Toten stets größer gewesen als die der Lebenden. Es gab Berechnungen, wie viele Tote es seit der Entstehung der Menschheit gegeben hatte, und es gab Wissenschaftler, die behaupteten, mit sieben Milliarden Menschen sei bald jener Punkt erreicht, an dem die Anzahl der Lebenden größer sei als die sämtlicher Toten. Blieb allerdings die Frage offen, ob das ein Grund zur Freude war.

Wir Ärzte, hatte Professor Brinkmann in der *Schwarzwaldklinik* gesagt, *können nur Krankheiten besiegen, nicht den Tod*. Auch mit Arakis hatte Tom lange darüber gesprochen, der ihm sofort einen Flug nach Hamburg gebucht hatte. Arakis hatte die Worte des an Bauchspeicheldrüsenkrebs gestorbenen Steve Jobs zitiert, die dieser in seiner berühmten Rede in Stanford 2005 gesagt hatte: *Wenn man jeden Tag lebt, als wäre es der letzte, wird man irgendwann recht haben. Das hat mich beeindruckt, und seitdem habe ich jeden Morgen in den Spiegel geschaut und mich gefragt: Wenn heute mein letzter Tag wäre, würde ich dann tun wollen, was ich heute tun werde? Und wenn ich allzu oft mit Nein antwortete, dann wusste ich, dass ich etwas ändern musste.*

Arakis hatte weiter Steve Jobs zitiert.

Die Überlegung, dass ich bald tot sein werde, ist für mich die wichtigste Hilfe bei den wirklich großen Entscheidungen im Leben. Denn fast alles wird im Angesicht des Todes unwichtig, es bleibt nur, was wirklich wichtig ist. Wer bedenkt, dass er sterben wird, fällt nicht der Illusion anheim, er habe etwas zu verlieren. Man ist sowieso nackt. Es gibt keinen Grund, nicht der Stimme des Herzens zu folgen.

Tom hatte die Rede von Steve Jobs einmal gelesen, aber er hatte sie wieder vergessen. Was er offenbar nicht richtig gelesen hatte, waren die Berichte über den Zustand seines Vaters. Vielleicht war er zu optimistisch gewesen. Vielleicht hatte er nicht die Details gelesen, die er lesen sollte.

Sein Vater war jetzt dort unten. Bei den Würmen, den Mäusen, der schwarzen Erde.

Es regnete nicht an diesem Tag, und das war ungewöhnlich, denn normalerweise regnete es in Hamburg mindestens einmal am Tag, und normalerweise regnete es grundsätzlich auf Beerdigungen, wenn der Sarg in die aufgeweichte Erde hinuntergelassen wurde. Dass heute die Sonne schien, machte die Sache aber nicht besser. Tom kannte die Statistiken, dass sich Depressive eher bei schönem Wetter umbrachten. Denn für sie war es wie für ihn in dieser Situation: Die Trauer, die er spürte, passte nicht zu der strahlenden Sonne und dem blauen Himmel. Heute war die Erde, in die der Sarg an vier Seilen in die Tiefe gelassen wurde, trocken und nicht nass, wie sonst in Hamburg. Tom blickte dem Sarg hinterher, und alles in ihm weigerte sich, zur Kenntnis zu nehmen, dass dieser Sarg und der, der in dem Sarg war, niemals wiederkommen würden.

Wenn die Eltern sterben, hatte man ihm gesagt, dann ist man erwachsen geworden. Nun waren seine Eltern beide tot. Er war allein. Ganz allein.

Arakis aber hatte ihm geholfen. Darum würde er auch Arakis helfen. Arakis hatte Tom in dieser schweren Zeit geholfen, und besonders seinem Vater, und hätte Tom Arakis eher kennengelernt, dann würde sein Vater vielleicht noch leben. In einer feindlichen Welt, in der Menschen ohne Vorwarnung sterben, konnte er genauso gut unmoralisch sein. Oder wenn er noch weiterdachte: Warum war es möglich, dass Menschen einfach so starben? Warum gab es keine Kontrolle, die einen schon vorher warnte, dass etwas schiefgehen könnte? Wenn es keine Kontrolle gab, musste man als Mensch die Kontrolle selbst herstellen. Wenn die Abwesenheit von Kontrolle zum Tod führte und Kontrolle Leben retten konnte, dann konnte Kontrolle nicht schlecht sein. Und dann konnte man genauso gut chinesische Sicherheitstechnologie nach Europa bringen und damit viel Geld verdienen.

»Aus Staub bist du gemacht, und zu Staub musst du werden, bis der Herr dich auferweckt am Jüngsten Tage«, sagte der Priester. Alle schütteten Erde auf das Grab. Dann gab es in der Nähe noch ein kleines Mittagessen. Joost hatte das alles organisiert. Joost und Norbert, ein alter Freund seines Vaters. Tom erinnerte sich an eine Geschichte, die Norbert irgendwann mal erzählt hatte, von einem hanseatischen Unternehmer, dem am Strand eine Möwe auf sein T-Shirt geschissen hatte. Der Unternehmer war abergläubisch. Und er hatte gerade zwei Großaufträge in der Schwebe. Wenn einer der zwei Großaufträge kommen würde, würde er das T-Shirt nicht mehr waschen, wenn beide kommen würden, würde er das T-Shirt nicht nur nicht mehr waschen, sondern es sogar in seinem Büro ausstellen. Es waren beide Aufträge gekommen, und das vollgeschissene T-Shirt hing seitdem an exponiertem Ort im Büro des Unternehmers.

War das abergläubisch gewesen? Aber es hatte geholfen.

Vielleicht, dachte Tom, hätte auch er abergläubischer sein sollen? Vielleicht war es genauso richtig, immer mit dem Schlimmsten zu rechnen? *Besser ein Pessimist, der lebt, als ein Optimist, der tot ist,* hatte Arakis gesagt. Wahrscheinlich war das wieder einer der vielen Sprüche von Arakis, die unvermeidlich und wahr waren. Genauso wie der Tod.

KAPITEL 5

*CENTRAL ORGANIZATION DEPARTMENT,
PEKING, VOLKSREPUBLIK CHINA*

Auf dem Bildschirm waren Demonstrationen zu sehen. Mailand, Florenz und auch Rom. Militärschiffe patrouillierten in den Häfen. Der Innenminister hielt Ansprachen und twitterte wie verrückt. Auch die früheren Präsidenten Berlusconi und Renzi mischten sich in die Diskussion ein, auch wenn sie nicht mehr allzu viel zu sagen hatten. Das Einzige, was alle einigte, war der Bösewicht in der Story, denn der stand von vornherein fest: die EU, die Eurozone und die Bürokraten in Brüssel.

»Wenn es Ihnen nichts ausmacht«, sagte Arakis, »würde ich den Vatikan anrufen.«

Li Jintao nickte und lächelte. »Tun Sie das. Die Weisheit reicht denen offenbar nicht. Sie müssen die Schmerzen spüren.«

»Wie sagte es Konfuzius«, sagte Arakis. »Es gibt drei Wege, Erfahrung zu erlangen: durch Weisheit, die edelste, durch Nachmachen, die einfachste …«

Li Jintao nickte. »… und durch Erfahrung, die bitterste. Rufen Sie gern an.«

Die Nummer war bereits eingestellt, als sich Kardinal Venturini meldete.

»Ich würde mir an Ihrer Stelle Sorgen machen«, sagte Arakis.

Was Venturini am anderen Ende der Leitung sagte, war nicht zu hören, aber es lag ein Gefühl in der Luft, als würde er sich ebenfalls Sorgen machen.

»Geben Sie mir morgen Bescheid?«, fragte Arakis.

Venturini schien so etwas wie ein »Ja« zu sagen.

Dann endete das Gespräch.

»Was ist mit den Schweizern?«, fragte Li Jintao.

»Hier habe ich etwas.« Arakis zog sein Tablet hervor und zeigte den beiden Videos von dem Seebeben in der Schweiz. Viele der Häuser, zusammen mit einer ganzen Erdplatte, waren in den Genfer See gesackt. Die Feuerwehr war am Ufer, Kräne und Helikopter, aber vieles war auf Nimmerwiedersehen in den Tiefen des Sees verschwunden.

»Ganz schöner Flurschaden, nicht wahr?«, fragte Arakis.

Beide nickten. »Deswegen der hohe Goldpreis?«, fragte Zhou Wang.

»Genau darum ist der Goldpreis gestiegen. Denn ein Haufen Gold ist nicht mehr verfügbar, sondern auf dem Grund von diesem See.« Arakis zeigte auf das Tablet. Dann wechselte er das Fenster und öffnete ein Chart. »Ich würde, wie gesagt, allerdings jetzt wieder aussteigen aus Gold.«

»Keinesfalls weiter investieren?«, fragte Li Jintao.

»Nein. Ich würde nicht allzu viel auf eine langfristige Steigerung des Goldpreises setzen. Das war jetzt ein Schock nach dem Seebeben. Wenn die Italiener ihr Gold verkaufen, und die Regierung ist schon an dem Thema dran und will sich das Gold der Zentralbank unter den Nagel reißen, wird der Goldpreis wieder fallen.«

»Lösen denn die Italiener damit ihre Probleme?«

»Auch das nicht. Sie haben etwas über zweitausend Tonnen Gold.«

Zhou Wang schien im Kopf zu rechnen, doch Arakis sprang ihm bei. »Es könnte sein, dass der Goldpreis auf tausendfünfhundert Dollar steigt. Wir haben aber auch noch ein Wechselkursrisiko, denn wir wissen nicht, wie sich der Euro entwickelt. Eigentlich müsste er schwächer werden, wenn die Italiener Zicken machen, aber das war auch in der Vergangenheit schon anders.«

»Aber können die Italiener ihre Probleme und besonders ihre Schulden damit lösen? Mit den zweitausend Tonnen Gold? Das kommt mir wenig vor.«

»Ihre Intuition täuscht Sie erneut nicht«, sagte Arakis. »Es würde sich bei den zweitausend Tonnen auch bei einem auf tausendfünfhundert Dollar pro Unze gestiegenen Goldpreis ›nur‹ um hundertzwanzig Milliarden Euro handeln.«

»Das ist zwar viel, aber doch nicht allzu viel«, stellte Li Jintao fest.

»Damit kann Italien gerade einmal sein Budgetdefizit für sechs Jahre decken, vom Staatshaushalt ganz zu schweigen. Die Lösung ist das nicht.«

»Und das Chaos …?«, fragte Zhou Wang.

»… geht weiter«, antwortete Arakis. »Der Vatikan wird sich morgen nicht melden.«

»Ach nein?« Li Jintao war die Enttäuschung ins Gesicht geschrieben. »Aber sie sagten doch …«

»Der Vatikan«, sagte Arakis. »wird spätestens morgen anbeißen. Davon bin ich überzeugt.«

Die Mienen von beiden entspannten sich. Li Jintao und Zhou Wang waren zufrieden.

KAPITEL 6

BANCA DELLA CASA, RE DI ROMA, ROM, ITALIEN

Signor Castillo sah den Schatten, der sich mit großer Geschwindigkeit auf ihn zubewegte. Er schloss die Anwendung auf dem Bildschirm und stand auf.

»Signor Pagani«, sagte er.

»Was fällt Ihnen ein?«, zischte Mauro. »Meinen Kredit fällig stellen? Jetzt?«

»Signor Pagani«, sagte Castillo, »ich kann Sie ja verstehen, aber das sind Vorgaben von höchster Stelle. Da kann ich nichts machen.«

»Können Sie nicht oder wollen Sie nicht?« Mauros Ton wurde schärfer. Die ersten Kunden und Berater blickten sich um. Ein älteres Ehepaar, eine junge Dame, ein alter Herr mit Hund. Der Hund blickte auf und tippelte unruhig hin und her.

»Setzen Sie sich«, sagte Castillo, »und mäßigen Sie Ihren Ton.«

»Und dann?«

»Dann beruhigen Sie sich.«

Mauro setzte sich, allerdings nur auf die vorderste Stuhlkante.

»Verlängern Sie jetzt?«, fragte er.

»Prolongieren?«, fragte Castillo, und er sah an Mauros Gesicht, dass die Verwendung dieses bankeigenen Wortes für eine Kreditverlängerung nicht gerade zu einer Beruhigung beitrug, sondern Mauro noch wütender machte. »Das geht nicht.«

»Ich soll mich beruhigen, wenn Sie etwas nicht tun, was ich

von Ihnen verlange?«, schnappte Mauro. »Vor allem: Sie müssen nichts verlängern. Der Kredit war auf vier Jahre festgelegt. Sie haben ihn einfach fällig gestellt.«

»Was in besonderen Umständen laut Vertragsunterlagen geht. Somit ist eine Fälligstellung jederzeit möglich. Ihre Verpflichtung als Kreditnehmer ist es, sich an unsere Verträge zu halten.« Er senkte die Stimme. »Und in solchen Umständen befindet sich unsere Bank gerade. Schauen Sie in den Vertrag. Es steht in den AGB, Paragraf fünfzehn.«

Mauro sprang auf. »Mich interessieren die Paragrafen nicht!«, schrie er. »Sie zerstören mein Leben, wenn Sie das tun!« Noch mehr Kunden blickten sich um.

»Ich tue das nicht«, sagte Castillo, »die Bank hat keine andere Wahl. Glauben Sie, ich würde es gern ändern. Aber ich kann nicht.«

»Sie *können* nicht?« Mauros Stimme wurde leiser. Er griff in seinen Rucksack. »Können Sie es jetzt?«

Der schwarze Lauf einer Glock war auf Castillo gerichtet.

KAPITEL 7

IRON CROWN CAPITAL, CANARY WHARF,
LONDON, GROSSBRITANNIEN

Tom war zurück in London. Er war gleich vom City Airport nach Canary Wharf gefahren. Er wusste nicht, ob er den Schmerz über den Tod seines Vaters verdrängte oder einfach nur abgelenkt war. Nur eines wusste er: Die Trauer war noch lange nicht vorbei. Sigmund Freud hatte deswegen auch von »Trauerarbeit« gesprochen. Trauer war anstrengend und brauchte Zeit. Und die Konsequenz, nicht zu trauern, war schlimmer als die Trauer: Irgendetwas blieb unter dunkler Decke verborgen und nagte an der Seele. Tom hoffte, dass ihm das nicht passieren würde, als er in einem der großen Büros von Iron Crown Capital in Canary Wharf in London stand. Durch die Fenster sah er den Millennium Dome, der für die Silvesterfeier 1999/2000 gebaut wurde, und etwas näher den berühmten One Canada Square, der der Hauptwolkenkratzer des Canary-Wharf-Ensembles war. Daneben die Gebäude von HSBC, der Citibank und von KPMG. Damals, in den Achtzigerjahren, hatte Margaret Thatcher die Docklands für Bürogebäude eröffnet, und viele Banken waren dorthin gezogen. Arakis war direkt aus Peking gekommen. Man sah ihm den Jetlag nicht an, und auch die medizinischen Entzündungsdaten, die Tom mithilfe des implantierten Chips und seiner App gecheckt hatte, waren optimal.

»Dies ist Market X«, sagte von Moltke. »Damit können wir vorhersagen, wie es weitergeht.«

Arakis und Tom standen vor einem großen Monitor, auf

dem Tortendiagramme, Balken und Zahlen aufblitzten. »Wir haben die Maschine mit den Daten vor dem Arabischen Frühling gefüttert und dann geschaut, welche Empfehlungen der Computer gegeben hat. Es ist genau das eingetreten, was wir vermutet haben. Revolution, Radikalisierung und alles, aber keine Demokratie.«

»Schön«, sagte Arakis, »aber das ist jetzt im Nachhinein betrachtet und damit immer etwas einfacher. So ähnlich wie diese Tools, die immer ganz genau wissen, welcher Film ein Kassenschlager oder welches Buch ein Bestseller wird. Allerdings leider immer erst dann, *nachdem* diese Bücher oder Filme Bestseller geworden sind.«

»Wir haben alles zurückgesetzt und die Regressionen derart gefahren, dass der Computer die finalen Daten nicht kennt. Die Daten, mit denen die Maschine trainiert wurde, liegen alle in der Vergangenheit. Die Maschine ist sogar von allen Nachrichten, die es nach 2011 gab, abgekoppelt worden.«

»Ich weiß, wie Ihr *Machine Learning* funktioniert, und glaube, dass Ihr Tool auch etwas kann, aber wie sieht es mit neuen Tendenzen aus?«

»Die Rezession in China wird nicht so schlimm werden, wie alle glauben«, sagte von Moltke. »Aber dafür wird die Sache mit Italien unangenehm.«

»Genau wie wir es wollten«, sagte Arakis.

»Ganz genau so.«

Von Moltke hatte beiden kurz vorher den Ursprung von Market X erklärt. Das Programm hatten Informatiker aus Stanford, dem MIT, Peking und dem russischen Skolkowo geschrieben. Ursprünglich sollte damit ein großes Hypothekenportfolio bewertet werden, das in den Besitz eines Großkonzerns gelangt war. Das Programm hatte die richtigen Folgerungen geliefert, der Großkonzern hatte rechtzeitig verkauft und sich damit mehrere Milliarden an Verlusten erspart. Auf den Verlusten saßen jetzt andere. Das hatte von Moltke und seinen Kollegen gezeigt, dass sie genau so ein Werkzeug brauchten. Und sie hatten das Unternehmen kurzerhand gekauft.

»Funktioniert das Ding so ähnlich wie Aladdin von BlackRock?«, fragte Tom.

»So ähnlich, aber ich würde sagen, unseres ist besser«, sagte von Moltke recht unbescheiden. »Unsere Trader wissen nichts davon, aber wir wenden die Algorithmen und die Daten, mit denen das Programm immer wieder trainiert wird, auch intern an.«

»Bei Ihren Tradern?«, fragte Tom.

»Aber ja.« Von Moltke strich über seine Krawatte. »Unser Gerät kann sogar die Pulsfrequenz unserer Händler feststellen und daraus Algorithmen ableiten. Darum haben wir allen eine teure Smartwatch geschenkt.«

»Und jetzt passiert das, was ich auch vorhergesagt habe?«, fragte Arakis. »Auch ohne Algorithmus und Market X? Anleihen gehen runter, und der Goldpreis geht nach oben.«

Von Moltke nickte. »Tja, manche Sachen erkennt man recht schnell. Wenn es Cyberangriffe aus China gibt, kommen die von staatlichen Stellen und entsprechen genau den Büroarbeitszeiten. Acht Uhr 30 Uhr bis 17 Uhr. Oder klassisch *nine to five,* während es in der Mittagspause keine Attacken gibt. Manche Muster kann man schnell erkennen. Ebenso die Sache mit den Anleihen und dem Gold. Man könnte *Carry Trades* machen: italienische Bankaktien runter, italienische Anleihen runter, Gold hoch. Noch jedenfalls.«

»Auch ohne die ganzen Computer«, sagte Arakis.

»Richtig. Mit ihnen«, er zeigte auf Arakis, »hätten wir vielleicht viel Geld gespart und bräuchten all diese teuren IT-

Cracks nicht.« Er ließ seinen Blick über den Handelsaal im Nebenraum schweifen. Die Vierfachverglasung sorgte dafür, dass Tom Hunderte von testosterongesteuerten Tradern sah, die in ihre Telefone schrien, aber nichts hörte.

»Aber Sie haben recht«, sagte von Moltke. »Italienische Anleihenrenditen gehen rauf, die Kurse der Anleihen gehen runter, und die Bankaktien gehen runter. Gold hat seinen Höhepunkt allerdings auch schon fast erreicht.«

KAPITEL 8

QUESTURA DI ROMA,
PIAZZA S. BARTOLOMEO, ROM, ITALIEN

Mauro spürte, wie die Handschellen in seine Handgelenke einschnitten. Der Raum, in den sie ihn gesperrt hatten, war eng und muffig, aber immerhin war er dort allein und nicht mit lauter anderen Randalierern oder Betrunkenen. Er hatte Durst. Sein Kopf dröhnte. Die Carabinieri waren schnell vor Ort gewesen. Hatten ihn zu Boden gedrückt und die Handschellen angelegt, die er noch immer trug.

Ein Kommissar, der sich als Signor Barca vorstellte, mit grauem Anzug und gelockerter Krawatte, kam an die Gitterstäbe, schaute auf ein Bündel Papiere und schüttelte den Kopf.

»Mauro Pagani«, sagte Barca. »Ich verstehe das nicht. Familienvater, gelernter Koch, glücklich verheiratet, wie es aussieht, keinerlei Einträge in der Akte.« Er schaute Mauro an. »Was haben Sie sich dabei gedacht?«

Mauro sagte nichts.

»Haben Sie Angst, dass das, was gesagt wird, gegen Sie verwendet wird? Tja, da haben wir mit den Ausschreitungen derzeit genug zu tun. Sie können Ihren Anwalt anrufen. Falls Sie keinen haben, wird Ihnen ein Anwalt zur Verfügung gestellt.«

»Bleibe ich hier in U-Haft?«, fragte Mauro.

»Kommt drauf an. Die Waffe, die Sie hatten, war nicht geladen, und Sie hatten keine Munition dabei. Daher wollen wir Ihnen keine Tötungsabsicht unterstellen. Andererseits ist die Waffe nicht auf Ihren Namen zugelassen, Sie haben keine Waffenbesitzkarte und haben sich des illegalen Waffenbesitzes schuldig gemacht.« Es klang wie eine Drohung, und das sollte es wohl auch. »Ergänzt um versuchte Körperverletzung, Hausfriedensbruch und versuchten Raub, wie ich das sehe …« Er schaute Mauro durch die Gitterstäbe an.

»Es war der Kredit«, sagte er. »Sie wollten meinen Kredit fällig stellen, wie sie das nennen. Per sofort.«

»Wie viel?«

»Vierhunderttausend Euro.«

»Die sollen Sie sofort zurückzahlen?«

»Ja.«

»Das ist viel. Wo wollen Sie die so schnell hernehmen?«

»Das frage ich mich auch.« Mauro schaute Barca an. »Meine Frau weiß nichts davon, darf es nicht wissen.«

»Wir werden sie kontaktieren müssen. Oder Sie machen das.«

»Sie haben gesagt, ich darf einen Anruf machen«, sagte Mauro.

»Dürfen Sie.«

»Dann geben Sie mir mein Handy.«

»Wen wollen Sie anrufen? Ihren Anwalt oder Ihre Frau?«

»Weder noch«, gab Mauro zurück.

KAPITEL 9

*GLOBAL NEWS STUDIO, ADLERSHOF,
BERLIN, DEUTSCHLAND*

Markus Schmidt, der Moderator der Talkshow *24 Stunden*, sah Lisa aufmunternd an. Sie hatte schon öfter Interviews gegeben, aber sie konnte nicht verhehlen, dass sie trotz all der Routine in all den Jahren immer ein wenig aufgeregt war. Denn sie sprach hier nicht als Privatperson, sondern als Vertreterin einer Bundesbehörde, bei der jedes Wort auf die Goldwaage gelegt werden konnte. Zwar nicht ganz so schlimm wie bei den Politikern, aber für einen Shitstorm im Netz konnte es allemal reichen.

Das Prozedere war wie immer: Erst kam die Maske, dann das Studio und die grellen Scheinwerfer, dann die Sendung, und danach war es immer ein einstündiger Aufwand, das ganze Make-up abends wieder vom Gesicht zu bekommen.

Schmidt sprach seinen Intro-Satz in die Kameras. »Es herrscht Chaos an den Märkten. Italienische Bankenkurse brechen ein. Ganz Italien steht an der Schwelle zum Chaos.« Er wandte sich an Lisa.

»Lisa Bendix, Sie sind Abteilungsleiterin im Bundesministerium der Finanzen, haben vorher in Banken und Unternehmensberatungen gearbeitet. Wie hat sich der deutsche Staat auf das Chaos an den Märkten vorbereitet?«

»Wir beobachten die Situation sehr genau«, antwortete Lisa und versuchte, sich nicht zu räuspern. »Derzeit ist bei der Bundesanleihe noch keine Renditenveränderung zu sehen. Im Gegenteil. Die dreißigjährige Bundesanleihe wird gekauft wie verrückt.«

»Allerdings«, sagte Schmidt. »Derzeit bekommt der deutsche Staat sogar noch Geld obendrauf, wenn er sich Geld leiht. Dennoch …«, Schmidt machte eine kurze Pause, »die eine Sache ist der deutsche Staat, die andere die deutschen Banken.«

Worauf will der hinaus?, dachte Isa.

Schmidt hielt kurz inne und sprach dann weiter. »Es gibt nur noch einen zentralen europäischen Einlagensicherungsfonds. Da werden die deutschen Banken doch nicht lange ungeschoren bleiben. Schließlich müssen sie für die italienischen Banken haften.«

Tolle Idee mit dem europäischen Sicherungsfonds, dachte Lisa, sagte es aber nicht. *Als ob das Ganze abgesprochen gewesen wäre. Derjenige, der für das Chaos an den Märkten sorgt, hat auch vorher dafür gesorgt, dass alle Banken in Europa mit drinhängen. Irgendein Hedgefonds hat auf fallende Kurse gewettet und vorher alles dafür getan, dass es auch so kommt. Doch bei den meisten Hedgefonds war es wie bei Hollywoodfilmen. Es gab immer einen Star, der den Hedgefonds leitete und der die Gelder anzog. Damals George Soros oder heute Kyle Bass oder Ray Dalio von Bridgewater. Hier war weit und breit niemand zu sehen. Niemand Prominentes, der dafür die Verantwortung übernehmen konnte, so wie damals George Soros, der 1992 gegen das Britische Pfund gewettet hatte. Und genau das machte das Ganze noch gespenstischer.*

»Sie haben recht«, sagte Lisa, »wenn man sich die Ausschläge des VIX anschaut, könnte man meinen, dass bestimmte Investoren an der Volatilität an den Märkten Geld verdienen.«

Schmidt schaute in die Kamera. »Für unsere Zuschauer: Der VIX ist der sogenannte *Volatilitätsindex*. Wenn er allzu sehr ausschlägt, heißt das, dass es an den Märkten ungemütlich wird, weil die Aktienkurse wild schwanken. Im Moment eher nach unten.« Er schaute Lisa an. »Richtig?«

»Derzeit sieht das bei den Aktienmärkten und dort besonders bei den Bankaktien so aus. Die Anleihemärkte in Deutschland allerdings sind ruhig.«

»Was raten Sie den Bundesbürgern? Sollten sie ihr Geld abheben? Oder jetzt noch schnell Gold kaufen?«

Tolle Frage, dachte Lisa, *er will mich in die Enge treiben und von mir am besten noch Anlagetipps bekommen, die ich gar nicht geben darf. Aber da darf ich nicht mitmachen.* Sie wusste aber, wie ernst die Situation war: Wollten plötzlich alle Kunden gleichzeitig an ihre Sparguthaben, wie das gerade in Italien passierte, nannte man das einen *Bank Run.* Dann hatte die Bank ein Problem. Ähnliche *Bank Runs* hatte es bei der letzten Finanzkrise gegeben, zum Beispiel bei der Bank Northern Rock in England. Und auch in Deutschland hatte 2008 einmal nicht viel gefehlt, sodass Kanzlerin Merkel und der damalige Finanzminister Steinbrück im Oktober 2008 gemeinsam vor die Kameras treten mussten und beide mit den Worten »Die Spareinlagen sind sicher« garantierten, dass der Bund für alle Spareinlagen der Deutschen bürgen würde. Ob der Bund das überhaupt konnte, war eine andere Frage. Jedenfalls hatte die Beruhigung gereicht, und der *Bank Run* war ausgeblieben. Märkte und Wirtschaft waren nun einmal zu einem großen Teil Psychologie.

Würde das heute noch genauso funktionieren?

»Wir geben keine Anlageempfehlungen«, sagte Lisa. »Die deutschen Banken sind über den Einlagensicherungsfonds abgesichert. Gold ist eine typische Krisenwährung, und der Goldpreis ist bereits sehr stark gestiegen. Jeder muss sich fragen, ob er in einen Vermögenswert einsteigt, der schon derart stark gestiegen ist. Da kann es auch zu einer Korrektur kommen.«

»Also doch eine Anlageempfehlung?«

»Sie werden mir zugestehen, dass ich dazu nichts mehr sagen kann.«

Schmidt holte ein Papier hervor. »Derzeit ist viel von einer sogenannten inversen Zinskurve an den Märkten die Rede. Können Sie uns etwas darüber erzählen, was eine solche inverse Zinskurve ist?«

Lisa verzog unmerklich das Gesicht. Die Talkshow hätte lieber einen richtigen Banker einladen sollen, aber da wollte sich wahrscheinlich niemand irgendeine Blöße geben.

»Eine inverse Zinsstrukturkurve herrscht vor, wenn man weniger Zinsen für lang laufende Anleihen bekommt als für kurz laufende. Was eigentlich ungewöhnlich ist, denn normalerweise muss es mehr Geld kosten, wenn ich mein Geld für längere Zeit weggebe als für kurze Zeit. Das ist hier aber genau umgekehrt.«

»Einfach erklärt: Wenn ich mein Geld längere Zeit verleihe, muss ich eigentlich mehr Zinsen bekommen, weil ich länger auf mein Geld verzichte«, warf Schmidt ein.

»Richtig. Und das ist derzeit genau umgekehrt.«

»Das Problem bei solchen Kurven«, fuhr Schmidt fort, »ist ja: Wenn eine solche inverse Kurse vorherrscht, ist das meist ein Anzeichen dafür, dass eine Rezession, also ein Wirtschaftsabschwung vor der Tür steht. Können Sie uns darüber etwas sagen?«

»Es kann ein Abschwung kommen. Das muss aber nicht der Fall sein.«

»Nun gut«, sagte Schmidt, »Sie wollen sich nicht zu sehr festlegen. Das verstehe ich. Ich kenne noch einen anderen, noch deutlich ungewöhnlicheren Indikator eines Wirtschaftsabschwungs. Wollen Sie ihn hören?«

»Warum nicht?« Lisa kam sich vor wie auf einem Basar, wo

ihr irgendwelche Dinge angedreht wurden, die sie gar nicht wollte.

»Es gibt einen anderen Indikator, der zeigt, dass eine globale Krise immer dann kommt, wenn riesige Wolkenkratzer gebaut werden. Das war 2010 der Fall, als vorher der Burj Kalifa in Dubai fertiggestellt wurde.«

»Und was wurde jetzt fertiggestellt? Ich kann mich an nichts erinnern«, sagte Lisa.

»Zum Beispiel das Gebäude in der 432 Park Avenue in New York. Das höchste Gebäude der Welt, das nur für private Bewohner gedacht ist.«

»Und was noch?«

»Der Jeddah Tower in Saudi-Arabien, der mehr als einen Kilometer hoch sein wird. Und dann gibt es in Guanzhou das Finance Center, das den schnellsten Aufzug der Welt hat.«

»Und Sie glauben, dass wir uns im Finanzministerium solche Daten anschauen und daraus Schlüsse ziehen?« Lisa war nicht ganz klar, was Schmidt mit diesen Vergleichen bezweckte.

»Tun Sie das nicht?«

»Wir bevorzugen die harten Daten.«

»Wir sprechen ja in letzter Zeit häufig von China«, sagte Schmidt, »Mao Tse-tung hat einmal gesagt: *Mögen Ihre Kinder in interessanten Zeiten leben.* Leben wir in solchen Zeiten?«

Lisa verschränkte die Arme und blickte auf die Uhr. Das Interview war vorbei. »Ich fürchte schon.«

KAPITEL 10

VATIKANSTADT, ROM, ITALIEN

Es hatte leicht zu regnen begonnen, und Venturini und Pagani suchten Unterschlupf unter den Dächern des Campo Santo Teutonico. Der Großvater von Venturini war hier begraben, und der Kardinal versuchte, das Grab mindestens einmal pro Woche zu besuchen. Der Campo Santo Teutonico war nicht nur für die Deutschen bestimmt, wie man es am Namen vermuten konnte, sondern für alle, die im deutschsprachigen Raum lebten. Durch die Lateranverträge von 1929 gehörte der Friedhof zum Vatikan, ohne auf vatikanischem Staatsgebiet zu liegen.

»Mein Jesus, vergib uns unsere Sünden, bewahre uns vor dem Feuer der Hölle, führe alle Seelen in den Himmel, besonders jene, die deiner Barmherzigkeit am meisten bedürfen«, sagte Venturini leise.

»Amen«, sagten Venturini und Pagani im Chor.

»Gott ist das Sein«, sagte Venturini und blickte auf eine der Säulen, »die ewige Geometrie des Weltalls, aber er ist noch viel mehr. Er ist die eigentliche Wahrheit und der Grund allen Seins. Er ist der Gott der Zweifler und der Gläubigen, der Gott der Philosophen und der Christen.« Er drehte sich zu Pagani. »Wissenschaft und Religion, sie sind zwei Schwestern, die irgendwann in der Renaissance getrennt wurden und getrennt blieben. Noch. Aber das muss nicht sein.«

»Höre, mein Bruder«, sagte Pagani, »du weißt, dass ich dich respektiere, aber ich kann nicht glauben, dass du das wirklich willst. Wissenschaft ist schön, Technik ist schön, aber es darf kein Verkauf unserer Seele geschehen. Und dann diese Respektlosigkeit von diesem Arakis. Er will schließlich etwas von uns.«

»Nun ja, vielleicht tut er auch etwas für uns«, sagte Venturini. Von draußen hörte man Sirenen. »Du hörst doch, was in Italien los ist. Möchtest du wirklich …«

Paganis Handy klingelte. Er blickte Venturini an. »Erlaubst du?«

»Natürlich.«

Pagani blickte auf das Display und die Nummer. »Der hat mich seit fünf Jahren nicht angerufen.«

Er nahm den Anruf an.

KAPITEL 11

*LONDON MARRIOTT HOTEL,
LONDON, GROSSBRITANNIEN*

Das London Marriott Hotel lag direkt neben dem Millennium Wheel, dem gigantischen Riesenrad, das an der Südseite der Themse im Jahr 2000 errichtet wurde, nachdem es im Jahr 1999 beim Aufstellen beinahe in die Themse gefallen war. Tom hatte damals Tara in London besucht, die am King's College und am St Thomas Hospital Medizin studiert hatte. Das Riesenrad war in liegender Position fertiggestellt worden, hatte während dieser Zeit recht lange auf einem Gerüst auf der Themse gelegen und war dann nach und nach nach oben gezogen worden.

Auch Tom fühlte sich, als würde er in einem viel zu kleinen Riesenrad fahren. Vielleicht war er auch selbst das Riesenrad. Sein Kopf fühlte sich an wie ein surreales Bild, dessen Maler einiges an synthetischen Drogen eingeworfen hatte. Es war viel zusammengekommen: Das Seebeben in der Schweiz, die Taktiken von Arakis und dann das Chaos an den Märkten. Lisa hatte ihm einen Link geschickt. Sie war zu Gast in der Talkshow *24 Stunden,* in der der Moderator ihr zur gegenwärtigen Krise an den Märkten ein Loch in den Bauch gefragt hatte. Tom hätte die Antworten genauso geben können: Italienische Bankenaktien waren in großem Stil eingebrochen, Aktien, bei denen Arakis mit seinem Hedgefonds-Konsortium, bei dem auch von Moltke dahintersteckte, auf fallende Kurse gewettet hatte. Ganz Italien befand sich an der Grenze zum Chaos. Das Ganze war und wurde immer mehr eine sich selbsterfüllende Prophezeiung. Wo die Banken wackelten, da wackelten auch die Sicherheitsmechanismen. Kreditausfallversicherungen und Credit Default Swap gingen durch die Decke. Gleichzeitig bekamen die Auffangnetze immer größere Löcher. Da es nur noch einen zentralen europäischen Einlagensicherungsfonds gab, begannen auch die Banken in Deutschland zu wackeln. Großbritannien, das niemals in der Eurozone und seit einiger Zeit auch nicht mehr in der EU war, erschien jetzt wie ein sicherer Hafen. Manche Kritiker hatten recht behalten: Das Vereinigte Königreich war das Singapur Europas geworden.

All das war geschehen, und Tom hatte es hingenommen. Nur eine Sache hatte er nicht hingenommen, konnte er gar nicht hinnehmen. Eine Sache hatte er nach wie vor nicht begriffen oder noch gar nicht verarbeitet. Er hatte geweint, aber er wusste, dass die absolute Trauer noch kommen würde. Großbritannien war vielleicht aus der EU ausgetreten, Italien würde das vielleicht noch machen, doch die Union, aus der sein Vater ausgetreten war, das war das Leben. Und das würde sich nie mehr rückgängig machen lassen. Er spürte den Kloß in seinem Hals, aber er konnte nicht weinen und er konnte auch mit niemandem sprechen. Vielleicht war es am besten, Arakis zu helfen, reich zu werden, und sein ganzes früheres Leben hinter sich zu lassen. Wenn all das, was er kannte, nicht mehr stattfand, verschwand vielleicht auch die Erinnerung. Auch die an seinen Vater, und vielleicht verschwand dann auch die Trauer.

Denn es schien alles Irrationale plötzlich möglich zu werden. Er musste an den Spruch von Sherlock Holmes denken, der in dieser Stadt, in London in der Baker Street, wenn auch fiktiv, seinen Ermittlungen nachgegangen war: *when you have eliminated the impossible, whatever remains, no matter how improbable, must be the truth – wenn man das Unmögliche ausgeschlossen hat, muss das, was übrig bleibt, die Wahrheit sein, so unwahrscheinlich sie auch klingen mag.*

Er blickte sich um. Sein Zimmer war keine Suite wie die von Arakis einige Etagen weiter oben mit einem fantastischen Blick auf die Houses of Parliament, doch Tom hatte dennoch zwei Zimmer, ein riesiges Bett, eine Sitzecke und auf einem Nebentisch alle möglichen Zeitungen. Die *Times*, die *Financial Times*, die *New York Times* und dann noch ein paar Fashion- und Ausgehzeitschriften über London, *Time Out* und andere Hefte. Er warf seine Tasche auf den Kofferständer neben dem Kleiderschrank, ging an die Minibar und nahm sich ein Bier. Es war ein Beck's. Die Engländer mochten Beck's aus Bremen, auch wenn sie die Deutschen ansonsten nicht sonderlich mochten. Er war schon darauf vorbereitet, mit einem Feuerzeug oder Kugelschreiber das Bier zu öffnen, doch dann entdeckte er den Flaschenöffner, der neben der Minibar lag, öffnete das Bier, trank und genoss den kalten, herben Geschmack.

Dann hörte er das Geräusch aus dem anderen Zimmer.

Er schlich sich nach vorne.

»Zum Wohl, mein Lieber«, sagte die Stimme, »wir müssen noch einmal sprechen.«

KAPITEL 12

QUESTURA DI ROMA,
PIAZZA S. BARTOLOMEO, ROM, ITALIEN

Commissario Barca stand an der Gitterwand. »Ihr Besucher ist da.«

Mauro blickte nach oben.

Der Besucher war nicht zu übersehen. In rotem Kardinalsgewand, der Mund um den grauen Bart leicht geöffnet, die Augen unter den buschigen Brauen besorgt, aber auch etwas streng blickend.

»Mauro«, sagte Kardinal Vittorio Pagani, »in was bist du denn wieder hineingeraten?«

Vittorio Pagani konnte sich denken, um was es ging. Mauros Vater Davide hatte Alberta, eine Sinti, geheiratet, was Mauro damals in der Schule immer aufs Butterbrot geschmiert worden war. *Du bist jetzt ein Zigeuner,* hatten sie zu ihm gesagt. Er hatte sich immer beweisen wollen, dass die anderen falschlagen.

Mauro erzählte ihm die ganze Geschichte. Und Vittorio Pagani hörte sich alles ruhig an. Von dem Restaurant und von dem Kredit, der Schieflage der Banken und der Kreditsumme, die jetzt auf einmal fällig war. Und dass Mauro vielleicht nicht nur seinen Kredit, sondern auch seine Wohnung, seine Frau und sein Kind verlieren würde. Das alles aufgrund seines völligen Aussetzers mit der Waffe in der Banca della Casa. Der Waffe, die zwar nicht geladen war und für die er keine Munition dabeigehabt hatte, aber die auch nicht auf seinen Namen zugelassen war. Und die er in der Öffentlichkeit nicht tragen dürfte, selbst wenn sie auf seinen Namen zugelassen gewesen wäre. Mauro hatte sich, wie so oft, übernommen. Dieses Mal sogar ganz besonders.

»Wenn alles schiefläuft«, sagte Vittorio Pagani, »kann auf dich eine Gefängnisstrafe warten.«

Mauro nickte zerknirscht. »Ich weiß.«

Am Ende war Vittorio Pagani eine Sache klar: Er musste Mauro helfen. Und auf diese Weise konnte es nicht weitergehen. Nicht nur bei Mauro, sondern in ganz Italien.

KAPITEL 13

LONDON MARRIOTT HOTEL,
LONDON, GROSSBRITANNIEN

Tom erkannte den Schatten, der an dem Fenster im Gegenlicht saß und nur schemenhaft zu erkennen war, sofort.

»Melanie Brown«, sagte Tom, »ich hatte es mir schon gedacht, dass wir uns wiedersehen. Was wollen Sie denn jetzt?«

»Wir können uns auch duzen«, sagte Melanie, »das ist doch in der Start-up-Welt so üblich.«

»Ich bleibe lieber beim Sie. Außerdem sind Sie keine Kollegin von mir.«

»Nein, Kollegen sind normalerweise kollegial. Das kann ich sehr gut sein. Ich kann aber auch eine sein, die Ihnen das Leben sehr schwer machen kann, wenn Sie sich weiterhin derart unkooperativ zeigen.«

»Wo bin ich denn unkooperativ gewesen? Ich muss es mir ja wohl kaum gefallen lassen, dass Sie mich erst einmal in Rom entführen und sich jetzt, in London, in mein privates Hotelzimmer schleichen und Ihre Gorillas wahrscheinlich vor der Tür warten? Seien Sie froh, dass ich keine Anzeige erstattet habe wegen der Entführung in Rom.«

»Die NSA anzeigen?« Melanie lachte kurz auf. »Viel Spaß dabei. Die NSA kann man nicht anzeigen. Wir jagen, aber wir sind nie die Gejagten. Nicht mal Snowden hat das geschafft. Es gibt einen anderen Menschen, den wir bald anzeigen werden. Und den wir bald aus dem Verkehr ziehen. Und wenn Sie uns weiterhin nicht helfen, sind Sie gleich mit dran.«

»Es geht mal wieder um Arakis?«

»Es geht auch um Ihre seltsamen Fake News mit CUMO, Jod-131 und allem anderen. Dadurch sind wir überhaupt erst auf Ihre Spur gekommen. Aber ja, es geht auch noch immer um Arakis. Die Sache in der Schweiz. Ich nehme an, Sie wissen, wovon ich rede?«

»In der Schweiz? Welche Sache? Hat er dort Schwarzgeld deponiert?«

»Stellen Sie sich doch nicht dumm! Das Seebeben. Das war Arakis.«

»Sie scheinen ihn für einen Gott zu halten, wenn Sie ihm zutrauen, dass er Seebeben verursachen kann.«

»Sie haben doch die Berichterstattung gehört. Es gibt immer mal wieder kleine Erdbeben in der Schweiz. Kleine Erdbeben sind dort durchaus üblich. Die Alpen sind schließlich dort entstanden, wo zwei Erdplatten aufeinandertreffen. In solchen Gebieten sind natürlicherweise seismische Aktivitäten und damit auch Erdbeben möglich. Geschieht dies an einem großen See, wie dem Genfer See, kommt es automatisch auch zu Seebeben. Genau wie am Meer, nur diesmal halt an einem Binnensee.«

»Nun, Sie sagen es, eine Naturkatastrophe. Es wird Arakis ehren, wenn Sie ihm das auch zutrauen. Dann wäre er ja, wie gesagt, ein Gott, kein Mensch.«

»Ist es nicht verwunderlich, dass es gerade an dieser Ecke des Sees passiert und gerade jetzt?«

»Der Zufall fragt nicht nach Timing.«

»Toller Ausspruch«, sagte Melanie. »Wo haben Sie den denn her? Von Nassim Taleb?«

»Nein, der ist von mir.«

»Gar nicht schlecht.« Melanie verzog das Gesicht. »Fakt ist aber: Mit gewissen Tunnelbohrern kann man nachhelfen. Wenn man das tut, gibt es ein Seebeben. Und komischerweise genau dort, wo gewisse reiche Leute ihre Goldreserven haben. Und zu dem Zeitpunkt, da Preisausschläge am Goldmarkt einer gewissen Person, die mit den chinesischen Machthabern kuschelt, besonders gut in den Kram passen.« Sie stand auf. »Aber zurück zu Ihrer Frage: Ja, falls Sie noch nicht selbst draufgekommen sind, es geht tatsächlich um Schwarzgeld. Aber nicht um das von Arakis, sondern um das von anderen Leuten. Und diesmal ist es halt kein Geld, sondern Gold.«

»Schwarzgold genau genommen.«

»Sehr scharfsinnig.«

»Von wem?«

»Dem Bilderberger Investment Club. De Groot. Kennen Sie den?«

»Nie gehört.«

»Aber Arakis kennt ihn. Und die Bilderberger.«

»Schon möglich.«

»Nicht nur möglich, sondern wahr. Arakis wollte ihnen eine große Idee verkaufen und brauchte von ihnen Geld. Aber die Bilderberger haben nicht angebissen und den Pitch von Arakis einfach abgelehnt. Wollten nicht bei ihm investieren. Das ist die Rache.«

»Er nimmt ihnen ihr Gold weg? Durch das Erdbeben? Das ist die Rache? Das klingt ja noch seltsamer als bei James Bond.«

»Teilweise. Und der James-Bond-Vergleich ist gar nicht so falsch. Denken Sie an Goldfinger. Arakis macht es ähnlich. Er nimmt ihnen nicht nur ihr Gold weg, er sorgt auch dafür, dass der Goldpreis steigt. Einige Tonnen Gold sind weg, Arakis hat in Gold investiert. Seine Goldbestände steigen. Und die Goldbestände der italienischen Zentralbank werden auch an Wert gewinnen. Das bringt die italienische Regierung dazu, das Gold der Zentralbank zu fordern. Das verstärkt die Unwucht in der Eurozone. Italien tritt aus dem Euro aus. Was passiert dann mit den Bankaktien?«

»Sie fallen. Was sie ja bereits tun. Aber die Zentralbank wird einspringen.«

»Und wenn nicht? Hier in Großbritannien hat es eine Splittergruppe geschafft, die fünftgrößte Volkswirtschaft der Welt aus der EU herauszutreiben. Unterschätzen Sie nicht Dinge, die klein anfangen. Sie können sehr groß werden.«

»Sie sind der Ansicht, die Dinge sind schon groß?«

»Ja. Und wenn Italien aus dem Euro austritt, werden die Banken nach wie vor Schulden haben. Die aber in Euro notiert sind. Die neue Lira, oder was immer Italien hat, wird dann radikal zum Euro abwerten. Ein Euro könnte dann Tausend Lira wert sein. So wie es früher schon einmal mit der D-Mark war. Auf einmal sind die Schulden der Banken tausendmal so viel wert wie vorher. Und Italien muss tausendmal mehr Geld zurückzahlen.«

»Das werden sie nicht können.«

»Richtig. Die Banken gehen pleite. Der italienische Staat muss das Volk im Griff haben. Die Panik kontrollieren. Und das geht wie?«

»Keine Ahnung.«

»Sind Sie so blöd, oder tun Sie nur so?«

»Ich muss mich von Ihnen nicht beleidigen lassen.«

»Wenn es nötig ist, schon. Denn die Kontrolle, die für das Chaos nötig ist, bringt Arakis gleich mit. Und zwar aus China. Er schafft das Chaos und dann die Ordnung.«

»Ich kann immer noch nicht folgen.«

»Vielleicht hat Arakis Ihnen wirklich nicht alles erzählt. Vielleicht sind Sie wirklich nur sein persönlicher Arzt. Aber Sie wissen, dass Arakis für die Kommunistische Partei arbeitet, um Europa unter chinesische Kontrolle zu bringen? Der erste Schritt ist der Vatikan, der zweite Schritt Italien, der dritte Europa selbst.«

»Was sollte Arakis davon haben?«

»Geld natürlich. Und Einfluss.«

»Hören Sie«, sagte Tom, »Arakis hat mir eine halbe Million Euro gegeben, um meinem Vater die beste Behandlung zukommen zu lassen.« Er spürte die Tränen in seinen Augen.

»Das mit Ihrem Vater tut mir leid. Aufrichtig. Und ich möchte nicht bestreiten, dass Arakis, der selbst schwer erkrankt ist, sicher tatsächlich so etwas wie Mitleid gespürt hat.«

Woher wissen die das mit meinem Vater?, fragte sich Tom. *Und das mit Arakis' Krankheit wissen sie auch, obwohl er das sicher nicht herumerzählt hat.* Doch ein rationaler Teil seines Gehirns wusste sofort die Antwort. *Weil es die* NSA *ist. Die Bestattung deines Vaters stand sogar in Hamburger Zeitungen. Das kann jeder mit Google rausfinden, dafür muss man nicht mal der größte Digital-Geheimdienst der Welt sein. Das kriegen die auch anders raus. Und das mit Arakis und* ALS *wohl erst recht.*

»Er hat bei Calico gearbeitet«, sagte Melanie, »die kennen Sie aber?«

»Wer kennt die nicht?« Tom kannte sie tatsächlich. »California Life Company. 2013 gegründet.« Calico, das wusste Tom, war damals für Imir Khan vom UKE die Inspiration gewesen, mit CUMO zusammenzuarbeiten. Was er sicher schon bitter bereute. Ein Spin-off von Google, mit dem Ziel, den Tod abzuschaffen. Es wurde 2015, als Google seine Holding in Alphabet umbenannte, eines der Tochterunternehmen von Alphabet, genauso wie die Google-Suche, Google Mail, YouTube oder auch die Handy-Sparte mit dem Android-Betriebssystem.« *Alphabet*, dachte Tom, *eigentlich ein guter Name. Ganz vorne im Alphabet. Alpha war auch in der Hedgefonds-Sprache die Bezeichnung für Anlagemöglichkeiten, die Alpha generierten, also eine deutliche Mehrrendite gegenüber anderen Investments. Ein ›bet‹ hingegen war eine Wette. Vielleicht hieß Alphabet auch so, um genau das auszudrücken? Eine Wette, um immer mehr Ertrag als alle anderen zu machen?*

Melanie sprach weiter. »2015 hat Calico eine Partnerschaft mit QB3 bekannt gegeben. Es ging um genetische Forschungen, um bestimmte Krankheiten komplett verschwinden zu lassen. Arakis hat aber schnell festgestellt, dass jedes Heilmittel auch ein Gift sein kann.«

»Und?«

»Das war nicht das erste Mal, dass er Medizin und Überwachung kombiniert hat. Genauso wie in Ihrem Start-up.«

»Was Sie alles wissen. Und wie soll das gelaufen sein?«

»Arakis hat vorher auch schon für die US-Regierung gearbeitet.«

»Dann sind Sie ja fast Kollegen. Neiden Sie ihm seinen Erfolg?«

»Sehr witzig. Wir hatten in der Tat fast den gleichen Arbeitgeber. Das Pentagon. Er war aber immer in Projekten involviert, die an der Grenze zum ethisch Unvertretbaren rangierten.«

»Nämlich?«

»Er ist auch Mediziner, wie Sie. Er hat dem Pentagon dabei geholfen, Virusstämme für *Germ Warfare* zu züchten, bei dem bestimmte Viren nur Menschen bestimmter Volksgruppen und damit bestimmter DNA-Muster vernichten und die anderen am Leben lassen. Der Verkauf des Patents hat einen Teil seines Reichtums bewirkt. Raten Sie mal, an wen er das Patent verkauft hat? Natürlich hintenherum, sodass das Pentagon nichts mitbekommen hat?«

»Wahrscheinlich an China?«

»Korrekt. Ganz besonders für die Xinjiang-Provinz und die muslimische Minderheit der Uiguren. Wenn es hart auf hart kommt, können die Chinesen das gesamte Turk-Volk der Uiguren auslöschen. Deren DNA ist anders als die der Han-Chinesen. Die Uiguren sind tot. Die Han-Chinesen überleben. Weil sie gegen die Waffe unempfindlich sind. Die Epidemie lässt nur die Uiguren sterben. Eine Art ethnische Neutronenbombe.«

»Und das lässt sich das Pentagon einfach so gefallen? Dass man denen ihre Wunderwaffe wegnimmt?«

»Arakis hat das mit einigen *Intellectual-Property*-Anwälten geschickt verhandelt. Die Waffe ist nach wie vor sein Copyright. Und es gibt noch einen anderen Grund.«

»Gesichtsverlust?«

»So in etwa. Hätte das Pentagon ein großes Fass aufgemacht, hätte es zugeben müssen, dass es an solchen Waffen arbeitet. *Germ Warfare* wäre nach Obamas Drohnenkrieg und dem NSA-Skandal mit Prism und Snowden nicht unbedingt das, was sich die USA auf der weltpolitischen Bühne und in der globalen Presse wünschen.«

»Und dann?«

»Arakis hat später gemeinsam mit Topmedizinern, die er von der Firma Calico abgeworben hat, einen DNA-Check für einen schnellen Vaterschaftstest entwickelt. Das war ein komplett neues Patent, das vollkommen ohne Hilfe des Pentagons entstanden ist.«

»Dann ist doch alles in Ordnung.«

»Eben nicht. Dieses Produkt hat er mit einer neuen Firma weiterentwickelt, um auch die codierenden Bereiche der DNA aufzuschlüsseln, was sowohl in den USA als auch in Europa verboten ist.«

»Die codierenden Bereiche? Also die relevanten Bereiche der DNA und nicht die unwichtigen Zwischenstücke, die immer alle abgleichen?«

»Richtig. Mit diesen Codes kann man zum Beispiel erkennen, wie groß ein Mensch ist, welche Haarfarbe, Augenfarbe er hat und so weiter. Die Idee für das Produkt hat er Regierungsmitgliedern der Kommunistischen Partei verkauft, die damit die muslimische Bevölkerung in der Xinjiang-Provinz noch besser kontrollieren wollen. Und alle anderen auch. Als die Zentralregierung den großflächigen DNA-Test in der Xinjiang-Provinz veranlasst hat, bildete die Basis dafür das Patent von Arakis. Auf diese Weise hat er einen guten Draht zu den höchsten Kreisen in China und hat das Thema Kontrolle immer weiter getrieben. Er gibt ihnen das, was sie wollen.«

»Sie meinen Kontrolle? Und das schnell? Vom Kleinen, in der DNA, zum ganz Großen, der globalen Kontrolle?«

Melanie nickte. »Es ist wie bei all diesen Start-ups, die dann irgendwann riesige Techkonzerne werden«, sagte Melanie. »Nur Geld verdienen reicht nicht. Alles soll zum Wohl der Menschheit passieren. *The business of business is business*. Dieser alte Spruch gilt nicht mehr. Alles zum Wohl der Menschheit: Und wenn das Ganze genau in die andere Richtung läuft, auch kein Problem. Es war ja gut gemeint. Oder es wurde immerhin so getan, als wäre es gut gemeint gewesen.«

KAPITEL 14

LONDON MARRIOTT HOTEL,
LONDON, GROSSBRITANNIEN

Melanie blickte Tom durchdringend an. »Also, lieber Tom oder Herr Bayne oder wie immer Sie gern genannt werden wollen. Es ist an der Zeit, sich zu entscheiden. Entweder Sie kooperieren, oder wir nehmen Sie einfach mit, und die Nächsten, die mit Ihnen sprechen, sind vielleicht nicht so freundlich wie ich.« Dann fügte sie hinzu. »Wo immer das sein wird.«

»Sie wollen mir drohen?« Tom sah sich um, sah aber keine Schatten im Zimmer. *Wo immer das dann sein wird,* hatte sie gesagt. *Meinte sie damit irgendeinen Ort, an dem nur die Gesetze der* NSA *galten?* Aber vielleicht warteten diejenigen, die ihn dorthin bringen würden auch schon vor der Tür, so wie man das in den Thrillern immer sah, als Arzt verkleidet, gaben ihm eine Spritze, die ihn bewusstlos machte, und fuhren ihn dann auf einer Trage nach unten. Irgendwohin, zu irgendeiner *Black Site,* auf Nimmerwiedersehen verschwunden. Für immer.

»Ich hoffe«, sagte Melanie, »das wird nicht nötig sein, und Ihre Einsicht hält Sie davon ab, weiterhin einen Mann zu verteidigen, dem es nichts ausmacht, Naturkatastrophen auszulösen, um Geld zu verdienen und Leute zu bestrafen, die ihn nicht ernst nehmen wollen. Der genetische Waffen erfunden hat, die ganze Volksgruppen auslöschen können. Der Italien und dann die ganze Eurozone destabilisieren will, um zunächst einmal durch die Marktmanipulation viel Geld zu verdienen und anschließend einen Vorwand zu haben, chinesische Überwachungstechnologie in großem Stil nach Europa zu verkaufen.« Sie hielt kurz inne. »Sie wissen doch, was der Hintergedanke dabei ist, wenn die Chinesen durch Arakis wirklich den Vatikan verkabeln.«

»Nämlich?«

»Ich weiß, dass Sie nicht so dumm sind, wie Sie tun, und dass Sie möglichst ahnungslos erscheinen wollen, damit man Ihnen nichts anhängen kann. Aber ich sag es Ihnen.« Sie schaute kurz aus dem Fenster auf das Millennium Wheel. »Der Hintergedanke ist, dass die Chinesen, wenn sie alle Kirchen und den Petersplatz überwacht haben, auf diese Weise schon die Gesichtsdaten und Bewegungsmuster von Millionen von Menschen haben. Und die Algorithmen von denen lernen schnell. Schließlich gibt es auf der Welt wenige Orte, die, besonders mit den ganzen Touristen, dermaßen stark frequentiert sind wie Petersdom und Petersplatz.«

»Wenn Sie meinen …«

»Genau das meine ich!« Melanie stand auf. »Ich verlasse jetzt diesen Raum. Und Sie haben zwanzig Minuten Zeit, um sich zu überlegen, auf welcher Seite Sie stehen.« Sie machte eine Pause. »Und hauen Sie in der Zwischenzeit nicht ab. Das würden wir merken – und verhindern.«

Die Tür fiel hinter ihr ins Schloss.

Tom war allein.

Einer unwillkürlichen Regung folgend, öffnete er sein Smartphone. Es zeigte ihm per Push-Nachrichten neueste Meldungen aus seiner Heimatstadt Hamburg an. Eine davon lautete:

Oberarzt am UKE *tritt wegen Datenskandal zurück.*

Er öffnete den Artikel.

Tom kannte den Oberarzt.

Sein Name war Imir Khan.

Nach kurzer Zeit hatte er seine Entscheidung getroffen.

KAPITEL 15

VATIKANSTADT, ROM, ITALIEN

Vittorio Pagani hielt das dünne Buch in den Händen, das er sich immer dann anschaute, wenn er wieder einmal Zweifel an der Zukunft hegte und daran, dass am Ende schon alles gut werden würde, auch wenn sein Glaube das eigentlich von ihm verlangte. War sein Name, Pagani, doch mehr als nur ein Name? War er nicht eher ein Heide, der das Gute in der guten Nachricht des Christentums nicht zu erkennen vermochte?

Er hatte noch einmal das dritte Geheimnis von Fatima gelesen. Die Visionen der drei Hirtenkinder aus Portugal aus dem Jahr 1917 waren in den inneren Kreisen des Vatikans ebenso bekannt wie berüchtigt. Die drei Kinder hatten in einer Offenbarung als Lebende einen Blick in die Hölle werfen können. Dabei hatten sie *die drei Geheimnisse* erfahren. Zwei der Prophezeiungen hatten sich erfüllt: zuerst das Ende des Ersten Weltkriegs und der Glaubensabfall Russlands, und als zweite Prophezeiung der Ausbruch eines noch viel schlimmeren Krieges.

Die erste Prophezeiung – der Erste Weltkrieg. Die zweite Prophezeiung – der Zweite Weltkrieg. Die dritte Prophezeiung – der dritte Weltkrieg?

Die dritte Prophezeiung war unter Verschluss gehalten worden und sollte erst dreiundvierzig Jahre nach ihrer Verkündung verlesen werden.

Vittorio Pagani war noch am Priesterseminar gewesen an jenem Tag im Jahr 1960. Das Siegel der Prophezeiung sollte gebrochen werden und dann ihr Inhalt von Papst Johannes

XXIII. vor den höchsten Würdenträgern des Heiligen Stuhls verlesen werden. Doch dazu kam es nicht. Der Papst las die Aufzeichnungen, aber nur leise. Sein Gesicht wurde kreideweiß, seine Augen glasig, bevor er vor den mächtigsten Männern der Kirche in Ohnmacht fiel. Seitdem wurde die dritte Prophezeiung nie mehr laut ausgesprochen, doch der jetzige Papst kannte und fürchtete sie – wie auch Kardinal Pagani.

War es jetzt die Zeit der dritten Prophezeiung? Die Zeit des Chaos und der Anarchie, die Zeit, da die Pforten der Hölle die Pforten des Petersdom überrennen würden?

Er las die Worte, die Papst Johannes XXIII. damals nur leise gelesen hatte, bevor er in Ohnmacht fiel:

Und es starben nicht nur der Papst, sondern nach und nach die Bischöfe, Priester, Ordensleute und verschiedene weltliche Personen, Männer und Frauen unterschiedlicher Klassen und Positionen …

Er dachte an Rom und den Vatikan, an Italien und die Banken. Und ganz besonders an seinen Neffen Mauro.

Dann griff er zu seinem Handy und rief Kardinal Venturini an.

»Hör zu, Paolo«, sagte Pagani, »ich bin bereit. Sag deinem Arakis, dass er den Auftrag geben kann.«

Er ließ das Handy sinken und schloss die Augen.

KAPITEL 16

*22ND BAR INNSIDE FRANKFURT EUROTHEUM,
FRANKFURT AM MAIN, DEUTSCHLAND*

Lisa war in Frankfurt bei einem Krisentreffen der Bundesbank gewesen. Kurz war das Thema mal wieder die Niedrigzinspolitik gewesen und die sogenannte inverse Zinskurve.

Auf dem Rückweg im Taxi verabredete sie sich mit ihrem alten Kollegen Bernd. Der hatte zufällig Zeit, und sie trafen sich im Innside Frankfurt Eurotheum an der Bar, wo man einigermaßen ungestört reden konnte. Neben dem Innside ragte ein Wolkenkratzer der Citigroup in die Höhe, etwas weiter hinten waren der Opernplatz und die Alte Oper Frankfurt.

»Jetzt geht es abwärts«, sagte Bernd, lockerte seine rosa-schwarz gestreifte Krawatte, die ein bisschen an die Telekom erinnerte, und trank von seinem Mojito, während er nahezu andächtig auf salzigen Erdnüssen herumkaute. Lisa zwang sich mit äußerster Willenskraft, gar nicht erst mit den Erdnüssen anzufangen. Andy Warhol hatte einmal gesagt: *Berühmtheit ist wie salzige Erdnüsse. Sobald man angefangen hat, kann man nicht mehr aufhören.* Das war leider wahr. Bernd sprach weiter. »*Bank Run* und Panik in Italien. Und die Notenbank hat sich das Notenbankgeld gekrallt und einfach auf den Markt geworfen.«

»Und?«

»Der Beitrag reicht kaum, um das Vertrauen wiederherzustellen. Das Einzige, was passiert, ist, dass der Goldpreis sinkt.«

»Ich denke, der ist wegen dieses Seebebens in der Schweiz gestiegen?«

»Wie sagte Kostolany? Die Börse ist wie ein Alkoholiker: *Wenn es schlecht läuft, freut er sich, wenn es gut läuft, weint er.* Aber hier ist es etwas eindeutiger.« Bernd grinste. »Dieses Seebeben in der Schweiz. Da reden alle von. Ich glaube, wer immer dahintersteckt, hat das nur gemacht, damit der Goldpreis kurzfristig steigt und dann wieder abstürzt. Vorher hat diese Person schon Kasse gemacht. Jetzt haben die Italiener das Gold zum Haushaltsausgleich auf den Markt geworfen, das Angebot am Markt viel stärker erhöht, als es durch den Goldverlust im Genfer See gesunken ist, und, trara, wir haben Volkswirtschaft erstes Semester: Hohes Angebot bei gleicher Nachfrage heißt, der Preis geht nach unten. Und das passiert auch: Der Goldpreis ist eingebrochen.«

»Wem gehört das Gold denn eigentlich? Dem italienischen Volk oder der Zentralbank?«

»Gute Frage, das müsstest du besser wissen. Genau steht das nirgends.« Er räusperte sich, zog sein Smartphone und tippte etwas in das Display. »Hier steht immerhin etwas: Vier Länder haben die größten Goldreserven der Welt, Italien hat 2452 Tonnen, Frankreich 2436, Deutschland 3370 und die USA 8100 Tonnen.« Bernd las weiter vor. »Insgesamt sind weltweit bisher hundertsiebzigtausend Tonnen Gold gefördert worden. Die ganze Menge wäre ein Würfel mit ungefähr zwanzig Metern Kantenlänge, der 8,5 Billionen Dollar wert sein würde. Oder achttausendfünfhundertmal eine Milliarde. Ein recht wertvoller Würfel.«

»Viel, aber so viel auch nicht, oder?«, fragte Lisa.

»Nein, allerdings nicht. Das ist zwar viel, aber nur ein Zwanzigstel des weltweiten Anleihemarktes. Und die Menge von Gold auf der Welt ist begrenzt.«

»Deutschland hat den zweitgrößten Anteil weltweit«, sagte Lisa.

»Ja, und verliert überproportional durch den Preissturz.« Wo immer es am Markt etwas zu verlieren gab, verlor Deutschland immer als Erstes und am meisten. Gold aber blieb in etwa konstant. Schon im alten Rom hatte eine sehr gute Toga eine Unze Gold gekostet. Ging man heute von tausendfünfhundert Dollar pro Unze aus, musste man das heutzutage auch für einen sehr guten Anzug hinblättern. Damit hatte es schon einen gewichtigen Grund, dass viele Menschen Gold als die ultimative Währung ansahen.

»Und was ist jetzt genau passiert? Warum ist das alles verpufft?«, fragte sie.

Bernd nahm eine Serviette und zeichnete darauf einige Zahlen. »Eine Unze Gold sind dreißig Gramm. Der Preis lag bei 1178 Dollar. Damit ist ein Kilogramm fast vierzigtausend Dollar wert. Eine Tonne kostet damit vierzig Millionen Dollar. Und die besagten 2451 Tonnen sind sechsundneunzig Milliarden Dollar wert.«

»Was viel ist, aber global gesehen so viel auch wieder nicht.«

»Eben. Nun ist der Goldpreis um fast dreißig Prozent gestiegen. Macht einen neuen Preis pro Unze von tausendfünfhundert Dollar. Damit ist ein Kilogramm Gold fünfzigtausend Dollar wert, und die 2451 Tonnen sind dann hundertzweiundzwanzig Milliarden Dollar wert.«

»Fast dreißig Milliarden mehr.«

»Immerhin. Reicht aber nicht. Italien macht ein jährliches Defizit von zwanzig Milliarden.«

»Das ist das Defizit? Also der Betrag, den sie pro Jahr zu viel ausgeben?«

»Exakt. Genauso, als wenn du dreitausend verdienst und viertausend ausgibst jeden Monat. Dann ist dein Defizit tausend Euro pro Monat. In Italien sind die Zahlen nur ein bisschen höher. Die Ausgaben betragen über achthundert Milliarden Euro. Zwanzig Milliarden ist nur der Betrag, den Italien pro Jahr mehr ausgibt, als es einnimmt.«

»Pro Jahr ein Minus von zwanzig Milliarden?«

»Richtig. Wenn der Goldpreis so geblieben wäre, wie er ist, würde das Italien knapp fünf Jahre Luft verschaffen. Dann wären die Milliarden aus dem Goldverkauf komplett aufgebraucht. Es wäre danach alles so wie vorher, nur das Gold wäre weg.«

»Aber der Goldpreis ist ja gestiegen.«

»Richtig. Bei dem Preis von tausendfünfhundert Dollar pro Unze wären das immerhin gut sechs Jahre, die Italien den Haushalt durch die Goldverkäufe ausgeglichen hätte. Damit sind aber weder die Schulden abgestottert noch die Banken gerettet noch die Staatsfinanzen saniert. Zudem glaube ich nicht, dass die Italiener wirklich tausendfünfhundert Dollar pro Unze für ihre gesamten knapp zweieinhalbtausend Tonnen bekommen haben.«

»Weil der Verkauf eines so großen Brockens automatisch den Marktpreis verändert?«

»Genau. Wenn ein derart großes Angebot auf den Markt kommt, sinkt der Preis automatisch. Investmentbanken achten normalerweise auf so etwas, indem sie an der Börse vorbei sogenannte Blocktrades arrangieren. Daniel Marcus, mein Chef, kann dir da lange Vorträge halten. Aber hier hatten sie es wohl sehr eilig.« Er griff wieder in die Erdnüsse und trank von seinem Mojito. »Sie haben also wahrscheinlich weniger als sechs Jahre geschenkt bekommen. Sechs Jahre lang ist ihr Haushalt jetzt vielleicht ausgeglichen, danach ist alles wieder wie zuvor.«

»Und das heißt?«

»Es hat sich nichts geändert, die Kurse fallen weiter, die Banken sind in Schwierigkeiten, und das Gold ist weg.« Er trank sein Glas aus. »Und das wird den Leuten langsam klar. Nicht nur den Politikern, sondern auch den normalen Leuten. Und wenn das passiert, wird es normalerweise ungemütlich.«

»Hört sich schlecht an.«

»Oder auch gut. Jedenfalls wenn man jetzt italienische Bankaktien kaufen möchte. Sagte schon der große Bankier von Rothschild: *kaufen, wenn die Kanonen donnern.*«

KAPITEL 17

VATIKANSTADT, ROM, ITALIEN

Venturini schaute vorbei an den Büchern und Papieren in seinem Büro auf die Vatikanischen Gärten. Die Statuen, die Residenz, in der der frühere Papst wohnte, und dahinter die hohe Antenne von Radio Vatikan. Doch Radio hörte er nicht. Auch er hatte einen Bloomberg-Ticker auf seinem Schreibtisch aktiviert und sah die Kursentwicklungen. Ebenso sah er in den Nachrichtenportalen die aktuellen Entwicklungen. Straßenschlachten, *Bank Runs,* Demonstrationen am Kolosseum. Der Mann, mit dem er telefonierte, war für ihn Teufel und Retter zugleich. Er brauchte ihn. Und er hasste das, was er sagte.

»Gefällt Ihnen, was Sie sehen?«, fragte Arakis.

»Was für eine Frage«, sagte Venturini. »Natürlich gefällt es mir nicht.«

»Es ist zu einem *Bank Run* gekommen. Die Regierung hat das Notenbankgold auf den Markt geworfen, doch der Betrag wird kaum ausreichen, um Vertrauen herzustellen. Italien kann damit vielleicht sechs Jahre einen ausgeglichenen Haushalt präsentieren. Aber auch nur, wenn es nicht die Banken retten muss. Und das muss es.«

»Und das Einzige, was passiert, ist, dass der Goldpreis durch den Verkauf wieder sinkt«, ergänzte Venturini. Das war für ihn doppelt schmerzhaft. Denn auch die Vatikanbank hatte große Goldbestände. Und sie hatte nach dem Kursanstieg natürlich nicht verkauft, sondern erst einmal abgewartet.

»Genauso wie ich es vorhergesagt habe«, sagte Arakis. Dass

er damit auch eine Menge Geld gemacht hatte, sagte er nicht. Dass die Vatikanbank aber Geld verloren hatte, das wusste er.

»Die Mächtigen sind schon dran«, fuhr Arakis fort. »Straßenschlachten vor dem Parlament, dem Regierungspalast, dem Innenministerium. Das sind aber nicht die einzigen Herrschaftssymbole. Bald richtet sich der Zorn auch gegen andere Institutionen, die Macht verkörpern. Es braucht, wie ich schon sagte, gar nicht unbedingt ein Terroranschlag sein, sondern es reicht schon, wenn es bürgerkriegsähnliche Demonstrationen auf dem Petersplatz gibt. Wie würde das aussehen?«

»Sie meinen die Gelbwesten?«

»Zum Beispiel. Und was würde dabei alles kaputtgehen?« Er machte eine kurze Pause, um seine Worte wirken zu lassen. Venturini nestelte nervös an der Telefonschnur herum. Arakis sprach weiter. »Es geht nicht nur um die Möglichkeit eines Terroranschlags am nächsten Ostern. Das alles können Sie schon sehr viel früher haben. Kirchen sind auch Herrschaftsgebäude, demnach der Petersdom, ebenso der Apostolische Palast. Werden die alle dann gut genug geschützt sei? Und wenn die Regierung derart überfordert ist, wie sie es jetzt gerade ist, wird die Polizei dann vielleicht gerade noch dabei helfen können, einen möglichen Terroranschlag auf den Vatikan zu verhindern, wenn er dann noch zusätzlich kommt, aber auch nicht mehr? Weil sie anderweitig beschäftigt ist und Aufstände in Schach halten muss.« Er machte eine kurze Pause. »Unsere chinesischen Freunde allerdings können durchaus etwas machen. Sie könnten sogar Einheiten der Militärpolizei der Zentralregierung schicken, die den Vatikan schützen.«

Venturini überlegte. »Chinesische Söldnertruppen, die den Vatikan bewachen und Demonstranten niederknüppeln? So wie gerade in Hongkong?«

»Vielleicht etwas rabiater als in Hongkong.«

»Niemals.«

Arakis lachte leise. »Es wäre doch nicht das erste Mal, dass der Vatikan Söldner einsetzt. Eure Schweizer Garde ist doch nicht anderes.«

»Das ist unerhört!«

»Aber es ist wahr!«

Venturini schwieg. Alles in ihm sträubte sich gegen die Idee, tatsächlich fremde Söldnertruppen in den Vatikan zu lassen. Und vorher alle heiligen Stätten des Kirchenstaates zu verkabeln. Doch dann sah er Straßenschlachten, Aufruhr und Terror vor seinem inneren Auge. Bilder, die ihn an das dritte Geheimnis der Prophezeiung von Fatima erinnerten. Pagani hatte ihm davon erzählt. Das zweite Bild, das musste er sich unumwunden eingestehen, war stärker. Viel stärker.

»Nun?«, fragte Arakis.

»Es gibt eine schöne Anekdote«, sagte Venturini. »Karl V. sprach im Gebet mit Gott Spanisch, mit seinen Freunden Italienisch, mit seinen Geliebten Französisch und mit seinen Feinden Deutsch.«

»Deutsch spreche ich auch«, sagte Arakis, »falls Sie mich zu Ihren Feinden zählen.«

»Im Gegenteil«, sagte Venturini, »ich kann nur leider kein Chinesisch. Aber ich sage Ihnen: Sagen Sie Ihren chinesischen Freunden Bescheid. Starten Sie den Auftrag! Fangen Sie mit dem Vatikan und dann mit allen großen Kirchen Roms an.«

Arakis nickte und deutete eine leichte Verbeugung an, was Venturini natürlich am Telefon nicht sah. Eine Frage musste er der Sicherheit halber noch stellen.

»Was ist mit Pagani?«

»Der«, sagte Venturini knapp, »hat schon zugestimmt.«

KAPITEL 18

LONDON MARRIOTT HOTEL,
LONDON, GROSSBRITANNIEN

Tom und Melanie hatten sich in einem Raum unterhalb des Daches des Marriott-Hotels getroffen. Die Klimaanlagen auf dem Dach rauschten. Sie hofften, dass sie hier keiner abhören würde und dass das Rauschen der Aggregate über ihnen zudem jeden Versuch aussichtslos erscheinen lassen würde. Denn was die Möglichkeiten der Kontrolle anging, trauten beide Arakis genauso viel zu wie der NSA.

Sein Handy hatte Tom in seinem Zimmer gelassen. Wer konnte schon wissen, ob nicht irgendein Trojaner von Arakis darauf war, der Audiodateien aufzeichnete und diese dann heimlich an Arakis schickte?

»Also«, fragte Melanie, »du bist auf dem Pfad der Gerechten angekommen? Das wird selbst dir zu viel?« Seit Toms Entscheidung waren sie dann doch beim »Du«.

»Ich wollte eigentlich irgendwann nach Europa zurück«, sagte Tom. »Das geht ja wohl kaum, wenn hier Bürgerkriege ausbrechen. Oder wenn die Chinesen alles kontrollieren.« Er blickte Melanie an. »Was schlägst du vor?«

»Wir müssen irgendwie die Banken retten«, sagte Melanie. »Darin muss doch Europa schon eine gewisse Übung haben?«

»Haben wir auch«, sagte Tom, »aber wir stellen uns da etwas dümmer an als ihr Amerikaner.«

»Damit hast du leider recht. Der amerikanische Staat hatte nach der Finanzkrise seine Banken mit frischem Geld versorgt und war als Aktionär der Banken dann auch an den sprudelnden Gewinnen der Banken nach der Krise beteiligt. Die Europäer hatten ihre Banken nach der Krise niemals richtig rekapitalisiert, und die einzige Bank, an der der Staat eine richtige Beteiligung hat, ist die Commerzbank.« Tom nickte. An der Commerzbank hielt der deutsche Staat fünfundzwanzig Prozent, und er würde sie wohl nie mit Gewinn verkaufen; er müsste schon froh sein, dabei keinen Verlust zu machen. Es war wie immer: Wenn es um Verluste ging, waren die Deutschen die Ersten, und die Verluste waren bei ihnen am höchsten.

»Die Banken in Italien sind fast pleite«, sagte Melanie, »was daran liegt, dass sie massenhaft italienische Anleihen in ihrer Bilanz haben, die immer mehr an Wert verlieren. Wenn die Anleihen wiederum im Wert steigen sollten, entwickeln die Anleger Optimismus, die Banken können die Anleihen verkaufen und ihren Anleihenbestand in Bargeld umtauschen.«

»Ich bin kein Banker«, sagte Tom, »aber war das nicht das große Problem der Krise von 2008, dass die Banken am Interbankenmarkt kein Geld mehr bekommen haben? So ist doch auch Lehman Brothers pleitegegangen und Bear Stearns vorher in die Schieflage geraten.«

»Und wurde dann billig von JP Morgan übernommen«, sagte Melanie. Jenny Aldwick von Silverman & Cromwell hatte ihr einmal die ganze Geschichte erzählt. Sie sprach weiter.

»Wenn wir das in Italien verhindern können, kriegen die Banken am Interbankenmarkt wieder Geld. Und dadurch, dass die Banken wieder Geld kriegen, steigt das Vertrauen, und die Bankaktien erholen sich auch wieder. Die Italiener kriegen wieder Bargeld, das Chaos hört auf, das Land bleibt in der Eurozone, Europa gerät nicht unter chinesische Besatzung, und fürs Erste ist alles gelöst.«

»Fürs Erste …«, sagte Tom.

»Tja, den Luxus, langfristig zu planen, haben wir im Moment leider nicht«, sagte Melanie.

»Wie war das: Die Amerikaner entscheiden sich immer für die beste Lösung, nachdem sie vorher alle schlechten ausprobiert haben.«

Melanie grinste. »Wer das sagte, hat einiges verstanden.« Sie klatschte in die Hände und sah Tom an. »Also los! Wir brauchen Leute, die die Anleihen kaufen. Wenn dann alles aufwärtsgeht, machen diese Leute einen ordentlichen Gewinn. Wir müssen sie nur überzeugen.« Sie griff zum Handy. »Ich rufe meinen Kontakt an der Wall Street an.« Es war Jenny, an die sie dachte. »Was kannst du tun?«

»Die chinesischen Investoren passen wohl nicht? Da könnte Arakis sofort Wind von bekommen.«

»Nein, die passen in der Tat nicht.«

»Ich kenne eine Referentin im Finanzministerium. Und die kennt einige große Investoren«, sagte Tom. »Sie hat gute Kontakte zur EZB und zur Bundesbank.«

»Das wäre perfekt! Wenn eine Zentralbank Stützungskäufe macht, glaubt auch jeder, dass die das ernst meinen.« Beide erinnerten sich an die Worte von Mario Draghi im Sommer 2012, als er seine berühmte *Whatever-it-takes*-Rede gehalten hatte, dass die EZB alles tun werde, um den Euro zu retten. *Und glauben Sie mir, es wird reichen,* hatte Draghi geendet. Und es hatte gereicht.

»Also«, sagte Melanie, »führen wir die Telefonate. Und dann sehen wir weiter. Und nimm am besten mein Telefon. Das wird nicht abgehört.«

»Jedenfalls nicht von den falschen Leuten«, ergänzte Tom.

»Verrückte Sache«, sagte Melanie. »Zwei Personen, Ami und Deutscher, versuchen in London Italien zu retten.«

»So verrückt, dass es schon fast wieder klappen könnte.«

Er dachte an die berühmte Szene in dem Film *Matrix*.

Trinity sagte: *Noch niemand hat so etwas je versucht.*

Und Neo erwiderte: *Darum wird's auch funktionieren.*

KAPITEL 19

LONDON MARRIOTT HOTEL,
LONDON, GROSSBRITANNIEN

»Ich muss einem Freund meiner Mutter von Vaters Tod berichten. Das kann ich nur persönlich tun.« Das hatte Tom Arakis gesagt. Arakis wusste, dass die Familie von Toms Mutter aus England kam. Genauso wusste er, dass man manche Dinge *face to face* machen musste. Und so hatte er keinen Verdacht geschöpft. Oder er hatte es sich jedenfalls nicht anmerken lassen.

Tom und Melanie trafen sich in der Old Broad Street, einer Abzweigung der Threadneedle Street, zwischen dem alten Hauptquartier der Großbank Barclays und der Bank of England, der Zentralbank des Vereinigten Königreiches. Mitten in der City, auch genannt *The Square Mile,* der eine Quadratkilometer, in dem sich die wichtigsten Banken befanden. Jedenfalls die, die noch nicht Quartier im neuen Viertel Canary Wharf in Greenwich bezogen hatten.

»Hat dich Lisa zurückgerufen?«, fragte sie. Sie wusste von der Freundschaft zwischen Lisa und Tom.

»Ja. Sie sagte, dass die EZB wohl erst einmal nichts machen wird, damit es nicht wieder heißt, sie würde nur Klientelpolitik für die Südländer und besonders Italien machen. Zudem soll die Krise einigen Spitzenbeamten in der Eurozone ganz recht sein, da jetzt auf einmal wieder richtiger Reformdruck in Italien herrscht.«

»Das kann aber auch nach hinten losgehen.«

»Ja, alte Handwerkerweisheit. Nach fest kommt ab.« Tom merkte, wie er automatisch an seinen Vater dachte und ihm Tränen in die Augen stiegen. Er schaute zur Seite und blinzelte die Tränen weg.

»Und was ist Lisas Idee?«, fragte Melanie.

»Erst einmal Sky Capital. Die sind aber erst dann dabei, wenn irgendein dicker Fisch als Erster einsteigt.«

»Ich hätte noch Silverman & Cromwell in New York«, sagte Melanie. »Hat Lisa sonst noch etwas vorgeschlagen?«

»Ja, das hier!« Tom wies auf die Fassade.

»Die Bank of England?«, fragte Melanie. »Die soll gerade das machen, was die EZB nicht will?«

»Fragen kostet nichts.« Er schaute auf die Uhr. »Wir haben in zehn Minuten einen Termin mit Lord Cumberland. Auch wenn der nichts machen kann, er kennt vielleicht Leute, die etwas machen können.«

»Können reicht nicht«, sagte Melanie. »Man muss auch wollen.«

»Aber erst mal muss man können. Also los.«

»Schau mal«, sagte Melanie, »ich glaube, es wird Zeit.« Auf einem Fernseher in einem der Foyers der Banken sah man den Petersplatz und die große Kuppel des Domes dahinter. Und darauf Lkws, Kameras, Bewegungsmelder und Hunderte von Menschen, die irgendwelche Dinge aufbauten, verbanden und vernetzten.

»Die Techniker aus China sind da«, sagte Tom. »Seid ihr von der NSA neidisch, dass ihr das nicht machen dürft?«

»Sehr witzig«, sagte Melanie und schaute die Fassade hinauf, »lass uns loslegen!«

KAPITEL 20

VATIKANSTADT, ROM, ITALIEN

Paolo Venturini schaute aus den Fenstern des Apostolischen Palastes auf die Lkws, die Radare und die Kameras. Der Petersplatz war mit mobilen Mauern abgeschirmt, Sicherheitstruppen hatten Position bezogen. Hunderte von Männern mit Helmen waren ausgeschwärmt und wuselten wie Ameisen über den Platz. Er hatte Arakis angerufen, und Arakis hatte geliefert. So schnell, wie es Venturini nicht für möglich gehalten hatte. So schnell, wie es nur die Chinesen hinbekamen. Er dachte an den Spruch von Franz Kafka: *Von einem gewissen Punkt an gibt es kein Zurück mehr. Das ist der Punkt, der erreicht werden muss.*

Wahrscheinlich war es so.

Venturini blieb nur noch übrig, zu wachen und zu beten.

KAPITEL 21

OLD BROAD STREET, LONDON, GROSSBRITANNIEN

Lord Cumberland wollte sich nicht direkt in der Bank of England treffen, die bei den Engländern »die alte Tante« genannt wurde.

Sie fuhren mit dem Aufzug in den zwanzigsten Stock von Old Broad Street 125 hinauf, wo die Firma GH Associates ihr Büro hatte. Lord Cumberland war hier Senior Advisor.

Die Aufzugtüren öffneten sich, und sie betraten den Korridor, der hinter einer Glastür zum Rezeptionsbereich von GH Associates führte. Man erwartete die beiden bereits, und die Rezeptionistin führte sie vorbei an Clubsesseln und Eichentäfelung, die sich mit Hightech, Computern und Servern den Raum teilten. Sie betraten ein großes Konferenzzimmer, in dem bereits Kaffee, Tee und Gebäck bereitstanden.

Lord Cumberland begrüßte sie sehr freundlich und höflich. Vor drei Monaten hatte die Queen ihn zum »Ritter des britischen Empires« geschlagen.

»Die Zeit drängt in der Tat«, sagte Lord Cumberland. Sein Haar war grau, sein Gesicht rundlich und der Nadelstreifenanzug maßgeschneidert. »Irgendwie müssen die Banken gerettet werden, und zwar durch Käufe von italienischen Staatsanleihen, die die italienischen Banken massenhaft in ihrer Bilanz haben. Und zwar nicht nur die italienischen Banken. Auch der Versicherer Allianz zum Beispiel hat fast zwanzig Milliarden Euro davon in seinen Büchern. Steigen die Kurse der Anleihen wieder, steigt auch das Vertrauen in die Bankbilanzen der italienischen Banken, und diese können sich am

Interbankenmarkt wieder mit Geld versorgen. Denken Sie an Lehman Brothers.«

»Wir befürchten, dass die EZB zu langsam ist«, sagte Tom.

»Ja, die Mühlen der EZB mahlen wegen der Italienkrise zu langsam.« Lord Cumberland nickte.

»Und daher kamen wir auf die Bank of England«, fiel Melanie mit der Tür ins Haus.

»Ich fürchte, die mahlt genauso langsam«, sagte Lord Cumberland, »vor allem, da es sich um die Eurozone handelt und viele in der Bank of England über derlei Dinge so etwas wie Schadenfreude empfinden.«

»Was machen wir dann?«, fragte Melanie.

Cumberland lehnte sich zurück. »Gibt es nicht jemanden, der genug Geld hat, um einzuspringen?«

»Wir haben eventuell Sky Capital und Silverman & Cromwell«, sagte Melanie. »Aber warum sollten sie das tun? Ich fürchte, keiner will den ersten Schritt machen.«

»Wenn aber einer den ersten Schritt macht«, sagte Lord Cumberland, »könnte es sehr ertragreich für alle sein. Ähnlich wie eine große Mall immer einen Ankermieter braucht, braucht ihr einen Ankerinvestor. Sobald genug kritische Masse zusammenkommt, werden die Anleihen wieder steigen. Ebenso wie die Bankaktien. Das Ganze kann eine Kettenreaktion auslösen, jeder will auf einmal dabei sein. Dann können diese Leute eine Menge Geld machen.«

»Ja, aber es muss noch irgendeine Motivation dazu«, sagte Melanie, »allein die Aussicht auf Gewinne ist zu wenig.«

Tom fiel ein Satz ein, der Dschingis Khan zugeschrieben wurde: *Es reicht nicht, dass ich gewinne. Alle anderen müssen verlieren.* Wer musste verlieren, damit Arakis gewinnen konnte?

»Die Schweizer«, sagte Tom plötzlich, »diese Bilderberger,

denen Arakis das Gold weggenommen hat. Wenn die Anleihen wieder steigen, sitzt Arakis in der Patsche. Wir haben gefragt, was einen Ankerinvestor motivieren sollte, den ersten Schritt zu machen. Das könnte Rache sein. Rache ist ein starkes Motiv.«

»Und wer ist der Chef von diesen Bilderbergern?«, fragte Melanie.

»De Groot«, sagte Tom. Er blickte Lord Cumberland an. »Kennen Sie den?«

»Vincent de Groot! Natürlich. Wollen Sie ihn treffen?«

Tom blickte Melanie an. »Wir wollen nicht, wir müssen.« Er schaute Lord Cumberland an. »Können Sie uns mit ihm bekannt machen?«

Lord Cumberland nickte sofort. »Das ist ja wohl das Mindeste!«

Als Tom und Melanie gegangen waren, griff er zum Telefon.

Fünfzehn Minuten später war alles geregelt. Sie würden London verlassen und in die Schweiz fliegen.

Zwanzig Minuten später verließen sie den Wolkenkratzer nahe der Bank of England.

Tom sah nicht, dass er beobachtet wurde. Von einer riesigen Gestalt.

KAPITEL 22

LONDON MARRIOTT HOTEL, LONDON, GROSSBRITANNIEN

Tom stürzte in sein Hotelzimmer. Es war niemand dort. Keine NSA. Warum auch? Schließlich arbeitete er jetzt mit der NSA zusammen. Er blickte hastig auf sein Handy. Drei Anrufe in Abwesenheit. Alle anonym. Wahrscheinlich von Arakis. Er packte hastig seine Sachen zusammen, warf den Inhalt seines Kulturbeutels einfach in seine Reisetasche und hängte sich seine Laptop-Tasche über die Schulter. Er blickte auf die Uhr. 17 Uhr 30. Um 19 Uhr würde er sich mit Melanie in Heathrow treffen.

Wahrscheinlich würde er wieder mit dem Taxi zur Paddington Station fahren und von dort mit dem Heathrow Express direkt zum Flughafen. Der war schneller als jedes Taxi. So hatte er es damals als Berater bei ECC auch schon gemacht, wenn er Projekte in London hatte. Auch wenn Berater eigentlich gerne Taxi fuhren, kein Taxi war so schnell wie der Heathrow Express. Von dort würde es weitergehen nach Basel, zur Bank für Internationalen Zahlungsausgleich, um dort de Groot und die anderen zu treffen. An einem neutralen Ort. *Die Bank für Internationalen Zahlungsausgleich,* dachte er, *die Zentralbank der Zentralbanken.*

Er schaute noch einmal in den Raum, als würde er sich von einem Teil seines alten Lebens verabschieden.

Er öffnete die Hoteltür. Spähte in den Korridor. Doch er sah nichts vom Korridor.

Vor ihm baute sich ein riesiger Schatten auf.

Si.

KAPITEL 23

LONDON MARRIOTT HOTEL, LONDON, GROSSBRITANNIEN

Si fasste sein linkes Handgelenk. Sein Griff war wie ein Schraubstock. Tom spürte, wie seine Knochen aneinandergeschoben wurden. Ihm war klar, dass Si seine Gelenke mit einem Griff brechen konnte. Im Karate hatten sie damals Übungen gemacht, mit denen man einen eisenharten Griff bekam: Sie hatten ab und zu mit Steinen gefüllte Tonkrüge an den Rändern mit den fünf Fingern der Hand gefasst und getragen. Dieser Riese schien das täglich zu machen.

»Wo willst du hin?«, fragte Si. Es war selten, dass er einmal sprach. Jetzt sprach er und stellte für Tom leider die falsche Frage.

Tom ignorierte die Stimme, konzentrierte sich, dachte an das, was ihm sein Trainer beim Karate immer gesagt hatte: *Mach nichts, was der Gegner erwartet.* Oder was hatte Sun Tzu gesagt: *Alle Kriegsführung basiert auf Täuschung.* Das hieß übersetzt: *In Gefahrensituationen immer das Unerwartete tun! Mach das, was der Gegner auf keinen Fall erwartet. Denk an Sun Tzu: »Alle Kriegsführung basiert auf Täuschung.«*

Er schaute nach unten und sah, dass Si schwarze Stoffschuhe trug, wie ein Ninja. Ideal für Menschen, die sich anschleichen, die nicht gehört werden wollen. Es hatte Tom schon immer geängstigt, wie leise dieser Riese war. Aber die weichen Schuhe waren gut für das, was Tom vorhatte. Keine Stahlkappen.

Er betete eine Zehntelsekunde, dass es klappen möge.

Dann zog er in einer schnellen Bewegung seine beiden Füße nach oben, schien einen Moment in der Luft zu verharren – und fiel. Er sah Sis verwundertes Gesicht, als Toms Gesicht aus seinem Blickfeld verschwand. Sein rechtes Knie rammte sich in den linken Fuß des Riesen. Er hörte ein Knacken. Wusste nicht, ob der Mittelfußknochen von Si nur geprellt oder gebrochen war. Doch der Moment reichte. Der Gigant grunzte, er schrie nicht, doch er ließ Toms Hand los.

Tom rollte sich seitlich ab, rannte Richtung der Aufzüge und quetschte sich in letzter Sekunde in eine voll besetzte Kabine mit Touristen, die ihn wenig amüsiert anblickten. Am Ende des Flures hörte er schwere Schritte – diesmal gab sich sein Verfolger keine Mühe, leise zu sein.

KAPITEL 24

CANARY WHARF, LONDON, GROSSBRITANNIEN

Arakis hatte den Anruf erhalten. »Der Plan scheint zu funktionieren«, hatte die Stimme am anderen Ende gesagt. »Die, die erst nicht kaufen wollten, kaufen jetzt vielleicht doch.«

»Wie sicher ist das?«

»Fifty-fifty.«

»Gut«, sagte Arakis, »dann gehen wir rein.«

Er beendete den Anruf, um von Moltkes Nummer zu wählen. Da klingelte noch einmal das Telefon. Es war Si.

»Er ist mir entkommen. Aber ich kann ihn kriegen. Dann muss ich allerdings Ernst machen.«

Arakis hörte aufmerksam zu. *Ernst machen* hieß bei Si, dass es keine Überlebenden gab.

»Nein«, sagte Arakis, »lass ihn laufen.«

»Wirklich?«

»Wirklich. Und keine Sorge. Du hast alles richtig gemacht. Ich melde mich wieder.«

Dann rief er von Moltke von Iron Crown Capital an.

KAPITEL 25

*TAXI ZUM FLUGHAFEN HEATHROW,
LONDON, GROSSBRITANNIEN*

Das Taxi fuhr, so schnell es ging, von der Innenstadt Londons nach Heathrow. Sie hatten absichtlich nicht den Heathrow Express von Paddington aus genommen. Je weniger sie gesehen wurden, desto besser.

Beide waren am Telefon.

»Hör zu, Jenny, wir haben da eine Investment-Möglichkeit, die für euch interessant sein kann«, erklärte Melanie. Sie sprach mit Jenny Aldwick von Silverman & Cromwell, die ihren Kollegen Leeland Bennet oft mit Finanzmarktinformationen versorgte. »Ja, keine Sorge, ihr seid nicht die Ersten. Ihr steigt in einen steigenden Markt ein, wird nicht euer Schaden sein.«

Tom telefonierte mit Lisa. »Lisa«, sagte er, »wie heißt dein Kumpel bei Sky Capital noch? Bernd, genau. Du, die sind doch recht groß. Ja, wir haben da etwas. Total antizyklisch. Würde keiner draufkommen. Ja, wissen wir, dass die da nicht die Ersten sein wollen. Um die Ersten kümmern wir uns. Und sag Bernd, er soll das auch seinem Boss sagen. Ja, super!«

Beide versuchten, so viel wie möglich während der Taxifahrt zu klären, ohne auch nur ein Wort über das zu verlieren, in das eigentlich investiert werden sollte.

Sie würden am nächsten Tag nach Basel fliegen.

KAPITEL 26

HEATHROW AIRPORT, LONDON, GROSSBRITANNIEN

Offenbar war es Tom und Melanie gelungen, Si abzuschütteln. Was umso wichtiger war, da sie an dem Abend keine Maschine mehr von London aus nach Basel bekommen hatten. Beide verbrachten die Nacht im Hilton am Heathrow Airport. Sie hatten bar und im Voraus bezahlt mit falschen Namen, und sie hatten vereinbart, dass sie sich ein Zimmer teilten und einer von beiden immer Wache hielt. Ob das viel nützen würde, wussten sie nicht. Aber sie hatten keine Wahl. Sie hatten auch überlegt, mit dem Eurostar aufs Festland zu fahren, aber vielleicht war die Sache mit dem Hotel genau das, was Arakis nicht erwartete. Am Gefahrenort zu bleiben, anstatt sofort abzuhauen.

»Flughäfen haben immer etwas Melancholisches«, sagte Melanie, die nicht schlafen konnte. Tom hielt Wache und schaute auf seinem iPad leise einen Film.

»Irgendwie schon«, sagte Tom.

»Was guckst du da eigentlich?«, fragte Melanie.

»Ich schaue hier gerade den Film *Heat* von Michael Mann, in dem sich am Ende Robert de Niro und Al Pacino ein Schussduell auf dem Los Angeles International Airport liefern.«

»Auch ein Flughafen.«

»Ja, passt irgendwie.«

»Und wer gewinnt?«

»Al Pacino. Der Polizist.«

»Das gefällt mir schon mal. Ist der Film gut?«

»Sehr gut. Manche sagen, er wäre der perfekte Film, um Männer zu verstehen.«

»Und warum heißt der Film *Heat?*«

»Weil der Gangster, also de Niro, sagt: *Du musst immer bereit sein, alles hinter dir zu lassen, wenn dir die Hitze zu nahe kommt.*«

Melanie musste lachen. »Ist ja fast so wie bei uns.«

KAPITEL 27

BANK FÜR INTERNATIONALEN
ZAHLUNGSAUSGLEICH, BASEL, SCHWEIZ

Bereits in den Achtzigerjahren hatte sich der Baseler Ausschuss für Bankenaufsicht mit Sitz bei der Bank für Internationalen Zahlungsausgleich (BIZ) darauf geeinigt, dass Banken bei der Kreditvergabe Obergrenzen einzuhalten hatten. Die Baseler Regeln verpflichteten die Banken dazu, ihre Eigenkapitalquote von acht Prozent der Bilanzsumme ständig aufrechtzuerhalten. Warum es gerade acht Prozent waren, wusste niemand so recht. Manche behaupteten, man wollte damit die Chinesen glücklich machen, da die Acht in China als Glückszahl galt. Hatte die Bank also Kredite von hundert Millionen Euro ausgereicht – risikogewichtete Aktiva –, so musste sie mindestens acht Millionen Euro Eigenkapital bereithalten.

Diese Regel führte allerdings zu zwei Problemen: Man gab eher Kredite an schlechte Schuldner, da man hier höhere Zinsen nehmen konnte. Was die Baseler Regulierung anging, war es nämlich unerheblich, ob eine Bank hunderttausend Euro an einen guten oder schlechten Schuldner verlieh. Nur beim schlechten Schuldner bekam die Bank zum Beispiel zwölf Prozent statt nur sechs Prozent beim guten Schuldner. Und zwölf Prozent waren für die Bank viel attraktiver. Jedenfalls solange alles gut ging.

Der zweite Vorwurf lautete, dass diese Obergrenzen einen Anreiz schufen, Kredite aus der Bilanz zu entfernen und auf diese Weise weniger Eigenkapital vorhalten zu müssen. Für diese ausgelagerten Kredite schufen die Banken eigens dafür errichtete Vehikel, die am Markt gehandelt wurden. Die bekanntesten Vehikel waren die verbrieften Immobilienfinanzierungen aus den USA, die, als sie reihenweise platzten, zum Ausbruch der weltweiten Finanzkrise im Jahr 2007 geführt hatten.

Jürgen Wehrli von der Bank für Internationalen Zahlungsausgleich empfing Tom und Melanie im großen Empfangssaal der Bank.

»Ich hätte mir die Bank größer vorgestellt«, sagte Tom.

»Das ist wahr«, sagte Wehrli, »es ist hier ähnlich wie bei Warren Buffett. Keine andere Firma als Berkshire Hathaway macht so viel Geld aus einem so kleinen Büro.«

Tom kannte Warren Buffett, das sogenannte »Orakel aus Omaha«, der das Understatement liebte und zu den reichsten Menschen der Welt gehörte.

»Und ich habe noch etwas mit Buffett gemein«, sagte Wehrli. »Auch ich kaufe, wie er, teure Anzüge, sie sehen bei mir nur billig aus. Wie bei Buffett auch.«

»Haben Sie Buffett einmal getroffen?«, fragte Melanie.

»Habe ich in der Tat.« Wehrli schien sichtlich stolz darauf zu sein. »Ich habe ihn nach dem Geheimnis seines Erfolgs gefragt. Er sagte, zu große Intelligenz schade beim Investieren nur. *Wenn Ihr IQ höher als 130 ist, verkaufen Sie den Rest,* hatte er gesagt, *mehr brauchen Sie hier nicht.*«

Sie betraten den Aufzug.

»Unser früherer Chef William White hat damals die erste große Finanzkrise in diesem Jahrtausend vorhergesehen«, sagte Wehrli. »Er hat schon 2005 vor der Gefahr durch Verbriefung von minderwertigen Krediten gewarnt. Noch 2008 hat man ihn ausgelacht, obwohl es da längst an allen Ecken und Enden brannte. Nur wenige Monate später, im Herbst desselben Jahres, wurde mit der Lehman-Pleite und der größten Rezession seit den Dreißigerjahren seine Prophezeiung wahr. Besser ist seitdem kaum etwas geworden. Das billige Zentralbankgeld sorgt dafür, dass sich auch schlechte Unternehmen oben halten. Eine steigende Flut erhöht alle Boote, wie man so schön sagt.« Er kniff ein Auge zu. »Ich denke, das ist das Stichwort. Hier haben wir jemanden, der durch eine Flut viel Geld verloren hat.«

Im Ledersessel am Ende des Raumes saß Vincent de Groot, der Chef des Bilderberger Investment Clubs.

KAPITEL 28

BANK FÜR INTERNATIONALEN ZAHLUNGSAUSGLEICH, BASEL, SCHWEIZ

»Herr de Groot«, fragte Tom, »wissen Sie, wer Ihnen das eingebrockt hat?«

De Groot strich über seinen roten Backenbart. »Falls die Theorien über das absichtlich herbeigeführte Erdbeben stimmen, wohl der, der das Erdbeben ausgelöst hat. Ansonsten muss es der liebe Gott gewesen sein.«

»Es war ein Beben. Und es fehlte nur sehr wenig, um es auszulösen. Hier ist es genauso. Auch wir können ein Beben auslösen, damit die Märkte wieder in die Richtung gehen, die wir wollen. Nach oben.«

»Warum?«

»Wenn die ersten Investoren wieder Hoffnung schöpfen, dass die Anleihen erneut nach oben gehen, steigen alle anderen ein. Dann sind es die Ersten, also Sie, die am meisten Gewinne erzielen. Sie müssen nur den Anfang machen. Durch die Kursgewinne bekommen Sie das, was Sie verloren haben, wieder. Und Sie bekommen das, was Sie sicherlich außerdem wollen.«

»Und was wäre das?«

»Ihre Rache! Denn der, der Ihnen das eingebrockt hat, wird dabei verlieren.«

De Groot nickte und hatte die Finger aneinandergelegt. »Ich höre Ihnen weiter zu«, sagte er.

KAPITEL 29

BANK FÜR INTERNATIONALEN ZAHLUNGSAUSGLEICH, BASEL, SCHWEIZ

Am großen Konferenzraum in der Bank für Internationalen Zahlungsausgleich saßen Vincent de Groot, der Chef des Bilderberger Investment Clubs, und drei seiner ranghöchsten Mitglieder. Ebenso die gerade aus New York und Frankfurt eingeflogenen Jenny Aldwick von Silverman & Cromwell und Daniel Marcus und Bernd Tanner von Sky Capital. Und natürlich Jürgen Wehrli von der BIZ sowie Melanie und Tom.

»Wir sind bereit, die ersten Stützungskäufe mit unseren Geldern durchzuführen«, sagte de Groot. »Danach erwarten wir, dass Silverman & Cromwell groß einsteigt, ebenso wie Sky Capital.« Er blickte Wehrli an. »Und ich erwarte, dass diese Käufe publik gemacht werden, sobald wir drin sind. Dem Markt muss klar sein, dass es jetzt nur noch nach oben geht. Es darf keinen Zweifel geben, dass allzu schnell wiederverkauft wird. Eventuell steigt dann auch noch die EZB ein, und dann geht es richtig nach oben. So wie Anfang 2015.«

Bernd nickte anerkennend. »Oh ja, das waren Zeiten!«

Wehrli nickte ebenfalls und blickte Daniel Marcus und Jenny Aldwick an. »Ist das ein Deal?«

»Das ist ein Deal«, sagte Marcus. »Allerdings bleiben wir nicht auf Gedeih und Verderb drin. Sobald das alles zwanzig Prozent gestiegen ist, sind wir wieder draußen. Wie heißt es bei uns: *If we have a profit, we don't let the profit go.*«

»Genauso bei uns«, sagte Aldwick.

»Und bei uns natürlich auch«, sagte de Groot, »beziehungsweise bei uns erst recht. Schließlich machen wir den Anfang. Wir werden den Ausstieg über Blocktrades börsenkursschonend machen. Und wir müssen hoffen, dass dann der breite Markt eingestiegen ist und sich das Ganze stabilisiert.«

»Ich weiß«, sagte Marcus, »dass eine Menge Hedgefonds *short* auf die Bankaktien und die Anleihen sind. Wenn der Kurs plötzlich nach oben geht, müssen die sich blitzschnell eindecken, damit sie keine unendlichen Verluste machen. Und das treibt den Kurs nach oben.«

Tom kannte das Phänomen des sogenannten *Short Squeeze*. Wenn Investoren bei einer Aktie oder Anleihe *short* gingen, liehen sie sich die Aktie und verkauften sie, ohne sie zu haben. Man lieh sich etwas und verkaufte es für hundert Euro. Wenn es dann fiel, kaufte man es billiger, zum Beispiel für fünfzig Euro, zurück und machte fünfzig Euro Gewinn. Problematisch wurde es aber, wenn der Preis stieg. Dann hatte man für hundert verkauft und musste für hundertfünfzig zurückkaufen.

»Hoffen wir es mal«, sagte Jenny, »denn das ist das Problem, wenn man *short* geht: Man verkauft die Papiere zu einem bestimmten Preis und kriegt den Gegenwert. Aber mehr auch nicht. Der Gewinn ist gedeckelt. Steigen die Papiere dann aber, muss man sie sehr viel teurer zurückkaufen, der Verlust ist also größer als das, was man eingenommen hat.«

»Genau genommen unbegrenzt.«

»Richtig, der Verlust ist unbegrenzt. Man kann deutlich mehr Geld verdienen, als man eingesetzt hat. Eigentlich unendlich viel. Denn das wissen die *Shortseller*: Wenn es nach oben geht, müssen sie sofort kaufen. Und zwar so viel wie möglich.«

»Gut«, sagte Wehrli, »dann weiß jeder, was er zu tun hat. Ruft in Ruhe eure Handelsabteilungen an. An die große Glocke hängen wir es erst, wenn alle drin sind.«

KAPITEL 30

VATIKANSTADT, ROM, ITALIEN

Venturini und Pagani saßen am Bloomberg-Terminal im Nicolo-Turm der Vatikanbank.

»Da passiert etwas. Es geht wieder aufwärts«, sagte Pagani. »Schau dir das an! Die Bankkurse und die Anleihen.«

»Aber wie kommt das?«, fragte Venturini. Er blickte auf die Daten. Kurse von Aktien und Anleihen, Risikoprämien, Kreditausfallversicherungen. »Alles sprach doch dafür, dass es noch weiter abwärtsgeht?«

»Ich weiß es nicht«, sagte Pagani, »es grenzt an ein Wunder.«

Er hielt inne. »Vielleicht sind ein paar große Investoren eingestiegen?«, fragte er dann.

Venturini nickte. »Du hast recht.« Er griff zum Telefon. »Arakis«, sagte er, »das Chaos hat sich gelegt. Hören Sie, wir brechen die Überwachung ab. Schickt uns die Rechnung und sag deinen Leuten, sie sollen die Kameras wieder abbauen. Warum? Weil ich es sage, darum. *Ciao!*«

Venturini blickte seinen Kollegen an. »Erledigt, oder?«

»Noch nicht ganz«, sagte der. »Auch der Kurs der Banca della Casa ist wieder gestiegen. Mindestens vierzig Prozent. Das heißt, sie können meinem Neffen den Kredit wieder geben.«

»Dafür schuldet er uns aber ein Abendessen in seinem neuen Restaurant.«

»Mindestens«, sagte Pagani und griff zum Telefon.

KAPITEL 31

BALTIMORE-WASHINGTON INTERNATIONAL THURGOOD MARSHALL AIRPORT, MARYLAND, USA

Es war fünf Uhr dreißig morgens, und die Maschine war vor dreißig Minuten gelandet. Bill's Coffeeshop schien der einzige Ort zu sein, in dem man zu dieser frühen Stunde überhaupt etwas zu essen bekam. Draußen fuhr die Müllabfuhr vorbei, und zwei Müllmänner warfen die schwarzen Säcke in den Container. Irgendwo bellte ein Hund mit heiserer Stimme. Eine Kellnerin füllte aus einer großen Kanne schwarzen Kaffee in die Becher. Der Geruch von gebratenen Eiern und Speck wehte vom Grill herüber. Taxifahrer, die ihre Frühschicht begannen, und Krankenschwestern aus dem nahe gelegenen Krankenhaus, die ihre Nachtschicht beendet hatten, saßen an den Tischen, schlürften Kaffee und kauten auf ihren Muffins herum. Madonnas *Papa Don't Preach* dudelte aus scheppernden Lautsprechern.

»*Papa don't preach*«, sagte Melanie. »Das passt. Wie lange musste ich predigen, bis du endlich begriffen hast, wie ernst die Lage ist.«

»Kann man so sagen«, sagte Tom und stocherte in seinem Rührei herum. Er blickte auf die Uhr. »Wann kommen deine Kollegen?«

»Wir haben noch eine knappe Stunde«, sagte Melanie.

Ein Hubschrauber der NSA würde am Flughafen landen und beide mitnehmen. Tom war in Gefahr, das war allen klar. Er würde eine neue Identität bekommen und eine Weile in den USA bleiben.

»Was passiert mit Arakis?«, fragte Tom.

»Wir bleiben an ihm dran.«

»Wird er verhaftet?«

»Wenn die Beweise reichen, ja.«

»Reichen die Beweise?«

»Das kann ich dir leider nicht sagen.«

»Und warum sammelt ihr ihn nicht einfach ein und bringt ihn zu irgendeiner *Black Site*, wie du es mir angedroht hast?«

»Die Chinesen könnten davon Wind bekommen. Und das kann der Präsident zurzeit nicht gebrauchen.«

»Immerhin.« Tom lehnte sich zurück. »Ein bisschen haben wir doch die Welt gerettet. Und Europa dazu.«

»Ich glaube«, sagte Melanie, »dafür sind die Europäer nach Amerika ausgewandert. Damit sie dort ein riesiges Land gründen, das aufpasst, wenn Europa mal wieder über seine eigenen Füße stolpert.«

»Das würden die Europäer nicht hören wollen.«

»Ist aber so. Sich selbst zu erkennen ist der beste Weg, um besser zu werden.«

»Der Spruch könnte auch von einem Chinesen kommen.«

KAPITEL 32

TRATTORIA COLOSSEO,
LIDO DI OSTIA, NAHE ROM, ITALIEN

Die Trattoria Colosseo war noch nicht ganz fertig eingerichtet, aber das war den Gästen heute Abend egal. Im Hintergrund lief *Cose della Vita,* das Lied mit dem berühmten Video, in dem Eros Ramazotti Tina Turner in einem süditalienischen Bergdorf besuchte.

Es gab Mozzarella mit Tomaten, gegrillten Fisch, Risotto und Pasta, dazu Weißwein, Rotwein und Sambuca.

Mauro saß am Ende der Tafel, daneben seine Frau Sofia, seine Eltern Davide und Alberta und daneben der kleine Tony. Ganz in der Nähe sein Onkel Vittorio Pagani sowie dessen Kollege Paolo Venturini. Und daneben Signor Castillo von der Banca della Casa und Sandro, der Steuerberater. Castillo hatte es sogar geschafft, den Kredit nicht nur zu erneuern, sondern die Kreditbedingungen deutlich zu verbessern.

»Ich weiß nicht, wie Sie das geschafft haben«, sagte Castillo, »aber einen Kunden, der sich seinen Kredit wieder holt, indem die Bankaktie um fünfzig Prozent steigt, das hatten wir noch nie. Da haben Sie sich die niedrigeren Zinsen redlich verdient.«

»Sie können versichert sein«, sagte Pagani, »ganz so einfach war es nicht. Eigentlich grenzt es an ein Wunder. Unsere Gebete sind erhört worden.«

»War es mit Gottes Hilfe?«

»Sicher«, sagte Venturini. »Mit Gott ist nichts unmöglich. Aber es war nicht nur Gottes Hilfe. Hilf dir selbst, dann hilft dir Gott.«

Die fröhlichen Stimmen der Feier waren noch lange am Lido di Ostia zu hören. Sie zogen über den Strand zum Meeressaum, während ein frischer Wind den Geruch der weiten ungezähmten See ins Landesinnere trieb.

EPILOG

PEKING, VOLKSREPUBLIK CHINA

»Weißt du, Si«, sagte Dairon Arakis. »Ich hatte einmal einen Traum. Da versuchten in einem Fußballspiel mehrere Spieler immer wieder, den Ball ins Tor zu schießen. Einer schoss daneben, ein Ball wurde gehalten, einer prallte an der Latte ab. Am Ende kam der Schiedsrichter und schoss den Ball ins Tor. Die Leute fragten ihn: *Warum hast gerade du als Schiedsrichter den Ball ins Tor geschossen?* Und weißt du, was er antwortete: *Irgendeiner musste es ja machen.*«

Er lehnte sich zurück.

»Man könnte denken, wir haben die Schlacht verloren, aber nicht den Krieg.«

»Die Chinesen konnten ihren Plan nicht umsetzen.«

»Unser Projekt ist aufgeschoben, aber längst nicht vorbei. Das Modell Europa wird nicht mehr lange funktionieren. Die totale Kontrolle wird kommen. Ob heute oder morgen. Wir haben unseren Plan noch nicht erfüllt. Diesen nicht. Aber einen anderen. Denn wir haben eine Menge Geld verdient. Die Frage ist immer, was du willst: *Willst du recht haben oder willst du reich werden?*«

Sie schauten beide auf einen Chart auf einem der riesigen Monitore.

»Während die anderen Hedgefonds auf fallende italienische Kurse gesetzt haben, haben wir gemeinsam mit Iron Crown Capital bei geringen Kursen während der Krise gekauft und dann auf steigende Kurse gewettet. Genauso wie die Bilderberger. Damit haben wir Milliarden verdient. Genau genommen sind wir Teil des Konsortiums, das Italien wieder gerettet hat. Wir haben ein Problem gelöst, das wir nur lösen konnten, weil wir es vorher erschaffen haben. Und niemand kann uns Insiderhandel vorwerfen.«

»In China sagen wir: 一分为二. Yi fén wéi èr«, sagte Si.

»Erklär es mir«, sagte Arakis. Sein Ohrhörer hatte es ihm zwar halbwegs übersetzt, aber er wollte die Weisheit aus dem Mund von Si hören.

»Es heißt *eins teilt sich in zwei*. Und zwei manchmal auch wieder in eins.« Er blickte seinen Boss an. »Was ist mit Tom?«, fragte Si. »Soll ich mich nicht doch um ihn kümmern?«

»Ich bin ihm nicht böse. Auch der Berg wird manchmal vom Fluss besiegt. Und er hat für die Marktbewegung nach oben gesorgt, an der wir jetzt sehr viel Geld verdienen. Er war Feind und Freund zugleich. Genau genommen hat er das geschafft, was ich nicht geschafft habe: Er hat die Bilderberger dazu gebracht, eine Menge Geld zu investieren und den Markt nach oben zu treiben.« Arakis lehnte sich zurück.

»Es hätte auch schiefgehen können.«

»Ich war überzeugt, dass es klappt. Und wenn man überzeugt ist, das weiß ich von George Soros, dann muss man reingehen. Und zwar voll.«

»Wo ist Tom jetzt?«

»Ich weiß, wo er ist. Und ich werde ihn aufsuchen. Ich habe noch einige Fragen zu seiner App. Und das Projekt von Li Jintao ist noch längst nicht abgeschlossen.«

»Tom hat noch lange nicht ausgelernt?«, fragte Si.

»Noch lange nicht.« Arakis blickte auf. »Wie geht es deinem Fuß?«

»Ich werde es überleben«, sagte Si. »Schmerz ist Ansichtssache.« Dann beugte er sich vor. »War das alles tatsächlich so geplant?«, fragte Si. »Von Ihnen?«

»Es war geplant, aber es war mal wieder ein großer Vorteil, die richtigen Leute zu kennen, die einem im richtigen Moment die richtigen Dinge sagen.«

»War das der Moment, in dem Sie entschieden haben, dass ich Tom nicht für immer aus dem Verkehr ziehe?«

»Ja. Es war Lord Cumberland. Er hat mir von dem Plan erzählt, kurz nachdem Tom bei ihm war. Seine Belohnung ist schon unterwegs. Er war Verbündeter von Tom. Aber auch von mir.«

Si lächelte. Es geschah selten, dass er lächelte. »Das wusste schon Sun Tzu«, sagte Si. »*Erkenne den Gegner und erkenne dich selbst, und du wirst in tausend Schlachten siegreich sein.*«

DANKWORT MIT EIN PAAR GEDANKEN ZU CHINA

Das Thema China beziehungsweise der sogenannte »Ferne Osten« hat mich schon seit Jugendzeiten interessiert. Es begann eher japanisch mit Judokursen als Kind, dann später Karate und irgendwann kamen auch Kendo, die japanische Schwertkunst, wie auch Zen-Meditation sowie die chinesischen Klassiker wie das *I Ging* (das älteste Buch der Welt) und auch die Schriften von Laotse, Sun Tzu und Konfuzius dazu. Dass ich mich als Jugendlicher nun gerade für so etwas interessierte, fanden alle im Verwandten- und Freundeskreis etwas seltsam, aber harmlos. Dass ich dann ein echtes Samuraischwert haben wollte (und auch kaufte), fanden alle seltsam und nicht mehr harmlos.

Bevor ich *Final Control* beendet habe, war ich bereits mehrere Male in China, zumeist in den großen Städten wie Shanghai, Peking, Shenzhen und Hongkong, doch ein paar Mal auch im Landesinneren. Ganz besonders faszinierend war der Besuch im Herbst 2018, als mir auch die Idee zu diesem Buch kam. Die Reise war eine Delegation mit Global Bridges, auf der wir die Städte Peking, Shenzhen und Hongkong besuchten. Hierbei gilt ein großer Dank an Dr. Beate Lindemann für die perfekte Organisation dieser hochspannenden Reise. Ebenso danken möchte ich dem Team der IESE Business School für zwei spannende Wochen an der CEIBS (China Europe International Business School) in Shanghai im Sommer 2010 und an Robinson Steinke für eine tolle Tour durch Peking im Sommer 2012. Ebenso danke ich Dirk Harbecke von der African Development Corporation, für den ich im Sommer 2010 in Hongkong war, um dort die Möglichkeit von Börsengängen an der Hongkonger Börse auszuloten. Die Börsengänge kamen leider nicht zustande, aber die Zeit in Hongkong war dennoch sehr schön, und ich hoffe sehr, dass diese tolle Stadt wieder den Frieden findet, der sie so erfolgreich gemacht hat. Ebenso danken möchte ich dem China-Kenner Christoph Giesen von der *Süddeutschen Zeitung*, Dr. Peter Strüven, dem Gründer der asiatischen Büros von BCG, als auch Prof. Dr. Sebastian Heilmann, Professor für Politik und Wirtschaft Chinas an der Universität Trier und vormaliger Leiter des MERICs Forschungszentrum für China der Mercator Stiftung. Ebenso Dr. Cui Hongjian vom Chinese Institute of International Studies in Beijing, Anant Pathak vom HAX Accelerator in Shenzhen, David Benowitz vom Drohnenhersteller DJI in Shenzhen sowie Carsten Senz von Huawei. Ein Dank geht auch an Christoph Horst für spannende Diskussionen über China.

Ebenso ein großer Dank an die Familie Desirée und Hans Michael Jebsen vom Handelshaus Jebsen für gute Gespräche bei einer wunderschönen Schiffstour um die Inseln von Hongkong. Und noch ein Dank an Hans Albrecht für seine scharfsinnige Analyse des chinesischen Staatskapitalismus.

Doch es reicht nicht, nur die Experten zu kennen, man muss auch die richtigen Leute haben, die dabei mithelfen, dass das Ganze in den Buchhandlungen erhältlich ist.

Danken möchte ich ganz besonders meiner grandiosen Lektorin und Programmleiterin Michaela Kenklies von Droemer Knaur, die für das Projekt gleich Feuer und Flamme war. Ein großer Dank geht an Steffen Haselbach, Verlagsleiter Belletristik bei Droemer Knaur, für die super Zusammenarbeit,

Antje Steinhäuser für das grandiose finale Lektorat und den super Blick für die Details und all die kleinen Fehler, die Autoren machen. Falls noch etwas nicht stimmt, liegt es definitiv an mir! Und natürlich an die Geschäftsleitung von Droemer Knaur, Doris Janhsen und Josef Röckl, dann auch Katharina Ilgen, Nina Vogel, Monika Neudeck, Hanna Pfaffenwimmer und Christina Schneider. Und natürlich an Antje Buhl und das ganze Vertriebsteam von Droemer Knaur, die für die Buchhandlungen und für die Nebenmärkte, wo meine Bücher offenbar auch gern gesehen sind, alles geben.

Ebenso ein großer Dank an meine Managerin Brigitte Siegert und meine Social Media Managerin Hannah Lücke.

Ein eigentlich mindestens genauso großer Dank gilt dem Team von AVA International, nämlich Markus Michalek und Roman Hocke, sowie natürlich Claudia von Hornstein, Cornelia Petersen-Laux, Lisa Blenninger und Mark Ryan Leonard.

Ganz besonderer Dank gebührt allen Buchhändlerinnen und Buchhändlern sowie den Drogerien, Supermärkten und Tankstellen! Durch Sie und nur durch Sie sind Bücher sichtbar, anfassbar, kaufbar und überhaupt vorhanden. Und wenn Sie mich zu Lesungen einladen, auch noch live für alle Fans erlebbar. Vielen, vielen Dank, dass es euch gibt!

Meiner Frau Saskia ist dieses Buch, wie die vorherigen, gewidmet, dennoch möchte ich herzlichen Dank aussprechen für deine Geduld, liebe Saskia, das kritische Gegenlesen und vor allem wieder einmal für die medizinischen und fachlichen Tipps. Sollten Sie trotzdem Fehler in dem Buch finden, gehen die alle auf mein Konto.

Viele Dinge, die China ausmachen und die uns faszinieren, werden in diesem Thriller thematisiert, wobei das Corona-Thema zur Zeit des Schreibens noch kein Thema war und ich dazu nicht auch noch den tausendsten Beitrag leisten möchte, nachdem sich zu dem Thema auch schon fast jeder geäußert hat und zum Zeitpunkt April/Mai 2020 ein Corona-Special das nächste jagt, wo ein Ahnungsloser einen anderen Ahnungslosen interviewt und keiner von beiden eine Kristallkugel hat und einen Impfstoff schon gar nicht.

Vieles von dem, was in *Final Control* beschrieben wird, klingt wie Science Fiction oder halt nur Fiktion, ist aber real, wie zum Beispiel die Lager in der Xinjiang-Provinz oder auch das *Social Credit System*.

Es wird meiner Ansicht nach nicht viel bringen, die Chinesen zu schulmeistern, wie sie gefälligst westlich, demokratisch, tolerant oder was auch immer sein sollen, vor allem, da Europa alles andere als überzeugend auftritt und die meiste Zeit mit sich selbst beschäftigt ist. Was mich auf all meinen China-Reisen fasziniert, aber auch ratlos zurückgelassen hat, ist die Tatsache, wie wenig der Westen China verstanden und wie falsch er bisher mit allen Prognosen zu China gelegen hat. Ich selbst finde drei Dinge besonders faszinierend:

– China ist riesig, und es ist schnell. Im westlichen Denken sind Dinge entweder klein und schnell oder groß und langsam. Schnell *und* groß ist nicht vorgesehen. So stehen wir an europäische und deutsche Lahmarschigkeit gewöhnten Westler mit großen Augen da, wenn wir sehen, dass das ohnehin an Versagen nicht arme Berlin auch in zwanzig Jahren keinen Flughafen fertig bekommt, China aber nur vier Jahre braucht für einen viel größeren Flughafen wie den in Peking, der dann auch fast auf die Sekunde am siebzigsten Jahrestag der Volksrepublik China fertig wird. Um ein letztes Mal Corona zu erwähnen: Ein riesiges Krankenhaus in zwei Wochen aus dem

Nichts aufzubauen und funktionsfähig zu haben, schaffen auch nur die Chinesen. Von ganzen Millionenstädten, sechshundert Meter hohen Wolkenkratzern und Seebrücken, die teilweise auch noch unter dem Meer verlaufen, damit oben Containerschiffe durchfahren können, ganz zu schweigen.

– Auch der chinesische Staatskapitalismus wurde immer falsch eingeschätzt. Für das westliche Denken gibt es den Kapitalismus, der keine zentrale Planung aufweist und auf eigene Anreize des Einzelnen setzt. Dann gibt es den Kommunismus à la Sowjetsystem, Kuba, Venezuela und Nordkorea, der alles plant, das Ganze aber ohne Anreize, was dazu führt, dass niemand mehr arbeitet und daher, bis auf einige Bonzen, auch niemand Geld verdient. In Chinas System gibt es das Beste aus beiden Welten: Planung und Eigeninitiative. Und das Ganze funktioniert auch noch.

– Es könnte durchaus sein, dass das fünftausend Jahre alte China, das schon vor Jahrtausenden das Weltreich Nummer eins war, auch im 21. Jahrhundert wieder Weltreich Nummer eins wird. Es wäre damit von den alten Großreichen wie Ägypten, Persien, dem Griechenland Alexanders des Großen, Rom etc. das einzige Imperium, dem so etwas gelungen wäre.

Kai Strittmatter empfiehlt in seinem China-Buch *Die Neuerfindung der Diktatur* allen bequemen »Lummerland-Deutschen« (wie sie Ulf Poschardt in der Welt nannte), einmal im Leben ein Jahr in China zu verbringen, um zu sehen, was sich dort alles tut. Wir alle sollten uns fragen, wie sich Europa und besonders Deutschland positionieren sollten, falls uns daran gelegen ist, künftig mehr zu sein als ein großes Freilichtmuseum, Wellnesshotel oder Rentnerparadies für reiche Chinesen oder eine übergroße Kuckucksuhren-Manufaktur. Die Chinesen wissen, was sie wollen, und sie geben dafür mächtig Gas. Wer etwas will, muss auch etwas dafür tun, auch wenn es anstrengend ist, und nicht nur davon reden. Das müssen wir Europäer auch, wenn wir unsere Werte erhalten wollen.

Oder wie es Matthias Rübsam von DBK Heaters Trading aus Shanghai, den ich im Herbst 2018 in Shenzhen kennenlernte, so schön formulierte:

没有麻烦，没有米饭！

(*Mei you mafan, mei you mifan* = Hast du keinen Stress, hast du auch keinen Reis.)

So bleibt mir nur, Ihnen allen spannende Unterhaltung zu wünschen und mich auf ein Wiedersehen zu freuen! Und allen, die noch nicht dort waren, kann ich nur empfehlen, dieses riesige und faszinierende Land China zu besuchen, das nicht nur Land, nicht nur Kontinent, sondern eine ganze Kultur ist. Auch wenn es für uns gemächliche Europäer sicherlich ungewöhnlich groß, schnell und sogar beängstigend sein kann. Doch hier gilt das, was Heinrich von Pierer, der frühere Chef von Siemens, über China sagte: *Es ist riskant, nach China zu gehen, aber noch riskanter, nicht nach China zu gehen.*

Besuchen Sie mich, wenn nicht gerade in China, dann doch auf www.veit-etzold-autor.de oder auf facebook.de/veit.etzold oder schreiben Sie mir an info@veit-etzold.de.

Ihr
Veit Etzold

Berlin, im Mai 2020 (Beendet wurde das Buch im November 2019, dem chinesischen Jahr des Schweins; das Schwein bringt gemäß dem chinesischen Horoskop übrigens Glück, Reichtum und Zufriedenheit mit sich, während 2020 das Jahr der Ratte ist; vielleicht passend zum Abschwung, der uns jetzt leider droht. Aber auch da wird es einen Ausweg geben. Dass die kluge Ratte für das Ausbrechen aus alten Gewohnheiten, neue Ideen, Überlebenskünstlertum, den Wunsch nach sozialer Gemeinschaft, Sicherheit, Vorräte, Gewinne und Durchhaltevermögen steht, kann doch nur ein gutes Omen sein.)

DRAMATIS PERSONAE

DIE HAUPTPERSONEN

Tom Bayne, Gründer und Chef der Medizin-App CUMO, Shenzhen und Hamburg
Dairon Arakis, Investor und Milliardär, Shenzhen und San Francisco, USA

DIE NEBENPERSONEN

Walter Bayne, Vater von Tom, Hamburg
Lucy Liang, Co-Geschäftsführerin von CUMO, Shenzhen und Singapur
Philipp Wacker, Head of New Ventures bei Rocket Internet, Berlin
Si, Leibwächter von Dairon Arakis, Peking, Volksrepublik China
Wolfgang Sailer, Spezialist für Tunnelbohrungen, Sprengmeister, Genf, Schweiz

DIE GEHEIMDIENSTE UND REGIERUNGSBEAUFTRAGTEN

Melanie Brown, *Case Officer,* National Security Agency (NSA), Fort Meade, USA

Samuel Miller, Head of Geopolitics, NSA, Fort Meade, USA

Henry Wilson, Nationaler Sicherheitsberater des Präsidenten, Washington, USA

George Galloway, Chefstratege des Pentagon, Washington, USA

Professor William Thomson, Professor für Geopolitik, Kennedy School, Harvard University, Cambridge MA, USA

Jasmin Walters, Bundesnachrichtendienst, Berlin

Lisa Bendix, Abteilungsleiterin Finanzmarktregulierung, Bundesministerium der Finanzen, Berlin

Morpheus, White-Hat-Hacker, Hamburg

DIE CHINESEN

Li Jintao, Mitglied des Politbüros der Kommunistischen Partei Chinas, Peking, Volksrepublik China

Zhou Wang, Mitglied des Politbüros der Kommunistischen Partei Chinas, Peking, Volksrepublik China

Zu Xiang, Sekretär von Zhou Wang, Peking, Volksrepublik China

Chuan Wu, Chef des HAX Accelerators, Shenzhen, Volksrepublik China

Li Ming, Datenanalyst HAX Accelerator, Shenzhen, Volksrepublik China

DIE ITALIENER

Mauro Pagani, Restaurantbesitzer in Rom
Sofia Pagani, Ehefrau von Mauro
Sandro Adamos, Steuerberater von Mauro Pagani, Rom
Aureliamo Castillo, Kreditberater bei der Banca della Casa, Rom
Paolo Venturini, Chef der Vatikanbank, Vatikanstadt, Rom, Italien
Vittorio Pagani, Kardinal, Vatikanstadt, Rom, Italien
Alfredo Barca, Commissario (Kommissar) der Questura di Roma, Rom

DIE BRASILIANER

Ignacio Vazquez, Staatssekretär von Brasiliens Präsident Bolsonaro, Brasilia, Brasilien
Pedro Cavalera, Sekretär von Vazquez, Brasilia, Brasilien
Diego Alvarez, Polizeichef von Rio de Janeiro, Brasilien

DIE INVESTOREN UND BANKER

Vincent de Groot, Chef des Bilderberger Investment Club, Zürich und Amsterdam, Niederlande
Bernd Tanner, Hedgefonds Manager, Sky Capital, Frankfurt am Main
Daniel Marcus, Head of Alternative Investments, Sky Capital, London, Großbritannien
Alexander von Moltke, Senior Vice President, Iron Crown Capital, London, Großbritannien

Clean Steve, Fondsmanager, Shenzhen und Hongkong, Volksrepublik China

James Wyatt, Investmentmanager Sequoia Capital, San Francisco und Shanghai, Volksrepublik China

Leeland Bennet, Financial Market Intelligence, NSA, Fort Meade, USA

Jenny Aldwick, Head of Compliance, Silverman & Cromwell, New York, USA

Lord Cumberland, Senior Advisor, GH Associates, London, Großbritannien

Jürgen Wehrli, Bank für Internationalen Zahlungsausgleich (BIZ), Basel, Schweiz

DIE MEDIZINER

Dr. Tara Helbig, Oberärztin, Universitätsklinikum Eppendorf (UKE), Hamburg

Dr. Miriam Wilkens, Assistenzärztin, UKE Hamburg

Prof. Dr. Imir Khan, Chefarzt, UKE Hamburg

Dr. Marc Winter, Oberarzt, Tylius-Privatklinik, Hamburg

LESEPROBE ZU:

HÖLLENKIND

EIN CLARA-VIDALIS-THRILLER

Es ist ein einmaliges Ereignis im Vatikan die Verbindung der Adelsfamilien Sforza und Visconti durch eine prunkvolle Hochzeit in der Sixtinischen Kapelle. Doch plötzlich erblühen auf dem strahlend weißen Kleid der Braut große rote Flecke. Bevor irgendjemand eingreifen kann, bricht sie tot zusammen. Der zuständige Ermittler, Commendatore Adami, ahnt, dass es nicht bei diesem einen außergewöhnlichen Mord bleiben wird. Und dass er allein nicht weiterkommt. Im Vatikan kursiert schon länger der Name einer Patho-Psychologin, die bereits in einem Fall von Satanismus involviert gewesen war: Clara Vidalis …

Mille piacer' non valgono un tormento.
(Tausend Genüsse sind nicht eine Qual wert.)

Petrarca

PROLOG

SIXTINISCHE KAPELLE, ROM, VATIKAN

Kardinal Julio richtete seinen Blick auf die Braut in ihrem maßangefertigten Kleid aus weißer spanischer Seide und wusste: Hier handelte es sich um ein Ereignis, wie es nur alle zehn Jahre zu verzeichnen war. Das Brautkleid mit der meterlangen Schleppe, von Hand mit echten Perlen und antiker Spitze bestickt, hatte weit mehr gekostet als das durchschnittliche Jahresgehalt eines römischen Angestellten und erinnerte in seinem Prunk an die Hochzeit von Königen. Und auch der Ort wäre einer königlichen Hochzeit mehr als würdig gewesen. Die Sixtinische Kapelle, in der sonst die Päpste gewählt wurden. Hier war 2005 auch Benedikt XVI. als zweiter Deutscher in der Geschichte der katholischen Kirche zum Papst gewählt worden. *Ich möchte ein einfacher Arbeiter im Weinberg des Herrn sein,* hatte er gesagt.

Julio sah nach oben.

Das Deckengemälde der Sixtinischen Kapelle war 1512 zum Allerheiligenfest von Michelangelo fertiggestellt worden und galt als eines der größten Kunstwerke überhaupt. *Die Erschaffung Adams,* bei dem sich die Finger von Adam und Gott einander annäherten, hatte nicht nur das Bild von Gott als altem Mann mit Bart tief im kulturellen Gedächtnis verankert, sondern war bis nach Hollywood vorgedrungen.

Zweiundzwanzig Jahre später hatte Michelangelo, damals bereits sechzigjährig, das *Jüngste Gericht* gemalt. Nach der Plünderung Roms durch deutsche Landsknechte im Jahr 1527, die als Strafe Gottes für die sündige Stadt gesehen wurde, war dieses gigantische Gemälde eine Art Buße für die gesamte Stadt. Julio blickte zur Stirnseite der Kapelle und auf Christus, der die Erlösten und die Verdammten trennte, inmitten der unzähligen Gestalten, die das riesige Bild bevölkerten, die Erlösten oben und die Verdammten unten. Es waren die Schrecken und die Erlösung gleichermaßen, die Michelangelo meisterhaft darstellte. Denn so wie Shakespeare alles schreiben konnte, das wusste Julio, konnte Michelangelo, der eigentlich Bildhauer war, alles malen. Die Hoffnung auf die Ewigkeit der Erlösten, die zitternde Erwartung der Verdammten, die hinabsanken in die ewigen Qualen. Zwei Zentren in diesem Bild, zwei Polaritäten, die die ganze Welt erklärten: überwältigende Freude und vernichtender Schmerz, Himmel und Hölle, Gut und Böse.

Der Blick des Kardinals fiel erneut auf Christus. Aber Christus erwiderte den Blick nicht. Christus hatte nur Augen für einen: den heiligen Bartholomäus, der im persischen Teil von Syrien gehäutet worden war. Sie hatten ihm die Haut abgezogen, auch in seinem Gesicht. Und die Züge der Haut, die der Heilige mit sich trug, während er ins Paradies ging, trugen die Züge des Künstlers Michelangelo selbst. Als wollte sich Michelangelo, als Begleitung von Bartholomäus, ebenfalls den Eingang ins Paradies sichern. Sollte er einmal Papst werden, dachte Julio, dann würde er sich den Namen Bartholomäus geben.

Die Gäste nahmen all das nicht wahr, nicht das riesige Deckengemälde und auch nicht das Kunstwerk des *Jüngsten Gerichts* an der Stirnseite der Kapelle. Denn alle Augen waren auf die Braut gerichtet, die gerade zu den Klängen von Pachelbels Kanon in D-Dur am Arm ihres Stiefvaters einzog. Der Kanon wurde von einem Streichquartett gespielt, untermalt von der Orgel der Kapelle, die erst im Jahr 2002 eingebaut worden war. Aurelia Sforza, Tochter der adeligen Donatella Sforza, würde Vincence Visconti heiraten, den Patensohn ihres Stiefvaters Paolo Visconti. Paolo Visconti war mittlerweile achtzig Jahre alt und hatte sehr spät noch einmal geheiratet, die dreißig Jahre jüngere Donatella. Vincence war für ihn wie ein zweiter Sohn geworden, Aurelia wie eine eigene Tochter. Denn seine einzige Tochter Carina war vor zehn Jahren spurlos verschwunden. Das jedenfalls erzählte man sich unter vorgehaltener Hand. *In Florenz,* so sagte man, *hatten die Wände nicht nur Ohren, sondern auch Münder.*

Die Viscontis kamen ursprünglich aus Mailand und lebten jetzt in Florenz. Im Mailänder Dom stand ebenfalls eine Statue des gehäuteten Bartholomäus, doch die Hochzeit musste in Rom stattfinden, im Herzen des Vatikans, in der Sixtinischen Kapelle, um die Gläubigkeit, aber ganz besonders die Macht der Familie zu demonstrieren.

Der alte Visconti setzte langsam einen Fuß vor den anderen, während Aurelia seine Hand hielt und aus Rücksicht auf den Mann, der ihr zweiter Vater geworden war, ebenfalls bedächtig einen Schritt nach dem anderen machte.

Die Braut war ganz in Weiß, unschuldig, wunderschön.

Und gleich wäre der größte Moment in ihrem Leben gekommen. Die Hochzeit war eines der sieben Sakramente der katholischen Kirche, neben der Taufe, der Firmung, der Eucharistie, der Krankensalbung, der Priesterweihe und der Buße. Die Hochzeit, das sagte schon Aristoteles, war die Vereinigung von zwei Körpern in einer Seele. So, wie in der Eucharistie der Leib Christi mit dem des Gläubigen verbunden war, wurden die Eheleute nun, wie es im Alten Testament stand, *ein Fleisch*. Es war der Ehebund, der erst zwischen Gott und dem Volk Israel geschlossen wurde, dann zwischen Christus und der Kirche.

Julio richtete seinen Blick noch einmal auf das *Jüngste Gericht*. Eigentlich ein passendes Gemälde, denn die Apokalypse war die Vermählung von Christus mit der Kirche. Hieß doch *Apocalypsis* auf Griechisch nichts anderes als *Entschleierung*. Und bei einer Vermählung spielt die Entschleierung der Braut eine wichtige Rolle.

Auch Aurelia trug einen Schleier, hinter dem ihr ebenmäßiges Gesicht nur schemenhaft zu sehen war.

Die großen Kerzen auf dem Altar flackerten, als sich Braut und Brautvater langsam nach vorne bewegten, während der Kanon der Streicher die hohe Halle erfüllte. Vorne würde das Paar gleich niederknien, und Kardinal Julio würde nach vorne treten und die Frage aller Fragen aus dem *Rituale* stellen. Das alte Buch war aufgeschlagen, der Titel des Kapitels lautete *De Sacramento Matrimonii – vom Sakrament der Ehe.* Julio ging die Worte, die er sogleich ablesen würde, noch einmal im Kopf durch. Er konnte sie auswendig, aber er wiederholte sie noch einmal.

Vis accipere hic praesentem in tuam legitimam uxorem juxta ritum sanctae matris Ecclesiae?

Voglio …

Ja, ich will.

Vis accipere hic praesentem in tuum legitimum maritum juxta ritum sanctae matris Ecclesiae?

Voglio …

Ja, ich will.

Ego conjugo vos in matrimonium. In nomine Patris, et Filii et Spiritus Sancti. Amen.

Ich vermähle euch zu Mann und Frau. Im Namen des Vaters und des Sohnes und des Heiligen Geistes. Amen.

Für einen Moment wurde sein Blick nach oben gezogen.

Auf der einen Seite im Gemälde die Auferstehung des Fleisches am Jüngsten Tag, die Toten, die sich hervorarbeiteten, die aus der Erde krochen und sich mit den Armen abstützten, bis sie zu schweben begannen, der Ewigkeit entgegen.

In dem Moment passierte es. Julio spürte sofort, dass etwas nicht stimmte, als hätte jemand der feierlichen Stimmung einen Schlag versetzt. Als hätte jemand eine Delle ins Universum geschlagen.

Kardinal Julio schaute wieder nach vorn. Brautvater und Braut hatten ihren Schritt verlangsamt. Aber es lag nicht an dem alten Visconti. Es war die Braut, die plötzlich innehielt. Ihr Gesicht verzog sich unter dem Schleier zu einer Grimasse.

Julios Blick flog kurz zurück zu Charon auf dem Gemälde, dem Fährmann, der die Verdammten über den Hades führte und sein Boot der verlorenen Seelen ausschüttete, wie einen Eimer Fische. Als hätte Michelangelo beim Malen die Worte von Dantes Inferno gehört: *Ihr, die ihr eintretet, lasst alle Hoffnung fahren.*

Jetzt sah es Julio noch deutlicher. Aurelia blieb stehen, ihr Gesicht schmerzverzerrt. Auch Visconti, der merkte, dass auf einmal er es war, der schneller ging als die Braut, blieb stehen und blickte seiner Ziehtochter voller Entsetzen ins Gesicht. Ein Raunen ging durch die Gemeinde im Kirchenschiff, Rufe wurden laut, Menschen standen auf. Das, was geschah, konnte nicht real sein, es konnte sich nur um eine Illusion handeln, die ihm, Julio, vom Teufel geschickt wurde.

Auf dem blütenweißen Kleid der Braut bildeten sich rote Flecken! Erst dort, wo das Kleid sich besonders eng an den Körper der Braut schmiegte, doch dann auch an ihrem Bauch, an ihren Beinen, an ihren Armen.

Blut lief an ihrem Körper hinunter, während Aurelia zitternd und voller Panik an sich hinunterblickte und schließlich mit einem knackenden Geräusch auf die Knie sank. Der greise

Visconti, der versuchte, die Braut zu halten, sank ebenfalls zu Boden, Panik und abgrundtiefes Entsetzen in seinen Augen.

Das Kleid der Braut wechselte die Farbe, von Weiß zu Rot, überall trat Blut hervor und verwandelte die weiße, engelhafte Braut in einen roten Blutdämon, das Gesicht vor Schmerz und Entsetzen verzerrt. Aurelia kippte nach vorn. In einem fürchterlichen Schwall erbrach sie schaumiges Blut auf ihr Kleid, auf den alten Visconti und auf den Boden der Sixtinischen Kapelle, während ihr weißes Kleid nun nahezu komplett rot war und sie im Angesicht des Jüngsten Gerichts würgend und keuchend zusammenbrach.

Aurelia, in Blut gebadet und Blut spuckend, wand sich in zuckenden Krämpfen vor dem Altar und lag dann still.

Julios Hände lösten sich von dem Geländer, neben dem er gestanden hatte, und er sank ohnmächtig zu Boden.

Der Privatarzt des Papstes, der sofort nach vorne stürzte, konnte nur noch den Tod der Braut feststellen.

BUCH 1: VORHÖLLE

I must create a system or be enslaved by another man's.
(Ich muss ein System erschaffen oder werde
von dem eines anderen versklavt.)

William Blake

KAPITEL 1

LKA 113, TEMPELHOFER DAMM, BERLIN

Clara Vidalis, Hauptkommissarin und Expertin für Pathopsychologie, saß in ihrem alten Audi und hupte, doch die Journalisten wollten keinen Platz machen. Sie hörte die Fragen durch die geschlossene Scheibe hindurch.

Was war Ihre Rolle bei der Jagd nach dem Blutgott?
Ist Marie durch Ihre Idee zu einer Killerin geworden?
Was sind die Konsequenzen für Ihre Karriere?
Finden Sie Ihre Maßnahmen nach wie vor richtig?
Sind Sie die erste Kommissarin, die eine Killerin geschaffen hat?

Sie hupte wieder und fuhr langsam nach vorne, näherte sich dem Tor an der hinteren Zufahrt, der zu dem großen LKA-Gebäude am Tempelhofer Damm führte, in dem sich auch Claras Abteilung befand. Das LKA 113.

Zwei Kollegen sprinteten nach vorne und hielten die Journalisten in Schach. Der Schlagbaum hob sich. Clara fuhr hindurch und parkte. Die Pressemeute stand am Schlagbaum und diskutierte mit den Polizisten. *Sie behindern die Arbeit der Medien,* sagte einer mit einem Block und einer Kamera, was die Beamten aber keineswegs daran hinderte, die Arbeit der Medien weiter zu behindern. Clara stieg aus. Die Worte hallten in ihrem Kopf. *Was sind die Konsequenzen für Ihre Karriere? Tja,* dachte sie, *die ist vielleicht beendet, aber das werde ich gleich mit Winterfeld besprechen.* Kriminaldirektor Winterfeld war ihr direkter Vorgesetzter. Auch er stand im Feuer, denn er hatte die Idee abgesegnet. Genauso wie Alexander Bellmann, der Chef des LKA, der jetzt davon allerdings nichts mehr wissen wollte.

Sie stieg aus.

Nachdem der »Blutgott«, ein unheimlicher Puppenspieler, der über das Darkweb Jugendliche zu Massenmorden aufforderte, das ganze Land terrorisiert hatte, war den Ermittlern nichts mehr eingefallen, außer dem Blutgott ein Trojanisches Pferd zu liefern – in Form der sechzehnjährigen Marie, um ihn auf diese Weise zu schnappen. Sie hatten ihn auch fast geschnappt. In letzter Sekunde war er entkommen. Und Marie war eine Killerbraut für ihn geworden, die ihn jetzt bei seinen Mordplänen unterstützte. Eine Art *Killer-Groupie* nannte man das wohl. Wo sie waren, wusste keiner. Es waren nur diverse Bekennervideos im Darkweb aufgetaucht, die zeigten, dass beide nach wie vor unterwegs waren und bereits neue Gräuel planten. Für die Eltern von Marie war die Sache die größte anzunehmende Katastrophe. Der Vater konnte durch einen Burn-out seinen Managerjob nicht mehr ausüben, die Mutter hatte versucht, sich mit einer Überdosis Schlaftabletten das Leben zu nehmen. Das Ganze war ein absolutes Desaster.

Clara nickte den Polizisten zu, um sich für die schnelle Hilfe zu bedanken, und eilte ins Innere.

Drinnen schaute sie auf ihr Smartphone. Keine Mails. Schon seit zwei Tagen bekam sie keine dienstlichen Mails mehr. Offenbar hatte jemand ihr E-Mail-Konto der Polizei abgestellt. Telefonieren konnte sie noch, und private E-Mails bekam sie auch. Schließlich war es ihr Privathandy, das sie nutzte. Eine Absurdität, die im öffentlichen Dienst von Berlin in Zeiten dauerhaft knapper Kassen keine Seltenheit war.

Berlin: Vom anything goes zum nichts geht mehr hatte eine Zeitung treffend über Berlin geschrieben. Irgendwie passt es dazu, dass vor Kurzem ein Einwohner Berlins von der Verwaltung für tot erklärt worden war und der arme Mann von Pontius zu Pilatus rennen musste, um sich wieder als lebend klassifizieren zu lassen. Was umso interessanter war, da das Finanzamt bei diesem »Toten« weiterhin munter Geld abbuchte. Clara spurtete drei Treppenfluchten nach oben und fand sich auf dem Flur des LKA 113 wieder. Bevor sie irgendetwas in ihr Büro brachte, ging sie zunächst in die Kaffeeküche. Dort stand die rumpelnde, qualmende Kaffeemaschine und daneben der neue Espressoautomat. Clara schenkte sich trotzdem einen großen Becher schwarzen Kaffee aus der altmodischen Maschine ein und blickte sich um. Sie erwartete, Winterfeld zu treffen, aber er war nicht hier. Oft kam er in die Kaffeeküche, nahm sich einen Kaffee, meistens den letzten, der noch in der Kanne war, ohne anschließend neuen Kaffee zu machen. Danach ging er meist zum Fenster, um einen Zigarillo *nach draußen zu rauchen,* wie er es immer nannte.

Clara musste mit ihrem Chef sprechen.

Sie wählte auf dem Handy seine Nummer. Winterfeld meldete sich nach dem ersten Klingeln.

»Na, Señora, sind Sie da?«

»Ja, in der Kaffeeküche.«

»Kommen Sie doch nach oben aufs Dach. Da rauche ich gerade eine.«

»Rauchen Sie nicht mehr von der Kaffeeküche aus nach draußen?«

»Heute nicht. Am besten, Sie nehmen den Fahrstuhl, dann begegnen Sie weniger Leuten.«

Clara hängte sich Ihre Tasche über die Schulter, nahm die

Kaffeetasse, blickte sich um, als würde sie etwas Verbotenes tun, und schlüpfte schnell in den Fahrstuhl.

Auf dem Dach des LKA, das man eigentlich nicht betreten sollte, stand Walter Winterfeld, ebenfalls einen Becher Kaffee in der Hand, und paffte in die Morgenluft. Eine einsame Silhouette vor dem früheren Flughafen Tempelhof, der damals, als die Nazis ihn gebaut hatten, das größte Gebäude der Welt war. Winterfeld stellte seinen Kaffee auf einer fauchenden Lüftungsbox ab und schaute in sein Smartphone, das er sich jetzt ebenfalls gekauft hatte, nachdem er sich lange diesem *neumodischen Schnickschnack, der einen nur zum Online-Junkie macht,* verweigert hatte.

»Wie geht's, Señora?«, fragte Winterfeld.

»Geht so«, sagte sie. »Und Ihnen?«

Winterfeld schnaufte und blickte auf sein Handy. »Meine Tochter aus der früheren Ehe in Hamburg«, sagte er. »Hat mir sogar mal eine Mail geschrieben.«

»Und?«

»Sie will Bestatterin werden.«

»Wenn sie mit uns zusammenarbeitet, hat sie immer was zu tun.« Clara trank von ihrem Kaffee. »Aber wie kommen junge Menschen darauf, unbedingt Bestatter werden zu wollen?«

»Tja«, sagte Winterfeld, »das geht wohl gerade voll durch die Decke. Laut Bundesverband deutscher Bestatter steigen die Zahlen seit Jahren. Ist ja auch krisensicher, gestorben wird immer.«

»Ich dachte, die jungen Leute wollen alle Influencer werden. Oder irgendwas mit Instagram?«

»Das geht hier auch«, sagte Winterfeld und blickte in das Handy. »Neuerdings kann man sich eigene Särge entwickeln lassen, *my own coffin* und so ein Blödsinn. YouTube ist wohl voll davon. Und dann lernt man da auch noch, wie man Bagger fährt, Gräber aushebt. In welchem Job hat man das schon? YouTube-Kampagnen und Baggerfahren in einem. Und die Angehörigen sind einem total dankbar.«

»Dankbarkeit gibt's hier ja weniger.«

»Tja, Señora«, sagte Winterfeld, »da haben wir beim Blutgott und Marie ordentlich danebengegriffen. Wir alle.«

»Und jetzt?«

»Wir stecken alle drin. Wir alle haben das zugelassen. Bellmann übrigens auch. Auch wenn er jetzt nichts mehr davon wissen will. Die Presse könnte eigentlich ein Zeltlager in seinem Vorzimmer errichten, so oft wie die bei ihm anrufen. Frau Bories hat schon gedroht, dass sie sich zwei Wochen krankschreiben lässt.«

Frau Bories war Bellmanns dauerhaft schlecht gelaunte Sekretärin, deren Job im Moment darin bestand, Callcenter für Presse- und TV-Anrufe zu spielen und Anfragen abzuwimmeln.

»Der Blutgott«, fuhr Winterfeld fort, »ist angeblich in Polen aktiv. Andere sagen in Frankreich. Scheinbar will er das Ganze globalisieren.«

»Was kommt nun?«, fragte Clara. »Werden wir suspendiert?«

»Bei Ihnen kann ich ja ehrlich sein«, sagte Winterfeld, »wir zwei wohl schon. Also nicht gefeuert, aber zwangsbeurlaubt. Hermann brauchen sie, weil die IT sonst zusammenbricht. Der ist systemrelevant.«

»Und MacDeath?«

Winterfeld kniff die Augen zusammen. »Er gehört zu fünfzig Prozent dem BKA. Das könnte ihm den Arsch retten. Ist er nicht gerade bei denen in Wiesbaden?«

Clara nickte. »Kommt morgen wieder.«

»Und wie geht's weiter?«

Winterfeld pustete Rauch in die Morgenluft und warf den Stummel auf den Boden. »Bellmann wird uns einbestellen, wenn er die Medienmeute abgewimmelt hat. Ist jetzt gerade beim Innensenator. Der Innenminister hat auch schon Fragen gestellt. Alles sehr unangenehm.«

»Wann?«

»Heute oder morgen, je nachdem, wie viel Stress er noch hat.«

»Was machen Sie dann?«, fragte Clara. »Familie und Freunde in Hamburg besuchen?«

»Warum nicht. Vielleicht sollte man diese Stadt ganz verlassen. Zieht es sie manchmal nach Bremen?«

Claras Familie kam zu einem Teil aus Bremen, während ein anderer Teil aus Italien und Spanien stammte. Manchmal, dachte sie, waren Bremen und Berlin sehr ähnlich. Beides Stadtstaaten, beide hoch verschuldet und beide schlecht gemanagt. Bremen aber noch etwas besser als Berlin. *Aus Berlin und Bremen sollst du keinen nehmen,* war dennoch ein geflügeltes Wort von Gerichten bei der Auswahl von Jurastudenten.

»Manchmal, ja. Ich weiß allerdings nicht, wo es mich jetzt gerade hinzieht.«

Ihr Handy klingelte. Sie blickte auf das Display.

»Das ist MacDeath«, sagte sie, »darf ich kurz?«

»Aber klar. Habe ich einen Grund, noch eine zu rauchen.« Er zog eine weitere La Paz aus der Packung.

»Martin«, sagte Clara. In ernsten Situationen nannte sie ihn Martin, nicht MacDeath. »Was gibt's?«

»Schlechtes«, sagte MacDeath, »und Gutes.«

KAPITEL 2

LKA 113, TEMPELHOFER DAMM, BERLIN

Clara hielt das Handy gegen den Wind näher ans Ohr und ging ein paar Meter zum Rand des Daches. Rechts der Parkplatz, wo die Kollegen den Schlagbaum gegen die Journalisten abgeschirmt hatten. Einige von ihnen standen noch immer dort und ahnten wohl nicht, dass die einsame Figur auf dem Dach des LKA Clara Vidalis war. Weiter hinten der frühere Flughafen und irgendwo hinter der Weite des Tempelhofer Feldes Neukölln.

»Schlechtes und Gutes«, fragte Clara, »was soll das heißen? Bist du nicht beim BKA?«

»Ja, die Herbsttagung«, sagte MacDeath. Er stand am Haupteingang des BKA am Neroberg, das Handy in der Hand und einen Bluetooth-Hörer im Ohr. Vor ihm der gläserne Verbindungsgang, der zwei Gebäudekomplexe miteinander verband und den man BKA-intern »Beamtenlaufbahn« nannte. »Gerade hatten wir hier eine Expertin für Forensische Pollenanalyse.«

»Für was?« Clara glaubte, nicht richtig zu hören. Sie musste sich Gedanken über ihre künftige Karriere machen, und ihr Mann kam wieder mit irgendwelchem esoterischem Schwachsinn um die Ecke.

»Pollenanalyse bei der Tatortanalyse«, erklärte MacDeath. »Die kann unterschiedliche Pollen auf Opfer und Täter zuordnen und damit auf Tatzeit, Ort und so weiter schließen. Dann war da noch der Fall mit dem Bankräuber, der YouTube-Videos aus seiner Knastzelle sendet.«

»Also, in allen Gefängnissen in Deutschland gibt es ein Internet? Wahrscheinlich schon mit 5G?«

»Deutschland ist ja eher Dritte-Welt-Land, was Internet angeht, aber im Knast scheint das gut zu funktionieren.«

Clara schaute kurz zu Winterfeld, der einsam in der Mitte des Daches vor sich hin qualmte und ratlos auf sein Smartphone blickte, so als wollte er sagen: *Bestatter will also meine Tochter jetzt werden? YouTube-Kampagnen für den selbst gemachten Sarg und gleichzeitig mit dem Bagger Gräber ausheben. Und alle sind happy …*

»Jetzt wirst du mir gleich auch noch erzählen, welchen Vortrag *du* gehalten hast?«

»Aber gerne.« Sie hörte die Freude in MacDeaths Stimme. »Ich habe über die Rolle der Todesstrafe in der Geschichte der Menschheit als domestizierendes Element gesprochen.« Clara glaubte ihren Ohren nicht zu trauen. *Der erzählte doch tatsächlich von seinem Vortrag, als wäre das das wichtigste Thema überhaupt.* Männer, dachte sie, haben ein Taktgefühl wie ein Kotelettklopfer. MacDeath war voll in seinem Element: »Die Todesstrafe hat dafür gesorgt, dass die kräftigsten und brutalsten Männer ausgemerzt worden sind und sich Zivilisation entwickeln konnte. Regeln, die für alle galten, nicht nur für die Stärksten. Damit entstanden Kultur, Zivilisation, Wissenschaften.«

»Was du nicht sagst.«

»Als ich gestern nach Frankfurt geflogen bin, war das ewige Schlangestehen am Gate total nervig. Aber wir Menschen erdulden das. Wenn man das mit Schimpansen machen würde und die dann auch noch in ein Flugzeug stopft, die würden sich gegenseitig umbringen.«

»Männer«, sagte Clara, »kapieren nichts!«

»Ich habe aber von Affen gesprochen.«

»Das ist dasselbe.«

MacDeath schien jetzt zu merken, dass Clara ein Problem hatte. »Was ist denn los?«

»*Was los ist?*«, fragte Clara und spürte Tränen in ihren Augen. »Ich verliere vielleicht meinen Job, und du kommst mir mit deinen Psychologievorträgen.« Sie schluckte kurz. »Ich dachte, du weißt was.«

»Ja, kann sein, dass du für eine Zeit lang raus bist. Das ist die gute Nachricht.«

»Wie bitte? Das ist die gute Nachricht?«

»Ja, ich habe mit Eisenstein gesprochen, dem BKA-Chef.«

»Ich weiß, wer Eisenstein ist. Und was sagt der?«

»Dass Bellmann selbst mit drinhängt. Daher kann er dich nicht entlassen, sondern nur eine Zeit lang beurlauben.«

»Er hat aber nichts unterschrieben. Die Sache mit Marie hat er nur mündlich abgenickt.«

»So blöd ist er nicht. Aber du sagst es: Er hat *mündlich* abgenickt. Wir zwei waren dabei und Winterfeld. Mit von Weinstein hat er danach auch dazu telefoniert, weil der die Leichen für den Film besorgen sollte. Wenn es auf einen Prozess ankommt, wird er es nicht auf seine Aussage gegen uns vier ankommen lassen.«

»Und Frau Bories?«

»Glaubst du, die sagt für ihn aus? Die ist doch froh, wenn sie den alten Stinkstiefel los ist.«

»Ich glaube, die ist froh, wenn sie *jeden* los ist.« Clara trank von ihrem Kaffee, der in der frühherbstlichen Luft auf dem Dach schon etwas kalt geworden war. Die Bitterkeit des schwarzen Gebräus zog angenehm an ihrem Gaumen. »Aber wieso ist es eine gute Nachricht, wenn ich raus bin?«

»Weil du dann endlich mal rauskommst. Du bist kurz vorm Burn-out. Ich hab mir die ganze Zeit schon Sorgen gemacht.«

»Als ob du wenig arbeiten würdest.«

»Ja, aber ich meditiere jeden Morgen.«

Clara schnaubte. »Das müsste ich auch, wenn ich abends noch Horrorfilme schauen würde, so wie du!«

»Mache ich ja über Kopfhörer.«

»Das erwarte ich allerdings. Wir haben eine kleine Tochter.«

»Wie auch immer«, sagte MacDeath, »jetzt kannst du Urlaub machen, ohne Urlaub zu nehmen. Vergütung und Beihilfe kommen ja weiterhin.«

»Na toll, wusste nicht, dass du so ein Beamtenarsch bist, der nur an die Beihilfe denkt.«

»Ich bin aber nun mal Beamter. Und du auch. Sorry, *Beamtin,* wir sind ja Gender-korrekt.«

»Und was soll ich jetzt machen? Urlaub? Wir wollten doch mal nach Florenz.«

»Das ist die schlechte Nachricht. Denn ich kann nicht mit.«

»Du wirst nicht beurlaubt?«

»Nein. Eisenstein hat schon gesagt: Wenn Bellmann versucht, mich rauszukanten, wringt er Bellmann zusammen, dass er in eine Kugelschreibermine passt.«

»Das hat er gesagt?«

»Du kennst doch Eisenstein.«

»Nicht so gut wie du.« Sie trank ihren Kaffee aus. »Also noch mal Klartext: Du gehst davon aus, dass er mich beurlaubt.«

»Ja. Wird er.«

»Und wann?«

»Wahrscheinlich morgen.«

»Wann kommst du wieder?«

»Auch morgen. Morgen Abend. Frankfurter Flieger geht so um 18 Uhr rum. Muss ich noch mal nachschauen.«

»Tja«, sagte Clara, »es ist, wie es ist. Urlaub mache ich trotzdem. Ich wollte schon immer mal nach Florenz.«

»Moment mal, da wollten wir zusammen hin.«

»Mr. Perfect wird ja nicht beurlaubt. Dann kann er auch nicht mit.«

»Und wen willst du mitnehmen?«

»Keine Ahnung? Sophie vielleicht? Ich frage sie mal.«

»Und Victoria?«

»Nehme ich mit. Wir fahren über Bremen, bringen Victoria zu meinen Eltern. Und die Kleine verbringt dann zwei Wochen dort.«

»Klingt nach Mädchentagen«, sagte MacDeath.

»Das klingt nicht nur so.«

»Dann bin ich allein in Berlin?«

»Tja, kannst auf dem Hin- und Rückweg die Koffer schleppen. Wir hören uns später.«

Clara beendete das Gespräch und wusste nicht so richtig, ob sie traurig oder erleichtert sein sollte. Wütend oder entspannt. Winterfelds zweiter Zigarillostummel lag noch qualmend auf dem Boden, ihr Chef selbst war schon gegangen. Sie griff noch einmal zum Handy und rief Sophie an.

KAPITEL 3

HAUS VON WALTER WINTERFELD,
GRUNEWALD, BERLIN

Hermann zog ratlos an den Kordeln seines Kapuzenpullis und schaute seinen Chef entgeistert an. »Hier ist ja noch nichts eingerichtet!«, rief er entsetzt.

In Winterfelds Keller hingen verschiedene Fotos von seiner Polizeikarriere an den Wänden, außerdem gab es ein Regal mit kriminologischen Büchern und eine Gitarre, auf der früher seine Tochter gespielt hatte. Ansonsten ein typischer Partykeller im Stil der Neunzigerjahre, komplett mit hässlicher Theke und Zapfanlage.

»Wieso, was soll denn eingerichtet sein?« Winterfeld trank von einem Bier, zog an seinem Zigarillo und schaute Hermann genervt an.

»Na ja, ich dachte, du hättest schon irgendeinen Netflix-Account oder so was?«

»Ich dachte, das kannst du mir einrichten?«

»Ich hatte dich so verstanden, dass der Smart-TV hier steht und ich dann das Ganze nur noch zusammenstecken muss.«

»Ist ja auch so.«

»Ist nicht so. Erst mal müssen wir dir einen Netflix-Account einrichten, wenn du Netflix darüber gucken willst.«

»Okay. Dann mal los.«

»Hast du deinen Laptop hier?«

Winterfeld schüttelte den Kopf. »Ich habe ein kleines iPad. Und sonst den Rechner vom Amt. Aber der ist am T-Damm im LKA.«

»Mein Gott, das ist ja echt technische Steinzeit hier.« Hermann trank ebenfalls von einem Bier, das Winterfeld auf dem Rückweg an der Tankstelle besorgt hatte. Er hatte Hermann mitgenommen, der ungefähr zehn Minuten zu Fuß von Winterfeld entfernt wohnte. Es gab Pizza vom Lieferservice, Dosenbier und La-Paz-Zigarillos – Letztere aber nur für Winterfeld. Hermann rauchte gar nicht. Er sagte immer, seine Droge seien Egoshooter-Spiele und Warhammer.

»Okay.« Hermann wühlte in seinem Rucksack und holte seinen Laptop hervor. »Dann wollen wir mal ...« Er blickte auf. »Wie heißt dein WLAN-Passwort?«

»Ich dachte, du kannst so was knacken.«

»Bei meinem Chef wohl kaum.«

»Warte, ich hol es. Liegt oben beim Telefon.«

Kurze Zeit später kam Winterfeld zurück und gab Hermann einen vollgekritzelten Zettel.

»Erinnert mich irgendwie an Weihnachten«, sagte Hermann, »das, was man den Kindern da immer sagt.«

»Ihr Kinderlein kommet?«

»Ja, ihr Kinderlein kommet und löst die IT-Probleme eurer Eltern.«

»Frechheit.« Winterfeld hob einen kleinen Karton in die Höhe. »Wieso brauchen wir eigentlich diesen Amazon-Stick? Ich dachte, es geht um Netflix.«

»Geht es auch. Aber wir können den nutzen, um darüber Netflix zu schauen. Hast du Amazon Prime? Oder Apple TV? Da reicht auch nur die Hardware.«

Winterfeld schüttelte den Kopf.

Hermann schnaubte. »Okay, wird wohl auch so gehen.«

»Amazon für Netflix?«, hakte Winterfeld noch einmal nach. »Ich dachte Netflix ist Netflix. Ist ja wie der blöde Witz bei Asterix mit den Ostgoten.«

»Wie geht der denn?« Hermann gab mit verzerrtem Gesicht das hieroglyphisch hingekritzelte WLAN-Passwort in seinen Laptop ein.

»Da sagt Asterix zu Obelix, dass sie jetzt zu den Westgoten nach Osten gehen. Obelix fragt: *Die Westgoten leben im Osten?* Asterix sagt: *Die Westgoten leben im Westen. Die Westgoten leben aber von uns aus gesehen im Osten. Verstanden?* Und Obelix sagt: *Nein.* Und Asterix ist sauer.«

»Ich bin auch sauer«, knurrte Hermann. »Was ist das hier? Eine Sieben? Oder ein Ypsilon?«

»Wie kann man eine Sieben mit einem Ypsilon verwechseln?«

»Wenn man so schreibt wie du, ist das kein Problem.«

»Zeig mal! Das ist eine Sieben!«

»Okay.« Hermann atmete aus. »Dann haben wir's. Probieren wir mal.« Sie schauten auf den leuchtenden Rechner wie die Hirten auf das Jesuskind in einem Anbetungsgemälde. Nichts passierte. Hermann blickte auf.

»Und?«, fragte Winterfeld.

»Das frage ich dich.«

»Wieso?«

»Hast du mal überprüft, ob du hier im Keller Internet hast?«

»Ja, WLAN.«

»Und das Signal reicht?«

»Bisher schon.«

»Bisher schon? Was hast du denn bisher hier mit Internet gemacht?«

»Na ja, DVDs geschaut. Und wenn mal Leute zu Besuch waren, an der Bar Bier gezapft. Jetzt ist das Bier allerdings alle, daher das Dosenbier.«

»Und für DVDs und Bier braucht man Internet?«

»Äh, wohl nicht.«

»Lieber Freund Walter«, sagte Hermann, stand auf und reckte sich. »Du brauchst einen WLAN-Verstärker. Oder gleich ein LAN-Kabel. Hast du einen Anschluss?«

»Da!«

»Das ist der Kabelanschluss. Und daneben eine Steckdose. Ich meine, einen Anschluss für ein Internetkabel.«

»Wenn du schon so fragst, dann wohl nicht.«

»Okay.« Hermann schüttelte ein wenig den Kopf, aber nicht so stark, dass es komplett respektlos wirkte. »Dann hat sich das hier erst mal erledigt. Wenn du keinen Riesenaufwand mit Handwerkern willst, die dir hier einen LAN-Anschluss legen ...«

»... will ich nicht«, knurrte Winterfeld knapp und knüllte seine Bierdose zusammen.

»Dachte ich mir. Dann müssen wir los und einen WLAN-Verstärker kaufen. Bei Media Markt oder so.«

»Echt? So umständlich?«

»Wir können auch hierbleiben und Bier trinken. Muss aber in einer Stunde los. Habe versprochen, dass ich noch mit dem Hund rausgehe.«

»Typisch«, sagte Winterfeld. »Da holt man sich einen Techie ins Haus und hat danach mehr Probleme als vorher. IT-Leute lösen Probleme, die es ohne sie nicht gäbe.«

»Kannst dir auch weiter ohne Netflix deine *Schwarzwaldklinik*-DVDs angucken.«

»Ich hab keine *Schwarzwaldklinik*-DVDs. Aber wo du's sagst: Klausjürgen Wussow alias Professor Brinkmann wäre ja fast in Berlin obduziert worden. War dann aber in Potsdam, weil er in Brandenburg gestorben ist. Das wäre ja sonst ein Fest für von Weinstein gewesen. Er hätte sagen können: *Ich habe Professor Brinkmann obduziert!*«

»Obduktion hin oder her«, sagte Hermann, »was machen wir jetzt? Zum Media Markt fahren, solange du noch fahren kannst, oder hier hocken und weitertrinken? Mir ist beides recht.«

»Letzteres wahrscheinlich noch mehr.«

»Kann schon sein.«

»Tja …« Winterfeld schaute unentschlossen auf die leere, zerknüllte Bierdose. »Ich könnte …« Sein Handy piepte. Er griff nach dem Smartphone. Eine SMS.

»Clara«, sagte er.

Hermann hob den Kopf. »Und?«

»Morgen hat sie eine Vorladung bei Bellmann.« Er stand auf. »Ich rufe sie mal kurz an wegen eines Schlachtplans für morgen. Und bis dahin verschieben wir unsere strategische Entscheidung.«

Hermann lächelte, nahm sich sein Bier und ließ sich wieder auf den Sessel plumpsen. »Was immer du sagst, Boss.«